CO

René Fallet

L'Angevine

Denoël

René Fallet est né en 1927 à Villeneuve-Saint-Georges d'un père cheminot. Il travaille dès l'âge de quinze ans. A dix-neuf ans, il s'engage dans l'armée. Démobilisé, il devient journaliste en 1945, grâce à une recommandation de Blaise Cendrars qui avait aimé ses premiers poèmes.

Il publie à dix neuf ans *Banlieue sud-est*. Il dira de son œuvre qu'elle est irriguée par deux veines : la veine « whisky » où se noient les amants déchirés de ses romans d'amour : *Les pas perdus*, *Paris au mois d'août* (prix Interallié 1964), *Charleston*, *Comment fais-tu l'amour Cerise ?*, *L'amour baroque*, *Y a-t-il un docteur dans la salle ?...*, et la veine « beaujolais » qui arrose les personnages plus heureux du *Triporteur*, des *Vieux de la vieille*, d'*Un idiot à Paris*, du *Braconnier de Dieu*, du *Beaujolais nouveau est arrivé* et de *La soupe aux choux*. Ses romans ont inspiré nombre de films. *L'Angevine* fait partie de la veine « whisky ».

René Fallet est mort en 1983.

Plus mon Loire gaulois que le Tibre latin,
Plus mon petit Liré que le mont Palatin,
Et plus que l'air marin la douceur angevine...

JOACHIM DU BELLAY

A
Jeanne, Brigitte, Marion,
Pierre et Jean-Pierre
Favry

Avant

1.

Quelque part, un rossignol chante, qui a le cœur gai, lui. Autour de la maison qu'emmitoufle l'ampélopsis, chante un rossignol que Régis n'entend pas. Il entend hélas clairement, dans la campagne, mugir les tronçonneuses, vrombir les motos des mélancoliques enfants du siècle, aboyer les chiens. Mais il n'entend ni les oiseaux, ni les cigales, ni les aveux à demi-mot. Il a l'oreille en demi-teinte, et l'âme avec.

Il est marié depuis bientôt vingt ans avec Agnès, aime d'amour-foudre Marthe[1] après avoir aimé de même au fil des jours, au gré du temps, Mme Y, ladite Agnès, Else, Mouche, il en passe des meilleures et des pires, en passe et en oublie.

Les vacances de cet été-là s'achèvent, les secondes depuis l'avènement de Giscard d'Estaing, péripétie qui ébaubit encore tout ce que le pays compte d'échauguettes et de mâchicoulis. L'auteur dramatique Régis Ferrier va très vite et trop vite sur ses quarante-huit ans. Un rossignol chante, quelque part sur le territoire de la commune de Savigny-Poil-Fol (Nièvre). L'auteur se tient dans son bureau, d'où il regarde brouter les vaches dans les prés. Le décor est planté de chèvrefeuille. Le rideau se lève.

« Sur un tas de charbon », pense Régis. Son médecin est pessimiste, qui ne lui donne plus longtemps à vivre.

1. Voir : *Y a-t-il un docteur dans la salle ?* (Denoël).

D'après son diagnostic, il ne passera pas l'été. Son médecin est blonde, a les yeux bleus, s'appelle Marthe. Il la connaît depuis un an, sait toutes leurs chutes et poussées de tension. Leur espérance de vie sentimentale s'amenuise d'heure en heure. Marthe veut épouser Régis, qui n'y tient pas, déjà porteur d'une très vieille bague au doigt. Telle est la situation, qui n'est pas neuve.

Agnès ferme les yeux sur cette passade, Régis les ouvre sur le vide, celui d'un avenir sans Marthe. Menacé dans son confort passionnel et ses environs, l'auteur dramatique dramatise par déformation professionnelle, ce matin-là, et voit les choses en noir. Les vaches sont noires, tout comme est noire cette vache de Marthe. Le ciel est noir et noires toutes les touches de tous les pianos en grand deuil.

Seule est jaune d'œuf la camionnette des P.T.T. qui entre dans la cour en un frissoulis de graviers foulés aux pneus. Mais elle n'en ressortira que sous forme de corbillard des pauvres si elle ne lui apporte pas de lettre de Marthe. Pas n'importe quelle lettre ! La seule qu'attend Régis, celle ou Marthe déposera les armes rouillées de ce conjungo qu'elle fourbit dans les circonvolutions les plus tarabiscotées de son cerveau. Celle où Marthe déroulera slip, soutien-gorge, respect de soi et dignité aux pieds de son seul maître. Car Régis n'est pas féministe exacerbé. Tout au fond de lui, il se passerait volontiers des femmes, s'il n'aimait pas les femmes comme il aime les chats. Par esthétisme, goût et volupté. Ce que les femmes désignent à la légère par le mot très impropre d' « égoïsme ».

Régis entend sous ses fenêtres Agnès et le facteur échanger les propos éculés et classiques à propos de la météorologie locale. « Ma lettre, ma lettre !... » supplie-t-il à mi-voix. Il souffre. En trois actes et quatre cents représentations. Rue Ballu, au siège de la Société des auteurs, les services comptables sont à l'écoute de son cœur. D'aventure en aventure, Ferrier est devenu, de pièce en pièce, quelque chose comme un vieux Mozart des amours mortes, comme un ramasseur courbatu des fruits de la passion. En toute et absolue sincérité. Agnès le sait bien, qui ne prête plus d'attention à ses escapades triomphantes, à ses retours titubant de douleur. Régis n'emploie que le bateau ivre pour se rendre de port en port et flotter sur une mer jamais calmée. Au début, les femmes se disent séduites par ce navigateur échevelé. Au début.

Bientôt, Agnès lui monte tout un bouquet de courrier, qu'il effeuille en hâte. Il soupire. Il n'a pas reconnu l'écriture de Marthe. Jour de charbon, cette fois, c'est décidé. Puisqu'on le couronne parfois misogyne, Ferrier fera honneur à son titre, l'arborera pour vingt-quatre heures. « Misogyne, et gazogène ! » grince-t-il bêtement pour lui-même.

— Rien ? questionne Agnès, qui n'ignore pas qu'il n'y a « rien ».

— Rien, répondit-il.

— Ce sera pour demain, fait-elle sans même la touche d'ironie qui permettrait à Ferrier de mourir de chagrin.

Il va parler, elle lui ordonne du geste de se taire. Enchantée :

— Tu entends ?

— Quoi ?

— Le rossignol !

— Quel rossignol ?

— Quel rossignol ! Il ne m'a pas dit son nom et ne doit pas porter de dossard comme un coureur, mais je l'entends. Pas toi ?

— Non...

— On n'entend que lui ! Pas de doute, tu deviens de plus en plus dur de la feuille !

Elle se permet ainsi de ces familiarités autorisées, paraît-il, entre gens qui vivent côte à côte depuis vingt ans. Régis interrompt le ravissement de sa compagne :

— Je m'en fous, de ton rossignol ! S'il veut que je l'applaudisse, il n'a qu'à roucouler aussi fort que ces putains de tourterelles qui me réveillent en comptant la monnaie de leurs passes !

— Oh ! lui, il s'en fiche, que tu l'entendes ou pas : il chante !

— Je croyais que ça ne fonctionnait que la nuit, les rossignols, comme dans *Roméo et Juliette ?*

— Il faut croire que non. Et aussi que l'on peut appeler sa femelle à toute heure de la journée.

— Mais c'est ce que je fais ! riposte Ferrier qui se met à hurler comme eussent tonné dans son cas Kean ou Talma : Marthe ! Marthe !

Agnès hausse distraitement les épaules, redescend l'escalier. Ferrier demeure seul face à sa souffrance à vif. Le plus fort est qu'elle existe et le saigne dans un bol comme s'il n'était plus qu'un lapin domestique, alors qu'il pourrait chanter juste « Moi qui me suis dit ange ! » à la façon d'un autre rossignol, nommé Rimbaud celui-là. On vient de crever les yeux de Ferrier. Ils se mouillent. Taureau blessé par un buisson de banderilles, il secoue le mufle devant la cape, et des gouttes de sang étoilent le sable de l'arène et le carrelage de son bureau. Une seringue maniée par une blonde en blouse blanche, parée du collier de son stéthoscope, le transperce au cœur et lui injecte un mètre cube de malédiction. Il s'affaisse et meurt.

Se relève, et plante son coupe-papier au hasard des enveloppes de ce courrier sans intérêt. Il en sort des Caisses, encore des Caisses, tout un envol de Caisses. De Retraite. De Compensation. D'Allocations. D'Epargne. De Sécurité sociale. De Prévoyance. De Complémentaire maladie. Il pleut des formulaires, des mises en garde ou en demeure, des sommations en trois exemplaires, des menaces, des couteaux sous la gorge.

Les Caisses, Ferrier n'y entend rien. Encore moins si possible que dans les rossignols. Agnès a charge de Caisses, plus concrète et mathématique que lui qui se contente d'admirer le style, tout d'aisance et de fulgurances de ces fonctionnaires anonymes et modestes. Ferrier émet quant à ces talents dissimulés telles des épeires dans leurs toiles, une hypothèse personnelle.

— Pourquoi, professe-t-il, nous parle-t-on toujours avec effroi de la bureaucratie soviétique ? Jadis, en Russie, la bureaucratie était élémentaire, primitive. Le plus analphabète des moujiks saisissait le sens des plus rudimentaires circulaires. Cette situation mortifiait le gratte-papier local, le frustrait de l'étalage de sa supériorité intellectuelle estampillée par la Douma. Nicolas II créa une commission, expédia une délégation de scribes barbus à la Préfecture de Paris afin de tenir des ronds-de-cuir de Courteline l'art de l'amphigouri et de l'incompétence, les subtilités de l'inintelligible, la complexité et les inextricables arcanes du questionnaire en dix-sept duplicata adornés d'additifs. Et le moujik chut comme un sac dans la vodka consolatrice. Les Soviets n'eurent plus qu'à compliquer quelque peu le système, avec le succès que l'on sait. « Le pathos, déclara fièrement Lénine, c'est le galimatias plus l'électricité. » Et dans toutes les administrations de l'U.R.S.S. fut affichée cette pancarte en caractères cyrilliques : « Au bureaucrate français, son collègue slave reconnaissant. »

Régis fait, de tout ce phébus imprimé, un petit tas bien propre, le met de côté pour Agnès la décrypteuse. Il revient à l'humain, parcourt les cartes postales d'amis qui s'en vont chercher aux Indes et aux Baléares ce qu'il trouve si aisément et plus économiquement dans le Morvan, à savoir l'ennui.

Il flaire une lettre dont l'écriture lui est inconnue. Dans le coin à gauche de l'enveloppe, la mention *Faire suivre.* Sous son nom, l'adresse de la Société des auteurs. La Société a « fait suivre », comme il est d'usage. « Admirateur », décrète Régis qui espère, sans trop se l'avouer, « admiratrice ». En règle générale, s'il n'est pas trop occupé, il répond à ces aérolithes, à ces bouteilles à la mer. Il n'a pas le cœur de repousser cette connivence que recherche son écriture, cette complicité, cette amitié puisqu'il faut dire le mot. Ces applaudissements muets n'en sont pas moins le pendant des bravos qui retentissent dans une salle, ce bruit qui le paie de son travail silencieux de poisson rouge évoluant dans l'aquarium de son bureau.

Ce qu'il baptise « correspondances de correspondance » ne va pas sans déboires. Les hommes, souvent, souhaitent écrire des pièces — à succès — ou monter sur les planches. Les pièces, ils entendent qu'un Ferrier enthousiaste les lise, les planches, qu'il leur en facilite sans barguigner l'accès.

Les femmes exigent moins, qui pourraient donner plus. Elles ont l'art de dénicher l'âme sœur ou le slip frère au hasard des cinq volumes de *Cœur en pièces*, son théâtre jusque-là complet, ou à l'occasion d'une représentation. Elles s'identifient à des héroïnes qui, souvent, ne leur ressemblent que dans leur imagination. Certaines offrent à Ferrier de le consoler de ses hideux tourments. Elles seules le peuvent. Sans l'ombre du moindre doute ou complexe. A celles qui n'en offrent pas tant, Ferrier, au gré de ses libertés, propose vaillamment de les rencontrer. Vaillamment, oui, car l'entreprise ne va pas sans d'évidents périls. Quant il se souvient, il grimace, parfois. Ce fut à plusieurs reprises tragi-comique. Nelly ! Ferrier, souviens-toi de Nelly !

Il venait de faire jouer, avec tous les bonheurs, sa première pièce, intitulée *La Vie des grands mollusques*. Il avait vingt-quatre ans. Le monde s'ouvrait à lui, plus vaste qu'une porte de grange. Mme Y l'aimait, qu'il aimait. Puis elle ne l'aima plus, sans raison, pour rien, et sans savoir pourquoi. Féminine, prétendirent de mauvaises langues. Pauvre Ferrier ! Son approche de l'amour devenait brusquement le point d'intersection entre un mur et une automobile.

Nelly lui écrivit alors de Londres, sans soupçonner que son auteur gisait les bras en croix. Elle voulait traduire sa pièce. Mme Y était mariée, Nelly Sherwen aussi. L'époux londonien parut plus lointain à Régis, donc moins offensif qu'un mari montmartrois. Il importait à Ferrier d'atténuer sa tristesse, d'étancher ses larmes. Il élut l'Anglaise pour éponge exotique, lui répondit de venir, d'accourir, même. Avec d'autant plus de hâte qu'elle lui avait raconté qu'elle était blonde, que Mme Y l'était aussi et que Ferrier prisait déjà en son jeune âge ce côté vaporeux mi-soleil mi-moisson, penchant qui ne fit que s'aggraver par la suite.

Nelly débarqua à Paris. Certes, elle était blonde comme Ophélie, mais hélas était plus proche physiquement de la reine Victoria que de la « girl friend » d'Hamlet. Non contente de ne pas avoir pour elle l'avantage de flotter dans les nénuphars, la Britannique s'enticha du Français, lui fit saisir sans équivoque qu'il existait entre eux des perspectives encore plus folâtres que les affinités intellectuelles. Pris au piège de son invitation, l'imprudent ne pouvait plus se dérober et dut subir l'assaut des charmes plus que discrets de cette exacte réplique des caricatures de la « Perfide Albion ». Sa jeunesse l'aidant — ô combien ! — il lui fallut, comme dans la chanson

Porter haut et fier
Le beau drapeau de notre France altière

trois jours durant. Il découvrit en outre — avec rancœur ? — que son admiratrice n'avait inventé ni les règles du rugby ni dessiné la calandre de la Roll's. En déduisit non sans stupeur que l'on pouvait apprécier et l'œuvre et l'auteur, et malgré tout en être indigne. Ne lui écrivit-elle pas, à son retour, qu'elle ne songeait plus qu'à remettre un jour : *Mes tifs dans ta sueur, brigand?* Ces tifs dans la sueur dudit brigand firent pendant des années la joie cruelle des amis de Ferrier. Même les pires infortunes ont une fin, ne serait-ce que par le trépas et Nelly dut franchir enfin la Manche en sens inverse pour s'en aller combler son Anglais de mari qui ne pouvait plus supporter l'exil de sa « fair lady ».

Gare du Nord, Régis, vieilli prématurément, connut *in extremis* le plaisir. Lorsque le train s'ébranla, emportant celle qui n'était certes pas la « Shrimpgirl » de Hogarth vers ses fogs, Ferrier crut rêver : le train partait vraiment. Pour de bon. Arrachait de lui ce clou à tête plate. C'était trop beau : il allait reculer, ce train, en une atroce marche arrière, et elle en redescendrait, mutine, se jetterait encore au cou de son brigand favori pour l'arroser de sueurs froides. Eh bien, non, non et non, le rapide se décida à contrecœur à s'éloigner, à disparaître.

La libération de Paris n'était que billevesées auprès de celle de Ferrier. Il embrassa le premier chef de gare qui passait et s'égailla comme un vol de moineaux hors du crottin natal en se promettant de ne jamais, au grand jamais, renouveler ce genre d'expérience. Il la renouvela.

Beaucoup plus tard, il fit une de ses plus redoutables rencontres au *Mistral,* ce café sis en face du théâtre du Châtelet où il donnait souvent par tradition et commodité ses rendez-vous. L'établissement était proche de chez lui et de la Seine propice aux promenades sentimentales si toutefois elles devaient prendre ce tour favorable.

Cette fois, la dame se présentait sous les auspices les plus heureux. Elle s'avouait blonde, encore, et danseuse, ce qui était pour Ferrier de l'inédit de choix.

L'exquise idée d'étreindre pêle-mêle Coppélia, Sylvia ou Giselle lui tournait la tête. A quoi la reconnaîtrait-il ? Elle porterait, ô merveilleuse sans-culotte, un bonnet rouge. Ce délicieux bibi posé sur des cheveux d'avoine émouvait déjà Ferrier aux larmes pendant qu'il courait vers le *Mistral* avec la légèreté même d'Ariel.

Auprès de la ballerine, même Nelly Sherwen était ni plus ni moins que le sosie de la jolie actrice Julie Christie. Et pour cause, puisque le petit rat rêvé accusait avec véhémence une soixantaine classée parmi les plus ingrates par toutes les sociétés d'assurance-vie. A la vue de la toque écarlate qui ombrageait le visage de chrysanthème de la Toussaint de la nommée Cléo — car elle prétendait de surcroît s'appeler Cléo — Ferrier tenta de freiner des deux pieds pour rebrousser chemin. Ce réflexe de survie n'échappa pas à la mygale qui, au vol, happa sa proie.

Le malheureux dut s'asseoir face à ce personnage de musée Grévin. Oui, elle avait été danseuse. Avant 1939. « Avant 14, oui », se lamentait *in petto* son vis-à-vis. Elle arborait des ongles pour film d'horreur, longs et vermillon comme des langoustines, et plus tordus que cimeterres. Régis ne pouvait plus quitter des yeux ces crocs de boucherie qui tournaient à son intention les pages jaunies d'un press-book d'un autre temps. Oui, c'était elle, sur le *Normandie,* enroulée dans des rideaux, en train d'exécuter une danse moderne. Régis constata que, même à cette époque lointaine, Cléo n'aurait pu prétendre faire retourner Paul Morand sur elle.

Un solide compost de maquillage avait fini par combler les ravines du minois de sa voisine, mais ce n'était pas suffisant pour gommer les sourires des clients qui cernaient ce couple extravagant. Il parut à Ferrier que le garçon le toisait avec sévérité. Cet honnête serveur ne devait pas priser les gigolos, fussent-ils doublés de kamikazes. Cléo exhibait toujours des photos aux coins cassés par l'âge. Au supplice, Régis s'attendait qu'elle échappât sa Carte Vermeil au vu de tous. Il s'attendait d'ailleurs à tout. Que l'interpellassent des amis goguenards. Qu'Agnès le vît en cet équipage d'Apocalypse. Que des connaissances aillent colporter dans tout Paris des goûts sexuels abracadabrants qu'il avait caché plutôt bien que mal jusque-là.

On ne souriait plus, à la terrasse du *Mistral.* On commençait à rire. Accablé, Ferrier subit encore un instant cette scène de mauvais vaudeville, histoire d'expier les plus criants de ses péchés. Puis il n'y tint plus, prétexta l'heure d'une répétition, déclina non sans un haut-le-corps l'offre que lui faisait Cléo de l'y accompagner. Il promit sur Dieu de lui téléphoner et s'esbigna. Il courut encore plus vite que lors de l'épisode de la gare du Nord. Il rentra hors d'haleine chez lui, regarda sous les lits pour s'assurer que Cléo ne s'y trouvait pas. Il en rêva plusieurs nuits, s'éveillait en sueur en jurant derechef qu'on ne l'y reprendrait plus. On ne l'y reprit plus, du moins avec cette candeur. Poliment, il sollicitait des photos de ses correspondantes depuis ces avatars, sans avoir toutefois la muflerie de préciser : de l'année.

Aujourd'hui, ces souvenirs l'amusent. « Une carrière d'allumeur de réverbères, gouaille-t-il, n'exempte pas de tomber sur des becs de gaz. » D'ailleurs, qui l'a traité d' « allumeur de réverbères » ? Agnès ? Il lui a été fidèle huit ans. Parfaitement, huit ans. Aux approches de la quarantaine, une panique l'a empoigné par le bras, lui a crié : « Quoi ! tu ne plairas plus à d'autres ? Jusqu'à la mort ? Mais ce n'est pas possible de s'enterrer ainsi le cœur comme un chien le fait de son os ! Vis, Régis, vis encore ! Vole ! Cours ! Cours ! Rattrape-les s'il en est temps ! Rattrape-les, ces femmes, toutes ces femmes à qui tu pourrais plaire encore ! Ah ! Régis, vois : elles ralentissent. Elles t'attendent et te tendent la main. Une dernière fois. » Il remercie cette panique qui lui a valu de vivre quelques dernières fois de qualité. Agnès a dû aimer aussi, de son côté. Il n'a jamais voulu le savoir. *A chacun sa vérité,* c'est de Pirandello. *A chacun sa liberté,* c'est du Ferrier.

Il ouvre l'enveloppe de son « admirateur », va à la signature, c'est une « admiratrice ». Il lui répondra peut-être. Si elle est belle, cela fera toujours enrager Marthe. Que raconte-t-elle, l'inconnue ? Qu'elle avait beaucoup aimé *L'Année scolaire.* Mais qu'elle a adoré *Dieu est dans l'escalier,* qu'elle vient de voir jouer dans son bled. Elle lui affirme qu'il connaît très bien les femmes. Erreur, mademoiselle, il ne les connaît pas du tout, ne les connaîtra jamais, et c'est même ce qui l'intéresse le plus en elles, l'immensité de ce mystère sans solution.

Ainsi, la connaît-il, celle-là ? Non. Comment s'appelle-t-elle, pour commencer ? Christine. C'est une Mme Christine Labé, pas une demoiselle. Elle habite une résidence Guynemer, avenue Pasteur, à Angers. Ferrier n'est jamais allé à Angers. Nul en géographie, il ouvre son dictionnaire. Angers, c'est en Anjou. Cela, il s'en doutait. C'est même dans le Maine-et-Loire, vu que c'en est le chef-lieu.

Christine. Comme prénom, ce n'est pas vilain, Christine. Elle n'écrit pas trop mal. Il lui répondra un de ces jours. Tout comme il lui faudra répondre quelques lignes à Geneviève Villemiane, de Bordeaux. A Clarisse Berland, de Cambrai. Toutes des monstres, probablement. Les jolies n'écrivent qu'aux chanteurs sans charme. A leur décharge, ce sont les plus futiles, les plus dénuées d'aspérités. Celles-là ne sauraient déchirer. A celles, moins banales, qui écrivent à des auteurs dramatiques, Ferrier envisage d'expédier un questionnaire de ce genre :

a) Louchez-vous ?
b) Etes-vous micro (ou macro) céphale ?

c) Griffez-vous sans raison valable en faisant l'amour ?

d) Etes-vous brèche-dent ?

e) Naine ?

f) Géante ?

g) Goitreuse ?

h) Emmerdante ?

Il achève cette énumération par un péremptoire : « Rayez les mentions inutiles. »

Ne pas croire, surtout, que les P.T.T. constituent la seule source d'approvisionnement de Ferrier, son unique réserve d'Indiennes. Il peut être pugnace dans les cocktails et les dîners en ville, partout, sauf dans la rue, qui lui demeure chasse interdite faute de munitions. Il ne se voit pas aborder une femme avec ces textes : « Toute seule ? — On se promène ? — Ah ! ah ! c'est le printemps... », etc, etc. Il ne peut descendre jusqu'à cette indigence de style. Tant pis pour les passantes. Il attendra qu'elles s'arrêtent.

Si on lui reproche de ne considérer les dames que sous la forme de « femme-objet », il proteste qu'il n'est, lui, et de la même façon, qu'un « homme-objet ». « Si l'objet se transcende, soutient-il, c'est qu'il n'est plus inanimé, qu'il acquiert une âme, et que nous allons toucher au but, qui s'appelle l'amour. » Car seul l'amour vaut ses trente-six chandelles et mérite le déplacement. Le reste et sa tristesse se trouvent partout et même dans la rue Saint-Denis.

Pourquoi d'ailleurs penser à tout cela en rase campagne ? Il regarde les prés. Les vaches sont le vrai repos du guerrier. Les vaches, et le rossignol. Il referme la lettre de l'Angevine, la place sur la pile de courrier en souffrance, et ne songe pas encore que cette expression est de choix. De toutes ses oreilles, il s'efforce d'entendre chanter ce fameux rossignol. Tout à coup, il ne l'entend pas, mais le voit. Blotti dans la haie d'aubépines. Il le voit qui ouvre le bec. Il le *voit* chanter. Il le voit chanter, donc il chante. C'est l'oiseau de la quatrième dimension.

Chante, rossignol, chante. Là-bas, M. Marcaillou, retraité de l'armée, mis en réserve de la vraie vie, met en marche sa tondeuse à gazon. Le vieux con de service cloue le bec au rossignol philomèle qui s'en va voir ailleurs si le silence est encore de ce monde.

2.

De retour à Paris, Régis a repris sur-le-champ le combat avec Marthe. Elle ne s'y dérobe pas, va au contact, multiplie les corps à corps pour qu'ils ne fassent enfin plus qu'un seul être, elle et lui. Un couple, comme elle le susurre, extasiée, d'une bouche en cœur de laitue. Ce couple idéal contient en lui tous les enfants du paradis, selon elle.

Dubitatif, Ferrier se dérobe, atermoie, noie le poisson qui défile à ses pieds, toutes les vagues de toutes les familles de poissons. Marthe n'est plus Marthe, qui était si douce. Marthe à sa proie attachée remue férocement des pinces de morpion. Ferrier se gratte en cachette. Il ne se grattera au sang que plus tard, mais ce plus tard n'est plus très loin, qui se rapproche en un nuage de poussière. Marthe va mourir et le laissera seul. Elle lui fermera à jamais ses yeux bleus où jadis, où naguère, ne se reflétait aucun « couple ». De quel trou de rat a-t-il surgi, celui-là, ce nuisible, ce visiteur inattendu, cet imposteur ? Ferrier n'a rien fait pour qu'il naisse et, déjà, Marthe le berce et lui donne le sein, qu'elle avait pourtant plein de grâce...

Régis a depuis longtemps la corde au cou, mais a toujours gardé les deux pieds sur ce tabouret que Marthe, aujourd'hui, secoue dangereusement. Régis tient à Marthe, mais tient encore plus à la vie. Tout cela est incompatible. Agnès sourit, Régis soupire, Marthe grince. Ferrier se débat en pleine bouillie de flocons d'avoine.

— Tu ne m'aimes plus, Régis.
— Mais si.
— Mais non, je le vois bien.
— Je t'assure...
— Si tu m'aimais, tu me le prouverais...

Etc., etc. Le texte poisse. Il faudrait couper là-dedans, reconstruire tout le troisième acte. Marthe n'est plus que logorrhée, qui n'était que blondeur de Dom-Pérignon, que poitrine de guerre, que feulements cassés. Régis fuit sans fuir, comme ces figurants d'opéra qui piétinent sur place pour donner au public l'illusion du mouvement. Marthe l'étouffe. Où sont les bouteilles d'oxygène ?

Il a écrit à tout hasard à Clarisse Berland, la Nordiste, à Geneviève Villemiane, l'Aquitaine, à Christine Labé, l'Angevine. Elles lui ont répondu en chœur. Les voilà attelées au char à banc. Toutes charmantes, sur le papier. Radieuses. Lumineuses telles les mares qui brillent à l'issue de la nuit. Pas un défaut. Nettes. Lisses. Sorties du bain. Marthe au premier jour de sa vie avec Régis. Il en est de mariées, d'autres pas. Régis a un faible pour celles qui tiennent par un fil. Marthe, qui n'en a pas, lui fait les sommations d'usage. Marthe habite Paris. Aux abois, Régis n'a plus d'yeux que pour la province, opte à la hâte pour la décentralisation des beaux sentiments.

Nous voilà en octobre. « L'automne, déjà... » souffle Rimbaud comme chaque année. Et voilà que Mme Labé annonce sa venue. Elle doit aller chez ses parents à Courbevoie, peut rencontrer M. Ferrier s'il en manifeste le désir. Mme Labé vient d'avoir vingt-neuf ans. Elle n'a pas envoyé de photos. *Je suis moche, en photo...* prétend-elle. Ce n'est pas rassurant. D'habitude, elles n'ont pas de ces états d'âme, s'estiment plutôt bouleversantes et se demandent, ahuries, ce que peuvent bien trouver les hommes à Brigitte Bardot qui n'a rien de plus qu'elles. *Si, par exemple, vous êtes libre le 29, téléphonez-moi la veille à Courbevoie et nous pourrons nous voir où vous voulez...*

Il est libre. Marthe le boude pour le punir de ses incoercibles bouffées d'indépendance. Il verra Christine. Même si elle est encore plus moche au naturel qu'en photo, tant pis. Marthe n'est pas très belle non plus, en ce moment, qui lui présente une tête de hareng mariné oublié dans un plat ébréché sur une desserte sale de cantine. De plus, même atroce, Mme Labé, à vingt-neuf ans, ne saurait dans le domaine de l'angoisse éclipser l'inoubliable Cléo, l'ancienne combattante de la chorégraphie. Du moins ne ronchonnera-t-elle pas comme un docteur en mal d'épousailles.

Au jour dit, Régis appelle Courbevoie. Elle doit être émue, là-bas, au son de la voix bourrue de l'auteur. La sienne est fleurie et à volutes. Si le plumage correspond au ramage, on en remplira un oreiller. Pendant que Régis parle, il tourne machinalement la manivelle d'une espèce de musiquette que lui a offerte Marthe, un brimborion qui mouline un air connu.

L'inconnue, intriguée :

— Qu'est-ce que vous me faites entendre ?

— Un rossignol. J'ai un rossignol apprivoisé qui me cherche des poux dans la tête. Pour les manger.

— Ce n'est pas vrai.

— Vous avez gagné, ce n'est pas vrai. Est-ce que vous continuez en deuxième semaine, Madame ? C'est la question que l'on pose dans les jeux radiophoniques.

Elle murmure :

— Oui.

Il explique :

— Ce que vous avez entendu, c'est un petit bidule qui joue *Love Story*.

Silence à Courbevoie.

— C'est un cadeau de la femme que j'aime.

Il donne rendez-vous à Mme Labé au *Mistral*, comme d'habitude. Il n'y a pas rencontré que des Cléo. Doit renseigner l'Angevine pour qu'elle puisse trouver ce café. Puis raccroche. Il ne lui a pas demandé comment elle serait habillée, à quel détail il l'identifierait. Tant pis. Il finira bien par mettre la main dessus.

Le lendemain soir, Agnès le voit s'apprêter à sortir :

— Est-ce que tu rentres dîner ?

— Je ne sais pas. Si elle est tarte, certainement. Sinon, je reste avec. C'est cela, la noble incertitude du slip. Une chance sur deux, ou trois, ou quatre.

Il espère, chemin faisant, qu'on va le distraire de Marthe, de Marthe qui coule, coule, coule, non sans l'asperger de lames hautes de plusieurs mètres. Mais qui peut le distraire de Marthe, qui ? Personne.

Il pénètre dans le *Mistral*. Beaucoup de clients. Il s'assoit. Bon. Elle est en retard. Il regarde autour de lui. Là-bas, une fille en chemise indienne bleue. Trop belle pour lui. Ferrier sait ses limites, reluque ailleurs. Une autre fille, entre deux eaux celle-là. Probablement l'élue. Pas du tout. Ferrier est trop modeste. La chemise indienne bleue se lève, vient à lui :

— Régis Ferrier ?

— Oui...

— Je suis Christine Labé.

Nom de Dieu, voilà qui change tout. Il ne rentrera pas dîner. Christine s'assied en souriant, en rougissant. Fraîche. Ne paraît pas même ses vingt-neuf ans. Belle, oui. « Belle comme le franc suisse », juge-t-il en un éclair. Longue et blonde. Très longue, très blonde. Tenniswoman suédoise. *La Fille aux cheveux de lin,* prélude de Debussy.

Elle a fait des courses. Lorsqu'une provinciale va à Paris, c'est toujours pour faire des courses. Elle traîne, outre son imperméable, des disques et un gros sac de papier photo. Elle doit développer elle-même ses films. A ce propos :

— Vous savez que vous êtes mieux que sur vos photos ?

Elle rit :

— Merci.

« Ravissante », dira d'elle, plus tard, Agnès, qui peut être « sport » à ses heures.

Elle lui semble gauche, cette Christine, avec cette fausse sûreté de soi que brandissent les timides. Très à l'aise, beaucoup trop, avec l'auteur. En fait, a les mains froides, il le devine.

— Whisky ?

— Merci. Je ne bois que de l'eau.

C'est au tour de Ferrier de rire de cette énormité. L'Angevine s'étonne.

— Vous êtes marrante.

— A cause de l'eau ?

— Plutôt. Jamais vu ça.

Il commande un scotch et un quart Vittel. Brusquement, elle lui tend un disque :

— C'est pour vous.

— Pourquoi ?

— Comme ça. C'est un cadeau.

Il le prend. Il s'agit des *Polonaises* de Chopin. Le lui rend :

— Merci. J'ai déjà le même.

La voilà toute déçue :

— Ah ! bon...

Il n'aurait pas dû. Il se venge déjà du désappointement de la buveuse d'eau :

— Tant pis. Vous le donnerez à un de vos amants.

Il est à la vie comme au théâtre, doit-elle penser. Pas très gentil. Pas du tout fleur bleue dans un vase d'eau de rose.

Elle range son disque :

— Je n'ai pas d'amant. Je n'en ai jamais eu.

Il achève, gouailleur :

— Et je n'en aurai jamais, na !

Elle a un geste vague :

— Ce n'est pas l'important.

— Ecoutez, ne soyez pas triste, pour le disque. Si vous tenez tant à me faire un cadeau, offrez-moi des pantoufles.

Voilà qui la déride, la belle plante. Agnès encore dira d'elle : « Elle te mange la soupe sur la tête. » Interrogée, elle avoue un mètre soixante-douze. Deux centimètres de plus que lui. Les hommes du *Mistral* la dévisagent. Régis plastronne et fanfaronne. Il n'en est pas propriétaire, mais elle est avec lui. Qui la subjugue, à présent. La fascine, c'est évident. Elle ouvre en grand ses grands yeux bleus. Elle a quelque chose de Marthe. Elles appartiennent au même type de femmes, ce qui ne saurait laisser Ferrier indifférent. Mais il est tout à fait tranquille, face à cette étrangère, à l'abri de l'amour entièrement clos de murs qu'il a de Marthe. Yeux bleus, cet homme est intouchable, qui ne voit dans vos yeux que le reflet d'autres yeux bleus. Ferrier n'est pas le moins du monde curieux de son admiratrice. Il ne remarque d'elle et de sa tête angélique que deux oreilles prêtes à recueillir, en vrac, ses confidences. Puisqu'il l'a toute proche, et que lui sied son attention, il lui parle de Marthe, n'a pas d'autre sujet de conversation. Puisque ses pièces n'ont que l'amour pour thème, que Christine aime ses pièces, Christine aime l'entendre parler d'amour, n'est-ce pas ? C.Q.F.D. Même s'il s'agit de l'amour qu'il a d'une autre et qui est la plus belle, la plus préoccupante de toutes. Il a bu deux scotches, elle deux verres d'eau.

— Vous avez faim, Christine ?

— Mon Dieu...

— Les femmes ont toujours faim. Je leur répète souvent que lord Byron détestait les voir manger. Il trouvait que cela leur enlevait de la spiritualité.

— Je ne dois pas en avoir beaucoup, en ce cas. J'ai un bon appétit.

— Pouacre ! Moi je préfère boire *à la putain qui m'a tordu le cœur*. Ne sursautez pas, c'est de Brel.

Il l'emmène au restaurant, veut l'aider à porter son tas de papier pour photos. Elle refuse :

— J'ai l'habitude des paquets. Quand ils ne sont pas trop lourds, ils n'enlèvent pas grand-chose à ma spiritualité.

Elle lui paraît heureuse. Il ne l'est pas, ne l'est jamais. Il se met à geindre dès qu'ils sont installés dans ce plaisant restaurant campagnard de la rue Saint-Martin :

— Moi, je veux bien qu'on m'aime, surtout quand je suis moi-même amoureux. C'est plus agréable. Mais je n'entends pas qu'on m'aime au quotidien, qu'on m'aime dans la soupe comme a l'air de le souhaiter Marthe aujourd'hui. L'amour, c'est une aventure, mon aventure, ma remontée à moi des sources de l'Amazone en canoë. L'amour, c'est les grandes vacances, des grandes vacances sans date de rentrée. Elles ne finissent qu'à la pluie. S'il ne pleut pas, on reste. Qu'en pensez-vous ?

— Je ne sais pas.

— Comment, vous ne savez pas ? Vous n'avez jamais aimé quelqu'un ?

Ironique :

— Vous vous êtes peut-être mariée vierge ?

— Oui...

Goguenard :

— Alors, votre mari, quand même ? Un petit peu ?

— Oui. Mais pas comme vous le dites.

— Pas en feu, quoi ?

— C'est cela, pas en feu.

— Mangez.

Elle mange. Il grignote.

— Je vous plains, Christine, de ne pas avoir pris le train. Pas le tortillard pour Rambouillet. Le vrai. L'Orient-Express, le Transsibérien. Vous n'avez encore rien vu du paysage.

— Je sais.

Il s'anime, renverse la bouteille de vin, la rattrape au vol avec une dextérité de vieux barman :

— Mais il faut vivre, Christine ! Vivre ! Aimer, boire et souffrir. Se battre. Se brûler la peau. Et déchirer les draps au lieu de les changer. Chanter dans la chair de l'autre. Respirer dans l'autre comme dans une forêt. Nager dans l'autre. C'est cela, faire l'amour. Ce n'est pas du tout pour un petit moment comme vous le proposent les putes mais pour un grand moment, le plus grand de tous !

Il est satisfait de son auditoire, qui n'ose même plus s'empiffrer et le considère bouche bée. On ne doit pas souvent lui parler de la sorte, dans sa résidence Guynemer. Elle lui tend une main qu'il serre à tout hasard. Christine rit :

— Non, Régis, ce n'est pas cela. Le lien, s'il vous plaît. Le lien...

La manche de sa chemise est serrée au poignet par un cordonnet dont s'est défait le nœud. On ne peut le rattacher soi-même. Marthe aussi porte de ces chemises malcommodes.

— J'ai l'habitude de ces liquettes-là, remarque Ferrier en relaçant le bout de ficelle, ce qui lui fait murmurer : il y a maintenant un lien entre nous, Christine.

Il persifle :

— C'est le mari qui a bouclé la boucle aussi mal ?

— Non. C'est une de mes filles.

— Oh ! la la, quel pluriel !

— Elles ne sont que deux. Mais j'ai un garçon, en plus.

— Trois enfants ! Vous ne les faites pas, maman.

— Merci, mais je les ai pourtant faits. Sans regrets. J'aime les enfants.

— Pas moi. J'ai connu un abruti qui me présentait son crétin de fils et m'affirmait qu'il s'agissait là de la fleur de la vie. La fleur, rien que cela ! Elle était chouette, la fleur ! Pur porc et en plastique. Quel âge ont vos trois fleurs ?

— Neuf, sept et cinq ans.

— Bougre ! Tous les deux ans ! Vous les faites à la mitraillette ! J'espère pour vous que tout le chargeur y est passé. Et que fait dans la vie le... le tireur d'élite ?

— Il est professeur.

— De maintien sexuel, sans doute ?

— Non. De mathématiques.

— Pour savoir compter jusqu'à trois, il faut bien ça !

On s'intéresse enfin à son cas. Elle existe. Elle est ravie :

— La plus grande s'appelle Ariane. La deuxième Catherine. Le garçon, Ziggy.

— Ziggy ?

— C'est un surnom qui lui est resté. Mais vous vous en fichez, dans le fond.

— Absolument.

— Vous n'avez pas d'enfants ?

— Si. Quinze. Mes pièces. J'ai fait beaucoup de sacrifices pour eux. Ils m'ont souvent réveillé la nuit. Sans parler des fausses couches. Un autre dessert ? Si. Si. Vous en brûlez d'envie. C'est rares, les envies, sur terre. N'y résistez jamais, c'est un conseil d'ami.

— Merci.

— Ne me remerciez pas pour des profiteroles !

— Je vous remerciais pour le mot : ami. C'est gentil.

— Je ne suis pas gentil.

— J'aime quand vous râlez.

— Oui, je râle. Mais vous verrez : je ferai beaucoup mieux sur mon lit de mort.

Il l'enchante. Il cherche où la pincer un peu, et trouve. Puisqu'il connaît si bien les femmes, d'après elle, il va le lui prouver :

— Trois enfants ! Mais, ma pauvre Christine, vous devez être massacrée de vergetures. Sur le ventre, sur les cuisses, brrr !...

Cette méchanceté ne la choque même pas. Les mères sont de vieilles compagnes de toutes les misères physiologiques. Christine sauve son ventre et ses cuisses :

— Je n'en ai que sur les fesses.

Il siffle son eau-de-vie de poire, s'excuse quant aux vergetures, conclut :

— Mais ne parlons pas si vite de vos fesses !

Il songe à celles de Marthe, qui sont en voie de disparition. Dans ses yeux sombres, Christine suit la démarche de Ferrier :

— Elle travaille, Marthe ?

— Elle est docteur en médecine.

— C'est un beau métier, pour une femme.

— Disons que ça rassure leurs hommes. Ils ont sous la main l'assistance à personnes en danger, S.O.S. Médecins dans leur lit.

— Vous voyez l'amour sous un drôle d'angle.

— Oui, en l'occurrence, il y a un petit côté pratique. Et vous devez penser : « Misogyne » puisque le vocable fait fureur, actuellement.

— Non, je ne le pense pas. Vous aimez trop les femmes.

— Justement, ma pauvre Christine, justement ! Plus vous les aimez et plus on vous accuse à la légère de les mépriser. Paradoxe de société et d'intellectuels de gauche à droite. Voyez le racisme ! Criez sur les toits que les Noirs sont des gens comme vous et moi. Le Noir vexé vous répondra : « On voit bien que vous ne vous êtes pas regardé dans une glace ! » Misogyne ou pas, je m'en fous : je vous aime, je vous aime !

Elle rougit encore. Il pirouette :

— Pardonnez-moi. Je parlais en général.

Quatre ans et des poussières plus tard, elle écrira à propos de cette soirée-là : *De toute façon, elle avait décidé qu'elle l'aimerait, bien avant de le connaître. C'était ainsi. On verrait ensuite.*

Ce 29 octobre, il ignore tout de cette farouche détermination.

Un bandeau est sur ses yeux, les mains de Marthe, de Marthe qui ne pouffe même pas : « Coucou ! »

Il regarde sa montre. Il n'est que 22 heures. Christine lui a dit qu'elle le quitterait à minuit pour rentrer à Courbevoie. Depuis le début du repas, de sa main gauche, elle se palpe l'épaule droite, en un geste de grâce qui finit par agacer Régis :

— Cessez donc de vous tripoter, c'est un tic !

Elle rit :

— Je ne me tripote pas.

— Alors, c'est pire, vous vous caressez !

Quatre ans plus tard, encore, lettre de Christine à Régis : *Je fais souvent ce geste et chaque fois je pense à toi. Lorsque je pense à toi, je le refais. Souvent d'ailleurs je pose une main n'importe ou sur mon corps, comme si c'était la tienne. Et je ferme les yeux, et je suis avec toi...*

Ils n'en sont pas là.

La mère de famille est sympathique à Ferrier. Puisqu'elle ne s'ennuie pas, elle ne l'ennuie pas.

— Si vous le voulez, Christine, je vous montre quelque chose. Pas très loin de mon appartement dans le Marais, j'ai acheté un studio. Trente mètres carrés sacro-saints qui ne sont qu'à moi. Je l'appelle ma bulle. Mon bathyscaphe.

L'a-t-il répété souvent, ce discours sur la bulle et le bathyscaphe ! A toutes...

— Je veux bien, dit-elle.

— Vous n'aurez pas peur ?

— Non.

— Vous savez, ou plutôt vous ne savez pas que je ne viole jamais ? D'abord, ce serait au-dessus de mes capacités physiques, de plus j'aurais trop le trac de ramasser un coup de genou quelque part. A la rigueur, on me viole.

— Ça, c'est de la misogynie, pour une fois, fait-elle en souriant.

— Bref, vous ne risquez rien, souffle-t-il avec lassitude car il vient encore de penser à Marthe. Christine y pense aussi. Il se lève :

— On y va ?

Il l'aide à enfiler son imperméable, elle reprend ses disques, son papier, ils s'en vont dans la nuit. Ils marchent sans soupçonner, lui du moins, quoi que ce soit du sort qui les attend, sans voir où ils mettront les pieds, dans quelles crottes de chien, dans quels charmes et drames, *vers quels mornes et cruels désastres* comme dirait Verlaine, cette autre ombre de la nuit.

En ce temps-là, on construit le musée Beaubourg et tout, autour d'eux, n'est que chantiers, palissades, chemins de planches zigzaguant dans ce morceau lunaire d'un Paris ravagé. Le riverain Ferrier évolue en chat errant et sûr de lui dans ce labyrinthe promu à toutes les formes tudesques de la Kultur.

Christine lui serre un peu fort le bras, il ne sent rien. Et si Marthe est au studio ? Il se mord les lèvres. Si Marthe est au studio, il se mordra les doigts. Que dira-t-elle en le voyant avec une autre, pas laide de surcroît, pour ne rien arranger du tout ? L'autre qui s'extasie :

— C'est incroyablement romantique, Régis, cette promenade ! Comme Paris est poétique, quand il s'y met !

Il t'en foutra, du romantique, du poétique ! Il râle, râle et grogne, de très mauvaise humeur :

— Quand on est amoureux, oui, c'est toujours ici qu'on s'embrasse ! Ici et pas ailleurs !

Il n'ajoute pas : « Na ! » mais c'est tout comme. Et presse le pas.

Elle, toujours plus tard : *J'aurais dû avoir le culot de t'embrasser. Tu aurais été étonné. Mais moi oser une telle approche !... Incapable... Sacrée timide...*

Oui, elle aurait peut-être dû oser... Mais bah, cela

n'aurait pas varié d'un mètre-lumière le cours de leurs astres...

Ils aboutissent enfin rue de Montmorency. L'immeuble est vieillot, anonyme. Troisième étage sans ascenseur. Si Marthe est là, on va jouer *Phèdre* ou *Hernani*, au choix. *Occupe-toi d'Amélie*, au mieux.

Elle n'y est pas. Ferrier se rassérène. Christine a deviné son inquiétude. Le docteur n'a rien de la bonne ménagère. Elle vit ici à mi-temps, en dehors de son cabinet, éparpille n'importe où ses robes, ses jeans, ses peignes, ses épingles à cheveux, ses soutiens-gorge, toute une débâcle féminine qui convient à Ferrier. Christine dépose son barda, observe les lieux.

Grand lit bateau englouti sous une vaste couverture en agneau de Toscane. Savant désordre, par-dessus le tout, de piles de coussins de couleur. Une table de bistrot en marbre, un guéridon de même style. Etagères de livres et de bibelots. Chaises et fauteuils noirs à sièges cannés. Des chandeliers. Aux murs, des affiches, une collection de sous-bocks, des citations de poètes écrites au marqueur. Toilettes. Cuisine. Salle de bains.

— Messieurs, Mozart ! clame Régis, théâtral, en appuyant sur une touche de magnétophone. De deux baffles suspendus au ras du plafond s'échappe tout un concerto pour violon et orchestre. On peut se croire, en effet, dans un petit submersible échoué sur les fonds — plus ou moins dératisés — de Paris.

— Alors ? fait Régis tout fiérot.

— C'est troublant. Et chaud.

— Disons que c'est très étudié. Rien de naturel, là-dedans. Tout est conçu, mis en scène pour mes tentatives de séduction. Je suis un cavaleur, Madame, quand l'amour ne m'immobilise pas au poteau de tortures. Si cette pièce, qui est quasiment de théâtre, pouvait parler, elle ne parlerait pas. Elle rugirait de plaisir. De celui qu'on m'a donné, de celui qu'il m'est arrivé de donner. Elle résonnerait aussi des sanglots que l'on m'a arrachés. Car dans la panoplie du parfait petit misogyne ne se trouvent pas que des pointes de sein de lycéennes, madame Labé ! On y dénombre aussi des tenailles, des clous, des garrots et des poires d'angoisse. On souffre, ici, ma belle petite madame Labé, on souffre ! Ce téléphone bleu, entre autres, n'est qu'un instrument raffiné de souffrance. Et que dire des pas dans l'escalier, ces pas épouvantables qui ne s'arrêtent jamais devant votre porte ? Atroce. Il faut avoir vécu cela pour apprécier le reste, tout ce qu'il reste de l'écume des « je t'aime » crevés sur le sable. Lyrique, hein, l'auteur ? Professionnel irréprochable, avec ou sans stylo, avec ou sans filet.

La « belle petite Mme Labé » le regarde jongler avec ses baballes, bateler, escamoter, ventriloquer, retomber sur ses pieds. Mais elle sait aussi, pour avoir lu ou vu ses œuvres, que l'acrobate s'est quelquefois cassé les reins et que ses cris, alors, ne sont pas feints. Elle a, dans son Maine-et-Loire natal, décidé qu'elle l'aimait. Donc, elle l'aime. Lui avouera par la suite qu'il aurait tout pu se permettre, ce soir-là. La déshabiller, la prendre et la jeter. Femme, elle le regarde, et sait que ce cabot n'est qu'un homme et qu'un très pauvre homme. Elle sait beaucoup de choses, Christine Labé.

Il se calme et se sert un whisky. Il plaisante :

— Ne me dites pas que je bois comme un tas de sable, Christine. Je bois pour oublier que jamais je n'oublierai Marthe.

C'est vrai qu'il y a, aussi, des photos de Marthe aux murs. Tous les stéréotypes de Ferrier : tête d'ange, un peu, yeux clairs et cheveux blonds. Tous les portraits-robots de ses amours. Christine en a assez de Marthe, mais se tait là-dessus. Il lui suffit de faire enfin connaissance avec celui qu'elle aime, de le voir boire, bouger, vivre. Il a pris forme. Il est né, comme naquirent ses enfants. C'est un garçon. Il parle déjà, marche déjà. Se penche même sur elle, s'aperçoit de sa présence :

— Vous travaillez, à Angers ?

— Je me suis mariée à dix-neuf ans. Je n'ai pas eu le temps d'apprendre un métier. Je m'occupe de mes enfants...

— Je vois : cuisine, lessive, ménage, re-cuisine, re-lessive, re-ménage.

— Bien sûr... Mais, pour me faire un peu de sous, j'aide quelques fois par semaine des copains vétérinaires. Par exemple, je donne un coup de main pour tondre les chiens, c'est assez rigolo.

Charmante, sa façon démodée de parler de « sous » plutôt que d'argent. Il s'est assis à côté d'elle, appréhende d'entendre tourner la clé dans la serrure, puis retentir la voix cassante du docteur :

— Je ne vous dérange pas trop ?

Marthe ne viendra pas, mon Dieu faites qu'elle ne vienne pas !

— Il le sait, votre mari, que vous me rencontrez ce soir ?

— Oui.

— Il n'est pas jaloux ?

— Si.

— Mais il est sûr de vous, sûr de sa vierge mère de famille.

— Sans doute.

Elle a un sourire bizarre, comme perdu derrière des rideaux :

— Jean-Luc sait que je lui ai toujours été fidèle.

— L'heureux homme !

— Oh ! pour lui, c'est naturel, normal, évident ! Je n'y ai aucun mérite.

A la place de Jean-Luc, Régis ne partagerait pas toutes les belles certitudes que voilà. Mais il n'a pas des naïvetés de professeur de mathématiques.

— Quel âge a-t-il ?

— Trente-cinq ans.
— Oui. Il est encore très jeune.
Il écarte comiquement les bras :
— Moi, elles m'ont toutes trompé, toutes.
— Votre femme aussi ?
— Forcément, puisque je l'ai trompée. Je rends hommage à votre sagesse, Christine. Il n'y a plus qu'à Angers qu'on doit encore trouver des vertus de ce calibre-là.
— Des phénomènes, quoi !
— Il y a de ça. Notez malgré tout, pour votre gouverne, ce qu'en pensait Jules Renard : « Comparaître devant Dieu sans avoir trompé son mari, quelle humiliation ! »
Christine a une moue mélancolique, « tristounette » diraient les étudiants de son mari. L'homme qu'elle aime en aime une autre, ne lui parle que de celle-là, et puis de son mari.
— Il est beau ?
— Qui ?
— Ben... Le nommé Jean-Luc.
Elle hausse les épaules :
— Je n'ai pas regardé.
Elle le regarde, lui, et il ne voit rien. Rien. Non, elle ne s'offre pas, mais il pourrait peut-être remarquer qu'il est assis près d'une femme ? Lui dire, comme tout le monde, qu'elle est jolie ? Il n'est pas tout le monde. Il ne l'a interrogée que sur ses vergetures. Elle est froissée, à présent. Il la sent malheureuse :
— Que se passe-t-il, Christine ?
— Oh ! rien. Je ne suis vraiment que des vergetures, pour vous.
— Christine ! Je vous ai déjà demandé pardon. Si nous nous revoyons, il faudra vous habituer à mon langage. Je parle plus de queue, de chatte, de cul que de roses ou de patchouli. Je ne me force pas, vous savez, pour paraître mufle ou grossier. C'est inné. Et

puis... parfois... ça plaît, même si cela doit vous étonner.

— Ça ne m'étonne pas. Ça ne me déplaît pas. Je ne suis pas en sucre. Je dis merde, moi aussi. Je vous préfère comme vous êtes qu'en troubadour à la mie de pain.

De son sourire naît la lumière. « Belle », juge froidement Ferrier. Etrange, car enfantine :

— Je m'aperçois de quelque chose, Régis.

— Quoi donc ?

— Que vous avez des yeux de félin.

— On ne me l'a jamais dit.

— Parce qu'elles n'aimaient pas les chats.

— En somme, c'est un compliment ?

— C'en est un. Moi, j'aime les chats, les tigres, les panthères, les lions, tout.

Il lui met poliment la main sur un genou. Elle le mérite, pour les yeux de félin. Elle lance tout à trac :

— Je n'ai pas de seins.

Pris à contre-pied, il bredouille :

— Ah bon ?

— Pas du tout.

— Ce n'est pas très grave.

— Pour un homme, non, pour une femme, oui.

— Vous devez bien en avoir un peu.

— Non. Pas du tout, du tout, du tout.

Elle est tellement, sérieusement désespérée, qu'il rit :

— Ça non plus, on ne me l'avait jamais dit.

— Et pour cause, elles en ont toutes.

— Oh ! toutes !...

— Toutes un peu, au moins. Moi, rien. Et des vergetures sur le derrière, en prime...

Elle l'émeut, et, qui pis est, dans sa chair. Il grogne :

— Tu ne dois pas être si tarte puisque tu me fais bander.

Elle ne répond pas. Le propos a glissé sur elle sans la

heurter. Le cœur lui bat, qui souffre déjà d'arythmie. Un ange passe, un verre de whisky à la main, un autre dans le nez. Un fantôme le suit, celui de Marthe nue. Pourvu de seins, lui. Dénué de tout complexe d'ordre mammaire. Marthe qui pose sa poitrine sur la nuque de Régis, ses mains sur ses cheveux. Christine frissonne. Il l'a tutoyée.

— Vous avez froid ?

— Non. Il faut que je parte.

— A cause de ce que je vous ai dit ?

— A cause de l'heure.

Il lui en veut de le laisser seul. Il raille :

— Veinarde, vous allez coucher avec le prof.

— Non, avec Ziggy. Mon fils.

— Je préfère.

— Vous vous en foutez bien !

— Pas sûr...

Furtive, elle lui caresse une seconde les cheveux, comme Marthe.

S'en excuse :

— Pardonnez-moi...

Il est bientôt minuit à la pendule marine en cuivre. Mozart s'est tu depuis longtemps, et Vivaldi, et Liszt, qui donnèrent concert ce fameux soir. Christine se lève pour la dernière fois. Se reverront-ils ? Ils n'en parlent pas.

— Vous m'écrirez encore, Christine ?

— Certainement. J'écris beaucoup.

— A tous les auteurs dramatiques ?

— Idiot...

Il enfile son blouson.

— Je vous raccompagne, quoique le coin soit plein de démons de midi qui en veulent à ma peau, d'après Agnès.

— Qui est Agnès ?

— Ma femme.

On accède à la porte palière par un escalier intérieur

de quelques degrés. Au bas des marches, Régis s'empare brusquement à deux mains du visage de Christine. Elle ferme les yeux. Il l'embrasse. Longtemps. Si longtemps qu'elle en lâche ses disques et son papier photo.

Tu as trompé Marthe en m'embrassant dans VOTRE studio, lui écrira-t-elle par la suite, histoire de souligner qu'il aura vraiment trompé la terre entière.

Il n'y pense pas, à Marthe, pense que cette bouche est fraîche, abandonnée, que cette langue est dure sous ses dents, que les montres s'arrêtent, que Mozart se remet au violon. Il s'en sort encore par une « horreur », murmure :

— Toi, tu dois bien sucer.

Elle ne dit rien, le fixe comme si ce baiser l'engageait, elle, pour la durée de la guerre. Est-il en vérité le deuxième homme qu'elle embrasse ? Si oui, on peut admettre qu'elle y ait mis quelque passion.

Il la reconduit jusqu'à la station Arts-et-Métiers. Elle lui laisse enfin porter le plus lourd de ses paquets. Elle n'a plus de jambes, elle qui les a pourtant si longues. Elle rentre dans le droit chemin, le seul qui ne sente pas la noisette.

Ils n'ont plus rien à se dire. Avant de la quitter, il l'embrasse encore. Elle veut tout lui crier de toute la force de ses yeux. Il a fermé les siens et ne voit rien, comme toujours. Il songe à ces mots de Tristan Tzara, écrits sur un mur du studio : *La pensée se fait dans la bouche.* Il repousse doucement Christine et souffle :

— Souvenez-vous, Christine, que la pensée se fait dans la bouche. Au revoir. Dormez, je le veux. Mal.

Il s'en va, elle s'en va. C'est leur première séparation. Elle écrira, à la troisième personne, quatre ans après toujours : *Ziggy fiévreux passa la nuit contre sa mère brûlante de désir ou de la fièvre de son fils, elle ne savait plus très bien. Des deux, sans doute...*

3.

Après cet entracte, Marthe reprend ses rôle et texte, dont la flamme baisse sous l'extincteur de la vie. Celle de Régis, par contrecoup, s'encrasse de gorgées d'essence. Régis flambe, crépite comme un bonze. Novembre s'écoule sous les frimas. Décembre commence sous le givre. Marthe, gelée, s'habille de glace. « Madame se meurt, madame est morte ! » sanglote un Ferrier déguisé en Bossuet.

Il pourrait le mettre en réanimation, son docteur, mais à quel prix ! Quitter Agnès pour elle, il n'y faut pas songer. Marthe lui réplique alors qu'il ne faut plus rêver. Elle a le cœur sur terre, Marthe. Est fatiguée de l'aventure, de la remontée à la pagaie des sources de cette Amazone chère à Ferrier. Elle ne veut plus naviguer qu'à pied sec, toucher cette terre ferme qu'il lui refuse.

Elle le quitte par une lugubre nuit de Noël. Il réveillonne d'une boule de neige plus *dure que du fer à mâcher* selon Villon. Il ne reverra plus jamais Marthe. Plus jamais il n'y aura de docteur dans la salle. Il faudra faire avec, à savoir vivre sans.

Le voilà lâché en espadrilles et maillot de bain dans la grande plaine de Russie en 1812, bonne année de souffrance. Trempette, brasse, crawl puis planche dans la Berezina. Cette fois, n'en déplaise à ceux qui doutent de sa sincérité, la guérison, puis la convalescence seront longues. Sombre, il se cloître. On ne lui fera pas de sitôt du bouche-à-bouche. Agnès, désolée par le spectacle, réendosse la blouse de l'infirmière, tente de lui maintenir la tête hors du whisky. Il renonce aux femmes, fait des adieux déchirants à l'amour.

— Jusqu'à la prochaine fois, insinue Agnès.

— Il n'y aura pas de prochaine fois ! hurle-t-il, outré qu'on puisse envisager aussi sereinement qu'il oubliera l'inoubliable. Agnès ne fait pas de cadeaux, ne s'apitoie pas sur des larmes qu'elle estime triées sur le volet. Pour Else, jadis, il s'est même offert le grand luxe d'une dépression nerveuse à quatre étoiles. Il a des références dans la douleur.

En ce janvier de Père-Lachaise sous le grésil, il demeure et meurt à son bureau, inerte, l'œil vague, barattant le caillé du paradis perdu. Ne se lasse pas d'écouter le *Requiem* de Mozart. Soulève une règle, la replace au même endroit. Dévisse le bouchon d'un tube de colle, le revisse. Joue aux cartes avec les photos de Marthe. Ses réussites ne réussissent jamais. Elle ne reviendra plus. Qui lui fait l'amour ? Il ne le fait plus à personne. C'est sale, ennuyeux, fatigant. Il est vieux. Tousse, crache et pue.

Il regarde par les vitres le jour se lever sur le Marais, un jour qu'il faut tuer puisque le jour ne le tuera pas. Plus tard, la nuit s'écrase sur le Marais. La bouche sur la vitre, il souffle : « Marthe ! » et souffre. « Veux-tu que je fasse venir le docteur ? » lui demandait autrefois sa mère. « Oh ! oui, maman, fais-le venir, que je le prenne encore dans mes bras, qu'il crie encore sous le poids de mon corps ! » Mais l'amour n'est plus remboursé par la Sécurité sociale. L'amour, il a fait une croix dessus. Une croix de cimetière. Au-dessus d'une énorme dalle de granit pour qu'il ne ressorte plus jamais de son trou, celui-là. Il ne reste plus, de l'amour, que les ossements. On ne fait pas l'amour avec des os.

— Tous ceux qui meurent, songe-t-il, on leur a pourtant souhaité la bonne année. A eux d'apprécier l'ironie.

A l'heure du facteur, il se précipite sur la boîte. Marthe aura écrit. Elle ne peut pas ne pas écrire un jour des choses comme : *Je ne peux pas me passer de toi. Veux-tu encore de moi ? Dis-moi de revenir, et je reviens.* Si, elle le peut très bien. La boîte est vide. Enfin, pas tout à fait, il y a une lettre d'Angers. Chaque matin ou presque depuis le 29 octobre.

Ferrier se souvient d'une pièce qu'il avait soumise au comédien Michel Simon. Simon était d'accord pour la jouer. Entièrement d'accord mais... il y avait un mais...

— Mais quoi, Michel ?

— Voilà... Cela vous ennuierait-il si nous la créions à Angers ?

— A Angers ? s'était étonné Ferrier de bonne foi. Pourquoi à Angers ? Je n'ai rien contre Angers mais, pour une création, Paris ce n'est pas mal non plus, il me semble ?

Simon avait pris un air gourmand :

— Parce que... vous allez me comprendre, Ferrier... A Angers, à Angers, *ils m'aiment bien.*

Il repense à cette lubie de comédien en remontant, accablé, les marches qui mènent à son bureau, cette lettre angevine à la main. A Angers, *on l'aime bien.* Pis que cela, on l'aime. Carrément. Définitivement. Violemment. Après l'avoir vu quatre heures, c'est flatteur, mais vain. Idiot mais réel. Lointaine, Christine ose enfin parler. La timide ne se connaît plus, là-bas, de retenue, de garde-folle. Elle a cristallisé, rêvé à perdre haleine, déliré. Régis flotte tel un bouchon dans cet habit de Prince charmant taillé aux cotes d'un colosse de foire. Ne saisit pas pourquoi on l'a élu, lui, pour un destin si vaste, pourquoi on le pare au débotté de tant de mérites et de séductions. Il n'y voit guère que la toute-puissance de l'absence. Le moindre grain de mil venu de Marthe ferait mieux son affaire que cette dévotion quasi quotidienne.

Régis, une foule de choses me troublent chez vous... Je vous aime... A quoi sert de vous dire que si j'étais sans enfants, ma valise serait déjà bouclée et que je serais près de vous... ?

En guise de spontanéité, n'est-ce pas plutôt, Mme Labé, de la précipitation ? « Bigre, se dit Ferrier, la valise, comme elle y va ! Du jamais vu, pour un baiser d'escalier ! » Si elle habitait Paris, prétend Christine, elle serait déjà sa maîtresse. Sa maîtresse ! Ce vocabulaire début de siècle est bien digne d'une épouse fidèle qui charge un mot désuet de tous les poisons inconnus, de tous les péchés explosifs. A cause d'elle et malgré Marthe, Ferrier consent à sortir de sa coquille de désespoir. Les consolations du whisky peuvent, après tout, s'étendre à celles d'autre nature qu'offre une mère de famille angevine en veine de sentiment.

Sa liaison avec Marthe n'a laissé, dans son carnet d'adresses, que des vides à pleurer. Le téléphone ne chante plus. La femme du professeur tombe dans sa vie déserte comme un glaçon dans le Pernod. « Une punaise chasse l'autre », s'écrie-t-il méchamment. Va-t-on encore le taxer de misogynie alors qu'il n'a rien demandé à cette dame, rien du tout ? En somme, ladite misogynie consisterait en l'occurrence à refuser à cette Christine l'instant de plaisir qu'elle sollicite de lui ! Il sera bon avec les femmes. Il se sacrifiera. Il aime Marthe, fera l'amour à Christine. Si on ne se suicide pas, il faut bien vivre, c'est mathématique comme un professeur. La femme de l'enseignant reçoit donc une invitation pour un voyage sans valise, la prend pour ce qu'elle est : un examen de passage.

Je vais me faire étendre, répond-elle non sans humour, *j'aurai le trac. Démon de midi pour vous, diable au corps pour moi, c'est gai ! Que deviennent là-dedans mes grandes idées d'Amour avec un grand A, c'est de la prostitution pure et simple !*

Elle ne reprend son sérieux, voire son tragique, que pour lui reparler de ses *deux seins inexistants à l'origine d'un fabuleux complexe.* Dieu qu'il la blesse, le bât du soutien-gorge ! Ferrier n'en a cure, qui s'empresse d'aller plus loin, beaucoup plus loin dans les précisions. Tant pis pour les seins, mais elle a une bouche qu'il a aimée, devinée, imaginée ailleurs, posée ailleurs. Se fait-il bien entendre, au moins ? Très clairement, comprend Christine qui lâche tout à coup le plus surprenant des aveux : *A propos de ma bouche, ce sera en tout cas une inauguration...* avant de conclure, marché conclu : ... *en vous embrassant longtemps (j'aime) partout.*

Inauguration ! La chose est imprévue. Ferrier ne peut se détacher de ce mot manuscrit : inauguration. A vingt-neuf ans ! « Bigre, marmonne-t-il, bigre ! Je ne sais pas s'il y a des mille et une nuits à Angers, mais il faut croire que le soleil ne se couche jamais sur la résidence Guynemer ! On n'a l'air doué que pour les paternités, là-dedans ! »

Si Christine rêve trop fort, Régis rêve en sourdine, lui, cette lettre sous le nez. Ce marchandage insolite parce que épistolaire le détourne un moment de ses chagrins. Cette intimité écrite le désarçonne davantage que les familiarités à voix basse de vive voix. Tous deux en prendront à l'avenir l'habitude, s'écriront lors des douleurs sempiternelles de l'absence avec une liberté de sauvages, un souffle presque de volontés dernières, une violence de verbe qui ne désarmeront pour ainsi dire jamais.

Oui, amants ils seront, et tristes amants puisque si rarement, si brièvement réunis. Nul ne saura ses souffrances, que lui. Nul ne saura ses souffrances, qu'elle. Ils seront des corps plus que d'autres enchevêtrés. Puis séparés. Privés, sevrés de tout contact. Tenus à l'écart. Arrachés. Déchirés. Il faut leur pardonner tous leurs défauts, toutes leurs imperfections. Ils ont tous les deux des vergetures. Elle n'a pas de seins. Il n'a que le charme qu'elles veulent bien, parfois, dans leurs bons jours, lui reconnaître.

Pour l'heure, les voilà sinon fiancés du moins promis. Le temps d'un dîner, Christine a basculé dans une autre vie. En toute simplicité. Son aspirateur ne chantera plus jamais la même chanson. Elle aime Régis, sans même lui avoir demandé son opinion sur la question. Elle appareille pour une navigation solitaire du cœur. Elle le dit, le répète, l'a décrété : elle l'aime. Un point c'est tout. « Drôle de personnage », songe Régis, qui en a tant et tant fabriqué qu'il se perd dans leur galerie. Celui-là manquait à la collection.

Elle ne pense plus qu'à lui. *Je suis sortie avec vous sous la pluie, sans but et sans parapluie.* Il en fait tout autant mais ne pense, lui, qu'à Marthe. L'amour les détrempe au hasard des rues, mais ce n'est pas le même, ce ne sont pas les mêmes. *Régis que j'aime...* Elle erre sur le boulevard Saint-Michel car il existe un boulevard Saint-Michel à Angers. Elle erre, seule, ou un ou deux ou trois marmots à la main, ou, encore, l'homme qu'elle n'aime pas à son bras. Il erre, lui, rue Saint-Denis. Une pute :

— Tu montes, chéri ?

Alors qu'il descend, descend la pente et descend aux abîmes...

Il répond :

— Je sors d'en prendre, de monter.

Pute, vous êtes toutes des putes et surtout les docteurs. *Marthe que j'aime...* Il se souvient avoir écrit — dans quelle pièce au juste ? — cette réplique :

— Les fesses vont toujours par deux, ce qui n'empêche pas la solitude.

Pauvres fesses, avec ou sans vergetures, où êtes-vous, aujourd'hui, sur quel trottoir désert vous balancez-vous pour quels murs couleur muraille ? Loin du cœur, loin des mains, les fesses sont tragiques. Celles de

Marthe ont fondu en gelée dans une baignoire emplie d'acide. Mieux vaut les imaginer ainsi qu'autrement.

Ce n'est que par pudeur, que par respect humain que Ferrier parle de fesses, lui qui ne voit partout que des yeux bleus. Qui ne sont surtout pas, ô surtout pas, ceux de Christine, hélas pour elle.

4.

Les rues qui portent des noms de fleurs sont toujours d'effrayants coupe-gorge, ou des boyaux percés dans des façades de béton. Les « résidences » ne sont que H.L.M. alignées côte à côte, des silos pour betteraves à tête d'hommes, des serres où se languissent d'implacables existences de légumes. L'horreur n'ose jamais dire qu'elle s'appelle l'horreur.

A Angers, la résidence Guynemer est toujours sous la pluie même quand il fait beau. Au troisième étage — avec ascenseur — d'un de ces bâtiments qu'on numérote pour pouvoir rentrer chez soi sans se gratter la tête, vit la famille Labé, voisine d'un tas d'autres familles toutes semblables.

Les trois enfants Labé sont tous bien élevés, ne fourrent pas leurs doigts dans leur nez, et leur joyeux babil réjouit la chaumine F 3, à moins qu'il ne s'agisse d'une folie F 4, on ne sait pas, on ne sait plus. Sans importance. M. et Mme Labé viennent de fêter leurs dix ans de mariage, ce qui se traduit dans les traditions populaires par le terme de « noces d'étain ». M. et Mme Labé sont là, rangés comme un couteau et une fourchette dans un tiroir, auprès de trois cuillers à café.

La bouche de Mme Labé n'est toujours pas « inaugurée ». Cette grande première ne figure ni dans les programmes scolaires ni dans les matières traitées lors de ses huit heures de cours hebdomadaires par le professeur de mathématiques. Les Labé sont abonnés au téléphone, au gaz, à l'électricité et au *Nouvel Observateur*, l'organe corporatif des universitaires évolués. Le pêcheur lit *La Pêche et les Poissons*, le cyclotouriste *L'Officiel du cycle*, les curistes *Le Figaro*, les enseignants supérieurs *Le Nouvel Obs*.

Famille normale, donc, que la famille Labé, et sans ailes à géométrie variable, malgré la profession du père. Sexualité normale, enfants normaux, réfrigérateur et machine à laver dénués d'extravagance. Le père est propre, la mère est propre, les enfants propres et le tout proprement vêtu. Tout, ici, donne l'heure exacte, même les montres. La vie s'écoule au goutte-à-goutte comme d'un robinet mal resserré. Les enfants grandissent et la vie rapetisse, tout est dans l'ordre et bien repassé dans l'armoire.

Tout ce rang d'oignons est rythmé par les vacances de Pâques en Bretagne, les grandes vacances en Bretagne, les vacances de Toussaint en Bretagne, les vacances de Noël à Courbevoie. Les vacances sont l'avantage du métier. Les deux chats de la maison ronronnent, Monsieur est fidèle à Madame, Madame est fidèle à Monsieur, la soupe est bonne mon colonel, il fait un temps de saison, la vie est belle mais de plus en plus chère, je vous présente ma femme et au quatrième top il sera le train de 8 h 47.

Un jour pourtant, un ver naît dans la cave. Sans hautbois ni musettes, et personne n'entonne : « Il est né le divin enfant », pour fêter son avènement. Le ver s'étire, gagne la sortie et se met à grimper vers la surface. Il lui faut éviter les pieds vermicides des locataires. Le voilà au premier étage. Il reprend haleine, sous condition qu'un ver ait une haleine, ce qui n'est pas prouvé. Il sait où il va, le ver. On l'appelle plus haut. Il se hâte. Ventre à terre. Au second, il évite une mule d'appartement, esquive une chaussette russe, échappe à un snow-boot américain. Le ver en a marre d'escalader des marches. Même à son âge, les escaliers sont raides. Il parvient enfin au troisième...

Il se repère au son. O.K. Derrière cette porte, on passe, sur une chaîne hi-fi, le *Concerto pour violon et orchestre n° 3 en sol majeur K 216*. C'est du Mozart. C'est là. Le ver s'aplatit, rampe, s'aplatit encore, entre dans l'appartement. Les enfants sont à l'école, le père est à l'école. Le ménage est fait. C'est plaisir que de glisser sur cette moquette. Dans la cuisine, mijote un cassoulet. Christine s'ennuie. A mourir et on n'en meurt jamais. Il pleut. Depuis dix ans. Et elle s'ennuie depuis dix ans, et le temps semble long, en dix ans. Le ver, hilare comme ces vers de bandes dessinées, le ver s'approche d'elle. C'est un ver parasite nommé ankylostome.

Et tout à coup Mozart se met à bondir dans la pièce, à hurler à la lune, et les cuivres recouvrent le son du tout petit violon du tout petit Wolfgang Amadeus. Christine arrache une feuille de papier à lettres, écrit. Elle pleure, tremble, il fait si froid en elle, il pleut si fort sur elle. *Régis que j'aime, je pense à vous, je suis à vous, je vous embrasse infiniment partout.*

Le ver est arrivé. Le ver est dans le fruit. Il y demeurera quatre ans et plus. C'est un ver de qualité. De premier choix, comme dans toutes les bonnes épiceries.

Depuis que le ver fait partie de la famille, Jean-Luc ne la reconnaît plus. Elle fait eau de toutes parts, y compris et surtout dans les yeux mouillés de Christine. Il ne comprend pas, Jean-Luc :

— On dirait que tu viens de pleurer, Christine ?

— Mais non. Mais non... Pourquoi est-ce que je pleurerais ?

— Ben oui... Pourquoi ?...

Il comprend de moins en moins, Jean-Luc. La neutre, placide, paisible, égale, lisse Christine a des mouvements d'humeur, de fulgurantes tristesses dans le regard absent. Des lueurs de marais, à savoir de *Marais* traversent les yeux bleus vides depuis dix ans, à présent emplis de bousculades de gibier d'eau s'envolant de ces marécages parisiens.

— Qu'est-ce que tu as ?

— Rien.

Elle a tout donné d'elle dans ce baiser d'une fin d'octobre, tout. « Dans un baiser elle a donné son âme », diraient les mauvaises chansons. « Elle a donné son âme à tour de bras et à tue-tête », renchérirait Ferrier.

— Mais enfin, qu'est-ce que tu as ?

— Rien. Rien du tout.

Exact. Plus de mari. Plus d'enfants. L'aspirateur est débranché. En revanche la voilà connectée, elle, sur le 220 du rêve. Le court-circuit menace. Elle est d'une mélancolie de pomme oubliée sur une étagère dans un cellier. Avec ce sacré ver qui bouge en elle comme bougeaient autrefois les enfants. Et l'autre, l'autre qui la dévisage comme il ne l'a pas dévisagée en dix ans, et qui soupçonne :

— Nom de Dieu, tu as quelque chose, dis-le !

— Rien, Jean-Luc, rien.

Il se dit qu'il doit lui faire l'amour pour lui éclaircir les idées. Cela se fait, avec les femmes, des collègues le lui ont soufflé. Les enfants dorment ? Oui ? Il s'allonge sur elle, qui n'est pas là et ferme ses yeux sur le Marais. Rien. Toujours rien. Ce ver-là dans ce fruit-là n'est pas le bon. Après ce faux et usage de faux, Jean-Luc soupire. Avant, elle faisait au moins semblant. Semblant de s'intéresser à ce qui se passait au-dessus d'elle, ou derrière elle. Avant... Mais avant quoi ?

Un jour, il comprend enfin qu'elle n'est plus la même depuis qu'il l'a laissée rencontrer ce Ferrier, qu'elle a changé au fil de ces quelques mois, n'est plus la Christine de tous les jours de leur vie si merveilleusement quotidienne. Les nombres s'emmêlent les chiffres dans la tête du professeur.

Hier soir, attaque tout à fait inattendue après le dîner. Questions déplaisantes du genre : « Où en es-tu ? » Réponse : « Je ne sais pas. — Ferrier ne t'a jamais répondu ? » Réponse : « Non (?). » J'ajoutais idiotement que « je ne désespérais pas ». Parole malheureuse ! Il s'est déclaré désespéré. « Tu ne me confies plus rien, etc., etc. »

Le ver se frotte les mains. Ferrier s'en fiche, de tout cela qui n'est pas Marthe. Que l'Angevine vienne ou non le voir ce samedi 31 janvier comme elle l'espère, ce n'est pas son affaire. Qu'elle se débrouille avec son mari. Ferrier ne s'est jamais préoccupé des maris. Il serait vierge, ou presque, s'il leur avait porté quelque attention. Un mari, ce n'est pas tout à fait un homme. Il le sait. Il est marié.

Il est de plus en plus jaloux, malheureux, nerveux, anxieux...

Les tourments du prof plongent Ferrier dans l'indifférence. Ceci n'est pas dans son rôlet. Le prof, à tout hasard, menace de partir, d'abandonner le délicieux domicile conjugal, de « refaire sa vie », ce qui prouve à tout le moins qu'il n'enseigne pas les belles-lettres.

Je ne vois que la vérité, et la vérité implique ici la rupture. Christine brûle toutes les étapes, quelques ragoûts, la résidence Guynemer brûle aussi, pour ne pas être en reste. « L'idiote, admire Ferrier, a dû se vanter auprès de l'autre qu'elle m'aimait par-dessus les toits. Voilà qui ne facilitera pas l' " inauguration ". Tant pis pour elle. Cela lui apprendra une chose : que les cocus furieux ne sont pas, pour les femmes, des gens fréquentables. Et qu'on risque, à les côtoyer, des réflexions désagréables. »

Marthe était moins translucide, qui savait tromper de naissance. Ce n'est pas à elle qu'on tirait les amants du nez en soufflant dessus. A vivre auprès d'enfants, cette Christine n'est qu'une enfant.

Son honneur en péril, le prof grimpe aux arbres, se balance aux rideaux, se tambourine la poitrine, décroche son fusil à lapins, le bourre de cartouches, l'éloigne malgré tout prudemment de son crâne, et même de ses orteils. Que d'histoires pour un tout petit samedi à offrir à une femme amoureuse, fût-elle la sienne, que de salades ! Ces gens-là ne savent décidément pas souffrir comme souffre un Ferrier. Ils ignorent l'A.B.C. du noble art de la comédie. Les planches, on y monte comme à l'échafaud. On ne trépigne pas dessus.

En deuil, Régis n'a pas couché depuis Noël avec une femme. Au bout du compte, au bout du rouleau, le prof décide, magnanime, généreux et superbe, de ne pas se tirer un pruneau dans la tête et de laisser son épouse venir le bafouer dans la capitale ce 31 janvier. Pour la première et toute dernière fois cela va de soi. Finalement, Labé se montre libéral de gauche, lui qui lit *Le Nouvel Obs*, où l'on cause beaucoup, entre autres ingrédients progressistes, de liberté sexuelle. Il ne sait pas trop ce que c'est. Christine lui racontera tout de cette fameuse liberté, et voilà tout.

5.

Il sait trop bien l'amour et ses sangs noirs pour ne pas abandonner de lui-même toute dérision, toute ironie quand, ce matin-là, il la distingue en cette gare Montparnasse où il est venu l'attendre. Elle a de loin, dans la foule, une tête d'oiseau évasif montée sur col de cygne. Il a du mal, presque, à la reconnaître. Il ne l'a vue que quelques heures. Et dans un instant il fera l'amour à cette femme qui ne l'a jamais fait qu'avec son mari.

Elle lui dit avoir maigri de quatre kilos. Elle ne s'est pas vantée. C'est au poids perdu que se jaugent la passion et ses effets. Christine est longue et pâle dans une sorte de manteau afghan en poil de chèvre soutaché de brandebourgs. C'est la mode. Marthe avait le même l'an passé.

Il neige vaguement. Ils prennent un taxi pour Cythère. Elle se blottit contre lui, le regarde avec des yeux de chien triste qui s'imagine que le miracle du sucre va surgir des yeux de son maître. Pour l'avoir aperçu quelques fois dans sa vie, Ferrier saisit que ce visage grand ouvert et offert est celui même de l'amour. Il en éprouve tout ensemble trouble et pitié. Il a lui-même revêtu si souvent cette apparence-là qu'il se trouve comme devant un miroir fêlé. Il presse gentiment les mains glacées de Christine :

— Alors, il vous a fait des misères, le prof ?

Elle le regarde.

— Ne vous en faites pas, ma vieille. Ces gens-là, ça ne part jamais. Où iraient-ils, d'abord ?

Elle le regarde. Avec tant de ferveur, tant d'ivresse qu'il en est gêné. Ferrier se dit que si le principal personnage d'une de ses pièces un peu trop transparentes se targuait sans humour d'inspirer une passion pareille à une dame, les spectatrices le chahuteraient et siffleraient l'auteur : « Mais pour qui se prend-il, ce Ferrier qui se met ainsi en scène aussi impudemment sous le couvert d'un interprète ? Pour un bourreau des cœurs modèle 1920 ? Pour un coq de clocher, un Don Juan qui pénètre à cheval dans les chambres à coucher ? » Il leur répondrait avec modestie : « Mais pour rien, mesdames ! Je ne me prends pour rien, pour rien du tout, si vous ne m'aimez pas, ce qui m'arrive plus souvent qu'à mon tour !... »

Il est sincère. Elle lui est tombée d'il ne sait quel astre égaré, cette femme. Il n'a rien fait pour que naisse ce regard-là. Il le préférerait même moins illuminé. Il l'embarrasse un peu, ce regard grave qui l'enveloppe, le brûle. Il n'a pas le droit de lui jeter un seau d'eau. Lui qui aime Marthe, il sait combien cela fait mal d'aimer, très mal. Elle lui ressemble trop, cette Christine, pour qu'il la blesse. Il va en abuser, oui, en « profiter », mais pourquoi la détromperait-il ? S'il lui disait : « Je ne suis pas l'homme que vous croyez », elle ne le croirait pas. *Etre dans vos bras, ne fût-ce qu'une journée. Vous toucher. Vous regarder. Entendre votre voix...* Si elle marche au supplice, c'est du moins sur un rythme de danse.

Il neige encore lorsqu'ils arrivent rue de Montmorency. Elle monte l'escalier devant lui. Comme il n'est pas l'arbitre des élégances, il pense qu'elle a un beau cul. Et puis, pourquoi le tairait-il, puisque c'est vrai ?

— Christine, tu as un beau cul.

Elle se retourne, émue, souriante. Tout juste si elle ne murmure pas : « Merci. » Elle en est à ce point extrême du paradis et de l'enfer où, s'il aime quelque chose d'elle, cela lui paraît inespéré. Ce sentiment d'humilité lui est déjà une jouissance inconnue. Jean-Luc est son égal et Régis ne l'est pas, qu'elle a déifié dans le noir de l'absence en pleurant sur lui depuis trois mois au-dessus de ses casseroles. Il lui a apporté le bien sans prix de la douleur sur un plateau, la tempête d'équinoxe dans une vie d'eau tiède. En fait, il ne lui a rien apporté du tout. Elle a tout pris. Et ce qu'elle a volé c'est à elle seule qu'elle l'a volé. C'est elle seule qui a tué sa propre paix, dont elle était si lasse sans même le soupçonner. Elle avait un irrépressible besoin de souffrir, donc de vivre.

Elle vit et sourit, dans ce studio enfin retrouvé où elle va enfin donner le peu qu'elle a à donner encore. Elle sourit à Régis. Il va enfin faire beau. Pour quelques heures, Angers n'existe plus. Ils s'embrassent. « Je t'aime, Marthe », songe-t-il, « Je t'aime, Régis », souffle-t-elle, au bord, encore, des larmes.

— Tu as peur ? murmure-t-il.

Elle rit :

— Oh non ! Bien au contraire !

— Moi, j'ai peur.

— Il ne faut pas, Régis. Je suis là et je t'aime.

Elle l'embrasse. Puis, comme elle se l'est tant et tant promis, là-bas, le regarde fixement pour le recréer tout entier, tout vivant ce soir dans son lit auprès de l'autre...

Pourquoi n'a-t-elle pas les yeux de Marthe, pourquoi ?

... Auprès de l'autre qui l'aura attendue et ne dormira pas, lui parlera alors qu'elle n'aura envie que de se souvenir et de silence.

Comme il y a trois mois, elle frissonne et, comme alors, il lui demande si elle a froid. Elle secoue la tête :

— Non. C'est de toi que je tremble.

— Il n'y a pas de quoi.

— Si.

Ils s'éloignent l'un de l'autre et se déshabillent sans un mot de plus. Nul autre que Jean-Luc ne l'a vue nue. Mais elle n'a jamais été plus nue devant un homme. Elle l'aime, celui-là, comme par hasard et par enchantement. « Pour toujours, toujours et pour toute la vie », se dit-elle avec emportement. Obstination. Car elle l'a *décidé*, fabriqué, cet amour, comme elle a fabriqué ses enfants. De toutes pièces. Elle a eu ce besoin d'aimer comme elle eut besoin autrefois d'être mère. Et cet amour est là, devant elle, nu comme elle. Et ce n'est plus un rêve pour rêver mais la réalité à étreindre, et elle l'étreint pour la première fois, dans ce lit qui s'est ouvert pour eux. Ce lit qui n'est plus celui, familier, où Jean-Luc dort toutes les nuits près d'elle depuis dix ans. Ce lit qui sera lit de fleuve, elle en est sûre, cette Maine violemment sortie de son lit.

Il ne peut pas la décevoir. Elle l'aime trop pour qu'il puisse la rater pitoyablement. Elle ne reviendra peut-être jamais, elle qui vient de loin. Qu'il demeure au moins le meilleur de sa vie, puisqu'elle l'imagine ainsi. Il sait, lui, que cette sorte de fièvre de cheval ne durera pas, tombera. Il l'admire d'aimer. Il en sait toutes les raretés, toutes les grandeurs, toutes les beautés. Il l'envie d'arriver toute neuve dans un pays qu'il a tant et trop visité.

Il entre enfin en elle qui pousse un cri de délivrance. Il entre en elle comme un frelon. Parfaitement, un frelon. Il a toute sa tête, lui, et se cite du Paul Morand : « Il la renversa et entra dedans, d'un coup, comme un frelon dans la rose. » Critique, il fait la moue : commun, cette rose. Banal. Préférerait : comme un frelon dans une bouteille. Voilà qui résonne, un frelon dans une bouteille, et s'y débat, farouche, prêt à piquer. Il la mord à l'épaule et elle crie encore. Elle a fermé les yeux, c'est lui qui la regarde, attentif à son ascension. Il se veut précis comme une montre, un bistouri : il le peut, il ne l'aime pas. Ce sera bien, pour elle, et sans doute très bien, grâce à cette maîtrise qu'il oubliait, perdait avec Marthe.

Il la regarde. Elle est belle. Elle l'était déjà, avant, mais voilà qu'elle se transfigure, que son visage fond au soleil, s'irradie et s'altère. Elle s'en va ailleurs, le quitte, et gémit, et violoncelle, ce qui n'est pas un verbe mais le mériterait pour l'occasion. C'est alors qu'elle se met tout à coup à ressembler physiquement à Marthe, qu'elle en devient sous l'effet du plaisir la sœur jumelle et le fantôme. Ce changement à vue frappe du poing Régis. S'il fait l'amour à Marthe, ce n'est plus la même chose, c'est tout autre chose. On ne résiste pas à Marthe. On s'effondre sur elle, on flamboie en elle, on la mord encore, mais sans y penser. On aimerait la secouer, crier, sangloter « Marthe ! Marthe ! ». On n'en a pas le droit. Elle l'a, l'autre, qui a crié « Régis ! ».

Accablé, il se cache dans la foule des cheveux de Christine. Il ne faut pas qu'elle le voie, à cette seconde de vérité. Il est au diable, et sombre, plus tard, lorsqu'il lui permet de le regarder. Il croit s'être remis un masque, il se trompe. Elle n'a pas besoin de le passer à la radiographie. Elle est femme et comprend. Ne dit rien. Ne dira rien. Il ne l'aime pas mais elle l'aime, et c'est son seul souci. Cela aussi, elle l'a décidé. Elle a joué son cœur à pile ou face, mais elle a triché. Elle n'a pas subi, a simplement *voulu* l'aimer. Dans son cas, on gagne et gagnera toujours. Toujours... Elle soupire :

— Régis, je t'aime pour toujours.

Il a comme un petit sourire ironique. Elle insiste :

— Pour la vie. Ne souris pas : pour la vie.

Cette fois, il ricane, amer :

— J'ai déjà entendu ça quelque part.

Christine, sûre d'elle, un peu trop, parie :

— Moi, c'est certain. Absolument.

— D'autres m'ont dit des trucs comme ça. Et ça a duré six mois, un an. Pas plus.

— Je ne suis pas comme les autres, assure-t-elle, en proie à un orgueil inattendu. Moi, c'est la première et la dernière fois que j'aime.

Elle lui frôle tendrement du doigt les lèvres, le nez, les joues, répète, grisée de confiance en elle :

— Je t'aime pour la vie.

C'est son problème, pas celui de Ferrier, après tout. Il concède, indifférent :

— On verra bien.

— C'est tout vu.

Il ne peut s'empêcher de railler :

— Si ça t'amuse...

— Ça ne m'amuse pas.

— Alors, tu as raison. Parce que tu vas souffrir, si tu te mêles de croire à l'éternité.

— Je souffrirai.

Elle est résolue, implacable. Tout à l'heure, elle a ressemblé à Marthe. Dommage que Marthe ne lui ait pas ressemblé, sur le plan de cette prétendue pérennité sentimentale. Marthe qui est partie et n'est pas remplacée, ne le sera pas de sitôt. Aussi vrai que Christine n'a pas menti : elle n'a pas de seins. Ou si peu que, sous le regard de Régis, elle les recouvre du drap, balbutie :

— Tu vois... rien...

— Ce n'est pas important. L'important est qu'ils vivent, qu'ils soient sensibles. Comme cela...

Entre le pouce et l'index, il en tord une pointe. Christine se mord les lèvres. Il serre. Plus fort. Plus fort encore. Christine geint :

— Tu me fais mal.

— Rien que du mal ?

— Non.

— Alors, tu vois bien que tu en as, et qu'ils existent. Ce n'est pas de ta faute si on n'a pas su s'en servir. Je peux continuer ?

— Oui.

De l'autre main, il la caresse brutalement, plus bas. De plus en plus brutalement dès qu'il comprend que cette violence lui convient, que cette agression la bouleverse. Elle feule très vite à pleine gorge et lui trempe la main. Le plaisir lui vient comme à un garçon. Cette façon de jouir trouble Régis par-dessus tout. Il en abusera toujours avec elle, n'aura toujours qu'à étendre le bras pour l'amener grande erre aux faîtes qu'ils désirent tous les deux. Il laisse sa main en elle, et elle lui broie la main entre ses cuisses. Voici venu le moment de l' « inauguration ». Elle reprend à peine un souffle de vie qu'il lui murmure à l'oreille :

— Maintenant, si tu le veux, je veux ta bouche.

— Oui, Régis, oui.

— C'est vrai que tu ne l'as jamais fait ?

— Oui, c'est vrai.

— On... Il ne te l'a jamais demandé ?

— Non. Une fois, j'ai voulu essayer. Il m'a repoussé la tête.

Il sourit :

— Moi aussi, je vais te la repousser. Mais dans l'autre sens.

Elle rampe sur le drap tout mouillé d'elle, touche au ventre de Régis, ouvre la bouche, le prend tout dans sa bouche. Il la tient à la nuque pour la guider, lui tire les cheveux dès qu'elle est maladroite. Il ne lui passe aucune faute, la garde serrée contre lui, à l'étouffer. Longtemps. Très longtemps. Il lui parle :

— Fais-le comme tu m'aimes. Comme à l'homme que tu aimes. Le seul. Va. Comme ça. Plus loin. Plus profond. Sans te presser. Oui. Va. Va.

Il halète, enfin. Lui appuie sur le crâne.

— Plus vite, maintenant. Plus vite, Christine.

Elle se hâte, s'étrangle presque, tendue, appliquée. Sous ses paumes, les jambes de Régis durcissent, tremblent. Il râle de plus en plus fort, ordonne en un cri :

— Bois, Christine, bois...

Eperdue, elle le sent éclater dans sa bouche et le boit jusqu'à la fin, doucement, fervemment, avidement. Les ongles de Régis crissent sur le drap, près de la tête en flammes d'une Christine éblouie par tout l'amour qu'elle vient de donner pour la première fois. « Que de premières fois, aujourd'hui », pense-t-elle, docile, sans le lâcher. Il demeure ainsi en sa bouche jusqu'au silence absolu du repos. Puis il l'embrasse :

— Merci.

— Pourquoi merci ? Je suis plus heureuse que toi.

— Ne dis pas ça. Heureuse, c'est un mot malheureux, tu vas nous porter la poisse.

— C'était bon, Régis. Pour moi.

— Pour moi aussi, quand même !

— Je n'ai pas très bien dû savoir m'y prendre, forcément...

— Peut mieux faire, mais fera mieux. Tu es douée. Quand tu seras plus inventive, plus libre, tu seras aussi brillante que Mozart.

— Alors, appelons ça « Mozart ». Je te ferai « Mozart » encore, Régis. Toutes les fois que je te reverrai. Dès que je te reverrai, si tu le veux. Dès que j'entrerai au studio.

— Je le veux, oui.

— Je serai toujours ta petite musique de nuit, Régis. Pour la vie.

— Pour la vie, soupire-t-il. Ne dis pas ça non plus.

— Je le dis.

— La vie est courte, et c'est en amour qu'elle passe le plus vite.

— Non, mon amour.

Rien ne peut entamer sa foi toute fraîche. Sous ses seins si menus souffle toute une forge.

« Dommage qu'elle ne soit pas une putain, songe Ferrier paraphrasant son éminent confrère John Ford, les femmes sérieuses ce n'est pas très sérieux. Comment se fier à une femme de professeur de maths ? Elles donnent sans compter mais n'en finiront pas de compter et de recompter ce qu'elles auront donné avant de le reprendre. »

En attendant ce jour lointain, Christine respectera jusqu'au bout la tradition « mozartienne ».

Ce mémorable 31 janvier, ils déjeunent au studio, n'importe comment, de pain et de sardines en boîte. Comme des amoureux. Sur le guéridon de marbre où il a si souvent mangé côte à côte avec Mouche d'abord, Marthe ensuite, toujours comme des amoureux.

Pour qu'elle ne s'aperçoive pas trop du temps qui s'épuise, du peu de temps qu'il lui reste à vivre auprès de lui, il fait le clown et elle rit du clown. Tout l'enchante en lui qui pense qu'il a surtout le lustre du « tout nouveau tout beau » et qu'il s'agit là d'un avantage considérable sur un lointain « rival » dont il se fiche de A à Z. A la scène comme à la ville, les amants ont le meilleur rôle avant d'être mis à la porte.

En guise de dessert, il refait l'amour à l'Angevine qui s'assombrit quand, par la suite, le ciel d'hiver tourne au gris, vire au noir pour lui signifier que son bonheur d'un jour touche à sa fin.

— Je peux aller me rhabiller, dit-elle, drôlement, mais les larmes aux yeux.

Ils se rhabillent. Elle lui fait pitié. Il n'a pas, lui, à grimper dans le 18 h 23 pour Angers. Jean-Luc demandera beaucoup plus d'explications et de détails qu'Agnès, accoutumée, indifférente aux « fredaines » de son époux.

Pour une première fois encore, Régis reconduit Christine à Montparnasse. Elle se tait, le cœur en éponge, les mains à nouveau glacées. Demeure roide sur le marchepied de son wagon, Ferrier en contrebas. Comme empesée par l'émotion. « Pauvre fille », songe encore Régis impressionné par cette grande douleur muette. Là-bas, une lumière rouge s'allume, qui annonce le départ du train. Les lèvres de Christine se pincent, blêmissent. Nom de Dieu, elle va pleurer. Ferrier enlève sa casquette, en balaie comiquement le sol pour un salut de mousquetaire. En brave soldat, Christine sourit. Le train s'arrache du quai comme une dent. Telle une gigante de galère, Christine agite un bras. Régis agite un bras jusqu'à ce que la nuit sépare d'un coup sec ces dérisoires sémaphores.

6.

C'est imprimé sur les billets de chemin de fer : Paris-Montparnasse — Angers Saint-Laud, 309 kilomètres. Et *vice versa.* Elle est trop loin. Elle habiterait Paris ou sa banlieue, cela changerait tout de son univers réduit, résidence Guynemer, à la taille d'un petit pois. Elle ferait comme toutes les petites madames de la capitale et des environs. Elle irait faire des courses au B.H.V., à la Samar, etc. Elle ne s'y rendrait pas, accourrait au studio exécuter quelques variations sur Mozart et Ferrier. Wolfgang Amadeus Régis de cinq à sept. Symphonie n° 39 de l'agneau de Toscane, l'agneau pascal qui recouvre le lit. Puis elle rentrerait chez elle, sereine, immaculée, de belle humeur. Et Jean-Luc se féliciterait d'avoir à la maison une femme aimante, cuisinière de charme, ménagère soyeuse. Ni vue ni connue. Elle est trop loin et ne peut plus quitter Angers.

Au retour, le 31 janvier, elle portait sur l'épaule gauche la fleur de lys bleuâtre de l'empreinte des dents de Ferrier. Le prof qui n'en avait jamais tant vu a tiré les verrous, fourré dans sa poche la clé de la ceinture de chasteté.

Permets donc que je lutine
Cette poitrine angevine[1] ?

Pas question, monsieur Ferrier. La poitrine sera fonctionnaire ou ne sera pas. Elles sont trop loin,

1. Chanson de Bobby Lapointe.

Christine et sa poitrine. A 77 lieues 25 de leurs agréments, Régis les oublie, recherche Marthe et ne la retrouve pas. Il lui pardonnera. A moins qu'elle ne lui pardonne. Elle a passé par ici. N'y est plus. Elle repassera par là. Envolée encore.

Ce matin qui le voit accoudé au zinc du bistrot qui fait le coin de la rue de Montmorency et de la rue du Temple, Ferrier n'entend toujours pas le rossignol, mais ses oreilles résonnent des sons graves du bourdon de Notre-Dame.

— Ça n'a pas l'air d'aller, monsieur Ferrier ? interroge le patron compatissant.

— Ça n'a pas l'air parce que ça ne va pas, voilà tout, mon vieux Jacques.

— Des ennuis ?

— Chagrin d'amour.

Stupéfaction du patron davantage au courant des déconvenues qu'apporte le tiercé à sa pratique que de ses déboires sentimentaux, ceux-ci infiniment plus rares que ceux-là. Il plaisante :

— Bah, ça dure pas toute la vie !

— Si ! rugit Ferrier, cet enfant voué aux couleurs ambrées du marc de Bourgogne, couleurs qu'il hisse et salue depuis une heure avec entêtement.

Une jeune femme entre et va s'asseoir sur un tabouret à l'autre bout du comptoir. Ferrier en renverse son verre. Dans sa gorge. Marthe coule. A plus forte raison, Christine sombre. On sert un café à la femme qu'il aime. Parce qu'il l'aime. Pendant qu'elle le boit, Régis a le temps de mourir pour elle, et ne s'en prive pas. Le bourdon de Notre-Dame s'est tu.

La jeune femme est eurasienne. Blonde. Comme peut l'être une Vietnamienne de père slave ou germanique. Pas du blond vénitien de Marthe ou de celui, type suédois, de l'Angevine. Il s'agit là de la blondeur du lion, du cuivre, de l'ampélopsis à l'automne. Les yeux, vite, Régis regarde les yeux. Bleu marine. La mer à Paimpol, il connaît. Avec aussi du gris et de l'écume sur les roches. Ces yeux de Côtes-du-Nord échoués dans ce visage mi-page mi-bonze changent Régis en statue de sel et de marc de Bourgogne. Très longues jambes dans un long pantalon noir. Ce qu'il appelle avec pas mal de grâce et de tendresse « avoir l'écureuil haut perché ». Son café bu, l'apparition disparaît dans la rue en deux pas de danse.

Ferrier se jette sur le patron :

— Vous la connaissez ?

— Bien sûr. Elle prend son café ici tous les jours, la Viet.

— C'est une Eurasienne.

— Oh ! pour moi, c'est tout kif-kif, les niakoués, les chinetoques !

Le patron a un sourire en coin, que Ferrier remarque :

— Qu'est-ce qui vous fait rire, Jacques ?

— Ce qui me fait marrer, c'est qu'elle habite au 9, tout comme vous. Oui, oui, au 9 ! Au deuxième dans la cour, juste en face de votre studio.

Régis demeure interdit :

— Ça alors ! Depuis hier ?

— Oh ! ça fait bien six mois !

Elle était déjà là du temps de Marthe et il ne l'a jamais vue, cette fille en forme de courant d'air...

— Et... qu'est-ce qu'elle fait ?

— Etudiante, un truc comme ça.

Le patron, qui connaît les faiblesses de son client, cligne un œil dépourvu d'ambiguïté :

— Ça peut être bonnard pour vous, monsieur Ferrier. Elle est seule.

— Pas de matou ?

— On n'entend pas miauler, d'après les proches voisins.

— Ouais, réfléchit Régis. Ouais, ouais...

— Une petite goutte ?

— S'il vous plaît. Vous savez son nom ?

— Elle a un blaze polonais. Y a dû avoir du légionnaire par là-bas, qui sentait bon le riz au lait. Une fois, elle m'a dit de l'appeler Menthe.

— Menthe ?

— Kif-kif menthe à l'eau. C'est la traduction de son prénom viet, à ce qu'elle m'a raconté.

Elles sont toutes au diable, en Anjou ou dans la nuit. Celle-là est à portée de la main. Il faut qu'elle vienne manger dedans. Menthe. C'est un nom qui ne peut que séduire un auteur. Comment prendre langue avec Menthe ? Oh ! oui, Menthe, donne-moi ta langue vietnamienne...

Etudiante ? Elle doit savoir lire. Saura-t-elle lire un volume de *Cœur en pièces ?* A lui de jeter sa bouteille de marc de Bourgogne à la mer. Il court chercher un de ses livres, le dédicace : *A Menthe ma jolie voisine pour qu'elle tire enfin ses rideaux sur une fenêtre d'en face grande ouverte...*, l'emballe, le porte au café.

— Vous lui donnerez ça, Jacques.

Jacques recligne un œil où galipette une gaudriole :

— C'est comme si c'était fait, monsieur Ferrier. Et espérons qu'il y aura du pied dans la chaussette !...

Quelques jours plus tard, il erre dans le quartier, toujours à l'écoute de ce nom de Dieu de bourdon de Notre-Dame qui ne le quitte plus. A quoi bon vivre ? Bruine, froid, nuit et brouillard. Dans le carnier de sa vieille veste de chasse de braconnier ou d'homme de théâtre, pèse très lourd le lièvre en sang du désespoir. L'image lui paraît suffisamment littéraire. Lièvre du désespoir, ou Canard sauvage d'Ibsen aux navets ?

Il se dirige vers le studio pour cuisiner le tout au whisky. Téléphoner à Agnès qu'elle ne l'attende pas. Veut être seul en sa cellule de moine résigné à recevoir tous les saints sacrements possibles. Il n'a pas de nouvelles de Marthe, n'en aura plus jamais. En revanche, il en a chaque jour d'Angers. Copieuses. Quatre pages. Huit pages. Souvent deux lettres... et parfois trois !

— Tiens, persifle Agnès, voilà ton croque-monsieur !

Elle ne fait pas allusion à autre chose qu'à l'épaisseur du courrier. Il lui arrive de n'avoir ni le cœur ni le temps de parcourir toute cette leucorrhée amoureuse, et de lui préférer l'ascétisme du *Monde*. Bref, il longe les rives noires de l'Achéron, prêt à rejoindre les âmes en loques des damnés. Alors qu'il passe devant le bistrot, la porte s'ouvre vivement, Jacques le hèle, émoustillé :

— Monsieur Ferrier ! Monsieur Ferrier !

Régis s'arrête à regret. Il n'a aucune envie de parler. Jacques parle pour deux :

— Je le lui ai donné, il y a deux jours.

— Quoi donc ?

— Ben, votre bouquin, à la niakoué !

— Ah ! oui...

— Elle en est tombée sur le cul. Elle était contente, contente, vous pouvez pas savoir !

— Ah bon ?

— Vous me connaissez, hein ? Moi aussi, j'en sais un petit chouia sur les nanas. C'est dans la fouillette, l'Annamite, monsieur Ferrier ! Dans la fouillette et le tire-jus par-dessus !

— Vous croyez ?

— Tenez, elle vient de rentrer chez elle y a pas dix minutes. Je serais que vous, j'irais lui dire bonjour, comme ça, genre : « J'ai vu de la lumière... »

Cette fois, Jacques cligne de l'œil sans équivoque, à la façon des anciennes lanternes de boxon. Régis le remercie, entre dans son couloir, marche jusqu'à la cour. Au deuxième, en face de chez lui, il voit la lumière promise par Jacques. Pour qui brille cette étoile ? Pour lui ? Sûrement pas... et pourquoi pas, après tout ? Il ne se sent ni très gaillard ni très rasé de frais pour s'en aller là-haut vendre ses tapis. Puis, tout à coup, il se décide. Elle ne va pas le manger. « Christine le ferait volontiers, elle ! » raille-t-il en s'engageant dans l'escalier.

Au deuxième, il lit les noms des locataires sur les portes. « Un blaze polonais », avait dit Jacques. Il s'arrête devant une carte de visite : « Mademoiselle Wieczorek. » Derrière le battant, il entend parler. Flûte, elle n'est pas seule. Tant mieux, il ne fera que se présenter, reviendra plus tard, quand il sera en forme olympique. Il sonne. Attend. Personne ne bouge à l'intérieur alors qu'on parle toujours. Il prête l'oreille. Une voix de femme, douce et vive, lui parvient :

— Oui, mon chéri... Oui, mon amour... Je te le jure, mon chéri...

Ahuri, Ferrier pense qu'il arrive en tiers et en trop dans une scène désastreusement intime, esquisse deux pas de retraite lorsque la porte s'ouvre. Menthe lui apparaît dans une sorte de kimono ou autre bidule oriental.

— Monsieur ?

— Excusez-moi, mademoiselle... Je suis Régis Ferrier...

Il a vu de la lumière, oui. Sur son visage. Menthe sourit à la vitesse de l'électricité :

— Oh ! comme je suis contente ! Entrez, je vous en prie.

— Je ne veux pas vous embêter, si vous êtes avec quelqu'un...

Elle s'étonne :

— Avec quelqu'un ?

Puis comprend, et s'égaie :

— Mais pas du tout ! Je téléphonais à mon fils. Entrez.

Il la suit. Elle retourne d'un bond au téléphone :

— Oui, mon amour. Rien... C'est un ami qui vient d'arriver. Je te rappellerai. Oui. Demain, mon chéri. A la même heure. Oui, oui, oui. Je t'embrasse, mon chéri.

Elle raccroche. En une seconde, Ferrier en a fait l'inventaire. Classe, race, branche. Plus maquignon : des jambes très fines de voilier, peut-être un peu trop fines. De voilier, oui, ne pas chercher à comprendre, le mot lui est venu en génération spontanée. Des seins de bal. Un corps d'osier. Sincère et comme guillerette de voir Régis chez elle. Elle désigne, un peu dédaigneuse, la pièce au lit défait, une chaise parée d'un soutien-gorge :

— Ne faites pas attention à tout cela. Je venais de me changer.

— Je n'y fais pas attention.

— Juré ?

— Juré. Je me fous du ménage.

— Moi aussi. Je ne sais comment vous remercier pour votre livre. Cela m'a fait un plaisir fou.

— Plus que des fleurs ?

— Oh ! les fleurs ! C'est à la portée de tout le monde. Ça s'achète.

— Un livre aussi...

— Pas dans votre cas. Dans votre cas, c'est une livre de chair.

Elle rit de sa référence à Shylock. La citation ébaubit Ferrier, qui craignait que Menthe ne parle qu'un français approximatif alors qu'elle n'a qu'un délice de pointe d'accent exotique, possède la grammaire comme d'autres une vue imprenable sur Merlin-Plage et ses alizés garantis pour longtemps.

Il s'assied. On lui offre un whisky. Régis a déposé sur un dossier de chaise sa veste et son chagrin d'amour. L'heure n'est plus à Marthe, ni à Christine qui frémirait en le voyant déballer tout son charme, échantillon après échantillon. Si Christine est jalouse, elle ne sera pas déçue, n'aura que l'embarras du choix.

Menthe avoue qu'elle vit très seule. Parler à Ferrier la séduit davantage que de papoter avec le patron du café ou ses copains-copines des cours de photographie et de décoration qu'elle suit. Née il y a vingt-sept ans à Saigon, d'une mère indigène et d'un mercenaire polonais. Christine, au jour près, est de deux ans plus âgée. Ferrier appréciera cette commodité mnémotechnique s'il se met en veine de célébrer les anniversaires. Démobilisé après Diên Biên Phu, le soudard demeure en Indochine et fait fortune dans l'industrie du volet métallique, vocation subite due à une heureuse partie de poker. Menthe, ses sœurs et frères fréquentent les meilleurs collèges français.

Puis le reître reconverti en homme d'affaires pressent, en ancien professionnel du bazooka, que la guerre va mal tourner. Lui et les siens ne pagaieront pas dans les boat-people. Toute la famille se retrouve en Allemagne, où Wieczorek se met à fabriquer des pianos mécaniques, engins de première nécessité dont il deviendra, et pour cause, le plus important producteur occidental. Ferrier rit de ce père imaginatif.

— A Saigon, narre Menthe enchantée de l'attention de Régis, je me suis mariée très jeune avec un Vietnamien de pure race. J'ai appelé mon fils Stanislas pour contenter mon père. J'ai divorcé un an plus tard.

— Pourquoi ?

— Je suis née colonisée. On a voulu me coloniser une seconde fois, cela n'a pas marché. Depuis, je signe : mademoiselle. Je suis un horrible être indépendant du genre ni homme ni dieu ni maître.

— Le... papa de Stanislas n'a pas cherché à reprendre son fils ?

Menthe la lionne revêt son visage de sa crinière et murmure, d'une voix cette fois sans musique :

— Non. Je l'aurais tué, et il le savait très bien. Il n'a pas essayé, il a préféré vivre, cela peut s'admettre.

Ferrier entend, lui, qu'avec Menthe en lieu et place

de Christine, le prof passerait sur-le-champ par une fenêtre de la résidence Guynemer à la première et timide protestation. Ferrier apprivoisera le fauve des rizières.

— Menthe, pourquoi Menthe ? Ce n'est pas votre prénom ?

— Je m'appelle Duyen. Vous savez ce que cela signifie ? Non ?

— Non.

— « Une histoire d'amour. » On voulait par là me réduire à n'être qu'une histoire d'amour qui se tient debout derrière l'homme pendant qu'il mange.

Elle a une moue à faire dévaler l'escalier à tous les prétendants puis, sans transition, a un sourire à le leur faire regrimper au galop :

— J'avais un autre prénom où il était question de thé à la menthe. Je l'ai gardé.

— C'est sauvage, la menthe.

— Exactement. Par la suite, à l'occasion d'un voyage à Paris, je suis tombée amoureuse folle. Oh ! pas d'un homme ! De la ville. Et j'y suis restée. Je vais parfois à Stuttgart voir mes parents et mon fils, qui a huit ans. Tout est très bien ainsi. On m'envoie de l'argent, et je suis libre de me promener sous les marronniers des Champs-Elysées, dans tous les magasins, partout. Libre dans l'odeur des croissants.

Régis gouaille :

— Vous êtes la plus étrange des Polonaises, mère Ubu. Et la plus extravagante des Vietnamiennes. Vous êtes rhapsodie et cocktail, quoi !

— Mosaïque et ratatouille, aussi. Mais c'est plus joli, rhapsodie et cocktail.

Elle s'inquiète :

— Vous êtes bien, ici ?

— Oui. Vous me reposez.

— De quoi ?

— Des femmes. Elles me fatiguent.

— Pas moi ?
— Non.
— Pourquoi ? Je suis une femme.
— Non. Vous êtes une bête. Dans mon métier, on parle de bêtes de théâtre. Vous êtes, vous, une bête de forêt évadée d'un camion et lâchée dans la ville.
— C'est déplaisant ?
— Non, j'aime. Ça sent bon la liberté, l'herbe.
Imprévue, elle s'assied à ses pieds, souffle :
— L'amour vous a fait mal ?
— Beaucoup. Et il continue.
— Quand l'armée arrivait dans un village, elle massacrait tout, les porcs, les hommes, les femmes, dans l'ordre d'importance. Mon père a tué beaucoup de congayes, comme tout le monde. Puis il en a aimé une et il fabrique aujourd'hui des pianos mécaniques pour elle en Bade-Wurtemberg. C'est cela, l'amour. Tout le reste, c'est de la merde.

Son accent a roulé sur le *r* du mot. Elle appuie sa tête sur les genoux de Ferrier, sans intention, aussi naturellement que s'il n'était qu'un bras de fauteuil. Ils se taisent. Un quart d'heure. Une demi-heure. Ecoutent on ne sait quoi. Un téléphone sonner au loin dans le désert. Quelqu'un qui vide sa poubelle. France-Inter poser des devinettes à des ménagères crispées dans la nuit, les bras tendus vers un louis d'or. Un poivrot jurer dans le roulis des étages.

Si elle ne fumait pas, il pourrait croire qu'elle dort. Lui qu'on traite à l'étourdie de froisseur de jupons ne pense à rien, qu'au plaisir d'être à côté d'une femme qu'il ne connaît pas, de tenir de sa bouche deux ou trois choses d'elle, de sentir ses cheveux qui sentent les bâtons d'encens. Les femmes, il ne les agite pas toujours avant de s'en servir. Elles ne lui servent le plus souvent à rien, qu'à être là, autour de lui. Il n'est à l'aise, au chaud, qu'auprès d'elles. Et c'est lui qu'on insulte, qu'on accuse de ne pas les aimer ! Ce sont les hommes, d'ailleurs, qui le prétendent. Elles ont l'intuition plus aiguë. N'ignorent pas qu'il n'appartient qu'à elles, à elles seules. Qu'il n'est qu'un enfant qui ne grandit que pour leur faire l'amour avant de revenir se blottir en leur sein.

Machinalement, il caresse les cheveux de Menthe, parce qu'il lui a toujours plu de caresser leurs cheveux comme on caresse le pelage d'un hamster. Menthe sait qu'il n'y a là-dessous ni manœuvre ni tentative. Menthe ne lui dit pas que ses mains sur elle sont douces. Qu'il pense à quelqu'un d'autre, flatte la tête d'une absente, ou ne pense simplement à rien de précis, engourdi par tout ce silence étalé entre eux. D'ailleurs, il sursaute :

— Excusez-moi.

— De quoi ?

— Je vous caressais les cheveux.

— Et alors ?

— Je n'en savais même rien.

— Recommencez. C'était agréable.

Il recommence. Il voudrait dire n'importe quoi, « mon chéri », « mon amour », comme on peut le dire en toute impunité, gratuitement, à un chat ou à un bébé, mais elle n'est ni l'un ni l'autre. Elle est eurasienne, et il n'a jamais vu d'Eurasienne d'aussi près. Des Angevines, si. Une. Christine, Menthe. Le jour et la nuit. Mais qui est le jour, qui est la nuit ? Marthe le pince au cœur, méchamment. Quoiqu'elle lui tourne le dos, Menthe a perçu le coup de dent :

— Elle vient de vous mordre.

— Non. Pincer.

— Il faudrait la tuer.

— Votre père l'aurait fait mais nous ne vendons plus, lui et moi, que des pianos mécaniques, que du vent.

— Ça rapporte, le vent, sourit Menthe.

— Oui, sourit Régis, la tempête.

Il repousse doucement ce bel imbroglio polono-vietnamien.

— A présent que j'ai vu votre studio, voulez-vous voir le mien ?

— Oui, mais j'y vais comme je suis, en voisine.

Sans autre cérémonie, elle referme sa porte et le suit. Deux étages à descendre, trois à remonter. Des fenêtres de Régis, Menthe regarde les siennes.

— Curieux, quand même, remarque-t-elle, qu'on ne se soit jamais rencontrés...

— Ce n'était pas le jour, ce n'était pas l'alouette, déclame Ferrier.

Ils ne sauront jamais comment cela s'est produit, entre eux deux. Ne s'en rappelleront jamais même en rassemblant, plus tard, leurs souvenirs. Ils se sont embrassés, sans doute. Probablement, même. C'est un chemin classique.

— Je ne pensais pas du tout faire l'amour avec toi ce soir-là, dira-t-elle, longtemps après.

— Moi non plus...

— Tu as dû me prendre pour qui ?

— Pour toi. Pour une lionne qui donnait la patte.

Ils ont dû s'allonger sur l'agneau de Toscane. Ferrier portait des bottes. Il se souvient seulement d'un événement extraordinaire. La lionne, toutes griffes rentrées, s'est agenouillée devant lui et lui a retiré ses bottes comme une servante du siècle dernier, comme une esclave noire.

— Qu'est-ce que vous faites ? proteste-t-il indigné.

On va encore dire de lui qu'il joue au mâle abusif et infatué de lui-même. Elle le fixe, et ses yeux, en revanche, ne sont pas ceux de la soumission. Elle range les bottes avec soin, revient à Ferrier, le déshabille, l'épluche plutôt avec des gestes lents de manucure. « Ce n'était plus du Mozart, mais du Wagner ! » dira Ferrier. Puis elle se dévêt à son tour avec nonchalance et détachement, comme si elle allait prendre son bain.

Régis n'a pas le moindre rôle et la regarde, interloqué. Cette fois, c'est décidé, il n'entendra plus jamais rien à ses chères femmes.

Il veut parler, elle lui met un doigt sur les lèvres.

— Taisez-vous.

Il n'a pas le droit de lui faire l'amour, d'ébaucher une quelconque initiative, un moindre geste. L'amour, c'est Menthe qui le lui fait, le lui distille, en règle l'ordonnance en silence. Comme en apesanteur. Tout se passe au ralenti, déroule tant de langueurs, tant d'indolences qu'il en geint d'impatience et de rage.

— Tais-toi, lui lance-t-elle, violente.

Il se tait. Elle le mène à sa guise où elle a, elle seule, décidé de le mener. De papillonnement en papillonnement. Au pas des aiguilles d'une montre.

Ainsi que des lumières qui clignotent. Ainsi que s'égoutte sur les coupelles des chandeliers la cire chaude des bougies. Ainsi vit Menthe un soir.

7.

Ecrit par Christine quinze jours seulement après que Ferrier lui eut cassé une bouteille de champagne sur la coque : *Envisagez-vous un seul instant que nous puissions avoir une vie commune à longue échéance ?* Régis hausse les épaules. Ecrit par Christine le lendemain, sans respirer : *Je t'aime comme je n'ai jamais aimé et comme je n'aimerai plus jamais.* Régis hausse les épaules. Elle court sa vie comme s'il s'agissait d'un cent mètres, celle-là. Sa vie « commune », qui pis est, commune qui signifie banale. Elle veut peut-être lui donner trois enfants, à lui aussi ?

Il n'aurait pas dû la laisser jouer avec les allumettes du studio. N'aurait pas dû lui répondre, d'abord. Il aimait Marthe, n'a pas consenti pour si peu à vivre avec elle. Après quinze jours, il devrait dire : « Adieu, Agnès », s'en aller vivre avec une titulaire de carte de famille nombreuse qu'il n'a vue que deux fois, « possédée » deux fois et demie. Schizophrénie et paranoïa sont les deux mamelles de Christine qui n'en a pas ailleurs et ne pèse plus que cinquante-trois kilos. Elle se veut malgré tout rassurante, affirme qu'elle respectera tout de ses idées, de sa personnalité, de ses goûts. Lui dit-il qu'il ronfle en dormant ? Qu'importe ! Elle aimera ses ronflements. Elle ne lui parle pas — le moins possible — de ses marmots pour ne pas trop l'épouvanter, n'appelle plus aigrement leur père que « le prof ». Celui-ci n'a plus la cote dans la résidence

Guynemer, est à la côte par voie de conséquence. Il somme l'infidèle de « faire un choix », dépose chaque matin un ultimatum, bref ne joue pas dans la sérénité le jeu du mari cocu battu et content. La soupe à la grimace figure au menu de tous les dîners. Tous les soirs au lit l'époux bassine l'épouse, la presse de questions idiotes auxquelles elle ne saurait répondre franchement sans déclencher des ouragans : « Il fait mieux l'amour que moi ? Tu ne m'aimes plus ? Tu l'aimes ? » Peut-elle décemment lui rétorquer qu'elle aime ce Ferrier pour la vie ? Elle se tait et il écume. Pour effacer l'image abhorrée de l'amant, il aggrave parfois son cas, se juche sur les cinquante-trois kilos de la mère de ses enfants, s'agite, s'évertue, s'applique, prend son petit plaisir solitaire dans l'indifférence générale. Il y perd tout prestige et jusqu'au latin de ses racines carrées.

Les confidences de Christine sur le sujet amusent Ferrier qui déteste les mathématiques en général et garde en particulier une très vieille carie à l'endroit de ceux qui les enseignent. Sans l'avoir recherché, il se venge de la collection de zéros qu'ils lui ont infligée à l'école. Il se souvient encore avec animosité du père Pelu qui le traitait solennellement de « buse ! » lorsqu'il lui remettait des copies d'un extravagant illogisme. On l'appelait « père », ce Pelu qui devait avoir l'âge qu'a Jean-Luc aujourd'hui... S'il se souciait une seule seconde de ce Jean-Luc, Ferrier lui déléguerait son spectre pour, juste retour des choses, le traiter de « buse ! » lorsqu'il redescend bredouille des hauteurs enneigées de sa femme. Et tous les écoliers et tous les étudiants de France battraient des mains et répéteraient à tue-tête « buse ! » à l'adresse de ce titilleur de polynôme homogène qui écope à son tour d'un zéro pointé parfaitement circonférentiel.

Il en a assez de me voir tout le jour mélancolique et songeuse. Traduit en clair par Ferrier, elle doit lui faire une gueule de rat bouilli, à son père Pelu personnel. Régis lui a ouvert des horizons dans lesquels elle s'engouffre sans retenue : *Avant toi, je ne savais pas ce qu'était le plaisir... Tout ce que j'ai connu me paraît dérisoire aujourd'hui... J'ai perdu vingt-neuf ans de mon corps...*

Agnès, qui est femme, émet une opinion de femme lorsqu'elle dépose les « croque-monsieur » de Christine sur le bureau de Régis et que le destinataire se montre un brin agacé par leur volume :

— Tu ne peux donc pas imaginer ce que c'est que d'avoir eu trois enfants en si peu de temps ?

— Mon Dieu... pas très bien, en effet...

— Elle a vécu sa jeunesse dans les biberons, les bouillies, les couches, les pipis, les cacas, a marché des kilomètres en poussant des landaus, a été réveillée des milliers de fois, a souffert dans son corps, peut-être enlaidi par endroits...

« Tiens, se dit l'innocent Ferrier, comment est-elle au courant des vergetures ? »

Il lève un sourcil :

— Et alors ? C'est une raison pour me tomber dessus à cœur raccourci ?

— Mais elle veut vivre, ta lulu, maintenant que ses gosses sont élevés ! Elle veut penser à autre chose qu'à la rentrée des classes ! Elle étouffe, la pauvre fille, avec son prof ! Elle s'ennuie, chez elle ! Alors elle se jette dans les bras du premier venu !

— Merci.

— Mais enfin ! Elle ne t'avait jamais vu qu'elle avait décidé de coucher avec toi !

— Elle m'aime.

— Tu parles ! Dès que les mômes sont à l'école, elle n'a plus rien à faire qu'à rêver et à rêver encore. Du coup, elle rêve qu'elle t'aime. Ça l'occupe. La preuve : ça en prend, du temps, d'écrire un pareil courrier tous les jours. Tu lui sers d'exutoire. Je suis sûre qu'elle doit te raconter tout ce qu'elle fait de sa journée, ce qu'elle cuisine, comment elle est habillée, etc.

— Il y a de ça...

— Tu dois être formidablement au courant du temps qu'il fait sur Angers, non ?

— De ce côté-là, il n'y a pas à se plaindre.

Agnès a sans doute raison, mais le mot exutoire froisse Ferrier dans ses vanités d'homme et d'auteur. On va bien voir s'il n'est qu'un exutoire ! S'il n'est qu'un rêve d'amour revu et corrigé par Liszt et interprété par tout le matériel électro-ménager de Mme Labé ! Il va le lui saupoudrer d'un cornet de poil à gratter, son rêve ! Puisqu'elle lui raconte tout, y compris les tout petits bals du samedi soir avec son prof, il va lui raconter Menthe, cette enseignante d'un tout autre style, Menthe qu'il a revue, Menthe qui le fascine, Menthe venue de l'Orient compliqué.

Il la manie avec prudence, l'Eurasienne. Ne lui chante pas du tout *Ma Tonkiki, ma Tonkinoise.* C'est une grenade, Menthe. Offensive. Et qui serait lacrymogène s'il arrivait à Ferrier le malheur de l'aimer. La lionne est coléreuse parfois. Dépressive souvent. Rebelle aux servitude et grandeur ménagères de Christine. Dépourvue, elle l'avoue, de sens de l'humour. Elle rit pourtant lorsque Régis, pour la prévenir qu'il plaisante, allume une torche électrique. Oui, elle sent l'encens, les épices, le soufre et la poudre pyroxylée. Sa voisine cosmopolite l'aidera davantage à oublier Marthe qu'une Christine que désarme l'éloignement.

Description faite de Menthe à l'Angevine, il retombe dans un trou, se lasse de ce qui n'est pas cette Marthe qu'il n'est plus question tout à coup d'oublier. Il alerte un ami qui organise la course cycliste Paris-Nice :

— Embarque-moi avec vous, je viens de crever de l'arrière : j'ai un chagrin d'amour.

L'ami le colle dans une voiture suiveuse comme dans une ambulance. Ferrier est un familier de ce milieu sportif, y compte de bons copains parmi les coureurs et les journalistes. Il va vivre huit jours parmi les hommes, comme à la guerre. D'ailleurs on ne parle d'amour, sur la course, qu'en termes de caserne. Dans l'odeur de l'embrocation mêlée à celle du whisky, Ferrier se refait une santé morale que trouble à peine la lettre de Christine qui l'attend à chaque ville-étape. Derrière le peloton, Ferrier est à l'abri de toutes les femmes du monde. Et quand les coursiers en sueur escaladent le mont Ventoux entre deux murs de neige, il se dit qu'ils souffrent infiniment plus que lui entre deux murs d'yeux clairs. Le voilà dans la bonne échappée...

Christine arrive pourtant à sauter dans sa roue, à le suivre par la pensée. Elle achète *L'Equipe* tous les jours, et Jean-Luc ne décolère pas face à cette ardeur tous azimuts mise à l'adorner d'andouilliers. Il oscille de la feinte compréhension des passions humaines — chaudement recommandée par son *Nouvel Obs* — à des crises de rage indignes d'un pédagogue, et que commente ainsi sa moitié : *Il était fou, cinglé, le prof, hier soir...*

Lorsque Ferrier rentre de Nice, la famille Labé part pour Pléneuf pendant les vacances de Pâques. Pour la première fois, Christine maudit ces vacances qui l'éloignent encore plus dans l'espace de Ferrier, le laissent sans recours possible aux mains de cette Menthe qu'elle couvre de sarcasmes quasi racistes.

A Pléneuf, ses parents possèdent une villa baptisée au prix d'un bel effort cérébral *L'Albatros*. Elle y a toujours passé ses étés. Elle y allait enfant, y va avec ses enfants, ira avec ses petits-enfants. L'atmosphère y est délétère conjugalement, cette fois-ci. Et la Manche ne charrie plus soudain que de vieux pots de yaourt.

Je suis incapable de partager en amour. Il le faudra pourtant. Elle passe quotidiennement à la poste restante où Ferrier est censé lui écrire, la seule vue de ses lettres couvrant de boutons de fièvre le visage du « Lion d'Angers ». Par dérision, Régis l'a surnommé ainsi après avoir découvert le nom de cette ville sur une carte du Maine-et-Loire.

Christine fait l'apprentissage de la complication, de la dissimulation. Sa mère, bonne bourgeoise de morte-eau, épie sa fille désignée par le gendre à son opprobre et sa vindicte. N'en étant plus le grillon, Christine est devenue en quelques mois le taret du foyer. Et la Manche efface sur le sable les pas de crabe des époux désunis. Les praires fleurent le mazout. On somme Christine de choisir alors qu'elle supplie Régis de choisir. « De choisir quoi ? » se demande-t-il. Entre Marthe qu'il n'a plus, Agnès qu'il n'a aucune envie de quitter, Menthe qu'il vient à peine de trouver et Christine qu'il connaît à peine ?

Elle entendait l'aimer sans espoir de retour, voilà qu'elle change d'avis, réclame un poil de réciproque. Les génitoires quelque peu brisés, Ferrier lui signifie tout net qu'il n'est pas amoureux d'elle, qu'elle lui plaît, qu'il peut lui faire l'amour si cela lui est agréable, mais qu'il n'ira jamais plus loin qu'au lit. Christine au désespoir se jette dans la mare aux harengs, en ressort, tente en parfaite femme de matheux de prouver par neuf à Régis qu'il l'aime mais *ne veut pas se l'avouer.* Ce raisonnement par l'absurde ne convainc pas Ferrier, que toute cette démesure commence à contrarier. A heures fixes, au rythme des marées, Jean-Luc se suicide. Christine l'imite le lendemain. Ne vont-ils pas finir par se réconcilier sur son dos en tirant sur lui les balles qu'ils ne se résignent décidément pas à se loger dans la tempe ?

Ferrier pourrait, devrait cesser d'écrire à l'enflammée au lieu d'en attiser à tout coup le feu de cheminée. Il ne peut s'y résoudre. Car il a acquis, au fil des lettres, un sentiment pour elle. Qu'il le veuille ou non, elle a eu raison de son indifférence. La force de cet amour l'a ému à la longue, à l'usure en quelque sorte. On ne reçoit pas impunément une lettre chaque jour. On se met à l'attendre, à grognonner si elle n'est pas dans la boîte, à sa place, quoi !

S'il s'agissait d'une tactique de la part de Christine, elle serait excellente. Comme tous les êtres, Régis aime qu'on pense à lui. L'absence le gâte, sur ce plan-là. Le recouvre d'un compost de mots sans cesse renouvelés. Ainsi la vague toujours recommencée érode le galet sans même qu'il y paraisse. Parfois Régis n'a pas envie de répondre à Christine. De toute façon, il ne lui répondra pas dans le sens de la marche qu'elle espère lui voir emprunter, alors ? Puis il l'imagine revenant les mains vides du bureau de poste.

Elle est triste, funèbre, traîne du pied sur les trottoirs. Sans même le secours, sinon de la religion, du moins celui de la solitude. Au lieu de s'abîmer à loisir dans le chagrin, de s'y meurtrir les dents, il lui faut aller à la boucherie, à l'épicerie, dire bonjour, le temps va se lever, comment va la rougeole de votre petit con, et au revoir. Il lui faut faire bonne figure d'enterrement. Surtout à *L'Albatros* où sa mère et Jean-Luc guettent sur ses traits toutes les expressions qu'elle doit dissimuler, qu'elles soient de joie ou de déception. Il n'y a guère qu'à Ariane, l'aînée de ses filles, qu'elle puisse se confier en surface. Régis Ferrier, pour l'enfant, est un personnage mythique, mi-père Noël mi-père Fouettard, un prince lointain qui fait la pluie et le beau temps dans les yeux de sa maman.

— Tu ne peux pas comprendre, Ariane, je l'aime.

— Tu n'aimes plus papa, alors ?

— Ce n'est pas pareil.

— C'est vrai qu'il crie, papa, en ce moment. Qu'est-ce qu'il a ?

— Il le sait, lui, que ce n'est pas pareil. Il voudrait être Régis. Que je lui donne ce que je donne à Régis.

— Il veut des chemises comme celles que tu as achetées pour Régis l'autre jour ?

— Pas tout à fait. Ce que je donne à Régis, ton père sait qu'il ne l'aura jamais.

— Pourquoi ?

— Parce que c'est trop tard. Régis, je l'aime pour la vie.

— Il est plus marrant que papa ?

— Si on veut...

En cachette, elle lui montre des photos de Ferrier. Ariane préfère Johnny Hallyday.

Ferrier imagine tout cela, tout cet ennui, toute cette détresse qu'il n'appartient qu'à lui de dissiper. Proche de la race des femmes, il ne se sent pas le droit d'en abîmer une seule alors qu'elles l'ont tant et tant écorché. Celle-ci est innocente. Jusque-là.

Il prend une feuille de papier, lui écrit. Demain, elle sautera à la corde en revenant de la poste. Sera dans les boutiques de Pléneuf une joyeuse petite Mme Labé. Il n'en est pas très fier, mais éprouve toute une pitié pour cette femme coincée dans l'étau des familles. Il ne lui écrit pas par charité, non... Mais presque... Elle sera si heureuse demain que cela paie ces quelques lignes qui ne lui coûtent pas grand-chose, à lui. En fait, cela l'occupe, parfois. Meuble comme pour elle ses instants de désœuvrement. Quoi qu'il en ait, elle devient elle aussi, peu à peu, exutoire. Il ne peut plus écrire à Marthe, écrit à d'autres.

Il en arrive alors à ce qui, pas à pas, a fini par arriver. Sans pour autant aimer Christine, il ressent pour elle d'impérieux élans de tendresse. D'affection. D'amitié. Tant d'adoration n'a pu le laisser d'un froid de loup. Le sentiment en question, qui s'installe en Ferrier, ressemble à ces chats perdus qui, las de n'avoir ni maison ni pâtée ni caresses, s'insinuent en silence sur la pointe des pattes dans un foyer, investissent la place en toute humilité et discrétion, moins gênants que des hirondelles dans une grange. Le temps de s'apercevoir de leur présence feutrée est temps perdu : ils ronronnent déjà, font mille grâces, s'amusent du papillon qui passe, et nul n'a plus le cœur de les chasser. Ils font partie des meubles, dussent-ils plus tard s'y faire les griffes.

Je me serre dans tes bras s'il n'y a pas déjà quelqu'un, miaule-t-elle. Elle le crible de cadeaux : *Dès que j'ai quatre sous, je trouve quelque chose pour toi et je suis heureuse.* Il ne peut porter les chemises de fantaisie qu'elle lui offre, un rien trop « jeunes » pour un quasi-quinquagénaire. Agnès les enfile sans vergogne. Rien ne décourage Christine qui expédie à ses amours parisiennes une marinière bleue de pêcheur et, en prime, de la saucisse bretonne.

Le climat de *L'Albatros* est tel que le prof lâche du fil au poisson avant la casse, accorde du haut de sa toute-puissance une « permission » exceptionnelle à sa femme. Pâques sonnées, Christine pourra consacrer deux jours au paradis de l'adultère, s'y allonger et s'y bronzer, ce qui enthousiasme la bénéficiaire : *Le peu que j'ai dormi, il paraît que je me suis précipitée sur lui en criant : Régis ! Régis !* Un Régis qui se demande au prix de quelles compromissions plus ou moins dégradantes Christine a pu obtenir, dans sa sébile de pauvresse, un franc de liberté. Il ne le saura au juste jamais. S'il est des accommodements avec le ciel, elles en trouvent au lit et ne vantent pas, pour une fois, la marchandise qui va de main en main.

La liberté, Ferrier déplore qu'elle soit un objet aussi rare qu'une rivière de diamants pour tant de femmes. L'égalité, qu'elles revendiquent à tue-tête, lui apparaît infiniment moins essentielle que le pouvoir d'aller et venir sans préalable ni autorisation. Mais un misogyne est censé ne rien entendre à certains problèmes féminins...

En revanche, à en croire Christine, il en résout

quelques autres lorsqu'elle le retrouve au studio, plus de deux mois après leurs épousailles éclair. Elle est encore dorée d'air du large, encore salée, poivrée très vite. Ces paquets de lettres s'envolent enfin, prennent corps enfin. Ces plaintes manuscrites traversent enfin les murs, tous les murs, Christine, de ta prison enfin entrebâillée. Dommage que soient si loin les oreilles de ton garde-chiourme, elles en saigneraient.

A peine entrée dans la bulle, Christine déboucle le ceinturon de Régis, sacrifie au cérémonial qu'ils ont établi la première fois qu'ils se sont aimés et qui sera toujours de mise entre eux, toujours. Ferrier est auprès d'elle plus libre de sa chair qu'avec Menthe, plus libre que l'air. Ces amants occasionnels et sporadiques se découvrent mieux en quarante-huit heures que bien des couples leur vie durant. Ils n'ont pas, eux, toute leur vie ni derrière ni devant, n'ont que l'instant, ne peuvent s'offrir le loisir de le perdre. La tendresse de l'un et l'amour de l'autre ont tôt fait de composer un mélange détonant. Régis la tourne et la retourne, marque partout ses territoires, persiste et signe. Elle est à lui, lui restera. Comme le fut Marthe, qui est partie.

Oui, Christine pourrait croire qu'il l'aime. Elle n'a pas tous les torts car cela peut, de loin, y ressembler. Il aime son corps et c'est déjà avoir parcouru la moitié du chemin. Ce corps dont Jean-Luc ne soupçonnera jamais les ressources, les volte-face, les caprices, les inventions, les anéantissements. Ecoute-la, Jean-Luc, écoute-la bien : *Il m'a dit : « Tu as un beau cul, dommage que tu ne saches pas t'en servir. » Je n'ai rien répondu, j'ai pensé à toi qui ne dois pas être de son avis. L'amour, tu m'as dès le premier jour fait prendre conscience que je pouvais le faire aussi bien qu'une autre — et même mieux — et qu'avec Jean-Luc ce n'était pas moi la responsable du calme plat, mais lui...*

Aux côtés de Ferrier, elle est moins diserte que par

écrit, moins nette. Elle a tout au creux d'elle toute une face cachée de timidité.

— Il était aussi timoré que moi, au lit. Aussi crispé. Alors qu'avec toi tout est simple, si simple !

Il la caresse de la main et elle trempe le drap dès qu'il le désire. Régis s'amuse et se trouble à déclencher ainsi ce plaisir à volonté. Quand elle repose sur lui des yeux égarés et revenus de tout, il rit :

— La femme d'un prof de géographie m'a raconté une fois qu'il était bien sûr capable de situer sur les cartes tous les pays, toutes les villes, tous les fleuves, tout, quoi ! Il savait tout du Zambèze et qu'il y avait 84 000 habitants à Abeokuta, dans le Nigeria. Il connaissait la superficie exacte des îles Melville ou Banks, il n'ignorait qu'une seule chose sur la terre, à savoir où se trouvait au juste le clitoris de son épouse.

Christine prend avec force sur son cœur cette main qui vient de la jeter dans les feux de l'été avec la précision d'une main gantée de chirurgien. Régis poursuit :

— Ton prof de maths est un type du même genre. Il ne saura jamais, lui, qu'au lit, 1 + 1 ça peut ne faire qu'1.

Il est atroce de la ramener ainsi à Angers. Mais déjà il la caresse encore, autoritaire, sans se lasser, comme s'il s'agissait d'un jeu, d'un jouet. Elle en est un, en effet, sous ses doigts.

— Ecoute le violoncelle, Christine, halète-t-il, écoute-le chanter. Les deux plus grands amants du monde, ce sont Pablo Casals et Rostropovitch. Le violoncelle, c'est le geste et la voix de l'amour, le vent dans la forêt, l'homme dans la femme, tout au fond de la femme, au fin fond, comme cela...

Le soir tombe, mais ils ont encore toute la nuit à eux, tout un matin, tout un après-midi jusqu'au couperet, demain, du 18 h 23. Toute une plage de vacance. Le bathyscaphe est en plongée.

Elle se coule, serpente entre ses jambes, le reprend dans sa bouche. *Quand tu es dans ma bouche, tu peux y rester des heures, j'aime autant et plus même que toi...* Le voilà jouet à son tour, et elle en joue, comme lui tout à l'heure, et le mène à son gré. D'une tout autre façon que la sienne. A sa violence succèdent ses lenteurs. A sa brusquerie, ses flâneries. Elle se réduit, dans le noir, à la plus simple expression d'un tentacule, d'une trompe, d'une ventouse, s'évertue à n'être plus que cela sans autrement le frôler. Elle n'a plus de corps, n'est plus qu'une bouche humide et chaude de jungle et de velours.

— Va, mon vampire, va, souffle-t-il au plus loin d'elle. Il se retient de ne pas ajouter « je t'aime ». Il ne faut pas lui dire ces sacrés mots-là, elle y croirait, ne jurerait plus que par eux dans ses lettres.

Il abuse même tout naturellement de sa dévotion infinie, de sa patience d'éternité, s'arrache d'elle sans la moindre gêne, se lève pour remplacer la cassette de Mozart par une autre, se sert un whisky, allume une cigarette, se recouche, boit et fume pendant qu'elle resserre ses lèvres autour de lui. Elle n'y voit, candide, que tendresse et que liberté d'elle, elle a raison. Il est en elle comme dans un moulin, comme chez lui. Elle est à lui. Et pour la vie, cela va de soi. Il jouit enfin en sa gorge en lui griffant le dos. Jean-Luc sera content de voir ces traces-là. A lui d'imaginer comment elles sont venues. S'il le peut.

A charge de revanche, Régis ne connaîtra plus jamais bonheur semblable avec une autre femme que celle-là. Plus jamais une femme ne s'offrira à lui avec cette aisance, cette simplicité presque désespérées. M. Ferrier, il vous faudra bientôt apprendre que la recherche du plaisir — de l'hédonisme, si vous préférez un mot savant — ne peut déboucher que sur la découverte, totale et sans appel, de la malédiction.

Epuisés, ils somnolent dans les bras l'un de l'autre.

Elle est plus belle vue de près que de loin. Lisse, polie par ses paumes. Le pavé de sa chère petite tête d'oiseau blond pèse sur l'épaule de Régis. Il a remis ses lunettes, les ôte avec ostentation, sourit :

— Tu es décidément mieux sans lunettes.

A quoi pense-t-elle ? A Angers ? A Ariane, Catherine et Ziggy ? A Jean-Luc ? Pour la première fois depuis dix ans, elle ne couchera pas avec lui cette nuit.

— N'y pense pas, murmure Régis.

Elle, éberluée. Ne savait pas à quoi elle pensait. La main de Régis est plongée en elle.

— J'aime ta chatte, dit-il paisiblement.

Il répète :

— Ta chatte... Ta chatte...

Afin qu'elle s'habitue au mot.

Elle s'ouvre pour qu'il s'y ancre mieux. Lettre, plus tard : *Ma chatte... elle t'attend... Elle ne connaît que toi... Tu es le seul à savoir lui parler...*

C'est un beau paysage. Comment peut-on ne pas aimer les femmes et cette loutre qui sort de l'eau ? Il écarte les doigts en érignes pour lui tenir, à les meurtrir, les rives écartées. S'endort ainsi brusquement, fiché en elle qui n'ose plus bouger et qui s'endort aussi, tout ce corps étranger inerte et chaud et dur engourdi dans son ventre.

Les bougies rouges dans le chandelier s'éteignent l'une après l'autre. La bulle veille sur ces gisants que tout sépare, que seul rapproche le miracle de la rose. Une chatte, qui sent le chèvrefeuille, s'étire sur un muret desséché de soleil. Deux amants de puzzle emboîtés dans toutes leurs courbes, deux amants dorment, enserrés et soudés comme s'ils s'étaient évadés soudain des liens trop lâches du mariage.

8.

Le Lion d'Angers rugit, là-bas, une épine d'aloès dans la patte. Peut-être aime-t-il d'amour son épouse ? Peut-être... « On aura tout vu », raille un Régis qui ne croit guère à ce style d'élucubrations sentimentales, encore moins quand elles éclosent à retardement, après l'électroencéphalogramme plat des dix ans de mariage. En fait, Jean-Luc est l'adjudant qui voit avec horreur de ses deux yeux son meilleur soldat sauter le mur.

Labé se résout à écrire à Régis, commet l'erreur de le tutoyer d'emblée sous le vague prétexte que les détours de la vie les ont aiguillés dans l'impasse d'un imprévisible point commun. Régis, en tant que glorieux aîné, apprécie peu une familiarité aussi soudaine, le fait savoir sèchement dans sa réponse. Le fait de servir à l'occasion dans le même corps les aurait-il changés en frères d'armes ? Leurs affinités politiques les autorisent-elles à se traiter jovialement de camarades ?

Jean-Luc rectifie le tir dans une seconde lettre où il est écrit d'un beau noir sur blanc que Christine aime Régis, met au four ce qui va au réfrigérateur, et *vice versa*. Que la froideur, les têtes de bois, les chagrins, les réflexions et les révoltes ont ravagé l'appartement qui fut tranquille, et trop tranquille, de la résidence Guynemer au profit de félicités à sens unique que Labé s'imagine pleuvant en pétales parfumés sur un Régis marmoréen. Le prof, au tableau noir de sa vie, plaide :

Il faudrait qu'au bout de dix ans de mariage je devienne l'amant que je n'ai jamais su être pour elle, et qu'elle soit en mesure d'être avec moi la maîtresse qu'elle ne fut qu'avec vous grâce à la passion que vous lui inspirez. Les chances sont minces...

Sur ce plan-là, elles le sont, en effet. Labé a l'honnêteté de reconnaître que Ferrier n'a pas sauté dans une voiture de formule 1 fignolée, mise au point par des mains expertes. Celle aussi d'avouer qu'il n'aime pas prêter sa voiture, qu'il y tient par-dessus tout, malgré ses imperfections et son retard à l'allumage.

Bref, Christine est malheureuse, Jean-Luc malheureux, et Régis plane en aigle royal au-dessus du désastre en question... *il y a quand même à Angers une bonne femme qui fonce tout droit vers la dépression nerveuse, un mari qui retrouve la solitude, et un facteur hilare d'être chaque jour attendu avec tant d'anxiété...*, etc. C'est un mari sans surprise. Un classique qui se battra, adossé à la porte, par tous les moyens pour conserver un os que Régis ne songe aucunement lui disputer. Ferrier lit avec intérêt les œuvres de Labé, simplement agacé par le ton de commandement employé vis-à-vis de Christine : *J'accepte qu'elle... Je veux qu'elle...* Pour en terminer — avec quoi ? — Jean-Luc sollicite la faveur de se rendre à Paris pour y déjeuner avec l'homme dont Christine vient de lui annoncer, diplomate, que, tout bien réfléchi, « elle préférait faire l'amour qu'avec lui. » Elle a vraiment, cette parfaite ménagère, un sens inné de l'eau dans le gaz et de l'huile sur le feu. L'entrevue du Drap d'Or entre ses deux seigneurs n'a, de plus, rien pour l'enchanter : *Vous allez vous trouver sympathiques...* Préférerait-elle qu'ils s'énucléassent à la fourchette à escargots ?

— Silence, femme, ordonnent les mâles réunis, ni ton cœur ni tes fesses ne t'appartiennent !

Rendez-vous est pris dans un restaurant des Halles.

Un problème de savoir-vivre préoccupe Ferrier, qui s'en ouvre à Agnès :

— J'offre le déjeuner ? S'il veut régler, c'est inélégant de ma part de laisser payer celui qui, après tout, est la victime ?

Agnès n'a pas besoin d'allumer une torche électrique pour annoncer qu'elle va faire de l'humour. Elle frappe en plein front du boîtier :

— Ben... Tu lui diras, à la fin du repas : « On partage, comme d'habitude. »

Ferrier hausse les épaules, part en sifflotant. Il a l'avantage du terrain et, provisoirement, tous ceux de Christine sans en avoir les inconvénients. De plus, il jouit, sur Jean-Luc, du privilège de l'âge, si c'en est un. A quoi ressemble Labé ? Christine ne le lui a pas décrit. C'est lui qui reconnaîtra, pour l'avoir vu souvent à la télévision, l'auteur pour lui doublement dramatique.

Ferrier entre à *La Tour de Montlhéry*. On ne l'a pas encore demandé. Jean-Luc est en retard. « Comme en amour », songe méchamment l'incorrigible élu du moment, alors que la vie lui a pourtant fait payer, et plus qu'à son tour, le prix du sang en ce domaine.

On lui sert un ballon de bourgueil au comptoir. Les vins des pays de Loire sont tout indiqués, aujourd'hui. « Allons voir cette merveille », a dit Labé, moqueur, à l'infidèle que perturbe de plus en plus, entre ses trois mioches et ses quatre murs angevins, le choc inattendu de ses titans autour d'une table de négociations.

La « merveille » estime que le bourgueil a de « la cuisse » et même de « la chatte de Christine » lorsqu'elle fuse en geyser sous ses doigts. Mais voilà qu'arrive, essoufflé, le propriétaire légitime dudit endroit si printanier l'hiver comme l'été. Il n'a pourtant pas vu leur photo de mariage, mais Ferrier, perspicace, l'identifie au flair et, comme l'autre se hâte, déjà au large du comptoir, le hèle :

— Labé !

Jean-Luc fait volte-face, déjà paré d'instinct du plus vaste de ses sourires, serre chaleureusement la main qu'on lui tend. Aucune rancune ne sera admise, tout baignera dans la sympathie. Car il n'est que sympathie, ce Labé. Ce n'est pas l'emmerdeur vanté par son épouse. Un peu strict dans le costume bleu que Christine a dû lui repasser aux aurores. Cravate. Boutons de manchettes. Mais sympathique ! Frais. Ouvert. Cordial. Cadre dynamique dont la tête est mise à prix dans les pages d'annonces de *L'Express*. Des médisants insinueraient qu'il pourrait avec succès représenter en province des parfums de chez Hermès. Ferrier n'est pas de ceux-là. Il n'aurait guère prisé se heurter à un rustre miteux qui lui eût donné, par réverbération, une déplorable image de Christine. Les Labé forment ce qu'il est convenu d'appeler, dans les belles-familles, un beau couple.

— Tu bois un coup ? propose Ferrier, pour le mettre à l'aise.

— On se tutoie, alors ? s'illumine l'autre.

— Quand on se voit, oui. Pas quand on s'écrit pour la première fois.

Labé s'excuse encore pour cet impair. L'éponge et l'ange sont passés. Ils trinquent. Apprécient. Se regardent malgré tout avec curiosité. Surtout Labé qui doit se demander ce que sa femme trouve d'exceptionnel à ce type-là. A la réflexion, l'apparente banalité de Ferrier glace un peu le mari. Elle ne peut que recouvrir une masse énorme de danger. Comme les icebergs. Il y a, aussi, les yeux. C'est peut-être là que se situe l'essentiel du charme en question. « Des yeux de félin » a dit Christine à Régis avant de le répéter, sans doute, à Jean-Luc histoire de lui prouver, quand même, que son amant a quelque chose d'attirant dans la figure.

Quelques clients saluent Ferrier. Une jolie rousse apollinarienne l'embrasse un peu près de la bouche. Il rit, pour Labé :

— Ne crois pas que je sois si célèbre ! Je viens souvent ici.

Jean-Luc remarque au vol que les yeux de félin suivent comme malgré eux la chute des reins de la rousse, jusqu'au fond de la salle. « C'est un coureur, a-t-il répété à plus soif à sa femme pour la décourager. Il ne s'en cache ni dans ses pièces ni dans ses interviews, mais tu ne sais pas lire ! »

Ferrier soupire, à l'intention de son nouveau confident :

— Copain, copain, hélas. Je n'ai pas de chances avec les rousses.

— Avec les blondes, ça marche mieux, glisse Jean-Luc tout en se gardant comme du feu de la moindre acrimonie.

Ferrier se rembrunit, qui ne pense qu'à Else, qu'à Marthe :

— Tu parles ! C'est pire. Et les brunes me détestent.

— Tu vas me faire pleurer.

— Personne ne m'aime, s'exclame Ferrier en jouant le plus possible « mélo ».

Cette fois, Jean-Luc se fend malgré lui d'une grimace douloureuse. Régis se méprend :

— L'estomac ? Il est jeune, ce bourgueil, mais naturel. On se retrouve avec plaisir tous les ans.

— Ce n'est pas le bourgueil mais ton « personne ne m'aime ».

— Ah oui !... Pardon... Et tu es sûr qu'on m'aime, toi ?

— Oui.

— Tu as bien de la chance.

— Si on peut dire, Régis, si on peut dire...

— Tu as raison, je déconne. Viens à table.

Ils s'installent, Ferrier nullement gêné, Jean-Luc plus « concerné » que lui selon le vocabulaire du *Nouvel Obs*.

A cette heure-là, à Angers, les petits mangent à la

cantine de l'école, Christine se ronge les sangs et les ongles, casse une assiette, gobe une rafale de ces tranquillisants dont elle fait, depuis la naissance de l'amour fou, une forte consommation.

Pour eux, ce sera le plateau de charcuteries. Très à l'aise, Régis ne pense pas à Christine, Jean-Luc désorienté ne pense qu'à elle. En vient vite au sujet :

— Si on parlait un peu de Christine ?

Moue de Ferrier :

— Cinq minutes ! Ils ont ici un excellent onglet aux échalotes. Christine peut apparaître au troisième acte. Entre la poire et le fromage.

— Comme tu veux, approuve Labé qui, en ces lieux, n'a pas plus à « accepter », qu'à « vouloir ». Le cuirassé Ferrier ne se manœuvrera pas comme une périssoire.

— C'est marrant, d'être prof de maths ?

— Pas tellement.

— La sécurité de l'emploi, c'est quand même mieux quand on a trois mômes, non ?

— Il y a de ça...

— Dans tes 2 et 2 font 4, tu ne risques pas lourd de fours, de bides. Le théâtre, c'est la roulette russe.

— Oui, mais c'est plus intéressant que la trigo.

Œil de Ferrier.

— La trigonométrie, si tu préfères.

— Oh ! moi, je ne préfère rien ! J'ai horreur des maths.

— Et des profs ?

— Je n'avais pas besoin d'eux. Je voulais écrire. J'ai écrit.

— Moi aussi, je voulais écrire, quand j'étais jeune. Christine ne te l'a pas dit ?

— Non. Prends des rillettes. Et alors ?

— Et alors... il a fallu vivre.

Ils n'ont pas la même conception du mot. Ferrier observe :

— Ouais. Tu es encore un Mozart assassiné. C'est de Saint-Exupéry, qu'il y a en tout homme un Mozart assassiné. Qu'est-ce qu'il faisait ton père ?

— Haut fonctionnaire des Douanes.

En remplissant les verres, Ferrier s'amuse :

— Je n'ai rien à déclarer.

Pendant qu'il verse, Labé détaille ses mains, ses mains qui, comme les siennes, ont couru sur le corps de Christine, ce corps que, seul jusque-là, il eut le droit dix ans durant de caresser. A présent, Christine ne joue plus en exclusivité. Labé, qui n'en a plus, brusquement, le monopole, en pâtit. Le haut fonctionnaire des Douanes aurait peu goûté le découpage, le morcellement d'une bru entrée dans la famille toutes fleurs d'oranger dehors. La statue de son Commandeur de la contrebande assoiffe le prof qui vide verre sur verre, imité en cela par un placide Ferrier que n'effleure aucun régime, ni d'hygiène ni de morale.

Le vin aidant, les deux compères s'échauffent. Le grand souffle de l'échalote déferle sur la table. Régis parle avec enthousiasme de Menthe. Voilà qui passionne le prof qui aura quelque chose de cruel à raconter ce soir, histoire de crucifier la ménagère sur la nappe. Régis fournit les clous. « Il se fiche bien de toi, Ferrier. Il ne m'a parlé que de son Eurasienne. Et puis de Marie-France. Et d'une Nicole qui travaille à la FNAC. Tu connaissais tout ça ? » Elle ne connaissait pas, non.

Ce n'est que par bonté pour Jean-Luc que Régis lui étale ainsi les rivales de sa femme. Pour qu'il se persuade que son chef-d'œuvre domestique n'est pas trop en péril d'effraction, demeurera potiche sur sa cheminée.

— Menthe, explique Ferrier, c'est moitié slave et moitié asiate. Tous les ingrédients du mystère. C'est mon mystère. Ça ne s'entrebâille pas souvent pour un homme, un mystère.

— Et Christine ? Qu'est-ce que tu comptes faire de Christine ?

Régis reste interdit. Pourquoi lui parle-t-on de Christine alors qu'il parlait de Menthe ? Ah, oui ! C'est la femme du prof...

— Ce que je compte en faire ? Mais rien. Rien du tout. Que veux-tu que j'en fasse ? Une mère de famille ? C'est déjà fait. De plus, je n'ai jamais voulu d'enfant. Ecoute Anouilh dans *La Grotte*. Cela se passe dans les communs. Un nouveau serviteur s'enquiert de la maison auprès de la cuisinière. Texte : « Comment sont les enfants ? — Cons, comme tous les enfants. » Sauf les tiens, Labé, sauf les tiens, ça va de soi. Rassure-toi, je ne veux rien. C'est elle qui veut tout, elle qui veut trop.

Labé se jette à l'eau, dans le bourgueil plutôt :

— Je voudrais quand même savoir si... si... si tu l'aimes ?

Ferrier rit :

— Et voilà les petits ruisseaux de ces grands mots qui font les grandes rivières des mauvaises pièces ! Non, Jean-Luc, je n'aime pas Christine.

— Pas du tout ?

— Ne me tire pas les couleuvres du nez, gros malin. J'aime bien Christine. J'aime beaucoup Christine. Beaucoup. Et cela me contrarierait de ne jamais la revoir.

— Moi aussi ! Elle veut divorcer...

— Ça se comprend. Regarde les gosses, dans une cour de récréation. Il y en a toujours un qui court voir le maître en pleurnichant : « M'sieur, m'sieur, y a Jean-Luc qui fait rien que de m'embêter ! » Ce gosse, c'est Christine, et tu fais rien que de l'embêter.

Labé se débat dans sa cravate :

— Si tu ne l'aimes pas, je l'aime, moi, et je suis cocu, moi. Et d'après toi, c'est normal.

— Sûrement. Je ne sais rien de votre couple, mais il ne doit pas être très différent des autres. Une amie m'a dit un jour à ce propos : « Quand une femme trompe longuement, passionnément son mari, il y a bien une raison à cela. »

— Je ne vois pas...

— Alors, cherche ! Ce n'est quand même pas à moi de tout raccommoder. Par nature, la faïence et la porcelaine, je les casserais plutôt. A part ça, Jean-Luc, évite devant moi ce mot de cocu. C'est archaïque et déplaisant. Ce n'est pas parce que je couche avec Christine que tu es cocu, ce serait trop facile. Tu abuses de la situation.

Cette dialectique abasourdit la table de logarithmes.

— Une autre bouteille, Georges, commande Ferrier, et en urgence, par le SAMU.

Labé s'ébroue, dénoue sa cravate :

— Que je sois cocu ou pas, quelles sont tes intentions ?

— Je n'en ai aucune. Mais toi, tu ferais pas mal d'en avoir, et des meilleures que jusque-là. Ta bonne femme, je te signale qu'elle cache dans son sac deux cartouches de ton fusil de chasse. Je le sais. Enlève-lui sa solution finale, pour commencer. Ensuite, accorde-lui de temps en temps la liberté de se rendre à Paris. Ce que j'en dis, c'est pour ta tranquillité personnelle. Mieux vaut avoir une femme heureuse à la maison qu'une emmerdeuse suicidaire, non ? Elle t'emmerde, en ce moment, je présume ?

— Tu ne peux pas savoir !...

— Non. Mais je devine. Laisse-la venir, te dis-je, et ne me balance pas que je prêche pour mon saint. Question lulus, même si ce que je te confie doit froisser les féministes, je ne souffre pas trop du manque. Ce n'est pas le Biafra, le studio. Mais ça l'est dans nos verres ! Georges ! La même !

Ils boivent encore comme de vieux amis.

— Tu as peut-être raison, Régis, admet Jean-Luc, mais...

— Mais quoi, encore ?

— Mais... je l'aime, murmure l'autre, un peu honteux de répéter un tel aveu qui met encore les pieds dans le plateau de fromages.

Ferrier sourit :

— C'est très bien d'aimer sa femme, mon petit Jean-Luc. Très bien. Plein de bons sentiments. Et puis ?

— Et puis, pour être franc, ça me défrise que...

— Qu'elle couche avec moi, je parie ?

— Ben... Oui...

Cette fois, Ferrier s'esclaffe :

— Rappelle-toi la fin du film *Certains l'aiment chaud,* avec Marilyn. Le milliardaire veut à tout prix épouser le travesti qui finit, pour s'en débarrasser, par gueuler : « Mais enfin c'est impossible ! Je ne suis pas une femme ! » Et le milliardaire indulgent lui répond : « Personne n'est parfait. » In english : Nobody is perfect. Tu couches bien avec Christine, toi, non ?

— Oui... bien sûr...

— Eh bien, si je l'aimais, Christine, cela me déplairait autant qu'à toi, mais je me dirais pour me consoler : Nobody is perfect. Cette petite phrase devrait sous-titrer toutes les histoires d'amour du monde, mon vieux. Christine, laisse-la venir une fois par mois et va-t'en rassuré.

Labé se ressert d'autorité :

— Mais elle veut davantage de toi, bien davantage !

— Elle n'aura rien d'autre, ni de toi ni de moi, et voilà tout. Et tu auras la paix. Paris vaut bien une fesse.

— De la façon dont tu vois ça, comme tout est facile !... soupire Jean-Luc avec un rien d'amertume.

— Tu ne ferais pas des sacrifices pour tes enfants ? Si, bien sûr. Alors, fais-en pour la femme que tu aimes. Quelle idée, d'ailleurs, entre parenthèses, de faire l'amour à la même femme pendant dix ans ! C'est de la perversion sexuelle ! Je savais l'animation nocturne plutôt réduite en province mais quand même pas à ce point-là ! Il n'y a pas d'autres femmes, à Angers ? Tu n'as pas des étudiantes avec corsage à boules de pétanque incorporées ? Sans vouloir t'offenser, cela te changerait de celui de Christine. Et, crois-moi, elle en oublierait Ferrier cinq minutes, de te voir rentrer avec du rouge à lèvres sur le col de chemise ! Il faut tout te dire, prof, tout ! Montre-toi au moins bon élève.

— Les étudiantes, comme tu y vas, maugrée Labé. Pour se faire virer de l'enseignement, il n'y a pas mieux.

— Alors, travaille dans les mamans d'étudiantes, elles ont ton âge, et à ton âge ce n'est pas bon pour l'âme de rester les deux pieds dans le même slip.

Ils ont bu une prune « Vieille Réserve », deux prunes « Vieille Réserve ». Echauffé, Ferrier ferait bien à présent l'amour à Christine, qui n'est pas là. Il convient qu'elle y soit plus fréquemment. Jean-Luc ayant réglé l'addition en nature, celle de son épouse, Régis la règle d'une autre façon.

Labé a tout son temps avant d'aller à Montparnasse prendre le 18 h 23 si cruel à sa femme. Les voilà dans les rues, avec au cœur la mauvaise conscience d'avoir démythifiée à souhait la pauvre fille, coupables de l'avoir démystifiée à ce point, gênés de l'avoir quelque peu poignardée dans le dos, changée en citrouille et en marchandise palpable et baisable à merci.

Ils vaquent au hasard, où le bourgueil les pousse, comme les deux bidasses tous deux natifs d'Arras de la chanson. Ainsi font font font un universitaire et un auteur dramatique, jusqu'à ce que leurs pas les mènent rue de Montmorency. Régis, un peu fatigué, propose à Jean-Luc de lui présenter son studio. Labé accepte, un peu fatigué. Le déjeuner et la partie ont été rudes.

Dans l'escalier, Jean-Luc précède Régis qui ne peut s'empêcher de penser au derrière de sa femme. Dans la bulle, Jean-Luc ne peut s'empêcher, lui, de songer au même derrière immolé sur cet agneau de Toscane. Ferrier ouvre la fenêtre, désigne à Labé celle de Menthe. Il siffle. La fenêtre de l'Eurasienne reste fermée.

— Menthe n'est pas là, grommelle l'auteur déçu.

Labé regarde aux murs les photos de Marthe et de Menthe.

— Le passé et l'avenir, commente Ferrier sans mentionner, par pudeur, le présent.

— Ils sont jolis, apprécie Jean-Luc que rassérène ce trop-plein.

— Le docteur revient de temps à autre, ment le collégien Ferrier. Ne le répète surtout pas à Christine.

Il le lui répétera. Régis parle à Labé du docteur comme il en parla à Christine quand il la connut. Avec fièvre. Cafard. Whisky. Le prof pense que ses jours angevins, avec cet instable, ce sauteur à la perche, ne sont pas trop en danger. Pour lui, ce sera le double scotch de l'euphorie.

Là-bas, Christine s'interroge sur ce que font ses hommes ensemble. Discutent-ils à l'infini de son amour, de ses angoisses, de ses espoirs ? Les petits, rentrés de l'école, font leurs devoirs.

Ce que font vos hommes, madame Labé ? Comment pourriez-vous imaginer qu'ils se saoulent la gueule comme des cantonniers, côte à côte sur l'agneau de Toscane, le même qui vous vit nue et vous reverra nue tant et tant de fois ? Tout juste s'ils n'entonnent pas une autre chanson, un peu trop optimiste celle-là, qui suppose que « sans ces garces de femmes nous serions tous des frères ! ».

L'heure venue, frère Ferrier se révèle incapable de raccompagner frère Labé à Montparnasse.

Jean-Luc, son train dans sa poche, prend sa cravate en marche.

9.

Régis a été trop loyal avec le prof durant cet entretien alcoolo-historique, trop « sport » ou trop cynique ou trop carré en affaires. Pour réduire les dimensions de Ferrier, ce pion de Lion d'Angers, fonctionnaire pour une fois malhonnête, dénature tous ses propos au nom de la légitime défense de son foyer.

— Il ne t'aime pas, pauvre pomme. S'il te voit, c'est uniquement pour te sauter, parce qu'il a pitié de toi. Parfaitement, pitié, parce qu'il en a d'autres sous la main. Des tas. Au restaurant, il a pris rendez-vous sous mon nez avec une rousse qui est mannequin dans une maison de couture. Et Menthe ! Au studio, il n'y a que des photos d'elle et du docteur aux murs, pas une de toi. Je te l'apprends ? Il doit les ôter quand tu viens, innocente. Fille splendide, son Eurasienne. Il a du succès, ton matou. Ne mésestime pas Menthe. Le péril jaune, ça existe. De toute façon, vous ne comptez vraiment ni l'une ni l'autre. Il ne m'a parlé que de son docteur. Il est gentil, mais se pose sur tout ce qui bouge. Arrête de bouger, toi. Et regarde ma veste, j'ai perdu un bouton. En attendant, toi, perds un peu de tes illusions !...

Sur ce plan, le pion se leurre. Elle s'y accroche de plus belle. La peiner, la blesser, cela n'est pas une solution mais, tout au contraire, un coup de fouet. Non content de fort mal connaître les femmes, Jean-Luc n'entend surtout rien à la sienne. Après plus de dix ans de vie commune, malgré ses interrogatoires de police, ses insultes, ses railleries, il ne peut entrer dans ce cœur étranger, ne peut que pénétrer ailleurs avec le même succès. Part-il en voyage vingt-quatre heures ? *Ce soir, ô merveille, pas de prof dans mon lit.* Et c'est lui que l'on traite de *pauvre mec*, pas l'autre. C'est beau, une femme amoureuse. Trop beau.

Depuis qu'elle l'est de Ferrier, elle passionne enfin Labé. Il l'aimait, certes, comme tout le monde, mais elle faisait trop partie des meubles. Depuis qu'ils craquent, Christine fait peau neuve à ses yeux. Labé est un garçon de convention. Il souffre de tout cela, mais maladroitement, sans le métier consommé d'un Ferrier qui a pleuré tous azimuts et sait au pfennig ou au sen près le cours des larmes, fussent-elles, si nécessaire, de crocodile.

S'il écoutait ce maître en la matière, Jean-Luc, au lieu de sevrer Christine de Régis l'en comblerait, l'en accablerait, l'en lasserait. Tout ce que ce malhabile tente en sens inverse favorise le pire. Ce n'est pas en lui répétant, dès qu'elle rêve debout : « Tes yeux sont de véritables compteurs de pompe à essence », qu'il empêche les fuites.

Femme, elle apprend vite le jeu des apparences. *J'essaie de n'être ni trop gaie quand tu écris, ni trop triste quand la boîte à lettres est vide.* Jean-Luc manque trop d'expérience sentimentale, n'est pas de taille pour tout percer à jour de ce rôle de composition. Même si le maquillage convient mal à sa nature, Christine sait rapidement tout l'art des crèmes et des fards. Elle aurait tant voulu, autrefois, être actrice, a-t-elle confié à Ferrier, qu'elle brille aujourd'hui sur toutes les planches de la penderie, toutes celles de la salle à manger, et même sur la planche à découper de la cuisine. Ne restent en plan, faute de réplique, que celles de la chambre à coucher.

Elle monologue alors, chaque matin, sur son papier

mâché timbré : *Je t'aime, j'aime que tu me tordes le bout des seins, je t'embrasse longuement, passionnément, tendrement, éperdument, énormément, toujours et partout.*

Malgré ses menues félonies de maréchal de France, le Lion d'Angers ne peut, décemment, considérer le traité signé à *La Tour de Monthléry* comme un vulgaire chiffon de papier. Il se doit sur l'honneur d'envoyer son colis à Ferrier. Pour deux jours et deux nuits de la fin mai.

Cette venue tant espérée par Christine n'arrange pas tellement les emplois du temps de Ferrier.

N'en déplaise aux hommes acculés par leur laideur, leur bêtise — ou celles de leur conjointe — et toutes autres raisons physiologiques et religieuses à une fidélité obligatoire revue et corrigée sous le nom de bonheur idyllique et champêtre ; n'en déplaise aux femmes cadenassées, frigorifiées par l'estocade hebdomadaire et ventre à terre, déçues par le pantin en chaussettes qui s'approche d'elles au pas de gymnastique, reconverties dans la vertu, les pots de confitures et la communion solennelle des enfants ; n'en déplaise à tous les coqs à crête en berne, à toutes les sacrifiées du Grand Hôtel du cul tourné, à tous ceux, à toutes celles qui pensent l'injurier en le taxant de misogynie sous le paradoxal prétexte qu'il n'est attaché qu'aux femmes ; n'en déplaise aux vilaines, aux disgraciés, aux timides, aux concurrents marrons, aux envieux, aux verdâtres, aux traîne-bites, aux basses du cul, ne leur en déplaise à tous, isolés ou familles, Ferrier connaît en ce printemps un excédent de récolte, une abondance de biens qui provoque la rage des éconduits, de celles qui ont leur conscience au sec, et des chapons.

On ne lui pardonne pas Marie-France surnommée Manufrance, Nicole de la FNAC, on ne lui passe ni l'Angevine, ni l'Eurasienne, ni la dernière en date, Justine-qui-ne-porte-jamais-de-culotte. Elles sont beaucoup, c'est vrai. Il fait pourtant front à cet ennemi supérieur en nombre. Répond aux lettres. Aux coups de téléphone. Aux récriminations. Aux jalousies. Aux frais de restaurant. Aux fêtes. Aux anniversaires. Prend garde à gauche. Prend garde à droite.

Repousse encore l'assaut inattendu d'une sixième du genre « je veux bien mais pas tout de suite », d'une septième qui écrit des pièces dont on ne voudrait pas à la sortie d'un patronage, d'une huitième ornée d'une forte coquetterie dans l'œil. Les cinq suffisent à son souci. Agnès étiquette le tout « Alsace de Bagnolet », du nom d'une équipe de basket-ball féminin. Il préfère leur coller, lui, le fier label de Quintette du Hot Club de France. Avec Menthe actuellement à la guitare de Django Reinhardt, le plus grand des plus grands. Quintette qui serait dissous si Marthe revenait, qui n'est toujours pas revenue.

Ferrier sait que cette pléthore paraît invraisemblable même à ses familiers, qu'on l'accuse de malversation, de faux en matière civile, de hâblerie et de mensonge. Il n'en a cure, a son honneur pour lui, si l'on peut ainsi qualifier cet hybride. Il justifie son propos de la sorte : cela s'appelle très simplement la pêche à la calée, d'un terme emprunté à l'halieutisme, qui est l'art de la pêche à la ligne.

Mode d'emploi. Vous vous installez sur les bords d'un étang poissonneux car s'il n'y a guère de poisson dans la pièce d'eau l'entreprise est vaine. Vous montez et installez tous les cinq pas sur la rive une canne à lancer lourd, propre à la prise de la carpe, par exemple. Dressez, mettons, une dizaine de cannes. Fixez au bas de ligne un hameçon triple esché d'un cube de pomme de terre. Expédiez vos appâts au loin, en demi-cercle. Raidissez le fil par quelques tours de moulinet. Accrochez au scion, c'est-à-dire au petit bout de la canne, un grelot muni d'une sorte de pince à linge, grelot en vente chez tous les bons détaillants, asseyez-vous sur un pliant, ouvrez votre journal ou contentez-vous d'admirer le vol de la bergeronnette. Vous voici en action de pêche.

— Et puis ?

— Quand une carpe avale le cube de pomme de terre, elle tire sur le fil, le scion frémit, le grelot tinte, le pêcheur ferre et, après un plus ou moins rude combat, amène sa prise à l'épuisette. Souvent, le grelot demeure muet, le pêcheur rentre bredouille et n'a plus qu'à retendre ses lignes le lendemain. Saisissez-vous le parallèle ?

— Non.

— La pêche à la calée se pratique de la même façon en ville. Je suis dans un dîner, converse avec ma voisine. Nous sympathisons, ce qui est la moindre des choses, au départ. Je l'invite à la représentation d'une de mes pièces. Pour cela, il me faut naturellement son adresse, qu'elle me donne. Première calée. Je me tourne, si elle est agréable, vers ma seconde voisine. Tends ma deuxième calée. Les bonnes soirées, je rentre chez moi avec quatre ou cinq calées à dresser le plus vite possible dans les brumes matinales de l'étang. Il convient à l'évidence de multiplier le nombre de chances par le nombre de cannes. De cocktails en sorties, de rencontres professionnelles en nez à nez inopinés, vous atteignez à l'alignement minimum de la dizaine de calées susdite. Si rien ne bouge, ce qui est probable, il faut en arriver très vite au stade de l'amorçage. Si vous partez en voyage, envoyez aux dix carpes la même carte postale, sobrement libellée : *Je pense à vous*. Envois à réitérer à chaque voyage. Si vous êtes un sédentaire, confiez l'opération à un ami bourlingueur. Cette pensée manuscrite plaît. Touche. Emeut. A la longue, trouble, si tout va bien. Vous pouvez aussi donner, un soir d'ennui, dix coups de téléphone. Ne demandez surtout pas à soupeser le poisson avant qu'il ne soit hors de l'eau. Regardez seulement de loin les bulles qu'il émet en fouillant dans la vase. Ne perdez jamais de vue le premier principe de cette méthode de pêche : il ne faut en aucun cas risquer l'oubli, sinon votre cube de patate pourrit et moisit sur le fond.

— Et puis ? Et puis ?

— Et puis un grelot tintinnabule, deux, trois grelots tintinnabulent. Parfois en même temps, ce qui est fâcheux. Les cartes postales, c'est vous, tout à coup, qui les recevez. Cette voix mourante, vers 21-22 heures, recherche votre oreille :

— Régis, je m'ennuie ce soir. Moi aussi, j'ai pensé à vous...

— Comme c'est gentil, Liliane.

— Régis, la vie ne vaut pas la peine d'être vécue.

— Sans vous, c'est exact.

— Vous me comprenez, vous, au moins. Pas comme Bernard. Personne ne m'aime, Régis.

— Qu'en savez-vous, ma petite chérie ?

Ne travaillez pas trop dans l'originalité du texte, extravagance gratuite qui peut effrayer le cyprin. La carpe mise à terre, fourrez-la sur-le-champ au court-bouillon. Il est exceptionnel que toutes vos calées demeurent immobiles. Si cela est, balancez sans hésiter toutes vos pommes de terre à la poubelle. Elles ne valaient strictement rien. Renouvelez-moi tout ça sans regret et replacez aussitôt toute votre batterie à l'eau. Comme on dit dans le monde du cirque : The show must go on ! Le spectacle continue !

Cette théorie pouvant effaroucher les dames et les poissons, Ferrier ne la divulgue qu'auprès de rares amis. Bref, ses grelots ont beaucoup frétillé depuis le début de l'année, et notre pêcheur d'étoiles a souvent bondi sur son épuisette. Il a même — doit-il encore s'en « vanter » ? — rejeté à l'eau quelques prises qui avaient grossi, maigri, mal vieilli depuis la première — et parfois lointaine — vision qu'il avait eue d'elles.

Quoi qu'il en soit l'arrivée proche de Christine déconcerte Régis. Ses relations avec Menthe sont au beau fixe, à l'instar du ciel. Ils se promènent main dans la main dans ce vieux Paris qu'ils aiment. Déjeunent à des terrasses inconnues. Longent la Seine et font l'amour. Même si elle ne le fait pas avec l'abandon sauvage propre à l'Angevine, Menthe a ce charme que Régis prête aux palétuviers, aux ornithorynques, aux orchidées, aux récifs de corail, à toutes les délices des mers chaudes, fussent-elles mâtinées de polonais. Elle est, Menthe, faite *aussi* de sœur et de meilleure amie.

Christine s'encadrant sur ces entrefaites dans sa fenêtre, Ferrier court le risque insensé de contrarier la voisine d'en face, de la rembrunir pour longtemps. Il n'a d'autre part pas le cœur de refuser à la femme de Jean-Luc le bonheur infini de le revoir, elle qui le voit si peu. Ferrier est un garçon sensible. Hypersensible s'il le faut. Le chagrin de Christine serait le sien. Il cherche et trouve une solution. Il emprunte pour quarante-huit heures l'appartement de son ami Harry, à Saint-Germain-des Prés. Ainsi Christine ne sera pas exposée à la vue de Menthe et Régis ne le sera pas davantage à la colère de la locataire de l'escalier B.

Aux anges, Christine ne cherche pas à comprendre, n'entend même pas les explications embrouillées qu'on lui fournit quant à la défection momentanée du studio. Paris brûle-t-il ? Oui, car la canicule s'est plantée sur la ville, et le goudron de la chaussée se liquéfie. Ainsi fondent sur les trottoirs les seins dans les robes légères.

Deux jours et deux nuits rue de Lille, tant de grandes vacances éblouissent Christine. Le prof est loin, et ses enquêtes et ses questionnaires quant au sempiternel choix « définitif » de sa femme.

— Je cuisine, il me cuisine, dit-elle avec cette mélancolie qui va si bien avec son visage préraphaélite.

Régis s'insurge, déçu par les comportements contradictoires du prof qui, face à Ferrier, a montré la bonne bouille compréhensible du brave Docteur Jekyll pour mieux exhiber à son épouse le mufle hideux de Mister Hyde.

— Ils sont formidables, aussi, enrage-t-il, ces profs qui ne cessent de prêcher la révolution que pour pleurnicher quand leurs étudiants obéissants les coiffent d'une poubelle subversive ! Celui-là qui prétend tout t'interdire devrait pourtant savoir qu'aux States on n'a jamais autant bu que sous la prohibition ! Il te pousse à la boisson, ton gabelou !

Car, en souvenir du père de Jean-Luc, vieux colonel des Douanes, il surnomme ainsi le fils. En hommage aux Compagnons du Tour de France, il le baptise également selon ses humeurs « Angevin La Ramure ». Puisqu'il se flatte, plus royaliste que le roi, d'être cocu, il le sera. Autant de fois qu'il le faudra, qu'on le pourra, plutôt. Il prend Christine par le cou et grogne :

— Ma chérie, ce qu'il y a de moins bien en toi, c'est lui.

Ma chérie... Elle imite le bitume surchauffé, transpire de tendresse. Ma chérie. Il a dit « ma chérie ». Les jours de fête, le gabelou prononce aussi ces deux mots. Mais les articule en slovène, lui.

Ferrier reprend, rêveur : « Ma chérie... » Car cela lui rappelle Marthe. Christine répond : « Mon chéri... » Ils pataugent dans la barbe à papa. Menthe ne mange pas de ces compotes-là.

— Je t'aime, ruisselle Christine.

— Pour la vie ? gouaille Ferrier.

Elle l'agrippe rudement aux tempes pour mieux le fixer dans ses fameux yeux de chat de gouttière :

— Pour la vie.

— Quand tu ne m'aimeras plus, tu te croiras obligée de continuer à m'aimer pour la vie, pour ne pas te déjuger. Tu seras comme ces enfants qu'on pince et qui crient : « Tu m' fais pas mal ! Tu m' fais pas mal ! »

jusqu'à ce que, pincés au sang, ils éclatent en sanglots.

Il fait si chaud qu'ils se promènent nus dans les pièces, qu'il la caresse, qu'elle balbutie :

— Tu m' fais pas mal...

Il sourit. C'est l'époque où un gouvernement de grand chemin institue un « impôt sécheresse » pour venir en aide aux milliardaires betteraviers. La main ointe, Ferrier murmure :

— Tu seras exemptée de l'impôt sécheresse, mon amour.

Il a dit « mon amour ». Comme Paris est beau sous ce soleil de torche. Ils font l'amour dans la baignoire, y demeurent, y font la planche. Pléneuf. Ses rochers. Ses mouettes. Ses coquillages, pense Ferrier qui ramasse la plus belle des huîtres de pleine mer, et la mange. Elle sent l'iode et le chèvrefeuille. Le galet chaud, l'ombre des pins, et la salade du jardin. Question plaisir, c'est une réussite que cette petite femme-là. Enfin... petite... cent soixante-douze centimètres de volupté. On dit d'un vélo de course de haut de gamme muni des accessoires les plus sophistiqués qu'il est « tout Campagnolo », du nom de son constructeur italien. Christine est « tout Campagnolo ». « Hormis la selle » persifleraient les minutieux. « Même la selle », réplique Ferrier. Il aime tout de la chair de Christine, songe aux écrits du gabelou : *...l'amant que je n'ai jamais su être pour elle...* Songe encore que le mot de conjoint doit s'écrire avec un tiret au milieu tant son épouse est merveilleuse conductrice de l'électricité. Honnête, Christine défend l'auteur de ces cahin-caha, de ces guingois et des jours de ses enfants :

— Il faut être deux, et il est seul.

Elle rit :

— Avec lui, je couche à côté de mes pompes... Je le voudrais, pourtant, que ce soit bien...

— Alors, c'est une allergie ?

— Même pas. Ce n'est pas lui, l'impuissant, c'est moi. Je ne suis pas faite pour lui.

Une lettre d'elle, plus tard : *Ta peau si douce, tes cheveux soyeux que j'aime, ton corps, tout me manque...*

Pour cause de points communs, on est toujours curieux des maris, qui le sont toujours des amants.

— Vous faites l'amour quand ?

— Le plus souvent, après le déjeuner.

Quoique marié, Ferrier a perdu le souvenir de ces ébats estampillés, ne voit plus clairement comment ils se déroulent. Par exemple, comment ces deux-là peuvent-ils encore s'accoupler, alors que rien ne semble les presser de passer dans la chambre à coucher, ce court de tennis où ils doivent procéder à des échanges de débutants ? Quels sont les motifs ? Est-ce là prendre un dessert comme un autre ? Est-ce une pratique hygiénique façon pédiluve ? Quels en sont les préliminaires ? Entre-t-on au contraire de plein fouet dans le vif du sujet ? Se met-il à l'embrasser goulûment sans raison valable ou lui propose-t-il, carrément, sans fioritures, le déduit ? Ce n'est pourtant pas l'homme à plier sa cravate sur le dossier d'une chaise en proférant gaiement : « On baise ! »

Tout cela, rêvasse Ferrier, mériterait une enquête approfondie sur les mobiles de la sexualité familiale reconnue par la Sécurité sociale. Il n'entend que pouic à cette gymnastique conjugale, à ces « hue cocotte ! » minute. Il y a renoncé de lui-même jadis, découragé par les câlineries à heures fixes et les orgasmes constatés par huissier. Il est vrai que Jean-Luc, de formation, possède, non seulement bobonne, mais, de surcroît, la certitude mathématique. Il jouit, lui, ce n'est aucunement du calcul de probabilités. Le reste, à savoir les béatitudes de son épouse, est du ressort de Dieu ou de la Loterie nationale.

Ils font des vagues dans la baignoire. Tout corps plongé dans l'eau se doit d'étreindre tout autre corps plongé dans la même eau. Ils clapotent comme des péniches, lèvent l'ancre encore. En elle, tout est frais, ferme, l'enserre doucement. A l'instant du naufrage, une lame déferle sur les carreaux de la salle de bains. Après quoi, ils chahutent, s'aspergent, font de la chasse sous-marine, des bulles. Il ne joue pas ainsi avec Menthe dont l'humour polono-vietnamien n'est pas des plus évidents.

— J'ai faim ! s'écrie-t-elle.

— Tu as toujours faim.

— Oui. De tout. De toi. De tout ce qui se mange, quoi !

Tout en elle est sensuel. Y compris son goût des beaux objets, des matières nobles. Il faut la voir palper un bois, un cuir, une vieille ferrure, une étoffe, caresser un chat, une peau. Lorsqu'elle mange ou qu'elle boit, on sent la nourriture, la boisson, comme s'étirer en elle. Et c'est avec l'amour physique qu'elle couronne le tout, bien sûr, qu'elle défaille, meurt à demi.

Elle lui raconte qu'elle se rend tous les samedis matin au marché aux puces d'Angers.

— Evidemment, ce n'est pas Saint-Ouen, mais j'y trouve des choses, des bricoles, des bibelots que Jean-Luc me reproche. Je ne vois pas de quoi il se mêle puisque je les achète avec les sous que je gagne à tondre mes cabots chez mes amis. C'est amusant, le toilettage. D'ailleurs, c'est moi qui coupe les cheveux à Jean-Luc.

Bizarrement, ce détail agace Ferrier. Il ne voit que des avantages à ce que Jean-Luc la chevauche en cavalier d'apocalypse, au vu du résultat dont lui-même ne se frotte pas les mains en poussant des cocoricos. Mais Ferrier voit d'un mauvais œil cette coupe de cheveux qui lui prouve qu'entre le prof et son épouse s'est à la longue établie comme une intimité qu'il n'est pas éloigné de prendre pour de la promiscuité pure et simple. Ce mouvement d'humeur n'échappe pas à

Christine et la ravit, qu'elle prend un peu vite pour une manifestation de jalousie.

Elle revient à son estomac, proteste encore qu'elle a faim.

— Je n'ai pas envie d'aller au restaurant, râle Ferrier. On va crever de chaleur, bouffer des trucs incandescents, etc.

Elle exulte :

— Alors, je vais nous faire un formidable steak tartare. Je les prépare très bien, tu verras. J'en sers souvent aux gosses.

— Et au prof.

Christine sourit. Son félin griffe, elle y voit tout un coin de ciel.

Ledit ciel, dehors, est une verrière de fonderie. Un cabas à la main, la ménagère ressemble à celle qui déambule de boutique en boutique, à Angers. Ferrier, lui, se donne des airs de mari attentionné.

— Il ne nous manque plus que de pousser ton escadre de voitures d'enfant, grogne-t-il.

— Ils marchent depuis longtemps, mes enfants.

Sans gêne, elle s'enquiert auprès d'une autre ménagère de l'adresse de la meilleure boucherie du quartier. A dater de ce jour, toutes les haltes de leur histoire au long cours seront jalonnées par des steaks tartare où les câpres tiendront lieu des cailloux du Petit Poucet, où tout le sang versé aura la consistance du Ketchup.

Ce tout premier de la série, Christine et Régis l'avalent dans la gaieté. D'autres seront plus lourds à digérer, où seront tombées quelques larmes de plomb. Pour celui-là, Jean-Luc entre dans les condiments.

— Il en a assez de partager sa femme, explique Christine.

— Si peu !...

— Il va partir.

— Je t'ai déjà dit que ces gens-là ne partaient

jamais. Les moules ne quittent pas le rocher de leur plein gré.

— Alors, c'est moi qui le ferai, qui divorcerai.

— Pour aller où ?

— Ici. A Paris. Où tu es.

— Avec tes gosses ?

— Oui.

— Et tu travailleras ?

— Oui.

Quelque peu effaré, il déglutit avec peine :

— Ne fous donc pas ta vie en l'air pour moi. Je ne t'aime pas et j'aime toujours Marthe. Et c'est vrai qu'il y a Menthe, qu'il y en a même d'autres, qu'il y en aura toujours d'autres ou que du moins je l'espère.

— Je sais.

Il lui expose que, sans argent, on ne se procure pas d'appartement, surtout à Paris. Que, sans métier, on ne trouve pas d'emploi. De plus, qui lui gardera ses enfants ? Elle a fait le tour de tous ces problèmes sans en résoudre aucun, mais tout cela lui est égal. Elle divorcera. Parce qu'elle l'aime.

— Mais qu'est-ce que je t'ai fait, nom de Dieu ! s'énerve Ferrier.

Elle pourrait lui répondre : « L'amour. » Se contente de reprendre :

— Rien. Je t'aime.

Régis se rassérène en songeant que tous ces beaux projets sont littéraires, hannetonesques, ludiques, que la réalité est là, et même un peu là, et que le prof gesticulant n'en a pas fini de gesticuler, d'esquisser un pas en avant, d'en sauter deux en arrière. Tout comme elle, d'ailleurs, cyclothymique de course. *Je ne te dis pas qu'il n'est pas gentil. Mais il m'ennuie. C'est l'ennui en personne, ce garçon. Ses amis le trouvent drôle, mais ses amis ne sont pas drôles. Je ne l'ai jamais aimé. Je l'aimais bien, quoi. A cause des enfants, du confort, du traintrain que toutes les femmes apprécient. Aujourd'hui que je t'aime, toi, je veux autre chose dans ma vie qu'une ombre, qu'un zombie...*

Il n'y a pas que du trente degrés à l'ombre dans la sueur qui coule aux tempes de Ferrier. Christine, c'est une Marthe infiniment plus patiente, plus termite que l'autre. Elle a toutes les forces, y compris la plus grande, celle de l'inertie. Elle brasse un pétrin où se débat Jean-Luc, où s'enlise Régis.

« Marthe, protège-moi, prie-t-il en mâchonnant. Toi, au moins, tu es perdue. Celle-là arrive. Qui que vous soyez, là-haut, faites que je ne l'aime pas. Moi aussi, je l'aime bien, tout comme elle aime son Jules. Mais que rien n'aille plus loin, rien, s'il vous plaît ! »

— Il n'est pas bon, mon steak tartare ?

— Très bon.

Elle est à ses genoux, frôleuse, prête à se remarier. L'effleure de la main, puis des lèvres.

— J'ai encore faim, souffle-t-elle. Je veux te faire Mozart. Tu seras mon dessert.

— Non, Chris, il fait trop chaud.

La première fois aussi qu'il l'appelle Chris.

Elle sourit, en contre-plongée, comme dans un film. Il faiblit, ce menteur. Déjà, accepte. Elle le tient en haleine, le regarde en dessous, malicieuse, sournoise :

— Tu connais le *Concerto n° 21 pour piano ?* Tu veux que je te le joue ?

— Je m'en fous, de ton piano, gémit-il en tentant de la retenir car elle s'est levée.

Elle s'est levée mais pour filer à la cuisine, en revenir très vite.

Avec un glaçon dans la bouche.

10.

Une année s'est écoulée depuis ce Mozart enfant « on the rocks » que Régis n'a pas oublié. Toutes les fois que les faux départs et les crises de rage de Jean-Luc le lui ont permis, Christine est revenue à toutes jambes à Paris.

Elle a écrit chaque jour, parfois dans la pénombre d'une salle de cinéma ou de la cathédrale Saint-Maurice. Elle a échafaudé tous les plans possibles pour vivre ne serait-ce qu'un tout petit peu avec Régis. Elle divorce, conserve ses enfants et son logement d'Angers. Pension alimentaire. Travail à mi-temps. Tout est parfait. Va voir Régis, et Régis vient la voir.

Et puis tous les plans s'écroulent par manque de logique, et puis le prof montre les dents, se relève la nuit pour déchirer toutes les photos de Ferrier. *Dans ces moments-là, je le hais...* L'ayatollah des maths, le libéral du knout fouille sous tous les lits, éventre quasiment les matelas pour découvrir quelques indices, quelques preuves supplémentaires de son « infortune ». Par périodes, le courrier de Ferrier est interdit. A d'autres, autorisé. Quand Ferrier est banni, il écrit chez une amie de Christine. Le jeune Labé ignore encore que tous les obstacles sont faits pour être contournés, que tous les écriteaux « Défense de chasser » sont des cibles de rêve pour les rafales de chevrotines anonymes.

Par périodes toujours, Labé s'en va, le balluchon sur l'épaule, dans sa famille ou chez des amis, histoire de punir cruellement son épouse. Comme elle ne s'aperçoit pas de son absence, il revient deux jours plus tard, magnanime, le pardon à la bouche. Christine profite alors de ses bonnes dispositions, y gagne un week-end à Paris. D'où elle revient truffée de bleus et de morsures qui rejettent Labé dans le froid du tombeau.

Lorsque la famille transhume à Courbevoie, *Ma mère me surveille, je t'écris des W.-C...* ou à Pléneuf, les portes de la prison se referment plus pesamment que jamais sur Christine. *Il ne me quitte pas. Je ne sais même pas quand je pourrai te poster cette lettre.*

Cette sujétion, cette forme d'asservissement, choquent Ferrier qui, chez les femmes, s'est toujours penché sur autre chose que sur leur condition. *C'est odieux d'être ainsi éternellement dépendant...* gémit l'oiseau englué, et qui voudrait voler.

Quand on est femme de Jean-Luc Labé, on ne s'envole pas davantage. Les trois enfants sont là, le père nourrit le tout, comment sortir de cette nasse ? Christine n'est pas docteur, encaisse « l'argent du mois », par cela même doit tout encaisser de sa vie quotidienne.

Trompé ou pas, le mari conserve entre autres prérogatives seigneuriales son droit de cuissage. Si les cornes sont de corne, c'est donc qu'elles ne sont pas de bois, par définition. Ces stigmates parisiens sur le corps de sa femme aiguillonnent Jean-Luc. Et il arrive parfois ce qu'il doit arriver : le pire.

Ce que j'ai fait depuis la dernière fois que je t'ai vu, c'est tout, sauf faire l'amour... Avant, je m'en fichais, c'était comme de mettre ou de desservir la table. La vie d'un couple, quoi ! Depuis que je t'aime, cela me rabaisse, me diminue. On se sert de cette partie de mon corps comme d'un ustensile. Et cela me fait pleurer, car elle n'est qu'à toi...

Elle pleure beaucoup, là-bas. Ses lettres sont parfois tragiques, serrent le cœur de Ferrier. *Il me baise. Les hommes ne savent pas ce que c'est que de se faire « baiser », humilier. Ils ont bien de la chance...* Ferrier reconnaît cet accent, qui est celui, inimitable, de son vieux pays, la tristesse. Serait-elle capable, cette Christine, de l'aimer « pour la vie » ainsi qu'elle le crie ? Il hausse les épaules. S'il vivait avec elle, à la longue son œil de lynx aurait tôt fait de virer œil de bœuf.

Entre-temps, un changement se produit dans l'existence du prof, un dérivatif d'importance. Le voilà bombardé délégué adjoint de la section syndicale d'établissement, ou quelque chose comme secrétaire ou sous-secrétaire départemental de la Fédération de l'enseignement national. Ferrier ne comprend pas très bien ce que signifient tous ces barbarismes à l'usage des fonctionnaires militant dans le social, n'entend goutte à ces altruismes et truismes administratifs. Quoi qu'il en soit, Labé est presque devenu un personnage à l'échelon local, lui qui ne l'était guère que dans son vaudeville personnel. On le voit de moins en moins résidence Guynemer, de plus en plus dans les sessions, commissions, séances de nuit, toutes obligations dont le sens échappe encore davantage à Ferrier que celui des mystérieuses attributions susdites.

Bref, il a désormais un délégué « adjoint » au corps de Christine. Ce corps qui découvre vers cette époque — d'après elle — les charmes trop discrets des plaisirs solitaires. Elle jure ne s'y être adonnée ni avant son mariage ni par la suite. Ferrier le premier lui donne, dit-elle encore, le goût de l'invention et celui, secret, de sa chair. « Le feu au cul, oui », pense-t-il sans ambages. Elle y met encore moins de gants et le prouve au sens propre bien plus qu'au figuré : *Pour quelqu'un qui aime partager, je suis seule avec cette odeur de l'amour que je n'aime qu'avec toi... J'ai envie de toi et ce sont là des procédés de prisonnier de guerre. Je garderai ce slip qui vaudrait une fessée à un gosse. Je ne laverai pas ma main...*

Les libertés dont on la prive chez elle, Christine les prend toutes dans ses lettres, imitant en cela un Ferrier pour qui la violence des mots est nécessaire à la bonne santé des phrases. Christine lui parle à loisir de ses nouveaux doigts de fée : *J'aimerais mieux les tiens, qu'y puis-je. Quand donc s'endormiront-ils encore en moi quand tu t'endors toi-même ?*

Elle ne vient plus rue de Montmorency autrement que chargée de menus cadeaux. Un jour, elle arrive avec deux bouteilles de whisky.

— Tu es folle, la blâme Régis. Je peux me les offrir, alors que toi tu te ruines.

Elle rit :

— Tu as raison, c'était trop cher. Je les ai volées.

— Volées ?

— Oui. Je vole tout, maintenant. C'est plus pratique que de sortir son porte-monnaie à tout bout de champ, tu ne trouves pas ? Je vole des bouquins chez les libraires, du beurre chez l'épicier, des fringues, tout. Et, pour toi, des bouteilles.

— Quand tu te feras piquer toi-même, cela fera une jolie publicité au délégué-adjoint syndical.

— Tant pis. La reprise individuelle, c'est aussi du social, non ?

Elle est heureuse de le voir se servir un whisky qui est enfin SON whisky.

— Sais-tu seulement, ma chérie, que la kleptomanie est, en psychanalyse, un symbole évident de frustration sexuelle ?

Tendre, dangereuse, près de lui, trop près de lui :

— C'est possible...

— C'est sûr !

— Eh bien, c'est normal d'être anormale, dans mon cas. Je suis une frustrée. De toi. Loin de toi, je me caresse et je vole, tout est dans l'ordre et je t'aime dans le désordre.

— Tu n'as aucune moralité, ma pauvre Chris.

— De la moralité, j'en avais avant de te connaître. De tous les pucelages que j'avais, c'est le plus beau que j'ai perdu. La morale, je la laisse à Jean-Luc pour qu'il me la fasse. C'est même ce qu'il fait le mieux, à la maison.

— Et toi, qu'est-ce que tu fais le mieux ?

— Je peux essayer de te le faire, pendant que tu bois ton whisky.

— Pardon. TON whisky.

Après l'opération Mozart, il lui conseille de choisir, pour le même prix, du Chivas plutôt que du Johnny Walker. Elle lui obéit. Elle obéit toujours. Elle prétend même tout comprendre et admettre de l'*Histoire d'O*, ce que personne d'ailleurs ne lui demande, et surtout pas Régis. De toute façon, hors de ses fictions, Christine fuirait à toutes jambes devant le plus bonasse des martinets.

Autrefois, avant guerre, dans les cafés, figuraient sur les tables des objets de porcelaine emplis d'allumettes suédoises. Ces objets circulaires étaient striés sur une partie de leur surface afin de permettre au consommateur d'y craquer l'allumette soufrée. On les appelait des pyrogènes, et Apollinaire a parlé du « pyrogène aux cheveux rouges ». Ils portaient sur leurs flancs des publicités chantant les vertus des absinthes, quinquinas, élixirs, etc. Ferrier, dans le studio, en possédait quelques-uns, disposés sur ses tables de bistrot. En plusieurs visites, Christine lui apporte une dizaine de ces sujets rares et recherchés des collectionneurs.

— Tu les as volés ? interroge-t-il, sévère.

Elle, indignée :

— Pas eux, non ! Je ne vole pas mes copains brocanteurs. Tout ça, je l'ai acheté avec mes sous. Même que ça en représente, du poil de chien tondu !

De steak tartare en pyrogène, elle apporte à la bulle sa marque personnelle. Régis lui présente peu à peu ses amis. L'amour de Christine trouve à la longue quelques racines parisiennes. Mais dans ses moments noirs elle se lamente de n'être qu'une marchandise de plus dans le trafic ferroviaire Angers-Paris-Angers, une balle de ping-pong que se renvoient Jean-Luc et Régis. Elle imagine alors qu'il pourrait venir une fois à Angers, lui.

— Chez toi ?

— Oui.

— Et Jean-Luc nous bordera ? Tu lui diras : « Regarde et apprends » ?

— Il ne sera pas là. Dans huit jours, il a un voyage, pour son syndicat.

— Il revient à l'improviste, décroche son flingue, et me voilà gros lièvre comme devant et baignant dans mon sang.

— Ce n'est pas le genre. Il te fera plutôt goûter son saumur-champigny.

— Tous les produits de la maison, quoi. Et tes fesses en amuse-gueule.

— Viens, Régis, fais-moi le plaisir de te voir là-bas, dans le cadre de ma vie, cette vie dont tu ne veux pas...

Il lui doit ce déplacement, cette visite, à cette femme qui joue pour lui depuis si longtemps les yo-yo. Il accepte sans enthousiasme. Il ne verra pas les enfants, qui seront couchés à son arrivée par le train fatidique de 18 h 23, le train des adultères des pays de Loire.

Angers. Ce n'est qu'après l'éclosion de Christine qu'il a cherché dans un dictionnaire où pouvait bien se trouver cette *terra incognita*. Le voilà qui va s'élancer à son tour à la conquête de l'Ouest, grimper dans le convoi bâché des pionniers. Drôle de pionnier, qui s'en va arpenter des sentiers plutôt fréquentés par Labé, et mince de ruée vers l'or. Il met le doigt dans la locomotive du « Maine-Océan »... Ne l'en ressortira plus de sitôt...

Au soir dit, Christine l'attend, radieuse, à la gare.

Sur ses terres. Il ne sait pas à cette minute que cette gare ordinaire sera pour lui l'équivalent affectif de ce que fut celle de Perpignan pour Salvador Dali. Christine n'est que bonheur de le voir embellir de sa présence sa ville « aux environs célèbres pour ses grandes carrières d'ardoises ». Ferrier a le pressentiment qu'il aura à régler, dans le coin, une sacrée ardoise, justement. Il le dit à Christine qui l'entraîne vers une vieille 2 CV grise et délabrée, la seconde voiture du couple Labé, la sienne. Elle rit :

— Quelle ardoise pourrait te tomber sur la tête, je te le demande !

— Non. C'est moi qui te le demande. C'est drôle, j'ai comme une angoisse. Ça existe, la prémonition.

Ils s'installent dans la guimbarde. Christine l'embrasse sans souci des passants qui pourraient voir la femme du délégué adjoint tourner et retourner autant de fois sa langue dans la bouche d'un étranger au chef-lieu. Elle souffle enfin, aspire et se gonfle de joie :

— Moi aussi, j'ai une prémonition : que la nuit sera belle.

— Ecoute Ronsard : « Tu es, belle Angevine, un bel astre des cieux. » Ça ne l'a pas génialement inspiré, entre parenthèses, la belle Angevine ! Ça ne vaut pas « Mignonne allons voir si la rose... ».

— J'espère que la tienne t'inspire davantage ?

— Je préfère ma version : « Tu as, belle Angevine, un cul miraculeux. »

Elle conduit en lui caressant les genoux.

— Quand je conduis, je te caresse toujours les genoux, comme ça, depuis que je t'aime. Tu es toujours à côté de moi, toujours. Je te parle, tu me réponds, je te fais dire tout ce que je veux. Tu es le plus agréable des passagers. Toujours d'accord avec moi. Et tu ne t'impatientes jamais pendant que je fais mes courses. Tu n'as qu'un seul défaut : tu ne m'aides jamais à porter les paquets.

C'est sans doute la vérité, qu'il fasse ainsi partie à chaque seconde de ses rêvasseries et de ses illuminations de tous les jours. Distraite, elle frôle le garde-boue d'un cycliste, s'amuse :

— Je parie que tu ne sais pas ce que c'est, qu'une belle-angevine.

— C'est toi, à tout hasard. Tant que tu ne m'en auras pas présenté d'autres.

— Ça, n'y compte pas !

Elle récite gaiement :

— Belle-angevine, variété de poire remarquable par sa taille...

— Exact.

— ... et son poids qui peut atteindre deux kilos, mais dont la chair est sans grande saveur.

— Oh ! s'exclame Ferrier outré. C'est un prof qui a écrit ça !

Avenue Pasteur, la résidence Guynemer n'est, comme prévu, qu'un ensemble de blocs de désespoir numérotés. Régis comprend pourquoi la plupart des lettres de Christine, écrites dans un coin de cette morgue, reflètent des cafards à se balancer dans le vide. Quoi vivre là-dedans, sinon rêver à une autre vie moins horrible, et puis rêver encore ?

Christine gare sa 2 CV sur un emplacement lui aussi numéroté, surprend le regard consterné de Régis :

— Oui, hein, pas très marrant. Mais pour pleurer c'est au poil, extra. Maintenant, tu pourras penser à la belle au béton dormant.

Dans l'ascenseur, elle murmure :

— Heureusement que nous allons déménager à la rentrée. Nous, lui et moi. Pas toi et moi.

Il déteste ce style de reproche, fait avec une froideur extrême :

— Pends bien la crémaillère.

Au troisième, elle flanche et, larmes aux yeux :

— Oui, Régis. Je me la pendrai même autour du cou.

Furieux, il hausse les épaules. Elle lui prend vite la main pour le calmer. Sur le palier, elle s'arrête devant une porte, sort ses clés de son sac. Sur la porte, une carte de visite : « Monsieur et Madame Jean-Luc Labé et leurs enfants. » Mal à l'aise, Ferrier bougonne :

— Tu es sûre...

— Qu'il n'est pas là ? Sûre.

— Regarde au moins si les gosses dorment.

Elle le fait entrer dans un vestibule, disparaît un instant, revient :

— Suis-moi. N'aie pas peur.

Elle l'entraîne dans une grande cuisine meublée avec goût de bancs, d'une table ronde, d'un vaisselier campagnard. Le plaisir de Christine est si vif de le voir dans ses environs familiers qu'il s'empresse de grommeler :

— N'aie pas peur ! N'aie pas peur ! Je n'ai pas peur, mais je n'aime pas aller jouer à l'extérieur, chez l'adversaire. Tout est contre moi, ici, le public, l'arbitre...

— Tout, sauf moi.

— Toi, toi ! Bien sûr, toi, tu es comme chez toi. C'est facile. Et s'il se pointe, le prof, hein ? S'il se pointe pendant... pendant que... j'aurais l'air de quoi ?

— Je te répète que c'est impossible. Détends-toi, je t'en prie. Ne me gâche pas cette soirée, s'il te plaît. J'y ai rêvé des nuits entières.

— A côté de lui.

Il le sent, l'autre, dans cette cuisine, le voit s'asseoir, pour une fois sans cravate, parler à ces enfants mythiques plongés dans le sommeil à quelques pas de là. Il le voit se disputer avec Christine qui plie, éclate en sanglots. Il entend ses gros mots et ses supplications :

— Non, tu n'iras pas là-bas ! Tu n'iras plus jamais, jamais, salope, ou je te quitte le lendemain !

En plissant le nez, Ferrier soupçonne même une

odeur de tabac hollandais. Le fantôme du prof de maths compte jusqu'à trois. A trois, Régis a un verre de whisky dans la main et le bras de Christine autour de sa taille. Elle a raison, il ne doit rien gâcher. Il la lui doit depuis longtemps, cette nuit chez elle. Chez eux. Non, chez elle toute seule. Angers respire de toute sa douceur angevine autour de lui. 190 000 habitants qui se fichent qu'il soit là ou ailleurs. Une parmi tant d'autres, là, tout contre lui. A lui dès qu'il lèvera le petit doigt.

Il boit la moitié de son verre, s'assied sur un banc.

— Ils sont beaux, tes meubles.

— C'est moi qui les ai choisis.

Elle l'attire dans un salon fermé sur un côté par une cloison mobile en soufflet d'accordéon. Y trône un canapé-lit qui dégoûte un peu Ferrier. *Il me baise...* Ferrier repense à cette lettre désolée : ... *les hommes ne savent pas ce que c'est que de se faire « baiser », humilier...*

Il ironise :

— Alors, c'est là, le stade Jean-Bouin ?

— Régis...

— Il n'y a pas de Régis. Il n'y a qu'une équipe visiteuse qui s'échauffe dans les vestiaires.

Cette amertume dans sa voix devrait la navrer. Elle en ressent au contraire toute une lumineuse bouffée de soleil sur la peau, tant elle y aperçoit de jalousie, enfin. « Enfin », se dit-elle en dissimulant le mieux possible cette gerbe de joie, « enfin, enfin !... »

Enfin, il l'attrape avec brusquerie, la déshabille sans la moindre précaution, la jette comme une poupée, comme un sac sur ce lit d'infamie. Lui fait l'amour avec une divine, oui, divine, méchanceté. Comme à une femme. Pas à la mère de ses enfants. Elle ne savait rien, avant, de cette brutalité qui n'est que douceur, de cette violence qui n'est que tendresse, de cette rage qui n'est qu'attentions, que souci d'elle et de son plaisir qui, tout à l'heure, éclatera puis renaîtra pour éclater encore. Il lui marbre le corps en la serrant trop fort entre ses bras qui la secouent, la déplacent, la disposent à sa guise. Il sent que le cri va monter en elle, monte, gonfle sa gorge. Il lui plonge la tête dans l'oreiller, y étouffe cette plainte incongrue en ces lieux. Ainsi que des nageurs, ils touchent ensemble le mur. Ensemble. Roulent ensemble dans la même lame de fond. N'en ressortent que beaucoup plus tard, essoufflés, en sueur, collés l'un à l'autre. Les enfants ne se sont pas réveillés. Ferrier avise le drap traversé, tout mouillé d'elle. Et murmure, satisfait :

— Tu auras au moins fait l'amour une fois à Angers. Il y a un commencement à tout. Un commencement et une fin, j'espère.

L'œil malveillant, il observe le décor, autour de lui. Que le prof soit malheureux d'aimer sa femme en pure perte, il ne veut pas le savoir. Malheureux, il ne le sera jamais assez. Pourquoi ? Pour rien. Ferrier n'a pas le cœur sur la main des braves petits scouts de France. C'est un animal qui souffre ses mille morts dans la neige, mais peut faire souffrir sans pitié les autres. Tant pis pour lui, tant pis pour les autres, aussi. Pourquoi ce prof, d'abord ? Et pourquoi donc Ferrier est-il chez lui, dans son lit, dans sa femme ?

Il se maîtrise enfin, rentre ses griffes. L'amour est fait, Régis retire sa peau de bête, tend la main à Jean-Luc. Vidés comme des lapins de leur vacherie de désir, les hommes redeviennent des hommes. Des hommes avec des cravates, des sourires et des verres pour trinquer.

Je te pardonne, Jean-Luc, d'être malheureux. Cela me reprendra avant que cela ne te passe. Regarde ta femme, Jean-Luc, écartelée, suffocante sur ce drap qu'elle a trempé. Tu ne la verras jamais ainsi. Tant mieux pour toi. Tu ne pourrais plus la revoir en famille, un panier à provisions sous le bras ou en train de pousser son aspirateur dans les pièces. Elle a d'autres moments, Christine. Des moments qui ne sont qu'à elle. Celui-là n'est pas fait pour toi. Tu peux tout obtenir d'elle, la commander, la surveiller, l'empêcher de rêver à la fenêtre, d'écrire à celui qu'elle aime, tu peux tout avoir d'elle, Jean-Luc, ses heures et l'apparence de son corps. Tout, sauf cela. Et tu le sais et t'en déchires le cœur. Et tu as bien raison, Jean-Luc, bien raison d'avoir mal. C'est la rançon de la couronne, que les épines.

Ils sont de nouveau dans la cuisine, car elle a faim, mangent le bourguignon qu'elle a préparé pour lui tout le jour.

— Avec amour, plaisante Ferrier.

— Avec des oignons, aussi, et du laurier. Tu n'aimes pas ?

— Si.

Il grignote à peine. Mais siffle une bouteille de cabernet rouge qui est en quelque sorte la tournée du patron. Labé choisit aussi bien ses vins que ses épouses. Deux chats traînent autour d'eux. Régis et Christine aiment les chats. Pour cette indépendance foncière qu'a le premier, que n'a pas la seconde.

Christine dessert la table. Pour la rapidité et la précision qu'elle met à se débarrasser de toutes ses tâches domestiques, Régis l'appelle « la ménagère aux gestes brusques ». Elle en sourit :

— Plus je vais vite, et plus je peux lire ou écouter de la musique.

Cette femme au foyer en déplore par ailleurs la vanité par rapport à un amour qu'elle fourre jusque dans la machine à laver : *Les chemises que je repasse ne sont pas les tiennes...*

Elle veut à présent lui montrer ses trésors, le prend par la main :

— Ne fais pas de bruit. Suis-moi. Je veux que tu voies les enfants.

Il regimbe :

— C'est vraiment utile ?

— Fais-moi plaisir.

— Mais s'ils se réveillent ?

— Ils dorment mieux que moi. Ils ne pensent pas à toi, eux.

Ces chambrettes et ces petits lits n'ont plus rien d'érotique. Cette boule de cheveux blonds perdus dans tout un crawl de bras se prénomme Ariane, l'aînée, onze ans. Ce visage à demi dissimulé par une poupée morte et un illustré est celui de Catherine.

— Cathy... Catou..., souffle sa mère, trop bruyamment au gré de Ferrier qui s'attend que tout ce beau monde saute sur la descente de lit puis, de là, sur ses genoux.

La fillette de neuf ans roule sur le ventre, la poupée tombe, demeure au sol, ses yeux de porcelaine ouverts sévères sur Ferrier, l'intrus, le destructeur de la cellule familiale. La visite du château s'achève par le garçon, Ziggy, sept ans. Blond comme les deux autres. A ses murs, des photos de footballeurs. Un fanion du S.C.O. d'Angers, le club de première division de la ville. Ziggy s'ébroue, qui doit, quelque part dans sa nuit, tirer un penalty.

— Pourquoi Ziggy ? chuchote Ferrier.

— En souvenir d'une chanson qu'il chantait tout petit. Il s'appelle Antoine, mais Ziggy ça lui va mieux, ça fait plus clown.

— Ils ne te ressemblent pas tous.

— Ils sont pourtant du même père.

— C'est utile, d'avoir été longtemps fidèle, on s'y retrouve.

— Pour mélanger un peu, je t'en fais un ? Qui serait brun ?

Ils reviennent au canapé-lit et, cette fois, se couchent. *J'aurais aimé te faire un enfant. Ça changerait bien des choses, non ? Si !* Ferrier apprécie l'hypothèse.

Par bébé interposé, ce serait encore lui qui, à tue-tête, empêcherait Jean-Luc de dormir.

— Si je me lève pour aller faire pipi, s'inquiète-t-il, et que je tombe sur un môme qui va en faire autant, qu'est-ce que ça donne ?

— Tu lui dis : « Hello ! »

— Ne plaisante pas.

— Je dirai n'importe quoi, que tu étais un parent.

— Ou un voisin ?

Au matin, il est tout seul dans le lit. Il entend les enfants et leur mère prendre leur petit déjeuner dans la cuisine. Pas d'éclats ni de criailleries. Toute la marmaille est bien élevée. Ferrier est un peu désorienté de se sentir aussi près d'êtres désormais invisibles et qui ne soupçonnent pas aussi proche d'eux le fauteur des troubles qui animent si souvent la maisonnée, bouleversent tout ce qu'elle compte de grandes personnes. A l'oreille, il dénombre les baisers du départ, puis la porte se referme sur les écoliers.

Christine poursuit par Régis sa tournée d'embrassades, tournée qui dégénère très vite. Ils vont encore souiller le domicile conjugal dans l'allégresse, sans le moindre remords. Ce soir, il en est sûr, elle fera l'amour avec le prof sans même changer les draps afin qu'il se vautre à loisir dans le plaisir de Ferrier et surtout dans celui qu'il a donné à sa femme. C'est bien la moindre des perversités féminines, la plus commune des revanches. Il en fait part à Christine qui ne le contredit pas.

— Je penserai à toi fort, très fort.

— Alors, tu es capable de jouir.

— Et quand bien même ? Tu ne seras pas avec Menthe, toi, peut-être ? Et tu n'auras même pas à penser à moi pour jouir.

Il boude :

— Je ne veux pas que tu jouisses avec lui.

— Alors, garde-moi. Ne t'en va pas. Reste.

Il la repousse, de mauvaise humeur :

— Tu m'as pourtant écrit cent fois que tu ne pouvais faire l'amour qu'avec moi.

— L'amour, oui, le reste, non.

— Qu'est-ce que c'est, le reste ?

Elle a un geste évasif :

— C'est ce qui est sans importance. C'est le tout petit peu. Toi, je t'aime.

— Et tu me le prouves en me trompant, merci.

— Te tromper ! Mon pauvre chéri ! Te tromper ! Avec lui !

Elle rit et il ne rit pas. Rageur, il la pince. Elles sont toujours à n'importe qui, toujours. Que ce soit « un tout petit peu », ou beaucoup, ou passionnément, comme dans les marguerites.

— Tu m'as dit que tu venais à Paris en marchandise livrée par la S.N.C.F. Moi aussi, pour une fois, j'ai livré à domicile. Mais les bouteilles sont consignées.

Elle le voit crispé :

— Je te les rapporterai. On sort ?

— Pour aller où ?

— Je veux te faire connaître Angers. Te présenter les endroits où je vis, les rues où je marche.

— C'est nécessaire ?

— Pour moi, oui. Comme ça, je t'y reverrai tous les jours. Ça me fera des petits bouts de bonheur un peu partout, tu comprends ?

Cela, oui, il le comprend, le vieux jardinier des souvenirs éparpillés çà et là dans tous les quartiers de Paris.

Ils quittent bras dessus, bras dessous la résidence. Alors qu'il s'efforce, par égards, à la discrétion, elle se serre contre lui. Derrière tous les rideaux, le peuple jase. La femme du professeur de mathématiques ! La maman si bien des trois petits du troisième étage ! — C'est bien du syndicat des cocus qu'il s'occupe,

M. Labé ? — Ça s'affranchit comme une lettre ordinaire, une lettre anonyme ? — Moi qui lui aurais donné le bon Dieu sans confession, ça ne serait pas plutôt le genre « petit Jésus dans la crèche » ? — De plus, il est moins bien que son mari. Plus vieux. Ah ! les femmes !

— Oui, se dit de même de son côté Ferrier, ah ! les femmes ! Amoureuses, elles arracheraient des arbres. Provoqueraient la ville entière. Elle veut l'embrasser, avant de monter dans la 2 CV.

— Tu ne crois pas qu'on nous regarde, Christine ?

— Et puis ?

— Ça va te faire des histoires. C'est la province, ici.

— Quoi, la province ! On aime aussi, en province. On souffre aussi, en province. Et plus fort qu'à Paris, à en juger par toi.

C'est lui qui la rattrape par le coude pour l'embrasser avec ostentation.

— Pendant qu'on y est, je peux te faire l'amour, là, sur le parking, à même le sol.

— Si tu veux.

Comme elle en est capable, il s'installe en hâte dans la voiture. Ils se garent près de la cathédrale Saint-Maurice.

— Quand le gabelou monte la garde, j'entre là-dedans pour t'écrire. Ou j'écris dans la 2 CV. Ou sur un banc. Partout. Quand on va chez des amis qui ont un billard, et qu'il joue, je m'isole pour t'écrire. Il s'en doute, mais ne peut pas quitter sa partie.

— Tu vas le rendre chèvre.

— Il me rend bien folle, lui, avec son espionnage de minable. C'est drôle, que tu aies parlé de chèvre. Tu sais comment il m'appelle ? La chèvre de M. Seguin, celle qui a tout ce qu'il faut pour être heureuse dans son pré mais qui se tord le cou au bout de sa corde pour regarder la montagne, le seul endroit où elle a envie d'aller paître.

— Et M. Seguin, pour l'en empêcher, la séquestre dans une étable toute noire...

— Je m'en souviens. Mais rappelle-toi la suite : il oublie de fermer la fenêtre.

Elle soupire :

— Le gabelou n'oublie pas de la fermer, lui.

— C'est pour ton bien. Pour que le loup ne te mange pas.

— Et s'il me plaît à moi d'être mangée ? Ou de manger le loup ?

Elle a, disant cela, les yeux tout bleu pétrole. Ils se promènent. Quelqu'un la salue sans paraître autrement étonné.

— Il t'a pris pour mon oncle. Après tout, tu peux passer pour un brave tonton gâteau.

— Tu pourrais encore mieux passer pour ma nièce si tu n'avais pas la main dans la poche gauche de mon pantalon, une main qui a tendance à bouger ?

Elle la retire, agacée :

— C'était machinal. C'est à moi.

Elle ajoute, froide :

— A moi, Menthe, Marthe, Else et les autres.

Elle lui désigne une librairie :

— Tous les volumes de la Pléiade que tu as vus chez moi, c'est là que je les ai fauchés.

Devant un supermarché :

— Là, je vole ton Chivas. La robe que j'ai sur le dos, je l'ai piquée dans cette boutique. Pas facile. Ça m'a foutu de l'arythmie une journée.

Ils sont arrivés place Sainte-Croix, devant une vieille maison du XVe siècle en bois et en brique, ornée de consoles sculptées.

— C'est la maison d'Adam. Et je te présente Tricouillard. Du doigt, elle lui montre une sorte de magot, la statuette d'un personnage hilare paré d'une trinité d'attributs qui justifient son surnom. Elle sourit :

— Je ne t'en demande pas tant, mon amour.

— Oh ! trois, c'est peu, pour toi ! Tu en as déjà quatre.

Elle le ramène vers la voiture :

— Il faut que tu voies où je vais vivre à la fin de l'année. C'est un lotissement de pavillons en construction. Ça ne sera pas très beau, mais plus agréable que la H.L.M. résidentielle. J'aurai un petit jardin, un cellier, un garage, ça ressemblera quand même à une maison.

La 2 CV sort de la ville, Régis s'en étonne.

— C'est un peu en dehors, mais ça s'appelle toujours Angers.

Elle l'arrête, encore plus loin, dans un chantier où des ouvriers coiffés d'un casque de plastique jaune manœuvrent avec fracas dans des mares de boue des grues, des bulldozers, des pelleteuses. Ferrier apprécie, ironique :

— Quand ça s'y met, ce n'est pas mal, la douceur angevine...

— C'est une ZAC.

— Une quoi ?

— Une ZAC. Zone d'aménagement concerté.

— Parce qu'ils se sont concertés, en plus, pour pondre ça ?

Elle l'entraîne par la main dans des fondrières, lui fait longer des échafaudages, escalader une colline de gravats. Devant eux, quelques carcasses de pavillons sourdent du marécage, s'esquissent, fantomatiques, dans un paysage de poutrelles, de planches, de conduites d'eau.

Etrange, debout, longue, cette grande fille blonde en robe bleue dans ce décor de décharge publique. « Scénique », remarque Ferrier pour lui-même. Elle étend le bras en poteau indicateur vers le gros œuvre de ce qui sera peut-être, avec un rien d'imagination, une maisonnette :

— C'est là que je vivrai, dans six mois. Que nous vivrons. Les enfants. Moi. Et Jean-Luc.

Un bulldozer s'ébranle et tout le sol d'Angers se met à trembler sous les pieds de Ferrier.

11.

Les enfants, elle et Jean-Luc habitent aujourd'hui la ZAC. Christine a donné hier matin la première couche de laque rouge et noire dans sa salle de bains. Mais le désenchantement point dans les horizons inachevés, crottés, de sa ZAC flambant neuve sur son margouillis de tristesse. Régis n'est toujours pas amoureux d'elle. Régis de fille en fille. Tendu comme elle vers l'impossible.

Je ne suis qu'une aventure pour toi, une de plus, rien d'autre... Moins élégante : *Ça m'emmerde d'être une, plus une, plus une, je t'écris trop, et ça aussi c'est con et inutile...* Repentante le même soir : *Chagrin fou. Je t'écris en mangeant, tant pis pour les taches de larmes ou de graisse... Je ne suis qu'un objet pour toi...*

La ZAC n'est pas, du moins en ses commencements, un endroit qui prédispose à l'allégresse, au primesaut. Les Labé ont eu beau le changer de cadre, leur portrait de mariage n'est toujours pas brillant. *Il me parle beaucoup de suicide en ce moment.* Air trop connu que ce contre-ut de tout maître chanteur de Nuremberg et des deux sexes. En d'autres temps, Ferrier l'a poussé lui-même sans davantage de succès.

Christine menace, puisqu'elle n'est rien pour lui, de redevenir *tout* pour son mari, de se *donner à lui comme autrefois*, ce qui, d'après leurs confidences communes, ne les mènera guère plus loin que dans une autre ZAC, de chair et d'os, celle-là. Sec, Régis lui rétorque que le voilà ravi d'avoir ramené le bonheur au domicile conjugal mais qu'il se soucie peu d'en lire, faite par l'épouse, la description des minutes heureuses.

Apparemment si heureuses qu'elle viendra les fêter bientôt — les arroser, précise Régis sans pitié — à Paris le 29 octobre, deuxième anniversaire de leur rencontre. Elle le lui a tellement seriné, qu'elle l'aime, l'a tant et tant rabâché dans tant et tant de lettres qu'il en a fait des piles, de cet amour, de ces lettres, qu'il ne sait plus où les fourrer, l'amour, les lettres. Elle lui a tant et tant parlé de sa folie qu'il s'en est fait une raison. Qu'il y croit, bien obligé, tant et tant de croque-monsieur étalés sous sa gorge. Elle n'en entrevoit pas l'horreur, mais elle est devenue l'habitude. Lointaine et sûre. Pour Agnès, il y a les autres, puis l'Angevine. A part. Qui tombe tous les jours chaque jour comme la pluie au printemps.

Pas très guillerette à l'approche de ses trente et un ans, Christine. Tentatives de rapprochement ou pas, Jean-Luc, suicide ou pas, parle de plus en plus de l'abandonner. Régis, de moins en moins de l'aimer pour la vie. Ils sont trop forts pour elle, la ceinture de sécurité, l'assurance-vieillesse d'un côté, le temps des cerises, le temps perdu de l'autre. On l'a assise sur un tabouret au milieu d'un cercle de craie, et elle pleure. Car que faire en une ZAC à moins que l'on ne pleure, La Fontaine *dixit*, ou presque ? Elle voudrait sortir du cercle, il se resserre. *Ce qui me désole, c'est mon impuissance, mon manque de dons pour être à même de faire vivre quatre personnes. Je déplore un peu beaucoup d'être financièrement dépendante, donc jamais vraiment LIBRE...*

En face, le sceptique Ferrier, sous le poids de tous ces serments accumulés, a perdu toute méfiance. Elle l'a grignoté à coups de timbres-poste et, tout comme eux, ses bords sont dentelés. Il n'a pas résisté à ses vagues d'assaut quotidiennement renouvelées. *Quoi qu'il arrive, je t'aimerai toute ma vie, je le sens, je suis comme marquée au fer rouge...* Ce fer rouge fait bien un peu tiquer le littérateur friand d'images moins scolaires, mais l'essentiel demeure : on l'aime, dans la ZAC.

Soumise par obligation à Jean-Luc, soumise sentimentalement à Régis, Christine n'a pas tort, elle n'est plus qu'un objet. Ménager ici, de désir là-bas. Depuis qu'elle s'est éloignée du centre d'Angers, elle se lève à 7 heures et, par tous les temps, transporte au collège les trois enfants. Puis, fait ses courses. De retour à la ZAC, passe l'aspirateur. Le plus souvent, le prof, débordé par son syndicat, ne rentre pas déjeuner. Christine est seule jusqu'à 17 heures, où elle retourne en ville chercher les gosses.

Elle a d'immenses plages pour cafarder, écouter des disques, lire, pleurer, se toucher comme une petite fille en songeant à Régis, écrire à Régis, rouvrir sa lettre, y rajouter une pincée de chagrin, un grain de poivre : *Je t'embrasse où ça ne parle pas, où ça ne fait pas de reproches...*

Elle vit ainsi cahin-caha, guette le facteur, guette la lassitude dans les yeux de ce Jean-Luc qui finira bien par lui dire, un soir :

— Tu es trop triste, va le retrouver un jour ou deux.

J'aime ma chambre et m'aperçois que je l'ai arrangée, décorée comme si je t'y attendais... Ma chambre ! Comme si elle avait une chambre ! Elle a leur chambre où elle *se donne à lui comme autrefois,* ce qui fait sourire Ferrier quand, au studio, il la prend en marche comme aujourd'hui, 29 octobre, la renverse après le steak tartare puis la renvoie à l'expéditeur, désespérée et tavelée de bleus.

Il la caresse aussi avec une bougie, la même dont il se servait jadis avec Marthe. La bougie se trouve dans le tiroir de droite de la commode anglaise qui tient lieu de table de nuit. Lorsque Ferrier étend le bras pour s'en saisir, Christine frémit, ferme les yeux, se mord la lèvre.

Jean-Luc, une fois, lui pose une question saugrenue :

— Est-ce que tu cries, avec lui ?

Elle répond : « Non. » Si elle disait « oui », c'est lui qui crierait au loup, au voleur, au secours, au charron.

Un après-midi, des petites cousines goûtent chez Menthe qui a laissé sa fenêtre ouverte. Les enfants s'émeuvent :

— Menthe ! Quelqu'un crie, en face. Va voir, c'est une femme qui a mal !...

Menthe pense au tiroir de droite de la commode anglaise, sourit, referme sa fenêtre sur le déchirant hosanna des Plantagenêt, comtes d'Anjou.

A la lueur de la bougie, Christine regarde Jean-Luc d'un peu plus près : *C'est drôle, mais il a cassé quelque chose en moi. Il se passe que je m'embête avec lui. Avec toi, je ne m'ennuie jamais, pourquoi ? Mais tu es loin toujours, c'est trop triste et je pleure. Décidément, quand je pense à toi, il faut toujours que je sois humide quelque part...*

Ferrier part une semaine en Belgique en janvier. Christine se débrouille pour l'y accompagner, son flic, las de l'entendre klaxonner, lui ayant enfin donné le feu vert, contre toute espérance. Ils ne sont que contradictions, dans cette ZAC où tous tournent en rond autour du pâté de maisons. Les parents, les amis se joignent à la farandole : *Tout le monde me harcèle, personne ne comprend que je vive depuis deux ans entre vous deux...* La pauvre Christine avale ce chevesne à chair molle et bourrée d'arêtes qu'est l'opinion publique. Le chœur des bons pasteurs du grand conseil de famille s'élève dans la ZAC, amplifié par les haut-parleurs : « Pas possible... Interdit... les enfants... la vieillesse... l'avenir... »

La chèvre de monsieur Seguin tient tête aux singes hurleurs : *Et moi je t'aime malgré tous. Des rigolos dont ma mère me disent : « L'oubli... le temps qui efface tout... » Je ne suis pas de ceux-là, je me connais, merde, il n'effacera rien, jamais... Je t'aime et n'aimerai personne comme je t'aime, adjugé, vendu.* Le genre de phrases qui convainc Ferrier, décuple sa pitié envers cette fille assiégée par tous les réducteurs de têtes. Parfois, elle flanche, si loin de lui. Cela lui rappelle les femmes de prisonniers, en 40-44. Certaines craquaient la mort dans l'âme, de fatigue et de solitude. *Se donner à lui comme autrefois...* De quel autrefois mythique s'agit-il ? En voilà le résultat sans retard : *Je suis incapable de faire l'amour sans toi. Tu me demandes : « Ça veut dire quoi ? » C'est pourtant clair. Avec lui, je ne jouis pas, jamais, puisqu'il faut te faire un dessin. Avec lui, ça me barbe, ça m'ennuie, rien à faire. Rien.*

Il n'y a pas lieu de se moquer, en ce domaine du fragile et de ses caisses étiquetées Haut et Bas. L'homme Ferrier comprend sans mal l'homme Labé. Il a connu, comme lui, des femmes qu'il ne parvenait pas à émouvoir, à ébranler d'un centimètre malgré des efforts déplorables qui retiraient tout charme à la musique.

La similitude avec la scène est évidente, où il existe des partenaires inaptes à se donner la réplique. Ainsi des acteurs ne sentent pas le comédien qui leur fait face, ont l'impression fâcheuse de jouer avec un absent. « Untel, confiait un premier rôle à Ferrier, c'est un édredon, on tape dedans, on s'enfonce, pas moyen d'en tirer une réaction. »

En vieillissant, Ferrier a vaguement appris à éviter les poupées d'étoupe qui gisent mortes dans vos bras mais, telle Christine, sont prêtes à s'enflammer volontiers avec un autre. L'amour n'est pas une cuisine. Réchauds, recettes et maître queux n'y entrent pas. L'essence divine et l'allumette, oui.

Le train d'Angers où il la raccompagne si souvent, le train de Paris où elle l'a attendu une fois, tous ces trains qui vous voient seul dans le couloir ne sont pas des vrais trains. « Un jour, nous prendrons des trains qui partent. » Antoine Blondin a écrit cette phrase à graver sur les pierres tombales.

Un jour, Christine et Régis prennent enfin un train qui part. Avec eux. Fleuri comme ceux qui partaient « Nach Berlin » en 14. Le « Transeurop Express » à deux. Huit jours de Belgique et de vacances. Christine en liberté exceptionnelle, sur parole, provisoire. En trente et un ans, c'est peu, huit jours. Mais saoulant comme une tête dans le vent par une vitre baissée.

Cette Christine enfant heureuse attendrit Ferrier. Au retour, en contrepartie, l'ayatollah a décidé pour elle qu'elle romprait. Elle ne rompra pas, se cachera encore et toujours, obligée pour vivre en paix avec lui de vivre à la dérobée, de mettre une sourdine à son cœur en exil, de n'avoir pour pensées que des arrière-pensées. « Ça doit être tuant de vivre sous une cloche à fromage », se dit Ferrier. Ça l'est.

Mais il s'agit d'un départ, non d'un retour, Christine admire tous les paysages. Fussent-ils d'Oise grise ou de Somme noire, ce sont les paysages de son amour lâché dans tous les prés de la gambade. Le T.E.E., qui s'y rend, ne perd jamais le nord, semblable à cela à l'éternel mari. Les yeux bleus de Rimbaud plongent dans les yeux bleus de Christine : « Choisirai-je le Nord ou le pays des vignes ? » Régis, Jean-Luc. Qui est le Nord, des deux ? Qui le pays des vignes ?

En son temps, Ferrier eût des amours belges, qui s'appelaient Marieke. Il emmena Marieke à Bruges. Y revint avec Mouche. Y retourna avec Marthe. Christine sait tout cela, sait qu'elle ne verra pas Bruges, elle, ne montera pas dans un motorbootje pour naviguer. Bruges ne figure pas au programme. Mais, chez Nane et Roro, les amis de Ferrier, elle couchera dans le lit où croisèrent avant elle ces passagères. Les rejoindra-t-elle un jour dans leur ronde de nuit ?

« Probablement », songe Ferrier. « Pas moi. Jamais,

je l'aime pour la vie, moi », se promet Christine que les péchés d'orgueil n'étouffent pas.

Elle sympathise avec Nane et Roro. Ceux-là du moins ne lui feront pas de morale. Enfin des amis que ne navrent pas les fluctuations de son foyer. Ils ont une petite fille qui s'entiche de Christine. Ferrier constate alors qu'elle est une vraie professionnelle de la maternité, sait parler aux enfants, les manier comme elle tond les chiens... ou Jean-Luc. Elle se dépoétise en faisant « gna gna gna ». Il l'imagine au milieu de sa tribu, au cœur de la mêlée bêtifiante. Comment fait-elle, là-dedans, là-bas, pour penser à lui, pour l'aimer, quand il lui faut, de plus, marcher au sifflet, tendre ses fesses à l'autre ? Hormis ces dernières, les voies de l'amour sont décidément impénétrables.

En cette famille, Christine ne peut que se souvenir de la sienne oubliée dans son dos. Comment mangent-ils, tous, dans la ZAC ? Qu'ont-ils encore cassé ? Ziggy apprend-il ses leçons ou ne joue-t-il pas plutôt au ballon ? Ariane passe-t-elle l'aspirateur ? Que leur grince Jean-Luc de leur mère indigne ?

Heureusement, Bruxelles est là, et sa Grand-Place, son marché aux puces des Marolles, place du Jeu-de-Balle. Heureusement qu'ils font, dans la froidure du plat pays, une promenade à vélo. Qu'il y a ce dîner tonitruant chez Ian, l'autre ami de Ferrier, Ian ce Breughel de velours côtelé, cette barrique flamande de genièvre et de Stella Artois, ce grand prêtre païen perdu dans les fumées des moules au céleri. On s'amuse, ce soir-là, autour d'un magnétophone. Spécialité de Christine, imiter le cri de la mouette bretonne. Le jour où elle ne l'aimera plus pour la vie, si toutefois cet invraisemblable jour arrive, Ferrier demandera à Ian de lui faire entendre ce qui ne sera plus que le cri de la chouette.

Les Belges sont enchantés. Christine est de bonne compagnie. Ferrier est moins crispé qu'avec les précédentes. Il ne l'aime pas. C'est un progrès, pour les amis. Certain qu'on l'aime enfin, il vit près d'elle en petit prince dont on exauce tous les désirs, tous les caprices. S'il l'osait, il dirait d'elle qu'elle est particulièrement bien « dressée ». Il ne l'ose pas car il l'aime « bien », l'aime « beaucoup ». Puis l'heure du retour sonne à la gueuze lambic, le Manneken Pis remballe ses outils, les amoureux transis par tous les froids de la séparation reprennent un train qui n'est déjà plus celui de l'escapade, n'est plus pour Christine qu'un train de nuit.

En un pauvre lapsus, n'appellera-t-elle pas la gare du Nord la gare du Mort ? Elle n'a pas vu Bruges. Elle rentre à Angers par le triste train train de 18 h 23...

Plante dans son lopin de la ZAC deux rhododendrons, trois azalées, un camélia, de la bruyère. Vole — c'est une « commande » de Régis — deux blaireaux pour la barbe. Elle n'a évidemment pas rompu comme le souhaitait le prof. Bizarrement, celui-ci met tout à coup un frein à ses persécutions. A quelques humeurs près, cette année sera celle de la trêve. Le prof de maths se serait-il mis à la philosophie ? « Peut-être a-t-il une petite amie ? » suppose distraitement Christine ravie de jouer plus souvent qu'autrefois les permissionnaires. Jalouse, Christine ne l'est que de Régis. Férocement.

Féroce aussi pour demeurer dans le *la* qu'elle lui donne, il se divertit à lui en fournir tous les mobiles, tous les prétextes, en invente même au besoin, sous couleur de « franchise » à son égard. Il ne se sent pas de goût pour les situations nettes, les conjonctures claires qui ne peuvent enfanter selon lui que des personnages mineurs, bref du mauvais théâtre. Brassant comme il l'apprécie sa vie dans son œuvre, son œuvre dans sa vie, il affectionne les embrouilles, les magouilles, pipe les dés, « farcit » les boules de pétanque, truque les cartes, fût-ce à son détriment parfois. Les histoires d'amour sont, bien entendu, en priorité, les terrains de choix pour qu'y fleurissent ses complications, y mûrissent ses diverses carottes, s'y accroissent et embellissent ses malices plus ou moins cousues de fil d'Ecosse.

A Paris, Christine oublie tous ces coups d'épingle. A Paris, sous condition qu'elle y soit, il n'est qu'à elle, qu'entre ses bras. C'est elle qui déboucle le ceinturon. Elle que visite l'homuncule diabolique de la bougie. Elle qui prépare, lorsque la longueur de la « perm » le permet, un dîner pour les amis de Régis, qu'elle finit par connaître à peu près tous. Elle sait où se tiennent le sel et le poivre, dans la ZAC, le sait aussi rue de Montmorency.

Elle mène ainsi sa double vie, tantôt dans la joie et tantôt dans l'accablement de quitter cette joie. Révoltée par les lenteurs du courrier, remettant en cause le droit de grève des postiers, tout entière et plus que jamais à sa proie attachée et ne pensant qu'à elle, échafaudant des projets insensés, prenant toutes ses lubies pour des lanternes vénitiennes. Elle met ainsi sur pied bot une combinaison extravagante. Jean-Luc pêche en mer, Régis en eau douce mais aimerait se colleter avec les poissons du milieu marin. Christine s'empresse de l'inviter en juillet à Pléneuf, illuminée à l'idée de lui présenter son pays de loisir et son *Albatros*.

Ferrier tique à celle de se retrouver dans la position désagréable du sandwich placé entre deux mâchoires. Quels seraient, là-bas, les rapports du trio ? Inexistants, ceux de Régis avec Christine, sur le plan qui les séduit le plus. Gênants avec Jean-Luc, qui supportera mal que les deux autres se fassent du pied sous la table, s'embrassent derrière les portes. Faudra-t-il gorger le malheureux de somnifères afin de faire l'amour dans cette chambre bleue dont elle lui parle avec extase depuis si longtemps ? Elle l'a tant imaginé, dans cette chambre et dans son corps de sel et de soleil !...

Du bas du jardin jusqu'à ma chambre, il y a 88 marches et la pente est très forte... 88 marches! Ferrier grimace. Elle l'aime, mais ne lui propose pas de le porter jusqu'au lit. Il renonce à *L'Albatros* à trois. Christine, qui en a mesuré à la réflexion les multiples inconvénients, Christine ne désarme pas. S'il vient avec Menthe, tout s'arrange. Oui, avec Menthe qu'elle ne traitera plus de chinetoque, de Diên Biên Phu femelle ou de rouleau de printemps. *Si tu n'y touches pas, si je ne l'entends pas crier dans votre chambre à vous, cela pourra aller. Je cacherai toutes les bougies. Je te verrai tous les jours, au moins. Pourrais t'embrasser et même pire s'ils nous laissent seuls un moment.*

Le cas de figure devient à la rigueur possible. Mis au courant de la nouvelle entreprise, le prof y voit quelques avantages. L'amour de Christine, avec un peu de chance, déclinera à la vue de Régis embrassant Menthe, enlaçant Menthe ou seulement la tenant par la main. Ferrier pense, lui, qu'au contraire cela ne fera qu'exacerber la passion de l'épouse, la porter au pinacle plus haut toujours, et même bien plus haut que les 88 marches.

Jean-Luc écrit même à Régis : *Bien sûr que tu peux apporter tes jolies provisions. Et, sur les rochers glissants, je promets de ne pousser personne.*

L'atmosphère se dégèle. Mais les trois conspirateurs, dans leur euphorie, n'ont oublié qu'un léger détail : Menthe ne se considère pas du tout ravalée au rang de « provisions ». Comme Régis ne possède pas sur la lionne l'influence totale qu'il exerce sur Christine, la lionne lui rugit au nez, refuse d'aller jouer les faire-valoir dans les Côtes-du-Nord. Sur le banc des remplaçantes de *L'Alsace de Bagnolet*, les unes ne prennent pas leurs vacances en juillet, les autres sont en main pour la vie ou l'été. Christine, en désespoir de cause, invite alors... Agnès. Agnès qui répond avec simplicité à Régis :

— Aller chez elle ! Elle est cinglée, ta grande bringue ! Ça manquait à ton palmarès, une follingue !

Pléneuf *exit* pour le moment. De toute façon, l'échéance est lointaine, par ce printemps qui voit les Labé acheter un tandem, d'évidence l'engin tout désigné pour un couple désuni. Agnès a raison, un vent de folie douce souffle sur les toits d'ardoise de la ZAC. La geste vélocipédique de Ferrier y est encore et toujours pour quelque chose. Il ferait du patin à glace que Jean-Luc serait contraint de patiner aux côtés de son épouse. Puisqu'il pédale, ils montent en selle. Ferrier pouffe dès qu'il imagine ce monstre bicéphale lancé sur son tandem maudit dans la campagne.

— Avant de se dire, gouaille-t-il, que l'effort en commun va tout ressouder de leur petit ménage délabré, ils auraient dû penser aux côtes. Ça existe, les côtes, à vélo comme dans la vie.

N'en est-il pas une lui-même, et d'un pourcentage de quinze pour cent au moins ? Les Labé revendront plus tard leur tandem symbolique.

Mais il reste de toutes ces expériences, de tous ces échecs, un grain de sable dans le cerveau et le pédalier de Christine. Elle risque la chute, et d'entraîner ses hommes avec elle sur le gravier. Elle connaît enfin, et à la longue, l'inévitable phase de doute. Régis ne l'aimera jamais. Elle ne sera au mieux et parmi d'autres que sa « maîtresse ». Cet amour sans fenêtres l'a, quoi qu'elle dise, éloignée de plus en plus de Jean-Luc : *Il me devient totalement étranger.*

Elle qui flotte ainsi en bouchon fou depuis bientôt trois ans, va se raccrocher brusquement à une branche tout à fait inattendue. Christine est imprégnée quotidiennement de musique, possède tous les disques d'un illustre chef d'orchestre, Hermann X pour ne pas — du tout — le nommer. Beau visage romantique modelé puis gravé dans la soixantaine. Le complexe du père n'est pas pour gêner Christine sensible aux hommes mûrs.

Comme elle écrit beaucoup, entre deux lettres à Ferrier, elle en écrit une à Hermann X. Un grand homme n'a qu'une faiblesse, celle de toujours prêter l'oreille à l'hommage des femmes, fut-il celui d'une mère de famille enfoncée dans le trou d'une ZAC de province. Même les grands hommes ont une âme, ce qui n'est, plaisanterait Ferrier, qu'un euphémisme. A-t-elle joint des photos à ses cris d'admiration ? Quoi qu'il en soit, Christine accumule les réussites épistolaires. Hermann X lui répond. Il a l'oreille fine, lui, entend le moindre rossignol chanter. Il sera de passage à Paris très prochainement, se fera un plaisir de la rencontrer, de dîner avec elle. Elle qui exulte de s'être enfin rebellée contre tous ses jougs. Fière de susciter un aussi flatteur intérêt, elle informe Jean-Luc de son succès international.

Le prof s'en étonne, qui se défie de tous les grands hommes, qu'ils fassent de la musique ou autre chose. Certes, ce rendez-vous peut détourner Christine de Régis, mais aussi de lui, Jean-Luc, et davantage encore si possible. Que gagnera-t-il à changer Ferrier pour Hermann X ? La situation de l'Allemand lui permet de prendre Christine par la main et de l'embarquer sans retour, enfants et chats compris. Bref, ce troisième homme lui est suspect. « Ce bloc enfariné ne me dit rien qui vaille », grogne-t-il par le truchement de La Fontaine.

— Ce n'est que pour dîner avec lui, plaide Christine.

— Et pour coucher avec après, comme d'habitude.

Ce « comme d'habitude » hérisse Christine qui jure sur toutes les têtes de ses trois enfants — comme d'habitude — qu'il ne s'agira que d'un dîner, que d'une curiosité, que d'un dérivatif.

— Admettons. Puis, à minuit, tu rejoindras Régis.

— Je te promets que non. Que j'irai coucher chez

mes parents à Courbevoie. Tu pourras m'y téléphoner, si tu ne veux pas me croire.

— Sois sans crainte, je le ferai.

Ayant obtenu son bon de sortie, elle ne peut résister malgré tout à voir Régis l'après-midi. Elle l'en informe. Il est à la gare Montparnasse. A son poste. A droite de la sortie. Lui aussi admire le talent universel d'Hermann X. Avant même qu'ils n'aient pris le temps de s'embrasser, elle lui confie qu'elle va dîner avec le maître. Régis est outré, déçu, lui qui a décommandé pour elle une soirée intéressante chez Marie-France. Rien n'y fait. Sa « ménagère aux gestes brusques » tient à son adagio de prestige chez *Lasserre.*

— Au moins, tu viens au studio, après ?

Christine explique la promesse faite à Jean-Luc, ajoute qu'il peut, lui aussi, téléphoner à Courbevoie pour s'assurer de sa haute fidélité.

— Tu ne dînerais pas avec lui, toi qu'il emballe comme moi ?

— Probablement, mais je ne coucherais pas avec lui.

— Comment peux-tu penser cela ? Je t'aime !

— Parce que ça t'empêche de coucher avec Jean-Luc, de m'aimer ?

— D'abord, ce n'est pas pareil, ensuite, je te répète que je dors chez mes parents.

— Et alors ? Il te la raccompagne et il se la saute, sa petite madame française, dans sa Mercedes ou dans sa Rolls ! Gut arbeit et fick fick fraulein !

— Tu es idiot. Embrasse-moi.

— Non.

— Tu ne m'as pas encore embrassée...

— Parce que tu me dégoûtes. Je ne suis pas aussi pomme que ton prof, moi. Tu peux lui faire tout avaler, tout gober, il y est habitué, pas moi.

Il pirouette, lui sort une grimace horrible :

— Tu as vu celle-là ? Elle est d'un vieux singe !

— Régis !...

— Il n'y a pas de Régis ! Et si tu ne viens pas au studio ce soir, il n'y en aura plus du tout !

Elle ose répondre, blanche :

— Tant pis.

Elle regimbe, se rebiffe. Il a envie de la gifler, là, dans cette rue de Rennes ensoleillée qu'ils redescendent en disputant. Envie de la gifler, mais envie d'elle, aussi. Elle murmure :

— J'irai au studio dans une semaine, juste avant les vacances, si tu le veux.

— Ecoute-moi, Chris. J'ai déjà eu les restes d'un prof, et qui me pèsent sur l'estomac. Je ne veux pas m'en goinfrer d'autres, fussent-ils ceux d'Hermann X ! De Bach ! De Vivaldi ! De Brahms ! De Mozart, même lui ! Parce que s'il te baise, Mozart, c'est peut-être honorifique, hein, mais je n'en suis pas moins cornard !

Cette colère, Christine la savoure. Avec une paille. N'y voit qu'une preuve d'amour. Toute une *Symphonie fantastique* éclate à ses oreilles, toute une *Flûte enchantée* emmenée dans les cieux par son Allemand de charme. Elle prend humblement malgré tout Régis par le bras :

— Tais-toi et embrasse-moi, je t'aime.

— Merde !

Il se dégage brutalement et la plante là sur le trottoir. S'engouffre dans la bouche du métro Saint-Placide. Disparaît pour toujours, toujours, toujours.

Sur quelques couacs incongrus, la « Symphonie fantastique » et « La Flûte enchantée » ferment illico leur grande gueule. Silence de mort sur toute la largeur de la rue de Rennes.

— Vous pleurez, madame ?

— Merde !

Elle a deux heures mortelles et solitaires à tuer à tout petit feu avant de voir cet Hermann X dont la baguette magique vient de volatiliser son Régis aux enfers wagnériens, et elle avec. Oui, elle pleure.

Dans le métro, Régis, furibond, s'est laissé tomber sur un strapontin. Il ne croit qu'à une blessure d'amour-propre bien propre. Elle s'infecte en cinq minutes. A la station Odéon, il découvre avec effroi qu'il a les larmes aux yeux. Il ne la reverra donc jamais ? Jamais ? Déjà ?

Il entre à la volée chez Menthe, sa petite fille, sa femme, sa sœur, sa maman, son monde, se jette dans ses bras. Elle ne lui pose pas de question, lui parle doucement en viet, en polonais, il ne sait pas de quel pays sourd cette voix tendre. Elle dégrafe son chemisier, pose la nuque du blessé sur un de ses seins qui sentent le sable, la cigarette d'eucalyptus, le santal, qui sentent la vie, la vie et non plus le métro. Il souffle :

— Tu as la *Symphonie fantastique ?*

— Oui.

— Je voudrais l'écouter.

Elle lui redonne sa poitrine. C'est chaud. Délicieusement chaud. Hermann X a du génie. Personne n'a jamais mieux compris Berlioz. A la fin du « Bal », Ferrier s'est enfin endormi. Les mains de Menthe lui ont fermé les yeux.

Extrait, plus tard, du « Carnet » de Christine : *Elle refusera de passer la nuit avec Régis, dormira seule. Sévère punition, durant un mois interminable, il fera le mort, l'ignorera.* Le mal, qu'elles lui ont tant fait depuis qu'il les aime, il en sait tous les ressorts, toutes les infinies ressources. La vengeance, pour lui, n'est qu'un jeu d'enfants. La pire de toutes est le silence. Il le connaît, en a souffert plus que de raison, plus que de folie.

Il n'écrit plus, ne répond plus aux lettres angoissées, désespérées dont Christine le bombarde depuis Pléneuf où elle a pris ses quartiers d'été. Pour tout potage, il lui envoie sans un mot trois photos de lui où il embrasse des filles différentes. Ce qui provoque en elle la réaction exaspérée qu'il souhaite : *Non, je n'ai pas fait l'amour avec Hermann X, certainement pas, mais dans la voiture qui m'a ramenée chez mes parents, nous nous sommes embrassés. Oui, j'avais besoin qu'il m'embrasse, après toutes les méchancetés dont vous m'abreuvez depuis des mois, toi et Jean-Luc...*

Il ne répond pas davantage. Elle l'appelle au téléphone. Agnès décroche : « Régis n'est pas là. » N'est jamais là pour elle. Il faut qu'elle souffre, qu'elle expie, qu'elle passe ses vacances sous la cendre. A Pléneuf, pour qu'on lui parle au moins de Régis, elle a invité un couple qu'elle a connu chez lui, avec lequel elle a sympathisé. Paule et Norbert, entre deux douzaines de praires et une équipe de tourteaux, dégustent le chagrin de la délaissée au son des refrains de Brassens que le prof leur joue et chante à la guitare pour détendre l'atmosphère.

Norbert à Régis :

— Il me faisait pitié, Jean-Luc, car il avait pitié de la tristesse de sa femme...

Régis, crûment, à Norbert :

— Elle n'en bavera jamais assez ! Madame roule des pelles, des saucisses à ce qu'il y a de mieux dans la grande musique, se fait tringler par tout le corps enseignant, me fait cocu sur toute la gamme, c'est le cas de le dire, mais c'est quand même moi qu'elle aime pour la vie ! Je n'en veux plus, de son amour, qu'elle se le mette au train avec d'autres garnitures plus ou moins officielles !

Il ajoute, pour que Paule le répète à qui de droit, une solide ration de mensonge :

— J'aime Menthe. La chinetoque me fait passer le goût du cul de l'Angevine. Menthe est plus belle, d'ailleurs, et des amis me demandent, quand ils la voient, ce que j'ai pu trouver à l'autre. Avec Christine, c'est fini. Dis au prof, puisqu'il est en veine de Brassens, de lui roucouler de ma part « Ma maîtresse, la traîtresse... » Rappelle-toi :

La perfide à voix haute a dit à mon endroit
Le plus cornard des deux n'est pas celui qu'on croit

et

J'ai surpris les Dupont, ce couple de marauds,
En train de recommencer leur hymen à zéro,
J'ai surpris ma maîtresse, équivoque, ambiguë,
En train d'intervertir l'ordre de ses cocus...

Ça devrait être la « Marseillaise » des amants, cette chanson-là !

Toutes ces horreurs parviennent à Christine. Pour Régis, elle remet son suicide sur le tapis rouge de sang : *Trois personnes se sont suicidées dans ma famille... Mon frère s'est raté, lui, il y a quelques années. C'est quand même encourageant, un pareil atavisme. Puisque tu aimes ta viet, je n'ai plus qu'à crever...*

Paule et Norbert finissent par intercéder en faveur de la condamnée. La punition a peut-être assez duré ? Après ce mois d'attente dans l'antichambre — passée à l'aspirateur chaque jour — de la mort, Christine est enfin graciée, et la mer redevient bleue, la mouette blanche et le vin rouge.

L'interprète de Brassens, face au retour en force de Zorro, en désaccorde son instrument. Dès que Christine recouvre le sourire, il perd le sien. Il a cru quelques semaines que, roue de secours tout indiquée, il récupérerait son épouse faute de combattant, la consolerait, la bichonnerait. Il repique une poussée d'autorité, se fait traiter de Robespierre par une Christine tout exaltée d'avoir enfin retrouvé le sel de la vie. Tous ces revirements lassent une fois de plus Jean-Luc. Tous ces torchons qui brûlent lui font hisser le drapeau noir. Au retour de ces vacances empoisonnées, il vide les lieux, loue un studio de célibataire à Angers. Il ne revient à la ZAC que pour y garder impatiemment les enfants lorsque leur mère reprend pour des quarante-huit heures le chemin de Paris.

Christine y paie comptant le prix de ses baisers musicaux. Puisque, selon Régis, sa bouche conjugue au meilleur temps le verbe « être heureux », Christine s'agenouille sur l'agneau de Toscane pendant toute la durée du « Bal » de la *Symphonie fantastique*, en détaille de sa langue toutes les harpes, en distille de ses lèvres tous les cors, tous les hautbois.

Il la prend aussi, brutalement, autre part, n'entend lui arracher que des cris de douleur, mais, quoi qu'il fasse pour la meurtrir, ceux-ci se transforment en fredons de chats emmêlés dans la nuit.

Ensuite, *blottie dans tes bras je m'arrange pour que tous mes morceaux te touchent*, ils écoutent encore et encore ce « Bal » qui est devenu le leitmotiv lancinant de la bulle, font l'amour en en épousant, d'abord confusément, puis savamment, le rythme, pour ne jouir ensemble qu'au crescendo final. Ils se disent que, de toute leur vie, il ne leur sera plus jamais possible d'entendre ces notes-là sans penser à ce qu'ils firent, noués l'un à l'autre, sous leur déferlement.

Quand il soude deux êtres de la sorte, l'érotisme réinvente ses propres rites, ses cérémonies, sa liturgie intime, rallume un à un tous les feux clignotants de ces deux corps soudain pareils à des arbres de Noël.

— Ils sont tout petits, tes yeux, après, se moque Régis, encore plus petits que tes seins.

— Je t'aime.

— Réclame ta bougie, alors.

— Je ne peux pas.

— Si tu me demandes poliment ta bougie, je te dirai que je t'aime.

— Tu ne me l'as jamais dit.

— Je ne peux le dire qu'à cette condition.

— Régis... s'il te plaît...

— S'il te plaît quoi ?

— S'il te plaît, je voudrais ma bougie.
— Pour quoi faire ?
— Pour que tu... pour que tu me caresses avec.
— Pourquoi ? Pourquoi dois-je te caresser avec ? Je ne vois pas.
— Pour que tu me fasses jouir encore. S'il te plaît, Régis.
— Tu ne le diras jamais au prof, pour la bougie ?
— Que veux-tu qu'il en fasse, le prof ? S'il te plaît, Régis. Ma bougie.
Il ouvre enfin le tiroir de droite de la commode anglaise. Sur la barre d'appui de la fenêtre, deux gros pigeons roucoulent bêtement côte à côte. Ce couple de crétins courrouce Régis :
— Regarde-moi ces deux gros cons ! Ils sont contents comme des maris qui viennent de cocher mémère un samedi soir. Ils se frottent les ailes comme s'ils savaient voler.
— Ça vole.
— Oui. Dans les petits pois.
Il voudrait l'aimer. Tout serait encore mieux s'il l'aimait, il le sait de source sûre. Ils jouiraient encore plus fort. Elle a toujours soutenu l'hypothèse gratuite qu'il l'aimait sans même le soupçonner. Elle se trompe. S'il l'aimait, elle l'empêcherait de dormir quand elle ne serait pas là, près de lui. Il connaît la musique. Moins qu'Hermann X, mais ne confond pas malgré tout une Polonaise de Chopin avec une Danse hongroise de Brahms. S'il l'aimait, il la danserait tout seul, la Danse hongroise. Aujourd'hui, il lui faut être deux.

Cette impuissance à l'aimer l'exaspère autant que ces pigeons ventrus qui déglutissent leur barcarolle d'adjudants de l'armée de l'air. Car il a oublié Marthe, enfin. Viens, Christine, qu'attends-tu pour venir, la place est toute froide... Après la messe de la bougie, où Christine sombre en plain-chant, roidit la bûche de sa nuque et ruisselle sous sa main, Régis tient sa promesse et murmure, prêt à y croire :

— Je t'aime, Christine. C'est vrai, je t'aime.

— Non, souffle-t-elle tout au fond de sa nuit.

— As you like, darling, but I love you.

Car ils parlent — anglais — d'aller à Londres. Elle y est allée jeune fille. Il y est allé souvent. Avec Marthe, justement, pour la dernière fois, en « voyage de noces ». Veut y retourner avec Christine.

Laquelle, de retour dans la ZAC toujours plus ou moins désertée par Jean-Luc, se met à en rêver avec la frénésie qu'elle apporte à flots à tous les rêves. *Oui, pour moi aussi, Londres, c'est la plus belle balade du monde. Remarque, c'est un peu faux, car avec toi, pour n'importe où, ce serait toujours pour moi le plus beau voyage du monde...*

L'expédition prend corps. Les enfants passeront les vacances de la Toussaint à Courbevoie. Régis retient une chambre dans le *Garden House Hotel,* proche de Hyde Park et de Knightsbridge. Ils y vivront cinq jours, cinq nuits de fête, loin de tout et de tous, main dans la main, yeux dans les yeux. *Ce sera merveilleux,* s'extasie-t-elle.

L'avion les emporte enfin un soir d'automne. Elle vient d'avoir trente-deux ans. L'appareil convoie aussi, dans la valise de Ferrier, un objet qui devrait laisser les douaniers britanniques diablement perplexes s'ils le découvraient. La modeste et redoutable bougie prend ainsi son baptême de l'air, traverse avec eux le Channel.

— C'est toi son candélabre, toi son chandelier, dit Régis en la montrant à Christine dès leur arrivée en leur « sweet home » d'Egerton Gardens S.W 3, London.

Ils ne se doutent pas de la désunion, de la désillusion qui les attendent. En Belgique, ils n'étaient pas seul à seul. Ils le sont, ici, et face à face comme mari et femme, ce qu'ils n'avaient jamais ressenti dans leur bulle à Paris. Ferrier, qui parle peu anglais, l'entend encore moins, est sous la coupe de Christine qui s'exprime à peu près couramment. Le voilà tout soudain dépendant d'elle comme elle l'est, dans la vie, de Jean-Luc.

Leur grande euphorie ne dure guère que l'espace d'un matin, celui qui les voit le lendemain au marché aux puces de Portobello Road. Dès le déjeuner, tout se gâte. En bon Français, Ferrier râle contre la cuisine, s'énerve, a tous les torts. Christine a celui de se fermer sur-le-champ. De se fermer absolument, à double, à triple tour, d'offrir à Régis pour ces broutilles tout un versant inconnu de sa nature. Christine ne se dispute pas, ne criaille pas. Elle se tait, neutre et lisse en apparence. Ne présente aucune prise à la scène de ménage où Régis excelle, lui, avec Agnès.

— Pour s'engueuler avec cette muette, Jean-Luc ne doit pas être à la noce tous les jours ! se dit-il aigrement, confronté avec ce visage de bois où ne se lit plus aucun sentiment.

A quoi pense-t-elle ? A l'autre ? Aux enfants ? A rien ? En ce pays où il ne comprend pas les gens, ou si peu, il ne la comprend plus du tout, elle, et s'en effare. Ils marchent, font du « shopping », mais il ne la sent plus près de lui. Ils déambulent chacun dans une ville différente. Il s'énerve davantage :

— Oh ! Christine, oh !

— Oui ?

— On est à Londres. Ensemble.

— Oui.

Il ne veut pas se taire, lui. Puisqu'elle parle français, il veut avoir au moins quelqu'un à qui parler. Il raille :

— Comme ça, c'est le deuil en vingt-quatre heures ? Tu es une rapide, toi, pour ne plus aimer quelqu'un pour la vie !

— Je t'aime.

— Alors, dis quelque chose, nom de Dieu !

Elle ne dit rien, cherche, achète des babioles pour ses petits.

Le soir, ils font l'amour, et aussi bien qu'en France. Il se veut plus net et clair qu'elle, l'interroge :

— Bon. Ça va. Tu m'aimes encore un peu. Mais dis-moi ce que tu as ?

Elle se serre contre lui, murmure :

— Rien, Régis, rien.

Ce qu'elle dit à Jean-Luc depuis trois ans. Amer, Régis l'imite et se résigne à contre-cœur au silence de mort. « Même la bougie ne fait pas le bonheur », songe-t-il tristement en s'endormant.

Ils vont ainsi passer côte à côte cinq jours idiots en lieu et place de la fête promise. Les voilà étrangers à l'étranger. S'il n'était pas dans une île, Ferrier rentrerait immédiatement chez lui. Mais les billets de l'avion du retour sont déjà pris, et Régis n'ose pas proposer à Christine d'aller en avancer la date. Car c'est lui, *qui ne l'aime pas,* qui a peur d'elle *qui l'aime.* Peur de l'irrémédiable. De la fracture ouverte. De la rupture franche.

Ils boiront l'ale jusqu'à la lie. Avec parfois des éclaircies dérisoires. Il porte sa veste de chasse de velours, trouve chez Harrod's des boutons de cuivre de l'armée anglaise qui lui plaisent. Elle perd une heure à les lui coudre, gentiment. Oui, gentiment. Elle n'est plus que vaguement *gentille,* ELLE, la forcenée, la passionnée, la femme aux télégrammes, aux innombrables coups de téléphone, aux mille lettres. Régis hausse les épaules et puis décide de s'en foutre. Oui, de s'en foutre. Il ne la reverra plus, et voilà tout. Lui signifiera son congé dès qu'ils seront rentrés. Il aurait mieux fait, cent fois, d'emmener Menthe.

Ils marchent. Marchent encore. Marchent toujours. Piccadilly. Soho. Chelsea et sa King's Road, où il vécut un mois. Au contraire de Christine, s'il sait mal l'anglais, il connaît bien la ville. A Westminster Pier, ils montent dans un water-bus, se promènent sur la Tamise, prennent des photos sur fond de Tour de Londres et de Tower Bridge.

Ils ne s'arrêtent que pour entrer dans des boutiques ou des pubs. Dans les pubs, il est contrarié de ne pouvoir sacrifier autant qu'il le souhaiterait aux délices du « gin and lime ». Il aurait mieux fait, cent fois, d'emmener un copain plutôt que cette décourageante buveuse de Coca-cola.

— C'est vraiment, rage-t-il, Holliday on ice, que cette punaise !

La nuit pourtant, cette glace fond, sans ambages ni sommations, et ces deux marmots détestables font l'amour comme des grandes personnes.

Un soir, las de cette piètre comédie sentimentale qui ne mérite que des sifflets, Ferrier part en goguette dans la chambre avec une bouteille de whisky, se déclare en vacances, et la vide. Et parle comme un trou. Reproche tout à Christine, en vrac : son prétendu amour de pacotille, son caractère, son prof de merde à qui elle n'aurait pas l'audace d'exhiber cinq minutes la face de carême qu'elle traîne depuis leur arrivée ici. Il se soulage, la traite enfin de tous les noms. Elle ne répond pas. Il discourt largement pour deux, écume, ricane, éructe. En baisser de rideau, ne la touche pas du doigt, fait lit à part, ronfle à tue-tête.

Leur dernière distraction est d'acheter tous les matins dans une épicerie de Brompton Road de gros et spongieux pains de mie, d'aller s'asseoir, dans Hyde Park, sur les bords du lac Serpentine, et de les distribuer, becquée par becquée, à la volée, à tous les volatiles caquetants qui peuplent par centaines l'endroit. Ils ne s'amusent plus, les « tourtereaux » maudits, qu'avec les tourterelles, les oies, les canards et les mouettes.

Lorsque la distribution est terminée, ils s'en vont eux-mêmes manger dans quelque restaurant mélancolique des spécimens d'une infinie tristesse de la cuisine britannique. Régis du bout des lèvres, Christine avec son appétit que rien ne désarme. *Ce sera merveilleux.* Il évoque avec ironie ces trois mots qu'elle lui écrivait voilà une semaine en la lorgnant dès qu'elle baisse le nez sur son assiette, anglaise, cela va de soi.

Enfin, il leur faut refermer leurs valises pour se rendre à l'aéroport d'Heathrow. Il range entre deux chemises une bougie qui n'est plus qu'un cierge.

Dans l'avion, comme elle ne prononce toujours pas un mot, il entend au moins avoir le dernier :

— On dira ce qu'on voudra, ma chérie, mais on a bien rigolé, non ?

Comme d'habitude, elle ne répond pas. Elle est dans les nuages, dans tous les sens du terme. Il aurait mieux fait, cent fois, d'emmener un camembert.

Ainsi s'achève *le plus beau voyage du monde.*

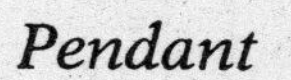

Pendant

12.

Après la cure de silence qu'elle lui a fait subir, il est heureux de retrouver des gens qui parlent. Elle lui a gâché, bousillé Londres, son Londres à lui, mieux qu'une escadrille de stukas. Tout ce qu'il n'attendait surtout pas d'elle, l'aimante, la docile, il l'a reçu sur la tête comme un pavé de Paris-Roubaix. Il ne le lui pardonne pas. Il a été trop bon pour elle, se reproche la compassion qu'elle lui inspira trop souvent. Il y a à peine trois ans qu'un soir de « Mistral » elle a débarqué dans sa vie, « parachutée » comme ces candidats tombés du ciel dans des circonscriptions inconnues d'eux. Il va la renvoyer à son aspirateur, à ses mouflets, à sa ZAC, à son prof de ses fesses, c'est le cas ou jamais de le dire. Jean-Luc ne leur inculquera, comme toujours, que des opérations de cours élémentaire. Régis concocte et médite un modèle de lettre de rupture qui fera jurisprudence et sera récitée dans les écoles.

C'est lui qui la reçoit sans retard. *Je ne veux plus qu'on se revoie, ne m'écris plus, ne me téléphone plus. J'ai peut-être un peu trop mélangé la littérature et la vie.* Il est quelque peu dépité de ne pas avoir fait ce dernier pas. C'est elle qui, dans la distribution, s'octroie le fameux beau rôle, sans demander l'avis de l'auteur et en dénaturant la vérité sans avoir l'air de la tripoter : ce n'était pas lui qui écrivait, qui téléphonait, mais elle ! Il se contentait de répondre...

La femme sans seins devient de plus en plus féminine, comme quoi la féminité ne se niche pas uniquement dans les bonnets d'un soutien-gorge.

Reçu cinq sur cinq. Ferrier n'écrit surtout pas, ne téléphone surtout pas. Voici le temps venu des boîtes aux lettres vides de part et d'autre, et celle de Ferrier en bée de stupéfaction. Il en ressent très vite le manque, à la façon d'un alcoolique privé le midi de son petit « jaune ». Arrive alors ce phénomène qui, prétendait Christine, était inscrit dans tous les astres ordinaires, à savoir qu'il l'aime. Elle n'a pas dû y réfléchir, mais le processus, la manœuvre, sont des classiques et Régis est vexé, furieux de tout le côté conventionnel de l'affaire. C'est lui qui mord à la calée, comme elles, et en toute connaissance de cause. Plaqué comme au rugby, ferré, on n'a plus qu'à le traîner sur le sable et le glisser dans le four étendu dans une poissonnière.

Outre ses lettres quotidiennes, Christine a écrit à la troisième personne sur son amour une sorte de mémorandum qu'elle lui a remis plus tard et qu'il a appelé le « Carnet ». Quand il le lira, bien après, il lira, relira ces lignes relatives au retour de Londres : *La rupture « définitive » dura quinze jours. Deux semaines d'épouvante. Que faisait-il ? Etait-il triste, mangeait-il, dormait-il ? Elle ne supportait pas son absence, son silence.* Et n'y comprendra rien, car il n'y a, réflexion faite, rien à comprendre aux comportements de Christine, dont on ne peut donner que des interprétations soit fausses, soit décousues, soit carrément extravagantes.

Le prof s'y entend mieux que lui, depuis le temps qu'il la pratique. La seule explication plausible tombe de sa plume : *Je connais tellement mon oiseau ! Que son cas soit du ressort de la Faculté, je n'en ai jamais douté. Il doit manquer un branchement au départ, un transistor a dû être oublié çà et là...*

Dans ce chœur à trois voix, Régis apporte la sienne et elle n'est pas, on s'en doute, de tout repos. Il a sous la main le confident des tragédies grecques, et qui lui a déjà pas mal servi, son ami Max. Il n'est pas trop usé, peut encore ouvrir ses oreilles à son auteur-acteur. Moteur ! Action ! comme il est braillé sur tous les plateaux de cinéma.

RÉGIS (*dans tous ses états*) — Elle m'a fait le vieux coup de la rupture. Elle m'a bien eu, la rosse, parce que je l'aime, ça y est. Oui, oui, depuis deux nuits. Les deux nuits que je n'en dors plus. Tu m'écoutes ? Je l'aime !

MAX — Qui ça ?

RÉGIS (*outré*) — Qui ça ! Christine, évidemment ! Qui ça ! Pas son mari !

MAX — Ç'aurait pu être Menthe...

RÉGIS (*grave*) — Menthe, c'est autre chose. C'est le domaine réservé. C'est l'animal sacré. Le temple d'Angkor. Le Bouddha.

MAX (*pour égayer l'atmosphère*) — Tiens, t'auras du Bouddha !

RÉGIS — Je t'en prie ! Un confident de tragédie grecque est rarement pétomane. Eschyle, ce n'est pas une marque de poil à gratter. J'aime Christine, tu me suis ?

MAX — Très bien. Tu l'as martyrisée trois ans à lui dire que tu ne l'aimais pas, ne l'aimerais jamais.

RÉGIS — Je l'aimais bien.

MAX — Je sais. Pour le lui prouver, tu lui faisais l'amour une fois par mois et le faisais ailleurs les autres jours.

RÉGIS — Comme tu y vas ! Pas tous les jours. Et puis, tout ça, c'est vieux. Ce qui est neuf, tout neuf, c'est que je l'aime.

MAX — Ce qui est encore plus neuf, c'est qu'elle t'a foutu à la poubelle et que c'était, du moins pour toi, totalement inattendu. Ça te déclenche une crise de cœur comme une bouteille de scotch provoque une crise de foie, c'est aussi simple que ça.

RÉGIS (*sourd*) — Christine ! Christine !

MAX (*même jeu*) — Else ! Mouche ! Marthe !

RÉGIS — Toi, si tu continues, tu ne seras plus confident, mais pompier de service.

MAX — Alors, prenons les choses en main, commence par lui demander pardon.

RÉGIS (*ahuri*) — Pardon de quoi ?

MAX — Si tu ne le sais pas, elle a le mérite de le savoir, elle. Fais-lui toutes tes excuses. Dis-lui je t'aime, reviens veux-tu, ton absence a brisé ma vie.

RÉGIS — Jamais !

MAX — Tu sais où ça finit, les canassons d'orgueil ? A l'abattoir.

On enchaîne dans la foulée sur la ZAC. La scène se passe à la cuisine. Il y a quatre chats, aujourd'hui, dans la maison. Depuis la venue de Régis à Angers, Christine a doublé son cheptel. Tout le monde, ici, comme par hasard, a des yeux de félin. Ariane a douze ans, à présent. Elle et sa mère épluchent des pommes de terre, légume introduit depuis peu dans la tragédie moderne. Entre deux pelures, Ariane regarde avec inquiétude sa mère.

ARIANE — Ça ne va pas, maman ?

CHRISTINE — Non.

ARIANE — Régis ?

CHRISTINE — Je ne le reverrai plus jamais. J'ai rompu avec lui.

ARIANE — Pourquoi ?

CHRISTINE — Je ne sais pas...

ARIANE — Il n'était pas gentil ?

CHRISTINE — Je ne sais plus...

ARIANE — Papa est content d'être rentré chez nous. Il ne repartira plus ?

CHRISTINE — Non.

ARIANE — Tant mieux.

CHRISTINE (*soupirant*) — Oui, tant mieux...

Elle pleure, Ariane se jette à son cou.

ARIANE — Régis reviendra, j'en suis sûre.

CHRISTINE (*en larmes*) — Je ne sais plus ce qu'il fait,

qui il voit, avec qui il est. Peut-être avec sa Mongole.

ARIANE — Elle est mongolienne, sa fiancée ?

CHRISTINE — Mais non ! Ça serait trop beau. Ariane, je ne veux pas grand-chose, tout ça est de ma faute, mais je veux savoir s'il mange, s'il dort, comment il vit. Pas davantage : comment il vit. Ce silence est atroce.

Le téléphone orange le rompt et sonne. Christine se précipite, décroche.

CHRISTINE (*au désespoir*) — Non, monsieur, ce ne sont pas « Les mariées d'Angers », le spécialiste de la mariée. Non, vous n'êtes pas au 16, rue Saint-Aubin. Il n'y a que moi comme mariée, ici, et ça suffit largement.

Ariane coupe les pommes de terre en quatre...

ARIANE — Il faut lui écrire.

CHRISTINE (*accablée*) — Et tout recommencera...

ARIANE (*logique*) — C'est bien ce que tu veux, non, que ça recommence ?

CHRISTINE (*nouveau soupir*) — Si on veut...

Platini de poche, Ziggy, huit ans, entre dans la cuisine, boueux, son ballon sous le bras. Ses chaussures crottées créent une diversion. Il les retire.

CHRISTINE — Tu mériterais une gifle, de ne pas les laisser à la porte.

De fait, ce n'est pas Ziggy qu'elle aimerait gifler, mais bien plutôt Régis, qui fait l'amour à Menthe, ou à n'importe qui, elle en est sûre, et l'oublie sans rémission depuis qu'elle l'a chassé. Non. Pas lui. C'est elle qu'elle devrait gifler. Il faut qu'elle lui écrive encore qu'elle l'aime, il le faut. Revenu en force et par la grand-porte depuis qu'elle a enfin « rompu », Jean-Luc ne voudra plus jamais entendre parler de courrier de Paris. Elle demandera, si Régis lui pardonne, à Suzanne Marlin de lui servir de boîte aux lettres clandestine. Suzanne Marlin ne le lui refusera pas, qui est sa meilleure amie. Cette issue de secours ramène un bref éclat dans les yeux bleus mouillés par toutes les pluies de l'Anjou et de l'Angleterre réunies.

Elle lui recommande une fois, deux fois encore de ne toujours pas écrire, de ne toujours pas téléphoner, en espérant qu'il lui désobéira. Elle plante à l'époque crocus, narcisses et tulipes. Et reçoit sur le crâne un pot de chrysanthèmes, ce faire-part de décès qu'a également envoyé Régis à leurs amis communs : « Monsieur Régis Ferrier a la tristesse de vous informer de la perte (cruelle) qu'il vient d'éprouver en la personne de Madame Christine Labé, décédée du 27/10 au 2/11 courant à Londres SW 3, Egerton Gardens. Requiescat in love and in pace. »

Hormis cela, signé évidemment d'une croix, rien. Ferrier lui obéit, qui a d'autres choses qu'elle en tête depuis qu'il l'aime. Il voulait l'aimer parce que, bien sûr, c'était plus beau, qu'il faut toujours viser plus beau, aller à l'amour comme au charbon. Mais à présent qu'il l'aime, il va souffrir d'une séparation dont il s'était accommodé jusque-là. Il va souffrir tout court. Il les connaît. Dès qu'elle sera certaine qu'il l'aime, elle entamera un autre processus banal, celui de la marche arrière. Ce qu'elle confirmera dans son « Carnet » lu ultérieurement hélas : *Il avouait soudain à Christine : je t'aime. Elle n'en demandait pas tant.*

Il en frémit encore, de ce *elle n'en demandait pas tant.* Ce n'était que son propre amour qu'elle avait aimé en lui, avait en somme très bien vécu sans celui de Régis. Ferrier ne l'intéressait vraiment qu'à l'état de fixatif d'un rêve, en homme-objet, quoi ! Elle n'avait pas besoin de lui mais de son image, d'un idéal absurde qui la changeait de ses petits problèmes ménagers, financiers, conjugaux. C'était lui qu'elle appelait « Le Petit Prince », pas Jean-Luc. Elle a tenté de se débarrasser de son habit de folle du logis, si incongru dans son logement si bien tenu. Elle échoue, revient à la nage à ces rivages bleus et verts de l'irréalité qui, seule, est solide pour elle et ferme sous ses pieds. Elle efface

Londres, tout, et tout recommence : *Pardonne-moi pour le chagrin que je t'ai causé...*

L'amour rend Régis magnanime. Bon. Elle ne l'a pas fait exprès. Elle est jeune. Ne le refera plus. Bref, il l'aime, fait sa grande rentrée dans l'infini domaine des compromissions, lâchetés, mensonges, dérobades qui sert de terrain de jeu au plus noble des sentiments. Il reconnaît le ground. Tremblote un peu, une graminée aux dents. Ils sont déjà en quatrième année de chirurgie, savent tout des points sensibles, des centres nerveux, du morceau dans le filet que l'on peut découper sans risque. Christine obtient donc un pardon qui ressemble fort à de la fausse monnaie. Peut-être ignore-t-elle encore, elle qui fut si désarmée, si démunie, qu'elle n'a plus qu'à serrer Ferrier à la gorge, qu'il est mûr, qu'il est tombé de l'arbre. La voilà revenue à elle, Ferrier avec, Jean-Luc aussi. Revenue au quotidien des lettres, aux tristesses de la chair inutile.

Je me suis caressée en pensant à toi... en jouissant, je pleurais... J'espère que tu es mieux dans ta vie que moi dans la mienne... Je te devrai les plus beaux moments de ma vie avec la naissance de mes enfants...

Elle lui expose aussi, amère, que, la première fois qu'on se marie, on a vingt ans, on va à la mairie comme au marché, qu'après il est trop tard et que quelqu'un est là auprès de vous sans qu'on sache trop pourquoi...

Jean-Luc s'est réinstallé sans vergogne et comme chez lui chez lui. Il n'a qu'à regarder le visage « londonien » de sa femme pour ne pas s'en aller du tout rassuré par ce Saint-Christophe douteux. Elle repartira pour Paris dès qu'elle le pourra. Qu'importe, il est là, bien là, toujours là, ce mari réapparu à la surface comme ces bouchons jetés dans les W.-C. et qui se rient des chasses d'eau. Il ne serait tranquille que si l'on pratiquait sur cette épouse excessive l'ablation du clitoris. Hélas pour lui, l'Anjou n'est pas le coin le plus reculé de l'Afrique. Sans clitoridectomie, pas de salut pour lui. Tant pis pour l'organe érectile, Jean-Luc vivra à côté en étranger, mais préfère de loin la chaleur et les commodités du foyer au vide du studio qu'il avait loué.

Les lois de l'hérédité poussent Labé à fouiller cœur et bagages. En vain. Les lettres de Régis arrivent chez Suzanne Marlin. La résistance s'est organisée, la clandestine entrée dans un réseau. Jean-Luc, qui n'a plus guère envie de retrouver la solitude poignante de la boîte de cassoulet, lâche du lest pour sauver son linge propre. Décembre est la saison du confort, des feux de bois dans la cheminée. La tête d'enterrement de Christine détonne dans le décor paisible. Du haut de ses pantoufles et de l'Olympe, Jean-Luc grogne :

— Vas-y, à Paris. Je ne veux pas te voir comme ça.

— Merci, Jean-Luc.

Il obtient en échange de ses largesses des compensations en nature. Il lui a toujours dit qu'elle devait par « honnêteté » faire l'amour avec lui comme avec l'autre, sans rien savoir des fêtes carillonnées de la bulle et de son « Bal » de la *Symphonie fantastique*. C'est à ces instants extorqués qu'il est le mieux trompé mais sur ce plan le plus méfiant des soupçonneux ne peut rien soupçonner...

Christine en rit avec Régis :

— Il devrait lire l'histoire de la grenouille qui veut se faire aussi grosse que le bœuf.

S'il ne savait les quelques lacunes criantes du répertoire du prof, Régis protesterait qu'avec d'autres femmes Jean-Luc brille peut-être de l'éclat du Koh-i-Noor. Eau et feu improbables en l'occurrence au vu, au su, au nu de l'inculture de Christine quand elle s'allongea pour la première fois sur l'agneau de Toscane, agneau pascal moins innocent qu'elle.

— Là-bas, poursuit-elle, rêveuse, quand mes chats miaulent tous autour de moi pour avoir à manger, je me dis que le mien crie famine et que tu n'es pas là pour lui donner ce qu'il désire...

— On souffre autant de satiété que de rareté. L'amour, c'est aussi bien le gavage des oies ou des P.-D.G. qu'un grain de riz à Calcutta.

— Alors, moi, je ne mange qu'avec de toutes petites baguettes...

Cela l'amène dans la seconde à penser à Menthe. Il lui passe la main devant les yeux pour en chasser les mouches d'ombre.

— Laisse-moi te regarder pour la première fois depuis que je t'aime.

— J'ai changé ?

— Beaucoup. Tu ressemblais à pas mal de gens, avant. Maintenant, tu es la seule. Tu as lâché les autres.

Il imite la voix qui, par le truchement de la radio intérieure, renseigne les suiveurs dans les courses cyclistes :

— Echappée du numéro 14 Christine Labé. Dans la traversée d'Angers, le peloton à deux minutes quinze...

Il lui claque le coup de feu d'un baiser dans l'oreille. Elle se débat. Il est sur elle, la maîtrise. Elle le plante vivement en elle, sourit, les yeux déjà tout agrandis.

Il a changé inconsciemment sa manière de lui faire l'amour. A ses brusqueries se joignent d'insolites délicatesses, à sa violence s'ajoute toute une tendresse qu'il avait cachée jusque-là. L'amour, il le faisait surtout pour elle, ou pour lui, avant. A présent, il le fait pour eux deux, pour atteindre quelque chose de plus complet, d'encore plus parfait. Il recherche le cœur comme à la pointe d'un couteau, le trouve enfin et le transperce d'un coup sec.

Lorsqu'elle s'étire :

— Régis, tu m'as fait l'amour comme le font les anges.

— Parce que tu l'as déjà fait avec des anges, salope ?

— Ça doit être comme ça, je suppose. Tu étais tout angélique en moi, céleste.

— C'est parce que je t'aime.

C'est à elle de se moquer à voix basse :

— Pour la vie ?

— Non. Et toi ?

— Moi ? Pour la vie, bien sûr.

— Non, s'il te plaît. Pas pour la vie ! Pour plus longtemps ! D'accord, on ne le pense pas, que c'est pour la vie, on croit que c'est pour rire mais ce n'est pas une raison pour le dire. Ça porte malheur, Chris.

— Sais-tu que personne ne m'a jamais appelé Chris, que toi ? Quand j'étais gosse, mes parents m'appelaient Titi.

— Et le prof ?

— Toujours Christine.

— Je t'aime, Titi.

Elle détourne la tête sur l'oreiller, a une moue :

— A part pour toi, je ne vois pas ce que ça va changer pour nous. On ne vivra pas ensemble pour si peu, on ne sera ni plus heureux ni plus malheureux qu'avant.

« Carnet » de Christine : *Cet amour, elle ne l'attendait plus, il la surprenait, la dérangeait presque.* Si elle ne voit pas, de cet amour, ce qu'il va changer pour eux, Régis le voit pour lui, ce soir à Montparnasse. Quand le train la lui reprend, la lui arrache, qu'elle agite encore au loin sur son marchepied le bras blanc de l'adieu, il se cache derrière un pilier et « y va de sa larme », comme on dit sur le quai des gares. Y va même de deux, trois larmes. C'est reparti.

Titi à cinq ans.

Titi à six ans sur sa balançoire.

Titi à Pléneuf avec son seau et sa pelle.

Titi et son chat Jojo.

Titi avec tonton Paul.

Et ça, c'est tonton Régis dans la nuit, un soir d'hiver à Montparnasse.

Tonton Régis en croque-mort dans le wagon plombé de l'autobus 96 qui le ramène à l'Hôtel de Ville.

Tonton Régis qui, avant de rentrer chez lui, remonte au studio pour s'enfouir encore la face dans le drap qu'elle a trempé pour lui de chèvrefeuille, de patchouli et d'un alcool plus fort que tous les whiskies qu'il va boire.

Photo de tonton Régis sur son lit de mort subite, et photo de l'amour calme et pour la vie assis dans le 18 h 23 qui ne déraille jamais, lui non plus. Jamais.

13.

Il est possible, au demeurant, que Jean-Luc aime Christine à sa façon. *Il sait que j'ai besoin de toi, mais il m'a toujours dit que j'étais ce qui comptait le plus dans sa vie.* Elle qui s'était mariée « comme on va au marché » ne savait pas qu'il s'agissait de celui aux esclaves. Oh ! on ne la fouette pas ! Elle est très bien traitée, nourrie, logée, habillée et même déshabillée par-dessus le marché en question.

Elève Labé, voudrait mieux faire. Ne le peut pas. Voilà le seul domaine où il ne comble pas la femme qu'il aime. Le seul pour lequel il donnerait probablement tout le reste...

Le satisfecit de Christine est daté, signé, sinon déposé aux Archives nationales. Irréfutable. Pourquoi d'ailleurs le mettre en doute, des millions de maris s'en portent garants, mais ajoutent, approuvés bruyamment par des millions d'épouses qu' « Il n'y a pas que ÇA dans la vie ». Pauvre « ÇA », pauvre soleil, ô combien de paires de lunettes fumées t'auront toisé de haut, ô combien de marins qui n'auront ja-ja-jamais navigué... Sans parler d'ô combien de capitaines qui n'auront, de toute leur existence, intimé autre chose que l'ordre de la retraite... « Il n'y a pas que ÇA », Régis l'entendra même de la bouche de Christine, bouche créée pourtant pour « ÇA »...

En cette fin d'année, comme la bonne madame Labé ne s'est pas trop penchée par la portière, comme le bon monsieur Labé n'a pas trop monté le chapiteau dans la ZAC — du moins pas davantage que les années précédentes — le couple « fait » le Kenya pendant huit jours. Il en « fera » bien d'autres. Régis plaint le Français moyen d'être ainsi contraint et forcé de voyager. Le *sentimental journey* londonien a guéri Ferrier pour un temps du dépaysement, des sites grandioses et des cartes postales.

Il n'empêche que ce Kenya lui remet en mémoire la fatidique chanson de Brassens où il est dit que

J'ai surpris les Dupont ce couple de marauds
En train de recommencer leur hymen à zéro.

Ils ne reviendront pas séparés, déchirés, eux. Le passeport de Labé ne sera pas tamponné d'un visa de rupture. Ces gens-là ont la traversée paisible. Le couple de marauds est un couple idéal, dans son style Louis-Philippe. « Il n'y a pas que ÇA », Ferrier. Même si on vous écrit en revenant d'Afrique : *Là-bas, quand je m'endormais, je mettais une main entre mes cuisses, pensais à toi, étais à toi sans même avoir besoin de me caresser...*, dites-vous une fois pour toutes qu' « il n'y a pas que ÇA ».

Ferrier s'interroge aigrement sur l'emploi du temps de Labé pendant que son épouse — pas *sa* femme, non, pas *sa* femme ! — se fourrait une main entre les cuisses. Traquait-il la négresse à dos d'hippopotame ? Pas du tout, il photographiait sans voile aucun sa femme — non, pas *sa* femme, son épouse ! — comme elle le prouvera à Régis en lui montrant une jolie photo d'elle nue, endormie sur un lit, sans nulle main entre les cuisses.

— Il l'a prise pendant la sieste.

— Tu veux dire qu'il t'a prise pendant la sieste ? gronde-t-il sur un ton qui le laisse ensuite rêveur. Il le reconnaît, ce ton de bile, ce ton de haine qui n'est autre que celui du grand air de la jalousie. « Il n'y a pas que ÇA ? » Quand on aime, SI. Quand on est jaloux, SI. Quand on en crève, SI.

Il aime. Autour de lui, ni Agnès ni ses amis ne le croient.

Ils sont toujours ainsi, n'admettent pas qu'il soit doté d'un cœur à répétition. Cœur modeste, pourtant, si l'on considère qu'il est demeuré trois ans en sommeil...

Il se confie à Menthe qui, seule, le comprend. Cet hybride est sensible. Menthe ne l'aime pas d'amour, il peut donc tout raconter à sa tendresse. Comme elle ne dédaigne pas de boire un Pernod avec lui dans la bulle, ils en boivent deux ou trois et, parfois, basculent sans préméditation sur l'agneau de Toscane, toutes gentillesses et jambes confondues. Ce n'est pas là tromper celle qu'il aime, Menthe n'est qu'une amie. Quand le prof renverse après le déjeuner son épouse sur le lit « ce n'est pas pareil », disent ensemble Christine et Régis tout en n'étant d'accord ni l'un ni l'autre sur l'importance à donner à l'anecdote, si mince d'après elle, si monstrueuse selon lui.

Les venues de Christine à Paris ne suffisent plus à Ferrier depuis qu'il l'aime. A son tour d'échafauder des plans. Comme il ne vit pas uniquement de lettres d'amour et que ces pages d'écriture sont les moins rentables de toutes, il lui vient l'idée d'une nouvelle pièce qui s'appellera *Je t'aime et je t'embrasse*. L'auteur prétend ne pouvoir la mettre sur pied qu'à Angers, la seule ville qui puisse l'inspirer. Pour cela, il descendra au *Concorde,* l'hôtel moderne quatre étoiles sis au centre d'Angers. Il n'entourera son arrivée d'aucune publicité. Ainsi Jean-Luc ignorera que le rat est dans la contrebasse et Christine passera voir Régis tous les après-midi. Si le prof s'éloigne un jour ou deux pour ses activités syndicales, la nuit sera à eux. Suzanne Marlin gardera les enfants.

Le programme ravit les futurs amants de la cité du roi René. Christine mitonne pour Régis des promenades en 2 CV dans les environs. Ferrier va « faire » l'Anjou de long en large, et aussi les vins des pays de Loire. Ce n'est pas vraiment un départ pour Cayenne.

Est-ce la vue — photographique — de l'entrecuisse de sa conjointe, ou quelque événement survenu dans sa propre vie, quoi qu'il en soit, Jean-Luc est rentré du Kenya mignon tout plein, envisage un partage plus équitable des charmes de sa femme, alors que jusque-là, il suivait plutôt à la lettre la fameuse recette du pâté d'alouettes : un cheval, une alouette, Ferrier voletant là-dessus de ses toutes petites ailes.

— Mais qu'est-ce qu'il attend, dit Jean-Luc à Christine, pour nous inviter pour un week-end de pêche dans la Nièvre ? On lui rendrait ça à Pléneuf avec une fille ou un copain...

Christine est trop heureuse de voir cesser l'état de guerre pour se poser des questions quant à ce changement à vue. Elle ne pose — au vol — qu'une demande de permission accordée sans barguigner, et va à Paris. Régis, ô merveille, rentrera avec elle pour s'installer au *Concorde.* Comme l'auteur emporte en bagages de quoi écrire et se vêtir un mois durant, Max les conduira en voiture. Pour la première fois, le retour ne sera pas embué de chagrin, et ils éviteront « la gare de Perpignan ». Oui, pendant un mois, ils se verront quotidiennement, hormis le dimanche qui est, dans la ZAC plus qu'ailleurs, le jour du Seigneur.

Elle arrive heureuse dans la bulle un vendredi. Elle ne s'arrachera pas de lui le lendemain comme un pansement. Il la regarde, ému. Même si ce n'est pas tout à fait pour la vie, elle est à lui pour longtemps, très longtemps, et il a à présent la chance de l'aimer.

— Tu as gagné, Titi, je t'aime.

— Je n'ai rien gagné, ce n'était pas un jeu. Quand tu ne m'aimais pas, tu ne voulais pas vivre avec moi, cela se comprenait. Tu dis m'aimer, tu me laisses vivre avec un autre. Tu n'as pas la même idée de l'amour que moi. L'amour, je le vois du soir au matin et du matin au soir.

— Et ça meurt un beau jour, et je deviens Jean-Luc...

— Je ne l'aimais pas, lui. Enfin, pas comme je t'aime. Mais il vit avec moi comme toi avec Agnès, et c'est important de vivre avec quelqu'un, tu ne peux pas dire le contraire, tu ne vis pas tout seul non plus.

La lame s'aiguise sur la meule, mais s'use, ce qu'elle ne veut pas même entendre. Elle l'embête, il grommelle, boudeur :

— Mais je t'aime !

Elle secoue la tête :

— Ce n'est pas une réponse à tout.

Elle porte, plusieurs fois enroulée autour de son cou, une fine chaîne d'or qu'il lui a toujours connue. Il y porte le doigt :

— C'en est une autre, de réponse, que ton collier. La vérité, c'est que tu es enchaînée comme un chien, et que tu as un maître qui te donne à manger.

— Ce n'est pas lui qui me l'a offerte. C'est ma belle-mère.

— Pour que tu ne sortes pas de la famille.

— Tu sais qu'elle mesure plus d'un mètre de long, cette chaîne ?

— Comme ta famille.

Ce rappel au bon ordre des choses a dû la contrarier. Elle se tait et son visage en rappelle un autre à Ferrier qui lance :

— Ici, Londres !

Elle a le goût d'en rire, s'agenouille devant lui qui l'empoigne aux cheveux et murmure :

— Il n'y a que là que tu as le droit de te taire.

Le samedi, Max vient les chercher.

— C'est la première fois qu'on prend la route ensemble, Régis, remarque-t-elle à la sortie de Paris.

— La route du bercail, ce n'est pas une route.

— Moi, je vous écoute, expose Max. On va où vous voulez.

— Alors, chauffeur, fait Christine, au bout du monde !

— Pas assez loin, tranche Régis. Il te retrouvera toujours.

— Ils nous retrouveront toujours, tu veux dire, souligne-t-elle.

Il lui prend fermement le bras :

— On ne va pas être tristes, non, pour une fois qu'on ne se quitte pas ?

Près d'Angers, ils traversent une ville qui s'appelle Seiches-sur-le-Loir.

— Tiens, une contrepèterie, observe Régis.

A l'entrée d'Angers, il note encore le nom du quartier Monplaisir :

— C'est là que tu devrais habiter.

— Oui. Mais avec toi.

Ils vont jusqu'à la gare où elle a laissé sa 2 CV. Elle boit un verre avec eux au pub de l'*Hôtel de France*, puis s'en va. Elle se rendra au *Concorde* le lundi après-midi, puisque Ferrier travaille le matin.

— Comment la trouves-tu, toi qui ne l'avais jamais vue ?

— Fraîche, incroyablement fraîche pour une mère de trois gosses.

De fait, cela se voyait en clair qu'elle n'avait pas traîné de lit en lit comme certaines et que, de plus, le sien avait été du genre plutôt calme.

— Et elle a l'air gentille, poursuit Max.

— Ça, c'est autre chose. Les bourreaux sont des gens toujours gentils et très bien vus de leur voisinage.

— Parce que tu crois...

— Oui, Max. Marthe était très très gentille. Et ton Eliane, à toi ?

— Ça, mon pote, il n'y avait pas plus gentil sous le soleil. Et puis, un soir, il y a eu la lune.

— Rien que de très normal, c'est la rotation des planètes, non ?

Max s'assombrit, qui repense à Eliane :

— Oui, mais c'est pas normal que ce soit normal.

— Et c'est pour ça que c'est normal, ma vieille, qu'on se reprenne un scotch.

Max reparti, voilà Ferrier seul dans Angers, seul au *Concorde,* seul devant une table de travail anonyme, seul devant l'horreur de la page blanche, horreur que les auteurs ne surmontent qu'à la longue, comme ne vainquent qu'à l'usure la peur du sang et de la mort les carabins et les fossoyeurs.

Dès l'aube du lundi, il se bat avec les mots de la première scène du premier acte, n'a pas le dernier avec eux, ni même le premier. Ces fumiers-là jouent aux anguilles entre ses doigts, refusent de faire l'amour avec lui. Les mots ne s'achètent pas, n'ont pas pitié de vous, ne vous aiment pas, ne tombent jamais du ciel. Ce matin-là, les mots lui font la gueule comme Christine à Londres. Et c'est plus grave car les mots ne sont ni des yo-yo ni des papillons, eux. Dans ces périodes d'impuissance, Ferrier ressent toutes les affres de celle qui l'attend, la sexuelle, celle dont il plaisante pour l'instant : « J'ai comme l'impression qu'il me manquera quelque chose... »

Lorsque Christine arrive, guillerette, c'est pour le découvrir abattu, gisant sur son lit. Elle s'allonge auprès de lui qui n'y porte pas plus d'attention que s'il s'agissait d'un garde champêtre.

— Je n'ai plus de talent, geint-il.

— Même si c'était vrai, tu en aurais encore davantage que je n'ai de poitrine, fait-elle pour le dérider.

— Ça ne me fait pas rire. Tu ne vis pas de ta poitrine, toi.

— Heureusement. Je serais morte de faim.

— Qu'est-ce que tu as fait, hier ?

— On a fait une grande promenade en forêt. C'était très agréable.

— Il était avec vous ?

— Oui.

— Et c'était quand même très agréable ?

— Oui, pourquoi pas ?

— Eh bien, moi, j'étais tout seul et je me suis emmerdé. Voilà toute la différence.

Il se noue de plus en plus. L'imagination, qui lui a fait défaut sur le papier, il la retrouve dans son cœur, toxique, funeste. Il les voit dans les bois, heureux, sans lui. Elle est charmante, puisqu'elle ira le rejoindre le lendemain. Jean-Luc, qui n'a plus sa cravate ni ses boutons de manchette, se montre plutôt satisfait du côté agréable de son épouse. Promenade agréable. Très agréable. Se tiennent-ils par les épaules ? Ils en sont capables. Ils sont capables de tout. S'il n'y avait pas les gosses, il abuserait de la pauvre misérable. Ferrier, révulsé, pense à une phrase d'Heinrich Böll : « Quand je songe que cette chose existe qu'on nomme le devoir conjugal, j'en ai la chair de poule. » Et si c'était la « pauvre misérable » qui devenait câline, dans les bois ? Il la lorgne de biais. Mais il y a les gosses, Dieu merci ! Elle se baisse pour cueillir une fleur et l'autre salaud lui reluque la croupe. Pose comme un furoncle sur cet endroit agréable, très agréable, l'œil du propriétaire. Exorbité. Globuleux.

Christine prend doucement la main de Régis :

— Je suis là.

— Excuse-moi, c'est moi qui n'y suis pas. Pas du tout.

— Tu penses à ta pièce ?

— Evidemment. Et tellement que je n'ai même pas envie de faire l'amour.

— Mais je te comprends, Régis ! Je ne suis pas si bête.

— Pardonne-moi. Tu ne vas plus m'aimer.

— Quelle pomme, non mais quelle pomme ! se révolte-t-elle en riant. Je t'aimerais impuissant, tu m'entends, impuissant.

— Ça ne coûte rien de le dire, soupire-t-il.

Elle le quitte pour aller chercher les enfants à l'école.

— A demain, mon chéri. Travaille bien.

Deux heures d'amour gâchées, perdues. Il n'aura réussi que cela aujourd'hui. A la perfection. Promenade agréable. Très agréable.

Il est toujours aussi tracassé le lendemain. Cette ville qui le cerne et où il ne connaît personne d'autre qu'elle le trouble, le distrait de son travail. Il se sent pareil à un sauteur qui, sur une aire étrangère, cafouille dans ses marques. Il sort, marche un peu, traînasse dans une « grande surface » qui est la réplique exacte de celle qu'il a près de chez lui à Paris. Que fait-il là ? Pourquoi est-il venu ici ? Oui, c'est beau, le château du roi René. Très beau. Et après ? Ça se mange ?

Quand elle ouvre la porte de la chambre, Christine est en retard, préoccupée. En retard parce qu'elle a dû conduire Ziggy à la piscine. Préoccupée parce qu'un entrepreneur doit se rendre chez elle afin d'étudier la construction d'une barrière autour du pavillon. Bref, elle ne dispose que d'une heure. Ferrier s'aperçoit alors qu'elle a une vie, ici. Toute une vie sans lui dont elle ne pourra donner que des miettes. Une vie qu'il lui compliquera tous les jours sans qu'elle ose l'avouer.

Les revoilà encore au pied d'une réalité qu'ils avaient escamotée dans l'insouciance de leurs délires indéfectibles. Ils ne feront pas l'amour à la sauvette, contre la montre.

— Je rentre à Paris, décide-t-il.

Elle proteste. Faiblement. Elle sait qu'il a raison. Que toutes leurs demi-mesures sont vouées à l'échec. Que le bonheur à mi-temps existe encore moins, si possible, que l'autre. Que tout cela n'est que du faux-fuyant, du faux-semblant, de la poudre aux yeux jetée sur un trompe-l'œil. Ils se regardent, navrés.

— Mais je t'aime, tu sais, Régis !

— Mais moi aussi, Chris...

Ils se regardent, désolés. Ils n'ont même pas fait l'amour, cette fois, à Angers.

Puis il est seul le soir sur le quai de la gare de Perpignan, avec une valise qui n'a jamais été plus lourde de sa putain de vie.

14.

Quand elle passe la nuit au studio, il achète du lait la veille, car elle ne boit que du lait au petit déjeuner. Il convient aussi que le réfrigérateur ne manque pas de bouteilles de Coca-cola. A midi, rue Rambuteau, ils achètent la viande et les ingrédients de leur steak tartare. Ont l'impression de vivre ensemble, et l'impression est favorable, et elle seule. Dès qu'ils se sont hasardés plus loin, toutes les portes se sont refermées devant eux.

Parfois, elle ne vient hélas que pour une journée, se lève donc à 6 heures, arrive à la bulle vers 10, reprend le 18 h 23. Huit heures ensemble, qui passent en cinq minutes. Ces voyages éclair ponctués par le point d'orgue de la tristesse lorsque s'allument dans la gare les feux rouges du départ, ces aller-retour fugitifs épatent Max qui y voit comme une performance sentimentale :

— Crois-moi, gars, il faut les faire, ces six heures de train pour te voir à peine davantage ! Sherlock Holmes y verrait une preuve d'amour.

— Moi aussi. Et je la plains d'y être obligée. Elle s'en plaint aussi, remarque !

— Mais elle recommence.

— Oui, dès qu'elle le peut...

Il a réussi à entrer dans sa pièce. D'une certaine façon, c'est drôle d'appeler cela une pièce. Il y pénètre dès le matin comme dans un appartement, y habite, y vit, y fait les cent pas entouré de fantômes pour lui seul familiers, fantômes qui, un beau soir — ou un mauvais — seront de chair, mèneront grand bruit sur une scène, porteront des habits et des noms.

Un lointain prof de maths fait irruption sans vergogne ni crier gare dans l'ordonnance chronométrée à la virgule près de *Je t'aime et je t'embrasse*, y sème la confusion à la manière d'un ivrogne qui rote pendant la messe. Alerte au feu dans la ZAC ! Jean-Luc trompe Christine ! Avec la « boîte aux lettres » de l'épouse, sa meilleure amie Suzanne Marlin !

Régis trouverait plutôt plaisant le virage du vaudeville s'il ne tourneboulait à ce point la victime. La douleur de la délaissée fait peine à voir, à Régis surtout. Au lieu de se réjouir d'une infortune qui la libère, Christine se couvre le chef des cendres de sa cheminée, se lacère le visage en poussant les cris mêmes des fureurs de la Camille d'*Horace*. Pour Régis, qu'elle prétend aimer, ce comportement est indécent, offensant. *Je vis avec un pauvre type*, hurle-t-elle sur le toit ruisselant de larmes de la ZAC désertée, vidée soudain de ce « pauvre type » qui n'avait plus guère que le mérite de lui appartenir, comme ses chats, mais l'avait officiellement, comme ses enfants.

Je t'aime, tu le sais, mais j'aimais Jean-Luc aussi, tu le savais. Non. Pas du tout. Il n'apprend qu'aujourd'hui cette première nouvelle qui ne lui cause aucun plaisir. *J'ai tout dit illico et en détail aux enfants.* Que voilà donc des enfants qui mènent une vie de tout repos auprès d'une mère écartelée, amoureuse d'un monsieur les jours pairs mais très attachée à papa les impairs ! La découverte des ménages à quatre ne peut que conférer à ces chers petits un équilibre en zinc massif.

Au quart de tour, la schizophrène vire au plus plat des classicismes, à doña Sol succède Mme Pipelet. Aimé ou pas, le prof *n'est qu'un misérable d'être tombé dans les bras de Suzanne Marlin sur le corps de laquelle tout*

Angers est passé. Sans originalité, elle affirme de sa rivale, qu'*il ne faut pas la voir au saut du lit,* de l'infidèle qu'*il doit avoir besoin d'une putain pour faire l'amour puisque, de ce côté-là, il a toujours eu du mal à s'exprimer...*

A ce propos, pour cette fois, Labé n'a pas raté son coup, a tapé dans le mille. S'il s'ensauve avec la maudite Suzanne, Christine le poursuivra jusqu'au bout de la terre. En pleurs, la pauvre petite Mme Labé qui a bien des malheurs appelle Régis au secours. Il n'a pas le droit de l'abandonner seule et raide morte dedans les afflictions conjugales. N'écoutant que son amour qui lui grommelle qu'elle recommence à les lui casser, Ferrier reprend derechef le chemin de l'Anjou.

Christine l'attend à la gare. La tentative d'évasion du prof l'a marquée. De se sentir dépossédée de cet ornement domestique l'a amaigrie. Ce chagrin-là, Régis l'encaisse mal, comme un affront. Le fat pensait que lui seul pouvait émouvoir et miner Christine à ce point extrême. N'importe qui peut donc y parvenir... La pâlotte l'emmène à la ZAC :

— Il m'a téléphoné qu'il voulait passer ce soir. Je lui ai dit : « Pas la peine, il y aura Régis. » Il m'a répondu : « Qu'au moins il ne voie pas les enfants ! » Au nom de sa chère morale bourgeoise, sans doute. Tu les verras quand même.

La perspective de cette attraction de choix ne déride pas Ferrier :

— Tu sais que c'est insultant pour moi, la tête de ravagée que tu te paies ?

Une vitesse de la 2 CV couine comme un sommier durant un accouplement.

— C'est moi que tu aimes, ou lui ? Ou les deux ? Ou ça dépend des jours ?

Brame du sommier, encore.

— Je ne sais plus. Je t'aime, mais je l'aime aussi.

— Surtout quand il s'en va. Le piège est grossier et

j'y suis quand même tombé après ton numéro de Londres. Aujourd'hui, c'est ton tour.

Elle ralentit et, humble, le regarde avec de bons yeux d'épagneul aux yeux bleus :

— Sois gentil, Régis. J'ai besoin de toi. De ton épaule.

Il les hausse, ces épaules où elle reposera tout à l'heure en paix *ad aeternam* et *in memoriam.*

Les voilà dans la ZAC qu'il connut autrefois inachevée. Elle l'est toujours, à son goût, mais habitable paraît-il. Tous les pavillons sont jumeaux, toutes les rues semblables. Christine en emprunte une, au hasard dirait-on, s'arrête devant une maison, pourquoi devant celle-ci et pas devant cette autre ?

— C'est là, fait-elle, évidente.

— Tu en es sûre ? gouaille-t-il.

Là, le jardinet de poche où elle passe l'aspirateur — pardon, la tondeuse à gazon — et prend, nue derrière ce buisson, ses bains de soleil quand il ne pleut pas.

Elle sort ses clés, ouvre à Ferrier la porte de la maison des bonheurs simples, quotidiens, familiaux et reconnus par la Sécurité sociale.

Le salon lui rend les honneurs. Vaste bibliothèque à placards inférieurs. Livres reliés. Pléiade volées. Lampe tarabiscotée 1900 à boule et pied de fonte. Sofa de cuir en demi-lune face à la T.V. Une table et une commode rustiques, cirées. La cheminée qu'elle lui a tant décrite. Le bois vient de *L'Albatros.* Quand elle rêve à lui, elle est assise près des flammes, et se rôtit la peau jusqu'au vertige au son de la *Symphonie fantastique* ou de Mozart, et parfois se caresse. Ici, une horloge, là une vieille fontaine de grès et, partout, des pots. Partout. Des pots de terre, de fer, d'étain. Des pots de céramique bariolée représentant des personnages, des animaux. Sur tous les meubles, sur la bibliothèque, dedans, sur la T.V., dans tous les coins et recoins.

— C'est joli chez toi, apprécie Ferrier sincère. Tu as

bien fait d'entrer ici plutôt que chez le voisin. Tu n'avais rien de tout cela, résidence Guynemer ?

— Pas grand-chose, exulte-t-elle, oubliant ses déboires. J'ai tout déniché dans les brocantes et les puces. Ça en représente, tu sais, des heures de chine et des journées passées à tondre les chiens. C'est avec mes petits sous à moi que j'ai tout acheté, comme les cadeaux que j'ai pu t'offrir. Jean-Luc n'a rien à voir avec tout ça.

— Dire que si tu divorces il en prendra la moitié...

Il a touché plein cœur.

— Je préférerais tout casser à coups de marteau !

La visite continue. Le marché aux puces également. Dans le couloir où un pot — encore un — sert de porte-parapluies, trônent un passe-boules de carton-pâte peinturluré, un gramophone à pavillon. Sur un mur, toute une exposition de moules en bois, moules à gaufres, moules à beurre, etc.

— Ça, c'est cher, commente Christine.

— C'est beau.

Elle irradie :

— Tu aimes ? Jean-Luc, ça l'énerve, tout ce qu'il appelle mon bric-à-brac.

Dans la cuisine, il reconnaît le vaisselier campagnard déménagé de l'avenue Pasteur. Sur une étagère, brille une collection de verres de couleurs. Partout, des assiettes anciennes et, encore et toujours, des pots. Des affiches toilées du début du siècle à la gloire des cycles Liberator, du pétrole de sûreté Saxoléine et de Benzo moteurs « l'essence spéciale pour automobiles ». Rien qui ne soit de belle époque, sauf les appareils électroménagers. Une table ronde entourée de cinq tabourets illustre le fameux cercle de famille applaudissant à grands cris. « Sans parler des silences pesants », songe Ferrier évoquant la couronne de leurs cinq visages disposés autour de la toile cirée.

Christine lui présente encore un réduit meublé d'un

divan, d'un bureau et orné d'une plaque de tôle de 14-Juillet, tricolore et frappée aux initiales de la République française.

— Les tiennes, observe Christine. Et c'est de là que je t'écris, que je te téléphone. De là que mon cœur bat le plus pour le meilleur et pour le pire.

Elle le prend par la main :

— Les chambres des gosses, tu t'en fous. Viens voir la mienne.

Il résiste, rectifie :

— La vôtre.

— Ne sois pas bête. Il faut bien qu'il dorme quelque part.

— Je n'en vois pas la nécessité. Si c'était un monsieur correct, il coucherait sur le divan, à côté du téléphone.

Le voilà dans leur chambre. Au-dessus du lit recouvert de coussins slaves, une glace monumentale dans un cadre doré. Encore une bibliothèque, encore des figurines, des pantins, des pots, toujours des pots. Un lavabo de bois décoré avec sa cuvette de porcelaine, qui ne sert plus que de châsse à des bouquets de fleurs. Aux murs encore, deux affiches du *Gil Blas*, « le plus littéraire le plus parisien des journaux » et du cirque Moller. Dans le fond, la porte ouverte de la penderie par laquelle se devine, sur la gauche, celle de la salle de bains. Régis soulève machinalement l'un des innombrables objets posés sur une étagère de la bibliothèque. Christine rit :

— Tu sais que je m'aperçois toujours qu'on a bougé, ne serait-ce que d'un centimètre, un de mes trucs ?

— Je n'en doute pas. Les follingues, c'est toutes des maniaques.

Allons, la chambre ne sent pas trop le mâle. Le mâle pour une fois occupé ailleurs. Régis n'a pas encore embrassé la maîtresse des lieux. Il l'enlace, elle se niche dans son cou, toute frémissante, toute palpitante. « Toute pleurnichante », corrige en lui-même Régis qui ne tolère, ne comprend, n'excuse les jalousies de Christine qu'à la seule condition qu'il en soit l'unique objet. Elle pleure, oui, bien cachée, bien protégée du monde odieux qui en veut à une toute petite fille innocente d'avoir déjà trente-deux ans. Ces larmes irritent Ferrier, qui ne sont pas versées pour lui. Elle les lui paiera. Plus tard, car, pour l'instant, il s'émeut tout autrement qu'elle tout au long de ce corps.

Elle murmure, soudain soucieuse de ses autres devoirs de femme :

— Tu as peut-être faim ?

— Oui, mais de nos traditions. Je n'entends pas qu'elles se perdent.

Que fait Jean-Luc avec Suzanne ? L'amour, oui, mais comment ? Comment le fait Suzanne ? Pour Christine, la vengeance est un plat qui se mange brûlant. Comme sa bouche. Suzanne à deux genoux n'est qu'une gourde auprès d'elle, elle en est sûre. Car en la matière le vrai professeur n'est pas celui de maths. Depuis longtemps, Régis ne la guide plus, s'abandonne, se livre avec une confiance dont elle est fière, orgueilleuse d'une sérénité qui anoblit ses lèvres. Cela ne peut se faire qu'avec amour, et Suzanne n'aime pas Jean-Luc qui n'aime qu'elle, Christine. Christine, elle, aime deux hommes comme cela se voit dans les feuilletons et jamais dans la vie.

En cette chambre froide, Régis râle enfin, se mord le dos de la main, son geste habituel quand le plaisir lui vient de cette façon. La bouche alors se précipite, le gaine au plus près ; l'accueille jusqu'à l'éclatement, le garde en elle, et le berce, et l'apaise jusqu'à ce que Régis veuille l'embrasser, vite, comme en une cérémonie païenne d'action de grâces.

Tous deux soufflent alors un « merci » qui dessine un sourire sur leurs visages qu'ils distinguent à peine tant leur vue est encore trouble et courte.

— A toi, maintenant, chuchote Ferrier, à toi.

Les ongles de Christine se crispent sur la nuque de Régis, Régis qui regarde attentivement la pièce à la recherche de ce qu'il entend y trouver. Il avise enfin un bougeoir, se lève, interroge soudain acerbe :

— Qui se sert de cette bougie ?

— Lui, pour ne pas me déranger quand il lit.

— Pas pour autre chose ?

— Ça sert à autre chose ? fait-elle, les yeux clos.

Il lui écarte les cuisses, rudement. Comme dans la sale photo du Kenya. Cette bougie n'est en effet qu'une bougie. La mèche n'en est pas coupée au ras de la cire. Cette bougie entre à peine en Christine aux muscles, au ventre tout de bois. S'en va d'un seul jet. Revient avec des langueurs de lézard. Se cloue en elle au plus profond. Tourne en elle comme une vis. L'étire à gauche, à droite, tel un pendule. La respiration de Christine s'accélère. Aussitôt, Régis cesse tout mouvement et Christine se plaint :

— Régis. Régis... Tu me fais mal. S'il te plaît, Régis...

La main, douce, reprend peu à peu, pas à pas, son envahissement, arrache encore violemment la bougie, et Christine crie. La replante encore plus violemment, et Christine crie. L'agite avec frénésie, sans le moindre égard pour elle hors d'haleine et grande ouverte. Il pèse du bras sur son torse pour l'empêcher de se cabrer, de se cambrer, de se délivrer sans le vouloir par un geste désordonné de ce ludion qui monte et descend en elle avec une brutalité de grêle.

Le poignet de Régis se roidit. Ses yeux surveillent toutes les contractions des mâchoires de Christine, tous ses battements de cils, toutes les vibrations, toutes les ondes qui courent aux coins de ses lèvres. Enfin, elle découvre toutes ses dents serrées sur une plainte à n'en plus finir et, comme dans ces rêves où le dormeur tombe dans un puits, elle se rattrape des dix doigts au drap. Si elle aime Jean-Luc c'est bien mal imité. Elle broie la bougie en elle comme elle broierait un homme. Et hurle. Et Régis l'embrasse très vite, très fort pour manger à la source, étouffer ce hurlement qui n'a plus rien, songe-t-il, d'une « bonne petite ménagère aux gestes brusques ».

Il escamote la bougie, la remplace par sa main, sa main tout aussitôt trempée, ointe, tiède, sa main qui sent tout à coup le chèvrefeuille sous les touffeurs de la pluie d'août.

Christine demeure inerte, béante, rose, dans la pose où la livre le plaisir roi. Le plaisir fou. Le plaisir dans toute sa grandeur. Régis lui caresse les seins, les oreilles, les mordille, tiraille doucement des dents la chaîne d'or autour de son cou, l'étrangle même un tout petit peu, lui caresse encore le front, les cheveux, le grain de beauté qu'elle porte au-dessus d'un œil. Elle pousse d'imperceptibles grognements qui l'amusent toujours. Ils signifient que la plongeuse refait surface, émet des bulles, réapparaît par morceaux. Lorsqu'elle revient ainsi au monde, elle n'aime pas qu'il sourie. Il le fait exprès, moqueur :

— Je ne l'ai pas abîmée, tu sais.

— Quoi ? soupire-t-elle.

— La bougie. Il pourra continuer à lire avec.

Elle soupire plus fort :

— M'en fous...

— Tu l'aimes toujours ?

— Tais-toi.

— Pour la vie ?

— Tais-toi, mon amour.

Puis elle a faim. Se lève, nue, court à la cuisine, allume des fourneaux, met la table, rit, danse de tout son mètre soixante-douze. Ferrier admire cette vitalité, cette sensualité surtout qui gicle d'elle, enrobe tous ses mouvements. Comment Jean-Luc a-t-il pu à ce point passer à côté d'élans pareils, des ardeurs insultantes de tout ce corps de fête ? Ferrier admire aussi Labé pour tant d'aveuglement. Elle lui écrira ceci, des deux ans plus tard : *Sur le plan des goûts communs, que dire de celui avec lequel je vis... Je me demande même aujourd'hui si j'en ai un seul avec lui...*

— Habille-toi, Titi.

— Pourquoi ? Même si je suis la seule, j'aime mon corps.

— On est déjà beaucoup à l'aimer.

— Entre sa Suzanne et ta Menthe, il n'a pas à se plaindre, en effet. Il est par-dessus le marché.

Il rit, la croche par la pointe des seins :

— Si tu ne t'habilles pas, on change de programme et on ne mange pas.

Elle se dégage épouvantée, enfile un chandail et un pantalon, vide un Coca-cola tout en lui servant un whisky.

— C'est terrible ce que ça me déshydrate, s'étonne-t-elle, de faire l'amour avec toi.

— J'ai vu ça.

— Ça ne me le fait jamais autrement. Pourquoi ne jouit-on pas comme cela avec tout le monde ? Vous y arrivez toujours, vous, les hommes.

— Tu devrais pourtant sentir chez eux des paroxysmes, des égoïsmes, des différences ou des indifférences.

Elle tire sur son chandail, lui exhibe, sur son épaule, une empreinte de dents déjà mauve :

— C'est paroxysmique, ou cataclysmique, chez toi ?

— Oh ! les marques, c'est de ta faute ! Tu n'aurais pas ça sur la peau si tu laissais la mienne tranquille.

Long coup de téléphone. Elle ne bouge pas.

— Tu ne décroches pas ?

— Non. Il m'emmerde. Qu'il baise sa pute et nous foute la paix !

— C'est comme cela que je parle quand je suis

jaloux. Tu es quand même incroyable, Chris, insensée. Ce que tu te permets de faire avec moi, il n'en a pas le droit, lui, avec une autre ?

Elle avale, une, deux tranches de saucisson et lance avec netteté malgré sa bouche pleine :

— Non !

— Mais pourquoi ?

— Parce que c'est comme ça.

— Tu es d'une injustice !

— Tu le défends parce que tu es un homme.

— Vous réclamez l'égalité pour vous, mais pas pour ceux d'en face. C'est le monde à l'envers, d'un jour à l'autre ! Tu es de mauvaise foi, Christine.

— Oui !

Deuxième chargeur de tranches de saucisson, puis, grave, limpide, horriblement sincère :

— Il est à moi. S'il n'est plus à moi, qu'il parte.

— Mais toi, Christine, toi ?

— Moi ? Mais je ne peux pas partir, moi, et vous le savez très bien tous les deux. Je ne PEUX PAS. Et vous qui pouvez partir quand vous le voulez, vous ne le faites même pas ! Si vous restez, restez, mais pas à moitié ! Si je pouvais vivre sans SON argent, SON argent, tu comprends, je serais loin. Et pas très loin de toi, si tu comprends encore.

Elle attrape, posé sur le réfrigérateur, un pot qui représente une tête de lion. Elle est sérieuse :

— Tu vois ça ?

— Oui. C'est un de tes cent cinquante pots.

Elle le vide sur la table, il en tombe des billets de banque.

— Qu'est-ce que c'est ? Tes économies ?

— Je n'en ai pas, d'économies. Mon fric à moi, je le claque dès que je le touche, et même bien avant de le toucher. Je le claque pour toi que j'aime, pour les enfants que j'aime et puis pour m'acheter toutes ces bricoles qui me donnent des bonheurs de cinq minutes, ce qui est mieux que rien. Non, ça, Régis, c'est l'argent du mois. Tu entends : *l'argent du mois*. Ce n'est pas du tout le même que le mien. Celui-là, le sien, il faut y faire attention, très attention, sans quoi on le termine aux nouilles, le mois. C'est le travail du prof, ça. Un travail qui en vaut un autre, qui vaut le tien, remarque. Tout travail est respectable, malgré tes ironies sur les mathématiques. Je vis avec Jean-Luc, ne l'oublie pas. Si cela te dérange, vis avec moi. Tu n'as jamais pensé que s'il me permettait de le tromper de temps en temps avec toi, ce n'était pas de gaieté de cœur, jamais, mais peut-être parce qu'il m'aimait et que ça le rendait malade de me voir si malheureuse quand je ne te voyais pas ? Et que je n'en suis même pas capable, moi, de le laisser sauter sa Suzanne sans que cela me gêne ? Mais que s'il a des droits sur sa femme j'ai les mêmes sur lui ?

Elle parle rarement si longtemps. Surtout quand l'attendent une andouillette et des frites. Elle a terminé son assiette qu'il n'a pas encore bu le second scotch qu'il s'est servi. Il se renfrogne :

— Pourquoi m'as-tu dit que tu l'aimais ? C'est vrai, alors ?

— C'est vrai d'une certaine façon. Comme tu aimes Agnès. Il a ses défauts, j'en ai. Nous faisons mal l'amour ensemble, c'est vrai que c'est sans intérêt, et tu le sais, mais nous vivons ensemble, et tant que nous vivrons ensemble nous serons sur le même bateau. Si tu le veux, je suis à prendre. Prends-moi.

Il se débat comme une mouche dans le papier collant qu'elle vient de déplier sur lui d'un coup sec :

— Si tu crois que c'est aussi simple...

— Ça serait trop beau si ça l'était. Si je gagnais ma vie, je ne demanderais ni ton avis ni le sien.

Elle sourit, rassasiée :

— Je te remercie d'être venu. J'avais tellement besoin de te voir, tellement. Tu m'as fait du bien...

partout. Au cœur autant que... tout à l'heure. Et je suis aussi contente de te voir là, où je vis. Car je vis, Régis, en dehors de la bulle. Je vis, même si cela t'épate. Tu me fais souvent mal, très mal, avec Menthe et les autres. Parfois, j'ai si mal que cela me rapproche de Jean-Luc quand il a mal lui aussi.

— Tu es franche, grogne-t-il, pincé.

— Cela m'arrive de temps en temps, quand vous daignez m'écouter. Que voulez-vous, messieurs, je suis un être humain, malgré les apparences.

Elle voit qu'elle l'agace, change de ton et de sujet :

— Une voisine me ramène Ariane dans un instant. J'irai chercher les autres après. Tu vas les voir réveillés cette fois-ci. Ils feront plus de bruit.

— Tu leur as dit que je venais ?

— Oui. Ils sont très très excités.

— Pas toi ?

— Si tu ne l'as pas encore vu, tu le verras ce soir.

Arrivée d'Ariane, bientôt treize ans. Sera grande comme sa mère. Jolie peut-être, on ne sait pas encore. Elle n'est pas tout à fait finie. Mais a déjà des seins. Plus que Christine.

Elle embrasse Ferrier sans gêne aucune, le tutoie d'emblée comme à l'école. Elle entend parler en mal ou en bien depuis si longtemps de cet inconnu qu'il est un peu beaucoup de la famille. Un parent éloigné, quoi ! Le tonton de Paris. Elle le dévisage avec curiosité. Il fait des choses très très mal avec sa maman, mais lesquelles ? Des choses qui rendent souvent papa de mauvais poil.

Christine est très émue par leur rencontre. C'est avec Ariane qu'elle s'épanche, se confie, raconte tout ou presque. Pour Ariane, Ferrier est le premier homme. Papa ne compte pas. Les clins d'œil complices, les chuchotis, les rires, les larmes, tout se déroule dans son dos. Les mauvais jours, elle est carrément du côté de sa mère, appelle papa « le douanier ».

— N'appelle pas ton père comme ça.
— Il t'embête.
— Ce n'est pas une raison.
— Si.
— C'est moi qui l'embête le plus, tu sais...
— Je m'en fous. Toi, tu as le droit. Quand on est amoureuse, on a tous les droits.
— Qui est-ce qui t'a dit ça ?
— On en cause avec les copines. Moi, quand je serai grande, je serai amoureuse comme toi, comme une folle.
— Je ne te le conseille pas.
— Seulement, moi, je ne me marierai pas, et personne ne m'emmerdera. Et je ferai l'amour toute la journée.
— Ariane ! Tu n'as pas à parler de ça !
— On en parle, à l'école. On a nos idées sur la question. On n'a plus huit ans, merde !
Elle dit beaucoup merde. C'est sa façon à elle de porter des talons hauts.
— Je vous laisse, dit Christine. Ariane, n'embête pas Régis.
— Si elle m'embête, je lui tirerai les cheveux. Il y a au moins quarante ans que je n'ai pas tiré les cheveux à une fille.
La 2 CV démarre. L'homme et l'enfant face à face. Ariane, grave :
— Tu l'aimes, maman ?
— Oui.
— Sérieux ?
— Juré.
— C'est pas des conneries, au moins ?
— Non. Enfin... si on veut...
— Parce qu'elle t'aime, elle. Vachement.
— C'est pas vrai. Elle m'a dit qu'elle aimait ton papa.
Moue incrédule d'Ariane :

— Elle t'a dit ça pour t'emmerder et tu l'as crue. Tu crois n'importe quoi, comme tous les garçons.

— Ah bon ?...

— T'as beau être vieux, t'es un garçon.

— Je suis si vieux que ça ?

— Te casse pas, y en a encore des plus vieux.

— Merci.

Elle le console :

— Te plains pas ! Quand on est vieux, on va pas à l'école. Ou alors, on y va comme papa, pour faire chier les autres.

Ferrier rit, l'imite :

— On se fait pas chier, avec toi ! Tu peux me rendre un service, Ariane ?

— O.K. Tout de suite !

Il sort un billet de son portefeuille, le lui tend :

— Tu vas aller chez un fleuriste, et tu lui demanderas pour tout ça de fleurs. Christine sera contente. Il y a un fleuriste, au moins, dans la ZAC ? Je n'ai pas vu une boutique.

— C'est plus loin. J'y vais en vélo.

Elle est déjà partie. N'est pas de retour quand la 2 CV réapparaît. Christine est mécontente, contrariée. Régis ne sait pas où est passée Ariane. Il saisit à la mine de Christine qu'elle est chargée de mission à l'éducation des enfants, que le père travaille, que la femme à la maison doit faire preuve à sa place d'autorité et de sévérité. La femme aux « traditions », la femme à la bougie se double d'évidence d'une mère de famille infiniment plus classique. Ferrier observe ce changement à vue, cette transformation instantanée. Il ne la verra jamais en action dans son troisième rôle, celui d'épouse. Il y a beaucoup de monde en Christine. La femme de M. Labé, l'amante, la mère. Un vrai ménage à trois à elle seule.

Catherine, onze ans, ressemble plus que sa sœur à sa mère. « Dans dix ans, décrète Ferrier, c'est d'elle que je serai amoureux. » Ziggy, neuf ans, a effectivement une bonne tête de clown bien incapable de refouler à l'intérieur son monceau de tendresse.

Les deux nouveaux béent devant Ferrier comme s'il s'agissait d'un Martien. Christine inquiète fronce les sourcils, regarde par la fenêtre, ouvre la porte. Il lui en manque un, et ce n'est pas supportable. Un seul, et tout est dépeuplé. Ferrier suit son manège, songe : « Possessive, la maman. Intransigeante. A dit de Jean-Luc : il est à moi. Ils lui appartiennent tous, ici, sans exception. Et moi avec, dans un certain sens. On est tous ses enfants, même ses hommes. Surtout ses hommes, puisque ce sont eux qui désobéissent le plus. »

La vue des fleurs dans les bras d'Ariane épargne à celle-ci une gifle. Christine bredouille :

— Qu'est-ce que c'est que ces fleurs ?

Elle suit les yeux d'Ariane qui sourient à Régis, comprend :

— C'était toi ! Tu aurais pu me le dire.

— Ça n'aurait plus été une surprise, expose Ariane avec logique.

Christine rougit comme Ariane ne doit plus rougir depuis des années. Elle embrasse Régis, que les trois gosses embrassent. Ferrier croule sous les baisers de la famille Labé. C'est Jean-Luc qui serait content d'assister à cette scène touchante ! Jean-Luc qui, quelque part en Angers, besogne Suzanne Marlin et regrette déjà tant d'esprit de suite dans l'esprit de fuite.

Enfin, Christine libère, dépêtre Régis de tout ce tas d'enfants. Il y a longtemps qu'il n'en a pas vu autant d'un seul coup. Il y en a partout. Les quatre chats sont moins familiers, qui n'ont pas encore sauté sur ses genoux. Avec ses gestes vifs, Christine a déjà disposé les fleurs dans un vase qu'elle place sur une table basse du salon. Les trois têtards se regroupent autour de Ferrier, l'encerclent.

— Tu vas rester longtemps chez nous ? demande avec espoir la petite Cathy.

— Je repars demain.

— C'est con, lance Ariane, tu peux pas rester plus ?

— Non.

— A cause de papa ?

— Oui.

— Il nous emmerde, celui-là, rage la Zazie angevine. On peut pas recevoir qui on veut. A cause de lui, on n'a le droit de rien faire, et maman non plus.

— Tu aimes le foot ? interroge Ziggy-la-tendresse, moi, je joue arrière gauche.

— Au S.C.O. ? le questionne Ferrier pour lui prouver qu'il est, lui aussi, un connaisseur.

— Ah ! non... Pas encore...

— Tu joues bien ?

— Comme une crêpe, tranche Cathy.

Ziggy proteste faiblement, englué dans le tourbillon de ses sœurs. Les femmes l'attendent au virage, celui-là. A bout portant.

— Ziggy ! recommande Régis, ne te laisse pas faire par les filles.

Le petit hausse les épaules, en homme qui en a vu d'autres. C'est un bon chien. Il a pris une main de Ferrier entre les siennes, et ne la lâche plus. Il s'étonne pourtant, tout embrouillé d'émotion :

— Si t'aimes le foot, pourquoi que tu fais pleurer maman ?

Ariane le pince, Cathy le griffe en criant :

— C'est pas lui, patate, c'est papa qui la fait pleurer.

— Il est gentil, papa, plaide Ziggy qui a un sens borné de la justice.

— Il est gentil, mais il est vache avec maman, affirme avec force Cathy pendant que l'aînée toise le cadet avec mépris :

— Mon pauvre Ziggy, t'es qu'un merdique. Tu seras jamais Platini.

Christine parvient enfin à disperser les assiégeants à coups de leçons à apprendre et de mains à laver. Comme tout le monde, ici, interroge Ferrier, elle continue, anxieuse :

— Comment les trouves-tu ?

— Ils sont marrants. Et beaux. On ne dirait pas que tu les as faits d'un derrière distrait.

Il la presse contre lui, plaque ses paumes sur ses fesses puis les retire, coupable pour la première fois. Si les enfants le surprenaient ! Elle murmure :

— Ce soir...

En famille, on ne satisfait pas sur-le-champ ses désirs. En famille, il y a un temps pour tout et chaque chose à sa place. Pendant que les femmes, à présent, cuisinent ou dressent la table, Ferrier erre un peu dans la maison. La vie a l'air solidement installée, là-dedans. Ferrier éprouve alors une sensation bien curieuse pour lui, comme une envie sourde de cette vie-là si étrangère a la sienne, si différente. Plus riche, peut-être...

Il la chasse, horrifié. Il a toujours refusé ces solutions de facilité, elles ne vont pas se mettre à le séduire la cinquantaine venue, non ?

Pour le dîner, les cinq s'asseyent sur les cinq tabourets inconfortables. Ferrier occupe celui de Labé. Il est à la droite de la maîtresse de maison. Il est Jean-Luc Labé aux côtés de sa femme. Encore une impression bizarre. Et toute cette marmaille est de lui, est à lui, porte son nom. Christine aussi, au fait.

— Vous n'avez pas de chaises ?

Réponse, sans réplique, de Christine :

— Les tabourets, c'est mieux.

Ah bon ?

Il réclame un Pernod. Les deux filles se dressent, se disputent pour le lui apporter, lui verser l'eau. Ziggy le regarde avec amour. Christine le regarde avec amour. Il lui revient à l'esprit une réflexion ironique de

Léautaud entouré par ses quarante chiens et chats : « Où peut-on être mieux qu'au sein de sa famille ? »

La main de Christine se pose sur sa cuisse. On a donc le droit d'être tendre, en famille ? Il en apprend tous les jours. Il pose sa main sur la cuisse de Christine, tendrement. Ce n'est pas très pratique pour manger.

Si Marthe le voyait !

Il sert Christine. Il est chef de famille chez un chef de gare.

Si Menthe le voyait !

Sur sa gauche, il sert la petite Cathy.

Si Agnès le voyait !

15.

Il l'attend pour déjeuner dans la salle du premier étage de *L'Ambassade d'Auvergne*, un excellent restaurant de son quartier. Il ne l'a pas revu depuis leur cuite fraternelle d'il y a déjà trois ans. Bien de la Seine a coulé sous le Pont-Neuf, bien de la Maine sous le pont de la Basse-Chaîne. Bien des larmes dans la ZAC, bien du plaisir, mais pas assez dans la bulle. Régis attend Jean-Luc un jour de mai. Sacré Jean-Luc. Loin de rentrer la queue basse au domicile conjugal, et camouflé en homme des sables après ses galipettes avec l'ex-meilleure amie de Christine, Labé est revenu le verbe haut, en grand patron de l'hôpital. C'est lui qui remplit les dames et le pot à tête de lion où l'on serre l'argent du mois, qu'on se le dise !

Fier d'avoir prouvé à sa femme qu'il pouvait lui aussi la tromper, il la menace de recommencer si, comme toutes les bonnes tenancières de bistrots, « elle remet ça » de son côté. Trop heureuse de recouvrer en exclusivité la totalité de son galant prof, Christine cède. Elle ne comprendra jamais, ne voudra jamais comprendre qu'on peut imposer à qui vit avec vous une notion élémentaire de liberté réciproque. Au lieu de le faire plier un peu, elle plie beaucoup. Il saura toujours auprès d'elle jouer de son éternel solo de « je m'en vas-t-y, m'en vas-t-y pas ». Et le pot de fer à tête de lion gagne à tous coups contre le pot de terre, et Régis ne peut s'empêcher de trouver cette lutte aussi inégale qu'inélégante.

La situation est de nouveau bloquée. Régis ne peut écrire qu'à la poste restante d'Angers ou chez les vétérinaires qui emploient de temps à autre Christine, la route de la boîte aux lettres de Suzanne Marlin étant bien entendu coupée. Depuis le bref séjour de Ferrier à la ZAC, Christine n'a pu venir qu'une fois à Paris. *Côté liberté, en ce moment, ce n'est pas terrible, terrible...* écrit-elle avec cette résignation qui le hérisse. Les libertés syndicales que prône Labé n'ont pas cours chez lui où, pourtant, on tape toujours sur les piquets de grève : *Jean-Luc me fait de la peine parfois quand je vois qu'il me désire et moi pas du tout. Je ne suis qu'à toi. Je suis ta femme...* La liberté de rêver des plantes vertes genre Christine ne se négocie pas autour du tapis vert. Peut-être autour de cette table de restaurant ?

Jean-Luc a répondu avec empressement à l'invitation. Régis prise peu le fait d'endosser au pied levé le rôle du solliciteur, ne s'y résout que pour soutirer du patronat le droit d'occuper son usine de temps à autre. Christine est par trop faible, avec ce pot à tête de lion qui sonne le creux entre ses mains. Son taureau sporadique descend donc dans l'arène en son nom.

La veille, chez Menthe, Régis a soupiré :

— Mais il ne tombera donc jamais amoureux d'une autre fille, celui-là ! C'est alors seulement que j'aurai la paix, quitte à devoir consoler Christine de sa perte cruelle. Cette Marlin ne devait pas faire le poids. Il lui faudrait rencontrer la foudre !

Menthe s'intéresse à cette interminable histoire en marge de ce qu'elle vit auprès de Ferrier. Ensemble, ils la commentent, la dissèquent, la reconstruisent. Menthe n'est pas une conjugale, n'est pas une prisonnière, n'est pas une ordinaire. La tête de lion est dans la ZAC, la tête de lionne sur l'épaule de Régis, quand ils le désirent tous les deux. Idée soudaine de Ferrier :

— La foudre, oui, c'est ce qu'il faudrait que je fasse

tomber sur le prof, mais une foudre téléguidée ! Une foudre à nos ordres, Menthe. Une foudre qui le changerait de ses pauvres pétards à la poudre de riz. Une foudre eurasienne, quoi ! Une foudre eurasienne qui aurait la bonté de me prêter tous ses éclairs, tous ses feux de Bengale !

Menthe, souriante, acquiesce :

— Cela me va. C'est amusant. Je t'écoute.

Dès que l'on joue, Ferrier s'anime :

— Je déjeune avec lui demain. Tu nous laisses jouer le un. Tu arrives pour le deux. Très belle. Tenue de combat. Pas du tout fringuée ni en ZAC du dimanche ni en aspirateur. Le genre « inaccessible à un fonctionnaire ».

— J'ai tout ça dans ma garde-robe.

— Tu es très très tendre avec moi.

— Naturelle.

— Merci. Mais il te plaît, même si c'est faux, et il le voit. Il faut qu'il le voie. Il te fait rire, même s'il n'est pas drôle. Bref, tu le charmes sans le charmer tout en le charmant. C'est un grand rôle féminin, tu dois pouvoir t'en sortir.

— Je m'en sors tous les jours.

— Tu lui laisses des espérances, tu comprends.

— Et plus que cela ?

— Plus que cela, s'il le faut.

Menthe a une moue :

— Coucher avec ?

— Si nécessaire, oui.

Menthe soupire :

— Bon...

— Si nécessaire mais attention, Menthe, en dernier ressort seulement. Quand il sera ver de terre amoureux d'une étoile, pas avant ! Et pas avant qu'il n'ait tiré une langue d'un mètre pendant des mois et ne m'ait livré Christine sur un plateau d'argent !

— Ça laisse le temps de repasser une robe, réfléchit

Menthe, qui ajoute que tout cela n'est pas forcément gagné d'avance.

— On ne gagne au tiercé qu'en prenant un ticket. Emmène un de tes appareils photo. A demain, acte deux.

Ferrier reparti tout émoustillé par cette partie de scrabble sentimental, Menthe secoue rêveusement la tête : il lui demande cela à elle... à elle...

Régis n'est en scène que depuis cinq minutes lorsque Jean-Luc arrive, toujours terriblement cordial, toujours atrocement sympathique, toujours vêtu en prof moderne et toujours bien tenu par une épouse modèle. Pas très original sans doute, et Ferrier pense non sans fiel que l'uniformité naîtra toujours de l'université. Les duellistes sont plus joviaux que nature, chacun signifiant à l'autre que rien du tout ne s'est passé entre eux depuis trois ans ou que, s'il y a eu broutilles, elles sont pour le moins oubliées.

— J'ai invité Menthe, fait Régis. Ça ne t'embête pas ?

Jean-Luc rosit de l'attention :

— Au contraire. Elle est toujours aussi belle que sur les photos que j'avais vues au studio ?

— Davantage. Et elle bouge.

On leur apporte l'apéritif. Ils trinquent.

— A l'amitié ! s'enthousiasme le prof qui « en fait un peu trop » sur le plan comédie.

— A l'amitié ! répond, courtois, Régis, avant de morigéner son vis-à-vis : Avant que Menthe n'arrive, que je t'engueule, toi ! Tu nous as fait un beau cirque, avec Suzanne !

— C'était de bonne guerre, non ? Ça a produit son petit effet.

— J'ai vu.

— Ça nous a rapprochés, Christine et moi. Ne te crispe pas. Je me fais d'autres idées du couple que toi. Je défends ma peau.

— Moi aussi. Car il y a eu malgré tout du nouveau en trois ans, Jean-Luc. J'aime Christine.

— J'ai appris ça.

— Je sais, en lisant quelques-unes de mes lettres.

— Tu m'excuseras, mon vieux, mais je suis tombé dessus. C'était trop tentant.

— J'en aurais fait autant.

Gêné, Jean-Luc tripote son briquet :

— Si je n'avais appris que ça... que tu l'aimais... Il y avait des détails, comment dire... intimes... que j'aurais préféré ne pas lire.

— Excuse-moi aussi mais ça ne t'était pas spécialement destiné.

— Gazons...

— C'est ça, gazons.

Labé laisse son briquet tranquille, enchaîne :

— Suzanne, c'est fini. C'était un boudin. Idéal pour sauter et faire sauter Christine en l'air, mais boudin quand même. Ce soir, je ne rentre pas à Angers. J'en vois une autre. Si tu le peux, tu dis à Christine qu'on a passé la nuit ensemble à déconner avec des amis à toi.

— Je le peux.

— Merci.

— De rien. Il faut bien s'entraider. En revanche, toi, tu n'es pas très coopératif. Il me semble que tu as mis souvent des bâtons dans les roues à Christine, quand elle voulait monter à Paris. On parle, Jean-Luc, on parle ! Sans se fâcher.

— Bien sûr qu'on parle ! Ça peut s'arranger. Elle peut venir plus souvent. D'abord, elle est moins folle qu'avant.

Il se remet à palper son briquet comme un œuf du jour.

— Je voulais te demander quelque chose, Régis...

— Vas-y.

— C'est... délicat. Quand elle rentre de Paris... elle a

souvent des bleus un peu partout... Je voulais savoir si tu le faisais exprès ou pas.

Lui répondre « non » serait avouer la vérité, à savoir qu'au lit ils perdent tout corps et biens, la tête, le sens commun, toute maîtrise d'eux-mêmes, bref qu'il ne s'agit là que de manifestations spontanées, involontaires, passionnées.

Pour ne pas froisser gratuitement le mari, Ferrier préfère répondre :

— Oui. Pour qu'elle puisse y repenser par la suite.

Il est mal récompensé de sa grandeur d'âme. Sans aucun esprit sportif, Jean-Luc tire le perdreau à la piète :

— Elle viendra plus souvent, Régis, promis. Parce que, confidence pour confidence, on ne fait jamais mieux l'amour, Christine et moi, que lorsqu'elle redescend du train de Paris.

Ferrier frémit, regarde le briquet voltiger comme Christine dans la main de Labé. Ferrier s'efforce de ne pas blanchir, de ne pas serrer les poings. Ce n'est pas vrai. Ce n'est pas possible. Il ment. Il ment ou elle ment. On lui ment. Qui ? Lui ? Elle ? Ou les deux ? Son regard va du briquet de Labé à ses yeux qui le fixent. Il y a dans leurs regards toute la dureté des hommes et toute celle des animaux. Seulement de la dureté. Pas encore de la haine.

Menthe apparaît, plus lionne, plus émouvante que jamais. Meilleur comédien que Jean-Luc, Régis éclate de rire :

— Tu tombes à pic, chérie, on allait avoir des mots, Jean-Luc et moi.

— Oh ! des mots ! proteste Labé. A peine nos quatre vérités !

Le mot « vérité » n'a pas été choisi au hasard. Régis ne cille pas. Menthe sourit avec chaleur à Jean-Luc qui recouvre sur-le-champ toute sa bonne humeur :

— Régis ne nous présente même pas, Menthe ! Je suis son cocu.

Régis s'esclaffe :

— Ne l'écoute pas. Il me fait plus cocu que je ne le trompe. A ma décharge, si j'ose dire, il a beaucoup plus de temps que moi pour le faire. Il a la continuité, je n'ai que l'intermittence.

— Soyons polis, plaisante Labé. Les femmes n'aiment pas qu'on parle de cocus devant elles.

— Exact, dit Menthe. C'est indécent. Vous jetez le doute sur notre corporation.

On n'est plus dans la jungle. On marivaude. Menthe a perçu, à son arrivée, le bruit de la glace dans les verres. Pour se saisir d'une cigarette de Jean-Luc, elle pose sa paume sur la main du prof, la frôle, puis la caresse :

— Vous avez de belles mains.

Car elle sait que les hommes sont plus sensibles aux billevesées qu'il n'y paraît, frétillent quand on les entretient de la grâce de leur nez ou de leurs mains plutôt que de leur intelligence. Ils sont infiniment plus sûrs de celle-ci que de leurs charmes physiques. Ainsi Jean-Luc se trouble, ébloui par ses mains, ces mains que Christine n'a jamais remarquées. Il murmure :

— Vous avez de beaux yeux...

Ferrier regagne tout le terrain perdu en déclamant :

— Et moi j'ai de grandes dents, même que c'est pour mieux bouffer, mes enfants !

Il les invite à se tutoyer comme de vieux amis. Il suppose que sous la table la cuisse de Menthe effleure, puis touche au plus près le genou de Labé. Menthe est une femme qui n'a rien à apprendre d'un monsieur qui s'est vanté tout à l'heure de faire brusquement merveilleusement l'amour à son épouse après des années d'à-peu-près. Par quelle grâce du ciel *l'amant que je n'ai jamais su être pour elle* — c'est du monsieur en question — décrocherait-il tout à coup prix sur prix d'excellence ? On peut en douter. Ferrier se rassure. Contemple la bouche pleine, l'approche, toute de perfection, de Menthe.

Elle parle de ses études de décoration et de photographie, trouve tous les profs de sa boîte exquis, fait parler celui-là de son métier, l'un des plus intéressants qu'elle connaisse. Sous forme de cahors, Labé boit du petit-lait. Mais comment peut-on être eurasienne, jolie cela va de soi, mais blonde ? Cela doit être rare...

— Très rare, Jean-Luc.

Menthe explique, raconte ses ascendances, tisse sa toile, fond sur la mouche :

— Il n'y a qu'une chose qui me chiffonne en toi, Jean-Luc, si je peux me permettre...

— Je t'en prie, bredouille Labé navré de ne pas la séduire de A à Z comme il séduisit sans faiblir Suzanne Marlin.

— Ta cravate ! Je n'aime pas les cravates. Ça détruit l'harmonie du cou.

L'harmonie du cou ! Régis se demande où elle va chercher des trucs pareils. Elle dit n'importe quoi, mais ses n'importe quoi sont efficaces.

— Quand on est délégué syndical adjoint, balbutie Labé, on a des obligations imbéciles...

— Là, tu n'es pas délégué syndical, tu es avec nous, avec moi, feule Menthe d'une voix qui donne à Régis une sourde envie d'elle et doit, *a fortiori*, faire sortir à reculons Labé de son beau costume.

Pour mieux respirer, Jean-Luc dénoue sa cravate, l'enlève, la fourre dans sa poche.

— Bravo ! crie Menthe qui se dresse pour l'embrasser un rien trop tendrement. Juste ce qu'il faut ou ne faut pas. Par la chemise à présent dégrafée du prof, Régis aperçoit des touffes de poils sur la poitrine. Il l'a lisse, lui. Comme celle d'un enfant ou presque. Christine a l'embarras du choix, même si elle ne choisit plus guère.

Les maths sont aux anges :

— Cet été, venez nous voir, tous les deux, à Pléneuf. Depuis le temps que tu dois y passer, Régis, viens avec Menthe !

— Je ne dis pas non, j'adore la Bretagne, minaude Menthe qui ne sait pas où cela se tient.

— Que dira Christine ? se soucie Ferrier en pleine crise d'hypocrisie.

— Elle sera ravie. Elle aimera beaucoup Menthe. Venez en juillet, car en août il y a mes beaux-parents et ce n'est pas du mille-feuille, surtout la belle-mère.

— Elle ressemble à Christine ? ironise Régis.

— En pire, en cent fois pire ! Et à Pléneuf elle est chez elle, dans sa baraque, tu entends, Régis : CHEZ ELLE ! Pour le sens de la propriété, elle se pose là, la vieille.

— Tout le portrait de sa fille, quoi !

Ils rient, ne se refusent pas un calvados, deux calvados.

Dans la rue, Menthe donne le bras aux deux hommes. Régis la pousse à se pencher davantage sur le prof qui prête le flanc à cette hanche souple.

— Tu as bien fait d'amener un appareil photo, lance Ferrier, on va en faire sous un graffiti que j'ai repéré dans le coin.

Le graffiti éclabousse tout un mur, rue des Quatre-Fils, et proclame que « Les blondes préfèrent les cons ».

— Sans fausse modestie, pouffe Régis, c'est tout à fait pour nous, mon petit Jean-Luc !

— En effet, approuve son compagnon de toutes les infortunes.

Menthe les photographie sous cette vibrante profession de foi.

— Tu me prends avec Menthe ?

Labé s'exécute. Pour qu'il ait quelque chose à rapporter de vive voix à Christine, Menthe et Régis s'embrassent à pleine bouche. Allons, Jean-Luc s'est fait des idées. Impossible que ce type-là soit amoureux de sa femme ! A moins qu'il ne le soit de toutes ?

— Va avec Menthe, ordonne le volage au prof qui ne se le fait pas répéter deux fois. Se fait encore moins prier lorsque Menthe lui colle violemment à son tour ses lèvres sur ses lèvres. Emerveillé, Régis se rapproche, prend des clichés à une allure de reporter un jour de mariage princier.

— Détends-toi, Jean-Luc, conseille-t-il, tu ne sais pas embrasser.

— Si, affirme Menthe en se libérant une seconde de l'étreinte du mari, il embrasse très bien. Je suis mieux placée que toi pour en juger.

Encouragé, Jean-Luc se laisse aller, laisse même ses mains se promener les deux mains dans les poches du soutien-gorge de sa partenaire.

— Jean-Luc !... souffle-t-elle sur un ton de reproche.

— Tu me plais, halète-t-il.

Pudique, elle ne répond pas, s'abandonne encore un peu plus pour la fin de la pellicule. Le couple se sépare enfin, à regret. Le regret, Menthe le joue très bien.

La graine poussera-t-elle dans la tête de Labé ? Il prend congé. Il n'a que le temps de filer à son rendez-vous.

— Tu ne t'embêtes pas, toi, dans la vie, s'extasie Menthe.

— Ça m'arrive pourtant, demande à Régis. Mais pas aujourd'hui, c'est vrai.

Il les congratule, promet à Ferrier la liberté du courrier pour Christine à la ZAC même et s'engage bien sûr à ne plus le lire.

— Quant à elle, elle vient te voir quand elle le veut.

— Juré ?

— Juré. Mais n'oublie pas : on a passé la nuit ensemble. Chastement, mais ensemble.

— D'accord, fils.

Il embrasse au vol Menthe, serre à deux mains celles de Ferrier, s'éclipse.

— Et alors ? questionne Régis.

— Faut voir... Moi, j'ai fait tout ce que tu m'as demandé, et même un peu plus.

— Tu as été très bien.

— Ça n'a pas été une corvée abominable. Il n'est pas répugnant, ton prof.

— Hélas !

Ils regagnent la bulle. Si les Labé ne font jamais mieux l'amour que lorsque Christine sort des bras de Régis, d'après ce hâbleur de Jean-Luc, Menthe et Ferrier ne le font jamais mieux ensemble que ce jour-là.

Ce vent de liberté a profité à Menthe, lui a soufflé sur tout le corps et l'être. Elle peut tout se permettre, Menthe, quand le mois de mai, les vieux calvados et tous les dieux de l'Extrême-Orient s'en mêlent. Elle peut même se permettre de faire oublier Christine à Régis, et ne s'en prive pas. Christine n'est plus la seule, ni l'unique, sur l'agneau de Toscane. Régis en Menthe a tout perdu ce soir des douceurs angevines. Seule ce soir Menthe est blonde et Menthe a les yeux bleus. De plus, miracle, elle a des seins, et cette odeur d'encens qui brûle.

Ce soir, c'est Menthe que Ferrier aime. Menthe. Menthe qui se met à crier en vietnamien. Quoi ? Des horreurs, peut-être. Ou des tendresses qu'elle n'a pas l'audace de dire en français, Régis ne le saura jamais.

Plus tard, à l'heure convenue, Christine appelle au téléphone. Régis est allongé auprès de Menthe, la main à l'endroit précis où il la pose d'habitude sur Christine, en Christine. Là-bas, la voix est altérée, angoissée :

— Jean-Luc est parti avec des affaires de toilette.

— Les tiennes ?

— Mais non, les siennes. Il va encore coucher avec une fille.

— Et alors ? Qu'est-ce que tu veux que ça me foute ? C'est tout ce que tu as à me dire, à part que tu m'aimes ?

— Ben...

— Ben merde !...

Il raccroche, débranche l'appareil pour qu'elle puisse tout à loisir s'inquiéter quant au sort incertain de ses propriétés privées.

Menthe adresse un sourire au plafond. Hors de lui, Ferrier la reprend dans ses bras, sa truite sauvage.

Dans les ZAC, la truite d'élevage, nourrie aux granulés, ne remonte jamais les torrents de montagne, tous les pêcheurs vous le diront.

16.

Tu as dû saouler Jean-Luc pour qu'il te dise que nous faisions l'amour quand je rentrais de Paris. J'étais toujours crevée. Pas de chance, c'est faux.

Je peux affirmer ou jurer, comme tu préfères, sur des têtes chères, que je n'ai jamais fait l'amour avec Jean-Luc au sortir de tes bras.

Il la croit. Puis n'en croit pas un mot. Marthe mentait même quand elle disait : « Dites 33. » Menthe, elle, n'a personne à qui mentir. Christine ment.

— Quelle importance ça peut avoir ? s'épate Max qui n'a pas le plaisir et les désavantages d'aimer Christine, autrement dit n'est touché ni par la grâce ni par le problème. Qu'ils fassent l'amour dès qu'elle débarque, ou le lendemain, ou une semaine après, ça change quoi, pour toi ?

— Beaucoup. C'est symbolique, qu'elle me soit fidèle en arrivant, qu'elle respecte au moins le soir même ce que nous avons vécu dans la journée. Le mélange des spermes, c'est comme le mélange des genres, ça désoriente le public.

Pour Régis, il y a de quoi fouetter un chat — oui, oui, celui-là ! — et jusqu'au sang. Imaginer le prof velu s'allonger sur Christine encore moite de lui est du ressort de la zoophilie. C'est le gorille violant la compagne de Tarzan. De plus, elle qui prétend aimer la poitrine sans poils de Ferrier, comment peut-elle supporter que ce matelas éventré perdant son crin puisse la recouvrir de sa bourre ?

Une phrase de Jean-Luc revient à Régis, qui lui écorche les oreilles, à retardement ou à la réflexion : « Elle est moins folle qu'avant. » Depuis qu'il l'aime, elle l'aime moins, sans doute. C'est le mouvement des marées. Dans ses lettres, elle n'appelle plus le prof, le prof, mais Jean-Luc. Symptomatique. Régis trouve de la sciure et du beurre rance dans le croque-monsieur quotidien. Celui-ci perdant, entre parenthèses, de son poids.

Labé tient parole, Christine est là le dimanche suivant en fin d'après-midi. Elle porte une robe rouge. Au prix de quelles saletés la lui a-t-on offerte ?

A leurs commencements, qui n'étaient que quiétude aux yeux de Ferrier, le prof n'était qu'un spectre qui s'évanouissait au tout premier éternuement du coq. Le temps passant, le temps aidant, le prof a repris du volume, vire au tambour-major tonitruant des armées impériales. On ne voit plus que lui, selon Ferrier, dans les rues de la ZAC et le slip de sa femme. En le revoyant, trois ans après, Ferrier a constaté que ses tempes se dégarnissaient, en voit aujourd'hui — finement — la preuve que le bougre ne se fait pas de cheveux.

Dans un conte d'Alphonse Allais, le curé est malade et sa bonne se lamente ainsi : « Ah ! si l'abbé mourait ! Que deviendrais-je si l'abbé mourait !... etc. » Ferrier a tôt fait de transformer l'allusion au personnage de Zola en s'exclamant sur le mode gourmand :

— Ah ! si Labé mourait ! Nous ne serions plus trois au lit, elle serait veuve. Ce serait idyllique, oui, si Labé mourait !...

Mais Labé ne meurt pas. Ferrier a remarqué leur mauvaise volonté, les maris ne meurent que contraints et forcés. Sont des conducteurs émérites, ne brûlent que rarement vifs dans leur voiture. Ferrier l'a encore observé, son intrusion dans la vie des maris pousse ceux-ci à battre tous les records de longévité. Ils devraient entre eux se disputer cet amant porte-bonheur. En somme, Ferrier se trémousse en short dans les orties, les halliers de ronces de la jalousie, en compagnie d'ailleurs du « couple de marauds » qui n'est pas non plus fainéant sur le chapitre.

Dès qu'il dépiaute, dans la bulle, Christine de sa robe rouge, il lui inspecte tout le corps pour y débusquer des bleus, des coups de griffes ou autres marques. Dans la ZAC, Labé s'applique peut-être à l'érotisme échevelé, copie par-dessus l'épaule de Régis, comme tous les cancres. Ferrier, déçu, ne découvre rien de suspect. Christine qui le devine ne peut s'empêcher de sourire :

— Mon pauvre Régis, qu'est-ce que tu vas chercher !... Il ne m'a pas touchée depuis quinze jours...

— Alors, c'est que c'est effacé !

— Une fois, il y a bien dix ans de ça, il m'a serrée trop brutalement. J'ai fait « aïe ! », il n'a jamais recommencé.

— C'est vrai ?

— Ça ne se voit pas ?

Comme il ne voit rien, effectivement, cela ne se voit pas. Il soupire, chagrin : « Ah ! si Labé mourait ! », lui explique la citation. Christine en paraît contrariée :

— Il ne faut pas souhaiter la mort des gens.

A cette affirmation conventionnelle, Régis rétorque qu'il n'a jamais, hélas, rencontré de ces bonnes fées qui vous proposent d'exaucer vos désirs. Qu'au contraire les sorts qu'il jette sont autant d'assurances sur la vie, ne font couler dans les familles que des flopées de jours heureux, jamais des larmes. Il le déplore.

Ses propres jalousies anéantissent Christine. Celles de Régis la réconfortent. Comme retentissent les premières notes de leur cher « Bal » de la *Symphonie fantastique*, elle enfourche Régis et l'enlace, le viole jusqu'à ce qu'il cesse de protester qu'il n'aime plus les femmes, ne va plus désormais consacrer ses énergies qu'à l'étude de l'arboriculture.

Il sent qu'elle lui mord l'épaule en lui mouillant le ventre.

— Qu'est-ce que tu fais ? souffle-t-il.

— C'est pour Menthe... pour... pour qu'elle voie aussi...

Ils sont tant empêtrés l'un dans l'autre qu'il lui rend sa morsure tout en lui broyant les bras, tout en appuyant fort ses pouces dans sa chair.

— Salaud, geint-elle.

— Ça le fera bander, gronde-t-il. Comme ça, tu penseras à moi.

Berlioz les réunit *in extremis*, puis berce leurs halètements jusqu'à l'extinction des corps.

Elle est dans son épaule, embrasse et lèche le sceau rougeâtre qu'y ont imprimé ses dents. Il a enfoncé sa main au plus profond d'elle, n'y remue que très doucement les doigts, juste pour l'énerver, pas assez pour la troubler. Elle aime le roulis de ce geste, l'évoque souvent dans ses plus tristes lettres. Il aime, lui, ce recoin, ce sas obscur et chaud dont il peut à sa guise déclencher l'illumination. Là, il est chez lui. Elle le lui a répété mille fois.

— Ce n'est pas grand, dit-il avec tendresse, mais j'y suis bien logé. Dire qu'un jour il me sera interdit...

— Jamais ! crie-t-elle.

— On signe un bail ? Trois, six, neuf ?

— Idiot...

Tout à coup, le visage de Régis se ferme. Christine s'alarme :

— Régis !

Il tousse, entend que sa voix ait tous les tons, toutes les gravités de l'autorité. C'est que c'est important, ce qu'il va exiger.

— Voilà, Christine. Je ne veux plus que tu fasses l'amour avec le prof. Je ne peux plus supporter qu'on baise la femme que j'aime, je ne le peux plus physiquement. Je préfère me passer de ton cul s'il n'est pas à moi seul. Je suis sérieux, ne pense pas encore que tout peut s'arranger. Tes lettres, je les prends au pied de la lettre. Ecoute ça : *De ma vie je ne ferai, n'ai jamais fait l'amour comme avec toi... Ta main chez moi, chez toi, quoi !... Ce plaisir, le plus énorme de ma vie, que tu m'as donné... Dès que je m'allonge, je pense à toi, ça va de soi...* Tu vois que je les connais assez bien. Alors, c'est du vent, ce que tu écris ? C'est du *France-Soir ?* Du *Nouvel Obs ?* Qu'est-ce que tu me réponds ?

Il a retiré déjà sa main d'elle, pour rompre tout charme. Régis va l'ennuyer comme Jean-Luc l'ennuie. Elle en est lasse, de leurs discussions autour d'elle et, plus précisément, de cette partie de son corps qu'ils se disputent comme des dobermans le feraient d'un os. Que lui répondre, qui le satisfasse ? Il est méchant. Ils sont méchants. Il insiste :

— Je ne veux plus que tu couches avec ce gros con, c'est clair.

— Ce n'est pas un gros con.

— Ah ! Tu le défends !

— Oui. C'est un homme comme toi.

— Pas partout, d'après toi. Ne couche plus avec lui, merde, ça ne te privera pas beaucoup, d'après ce que tu me racontes !

Elle soupire, lâche alors cette toute petite et terrible phrase :

— Je ne peux pas faire autrement.

Il entendra toujours en lui cette voix de résignation. Comprendra mieux les femmes grâce à elle, les acquittera plus volontiers, les défendra. Oui, grâce à Christine, il saura ce que renoncer signifie. Ce visage, il l'a déjà vu sur les routes. C'est celui du coureur cycliste épuisé, à bout de forces, à bout de rêves, qui descend de machine, quitte la course, quitte la vie, monte péniblement dans le camion-balai où son premier geste de vaincu est de retirer ses chaussures. Le visage mort de l'abandon. Sur le moment, bien qu'elle l'ait ému,

Ferrier ne l'admet pas, cette phrase, la repousse :

— Mais enfin, mon Titi, tu es une femme. Il y a cent façons de femme de se refuser à cette prostitution. Tu as mal au ventre. Tu as mal à la tête. Tu es fatiguée.

— Toutes les nuits ?

— Tu n'en as pas envie.

— Si je n'en ai jamais envie, à quoi je sers, alors ? Pour avoir la paix, je fais semblant.

— Les putes ne se donnent même pas cette peine.

— Elles ont bien de la chance. Elles ne sont pas mariées. Je suis sa femme.

— Pas au lit. Au lit, tu es la mienne.

— Oui, mais pas dans la vie.

— Le pot à tête de lion, quoi !

— Oui, ça aussi. Et les trois enfants. Et c'est pourquoi mes filles ne se marieront jamais sans avoir un métier, un vrai, qui les mettra à l'abri de tout ça.

Ils se taisent. Il l'avait ôtée, il remet doucement sa main en elle. Avec une espèce de pudeur car il pressent que toute la condition féminine ne se tient pas là en entier, que ce serait trop simple. Christine a, au coin des yeux, quelques fils de rides qui sont autant de souvenirs de rébellion et puis de sujétion. Il ne les avait jamais remarqués, et c'est lui qu'ils égratignent. Sa voix encore, lointaine, éteinte :

— Et puis... tu vas m'en vouloir, Régis, mais tant pis. Des soirs, j'ai besoin de tendresse, moi aussi, à en étouffer, à en crever. Et lui aussi. On se retourne, dans le lit. Il me dit : « Tu dors ? — Non. — A quoi tu penses ? A lui ? — Oui... — Ne sois pas si triste. » Je pleure. Il me caresse les joues, les yeux, il boit une de mes larmes. Je craque. Je fonds. Il est là. Tu n'y es jamais, il y est toujours. Tu ne comprends pas ?

— Si. Je ne t'en veux pas. Ça me fait de la peine, mais je comprends.

— De la peine, on en a toujours quand on aime. J'étais heureuse avant de te connaître.

— Et moi j'étais heureux avant de t'aimer.

Il pense à ces millions de femmes qui *ne peuvent pas faire autrement.* A ces désarmées. A ces dépouillées. A ces clitoris négligés, inconnus au bataillon, inutiles. A ces millions de femmes violées légalement, en toute impunité, par des maris forts de leur force et de leur droit sacré à disposer des autres. Il pense que tous les soirs, quelque part dans le monde, on viole dans le plus grand secret, la plus grande honte, et que ce n'est jamais dans les journaux. Que seul le viol criminel a la vedette alors qu'il n'est, lui, qu'exceptionnel. *Je ne peux pas faire autrement* que de n'être rien. *Je ne peux pas faire autrement* que de n'être qu'une chose, qu'une commodité. Cette voix et cette phrase ne quitteront plus Ferrier. Ferrier qui a l'honnêteté de ne pas s'innocenter avec désinvolture, de se déclarer solidaire de tous ces petits hommes « avec leurs p'tits manteaux, avec leurs p'tits chapeaux, avec leurs p'tites autos » comme les voyait Brel. Lui aussi est marié. Comme tous ces types-là. Comme Jean-Luc. Ni plus ni moins...

De sa main libre, il effleure l'imperceptible patte-d'oie qui griffe les environs des yeux bleus :

— Tu vieillis enfin, mon amour. On a un peu vieilli ensemble.

— Pas beaucoup, Régis. Pas assez.

— Ne le regrette pas trop. Je suis un être insupportable. Invivable, a même dit Menthe.

— Moi aussi, crie-t-elle en souriant. Jean-Luc te le dira !

— Pauvre Jean-Luc.

— Oui, pauvre Jean-Luc. N'oublie jamais qu'il n'a pas, lui, ce que nous avons. Qu'il ne peut pas l'avoir et qu'il le voudrait bien.

— Tu as raison. Je te demande pardon de l'avoir traité de gros con.

— Il m'aime chaque jour, là-bas, et j'ai besoin qu'on m'aime.

Il rit :

— Tu aimes les glaces à la vanille ?

— Oui...

— Est-ce que tu as besoin que les glaces à la vanille t'aiment ?

Il a envie qu'elle ait encore envie. Sa bouche prend la place toute chaude de sa main. Elle s'y attarde. Elle est bien, là. Bien. C'est bon comme de l'ombre quand, par un été brûlant, on entre dans un bois. C'est elle. Le « Bal » de Berlioz, c'est là. Tout elle. Tout d'elle. Son plaisir habite par ici. Ici même. C'est là qu'il roule, s'enfle, monte en bouquet, fuse, éclate. Ferrier s'essuie le visage dans le drap. « Encore un instant, monsieur le bourreau » disait la Du Barry sur l'échafaud. Un instant pour vivre, ce n'est rien si ce n'est pas un instant de bonheur encore. Ferrier soupire de joie. L'instant de bonheur ? Voilà qui est fait. A deux. Et tout là-haut. Sur la montagne et dans toutes les fleurs de la montagne.

Ils sont redescendus. Ce soir, ni steak tartare ni sardines. Une nuit de printemps tiède enlumine Paris. Ce dimanche, la ville des klaxons, des motos, des camions, est redevenue l'espace d'un dimanche la ville des amoureux.

Il la conduit dans les Halles, l'emmène au *Baumann-Baltard*, un restaurant connu pour ses variétés de choucroutes. Elle aime la choucroute, lui écrit qu'elle en cuisine souvent pour ses amis. Comment se comporte-t-elle, avec ses amis ? Ceux qui lui reprochent de « détruire son foyer », l'alarment en lui affirmant qu' « elle ne retrouvera jamais un type comme Jean-Luc » ? Elle doit être très gaie, très drôle. Jean-Luc sort sa guitare et chante du Brassens. On doit causer syndicats, politique. Après le dîner, elle doit ouvrir prestement les fenêtres pour que s'envole la fumée des cigarettes. De gauche, beaucoup d'amis portent barbe et lunettes. On rajoute des chaises aux cinq tabourets.

On ne parle jamais de Ferrier. Dans la ZAC, Ferrier est l'ennemi, la bête noire, le rôdeur des films impressionnistes allemands. Le ptérodactyle qui, parfois, plane sur la choucroute.

Ce soir, Labé ne survole pas la choucroute, est absent du dîner. Ils sont heureux, ce soir. Ont bien fait l'amour. Ont la nuit devant eux, à défaut de la vie qui n'est à personne. Dans le couloir de l'immeuble, en sortant, ils ont croisé Menthe. Il ne les a pas présentées l'une à l'autre, qui se sont toisées avec curiosité, ne se sont pas trouvées aussi belles que l'assure Ferrier. L'une a des seins, l'autre pas, c'est tout.

Christine engloutit sa choucroute, termine celle que Régis a à peine touchée du bout des dents. Après quoi elle dévorera une sorte de chapeau de reine mère d'Angleterre, vert et rose de crème Chantilly.

A cet ange éthéré, Ferrier conte l'anecdote de Zelda Fitzgerald accompagnant au train son mari Scott. Le train démarre, Zelda n'a pas de pochette à agiter. En un geste qui surpasse en poésie toute l'œuvre de Walt Whitman, elle ôte vivement son slip et salue de ce fanion de la Légion l'auteur de *Gatsby le Magnifique* jusqu'à ce que disparaisse le train.

— Zelda la magnifique, conclut Ferrier, mourut dans un asile psychiatrique pour avoir trop aimé.

— Ou trop bu.

— C'est pareil. L'overdose est l'état normal de certains êtres. Ainsi toi, souffle-t-il tendrement, tu as le feu au cul.

Elle rit :

— C'est parce que tu as toujours la boîte d'allumettes sur toi. Je vais te dire un dicton de l'Anjou :

Angevin sac à vin
Angevine... ça s'devine.

Ils rentrent lentement à pied. Les travaux des Halles se poursuivent encore. Au coin d'une palissade, Christine lève une jambe, puis l'autre, tend son slip à Ferrier :

— J'ai chaud aux fesses.

— Elles ont raison. Elles sont en danger.

Il embrasse le slip, le fourre dans sa poche.

— C'est loin, notre rue ? gémit Christine.

— Encore assez. Le voyage va être pénible.

Souviens-toi de cette nuit de printemps où nos quatre mains ne savaient plus où donner de la tête...

Elle chuchote, écarlate :

— Ce n'est pas très pratique pour marcher, tes deux doigts.

— Pardon, trois. Dommage qu'il n'y ait pas davantage de place.

Elle le pousse brusquement dans un couloir.

Je suis enrhumée mais rassure-toi, quand j'ai la bouche pleine de toi, je ne tousse pas. Avant de te quitter j'ouvre donc ta braguette et t'embrasse longuement. Je n'ASPIRE qu'à cela...

Angevin sac à vin, Angevine, ô Angevine à genoux dans la cathédrale Saint-Maurice, que fais-tu ? Régis lui immobilise la tête, elle s'accroche à ses genoux. Il gémit à son tour :

— Non, Titi. Tout à l'heure.

Ils repartent. Ils titubent d'amour. Roide, Ferrier ne progresse qu'avec difficulté. Il a de plus, pour ne rien arranger, une main entre les cuisses de Christine, lui parle dru pour qu'elle défaille davantage :

— Tu es trempée, salée, Titi salope, tu es grande ouverte, Titi pute, cela va être affreux quand je serai en toi, Titi morue. Epouvantable. Tu sens trop bon.

Elle le jette encore dans un couloir, prie encore dans cette obscure station de ce blasphématoire chemin de croix. Le jeu devient de plus en plus dangereux, Régis l'abrège et se dégage encore. Encore quatre, cinq, six haltes dans divers couloirs.

— Attention, Chris ! Arrête !

Elle obéit quelques secondes, recommence quelques secondes. Régis flageole sur ses jambes. Ses cuisses tremblent. « Elle est moins folle qu'avant », a dit Jean-Luc. « Qu'avant quoi ? » s'interroge, sceptique, Ferrier qui n'entend pas jouir sans elle qui entend qu'il jouisse là, près de ces poubelles, près des yeux de ce chat qui les fixe au pied d'un escalier.

Il parvient encore à se maîtriser, la relève, la retient cette fois d'une poigne solide lorsqu'elle veut encore le précipiter dans une autre pénombre.

— Je veux, Régis, geint-elle, je veux !

— Non. Pas question. Pas sans toi.

Mais sur le palier du premier étage de la rue de Montmorency, elle le dégrafe violemment, sans pardon. Ses genoux sont poussiéreux comme ceux d'une pénitente. Alors, adossé à la porte d'un voisin, Ferrier comprend qu'il est perdu. Reste à son bord jusqu'au naufrage sous l'œil idiot, là-haut, d'une ampoule. Sous lui, les cheveux blonds, la nuque du triomphe.

17.

Il revoit encore Jean-Luc à Paris, avec Menthe. Il apparaît que le prof ne tombe pas aussi vite amoureux d'elle qu'il le devrait. Menthe ne va quand même pas s'immoler et coucher avec lui sans contrepartie ni la moindre garantie du gouvernement de la ZAC ! Labé ne va quand même pas coucher gratis avec toutes les femmes de Régis !

Les nouvelles de Christine sont bonnes, annonce Labé. Elle bronze, dans leur jardinet, bronze et rebronze. Dans l'ordre, selon Jean-Luc, le bronzage de Christine passe avant les chats, avant les enfants.

— Et nous ? questionne Régis qui n'ose pas dire : « Et moi ? »

— Oh ! nous, on est très loin derrière ! Si j'ose toutefois employer le mot de derrière.

Régis soupire :

— Moi, je ne bronze pas. Je prends des coups de soleil, et je pèle...

Menthe et lui raccompagnent Labé au train qu'emprunte d'habitude sa femme, l'horrible 18 h 23 passible, en outre, d'un supplément. Par dérision, Régis embrasse le mari, agite, au départ du train, non le slip de Zelda, mais un vaste mouchoir à carreaux. Labé n'est pas, comme elle, debout sur le marchepied. Ferrier ne reverra jamais Labé. Sur ce quai, cessent leurs relations.

Régis est déçu :

— Il n'a pas l'air amoureux de toi, ce con.

— Personne n'est amoureux de moi, Régis.

— Il n'a pourtant pas mauvais goût, *a priori*. Ou alors, c'est un accident dans sa vie, Christine.

— Pour toi, ce serait même plutôt un accident de chemin de fer. Que seraient vos amours, sans la S.N.C.F. ?

Régis est mécontent de l'échec de sa machination. Sa construction dramatique semblait sans faille, pourtant. Il sait hélas que ce ne sont pas les meilleures pièces qui marchent le mieux. Ni les plus beaux seins, pour une fois. Son appât est dépité pour lui.

— Je suis désolée, Régis.

— Bah ! Il ne sait pas ce qui est bon, pour ne pas changer. Il ne te méritait pas, le poilu de 14. Il a ton adresse ?

— Oui.

— Alors, c'est une variante de la pêche à la calée. Le grelot sonnera peut-être un jour, chez toi.

Il traîne les pieds, morose. Remarque poliment :

— Tu as un beau cul, Menthe.

Elle rétorque sans se retourner, mi-plaisante, mi-sévère :

— Tu n'as qu'à t'en servir.

Elle n'a pas tort. Il est près, celui-là. Trop près, peut-être ?

Christine vient encore trois jours en juin. Ensuite, dès la fin du mois, elle est à Pléneuf, Ferrier à Savigny-Poil-Fol. Voici encore les grandes vacances, qu'ils vont vivre loin l'un de l'autre, comme les trois années précédentes.

Ferrier a la jalousie cosmogonique, météorologique même. Quand il apprend que les Côtes-du-Nord sont noyées sous la pluie, égarées dans les brumes, il est ravi pour elle qui ne bronzera pas ces jours-ci, ne se baignera pas, sera réduite à grimper dans sa chambre bleue avec Jean-Luc, ce qui n'ensoleillera pas pour si peu l'après-midi, ne tiendra pas le rôle des « belles éclaircies sur la Manche ».

En revanche, il s'assombrit lorsque le ciel bleu s'abat sur Pléneuf, que les mouettes rigolent sur le port et l'eau à vingt degrés. Christine droite sur le sable, livrée à l'admiration des gros mâles velus, Christine court, danse et nage, et tout ce bonheur sans lui désespère Ferrier. Ferrier ne peut déclencher le mauvais temps ni même envoyer du mazout sur les côtes. Il la verrait très bien transformée en cormoran noir et poisseux. Cela n'est pas non plus hélas en son pouvoir.

Mais, de sa retraite de la Nièvre, il peut créer la tempête. De toutes pièces. Et la crée. Il part quelques jours à la pêche dans le Jura « avec un copain », comme il l'a écrit à Christine. C'est de là que naît l'idée enfantine de transformer le copain en copine. Ferrier réfléchit. Des « copines », Christine lui en connaît depuis toujours. Elle en est blasée, ne s'en émeut plus. L'auteur se doit d'inventer un personnage de rivale plus consistant, plus dangereux aussi. L'auteur se met au travail, car c'en est un. Pour être crédible, il sied que ne manque pas un seul maillon à la chaîne que le fantôme doit traîner avec bruit tout au long des 88 marches qui vont du jardin de *L'Albatros* à la chambre bleue.

Première étape, naissance par lettre du korrigan des landes. Pour écrire à Christine, il doit obligatoirement posséder son adresse. L'avoir bien entendu dérobée à Ferrier. Ce qu'il aura fait dans le Jura, justement, d'où Régis a expédié des cartes postales.

Reste à choisir l'identité du spectre. Comme sur les plans d'une de ses pièces, Ferrier se passionne pour le moindre détail. Bien des prénoms féminins attachés à sa vie commencent par un M, ce qui excitait la jalousie de Christine quand elle était jalouse. Elle ne l'est plus assez aujourd'hui, il convient que Ferrier en relance à toute volée la mécanique infernale. La poire d'angoisse qu'il entend lui enfoncer dans la bouche de tout autre façon que sur le palier du premier étage de la rue de Montmorency, l'instrument du supplice s'appellera donc Muriel. Muriel Cherfaix.

Elle joindra à sa lettre des photos d'elle en compagnie de Ferrier. Il en possède de toutes neuves prises avec une Suissesse rencontrée à Ornans. C'est elle qui jouera le personnage physique de Muriel, pulpeuse, fraîche, élégante. Grande et blonde comme Christine qui n'aurait pas trop cru à une petite boulotte brune. Si adversaire il y a, il ne peut être que de poids. Il faut qu'il fasse mal, et même très mal.

Muriel écrit donc à Christine, ce qui coûte le plus à Régis. Christine connaissant tout de son style et de ses tics d'écriture, Ferrier doit se livrer à un exercice épuisant de falsification épistolaire pour tout mettre en berne de sa personnalité. Il n'y parvient qu'après avoir déchiré vingt brouillons. L'écriture doit également être féminine. Elle lui est fournie par son amie Françoise. Il discute avec elle à perte de vue de son enfant Muriel :

— Ce n'est surtout pas une intellectuelle. Pour qu'elle touche Christine dans le mille, ce doit être du simple et du solide : un animal de lit.

— Elle travaille ?

— Oui. Là, elle marque une énorme supériorité sur Christine. Dans le même ordre d'idées, elle a cinq ans de moins, est divorcée. Elle est libre, elle, et n'a qu'un seul enfant, Isabelle, une fille qu'adore Régis bien entendu. Elle raconte tout cela dans sa lettre, qu'elle m'aime, qu'on se voit depuis deux ans, que Christine n'a plus qu'à débarrasser le plancher et retourner à son mari. Muriel en a marre de me voir souffrir pour cette bonne femme, quoi !

— Dis donc, je suis une fille, et tu vas me faire écrire tout ce qui peut blesser une fille ? Car il n'y manque pas un bouton de pus, à ta lettre !

— C'est ça, le talent, Françoise, de ne rater aucun des points sensibles, comme en acupuncture.

— Tu es affreux...

Elle hésite, puis sourit :

— Après tout, hein, on s'amuse ! J'ai une idée de boulot pour Muriel. Il faut qu'elle soit professeur d'éducation physique et sportive.

— Prof, ça, c'est évidemment marrant. A chacun le sien ! Mais pourquoi dans les agrès ?

— Parce qu'en principe une prof d'E.P.S. c'est du sans complexe, c'est sain, solide, belles cuisses en viande des Grisons. A la place de Christine, je n'aimerais pas du tout avoir ça en face de moi, surtout photos à la clé. C'est vache, quand même, ce qu'on fait là. Enfin... ce que tu fais là.

— Elle se refroidissait, il faut la remettre au four.

Muriel n'écrit pas de lettre anonyme, noblesse oblige. Elle joint son adresse. Celle de Françoise qui, de son côté, préviendra son facteur, en cas de réponse.

— Ce serait quand même extraordinaire que Christine lui réponde ! s'enthousiasme Françoise.

— Elle lui répondra. Elle écrit toute la sainte journée.

Ferrier, moqueur et conscient de lâcher un serpent à sonnettes dans les couloirs de *L'Albatros*, poste sa bombe, vrai pétard de dynamitero de profession.

Madame, enfin, j'ai votre adresse. Il n'avait qu'à ne pas oublier, l'autre jour, sur la table de l'hôtel, une carte postale pour vous... Il est triste, il boit, il me casse les pieds avec vous et votre mari... Qu'est-ce que vous savez de lui, vous ne le voyez que de temps en temps... Laissez-le-moi, vous, vous n'avez besoin de rien, vous êtes casée. Moi je l'aime et je travaille, je ne vis aux crochets de personne..., etc.

Vivre aux crochets, cela portera en plein sur la tête. Casée, il est fort satisfait aussi de cette expression populaire bien terre à terre dans le confort. Casée, cela signifie rayée des cadres actifs de la nation sentimentale, terminée.

Christine n'avait jusque-là qu'à contenir des assauts masculins, qu'à essuyer des reproches de coqs plus ou moins déplumés. Cette attaque féminine sur son flanc la déconcerte, qui lui révèle de surcroît une félonie supplémentaire de Régis, ces deux années d'idylle cachée. S'il a été capable de garder si longtemps un secret quelconque, c'est que l'affaire est plus sérieuse que ses sempiternels « dragages » d'un jour ou d'une semaine.

Objectif atteint : les vacances seront gâchées, enfin ! Le missile Muriel touche de plein fouet la chambre bleue. Une armada de vieilles boîtes de conserve envahit la plage des Vallées. Un coup de canon retentit dans la réserve d'oiseaux du Verdelet. Le ciel s'obscurcit d'ailes. Le visage décomposé de sa femme va pourrir le juillet de Jean-Luc, lui empoisonner l'août. Les crevettes seront gâtées, la mère de Christine montera sur ses grands hippocampes, les gosses pêcheront des éponges dans la dérivation du Gulf Stream pour étancher les larmes de maman.

Si Muriel n'avait pas été inventée, elle mériterait d'exister. Si elle va exister — ô combien ! — de manière ludique pour Christine, c'est concrète et de chair qu'elle grandit et fleurit dans l'imagination de Ferrier. Comme bien des auteurs, il a déjà été amoureux de ses personnages. Cette Muriel lui plaît, le séduit, qui n'est plus suisse, qu'il se fabrique sur mesure normande, amusante, superficielle, docile en tous domaines. Par l'esprit, il sent son parfum, tous ses parfums d'avant d'après l'amour, sait le ton de sa voix un peu rauque, connaît le poids, le galbe et le grain de ses seins. Elle fait l'amour dans la joie, sans un Jean-Luc voyeur au-dessus d'elle. Ferrier a construit là pour le même prix une femme idéale. L'étoile des réelles en blêmit à ses yeux *en toute sincérité.*

Comme il l'a prévu, Christine riposte à cette hirondelle toujours d'humeur égale, fait face à cette créature exquise, ce qui parachève cette œuvre inédite du dramaturge Régis Ferrier : *Navrée que vous aimiez Régis, mais moi aussi... Ne vous octroyez pas ainsi le monopole de l'amour, tant que je vivrai j'aimerai Régis... J'aime Régis et ne changerai jamais... N'insistez pas et laissez-moi tranquille avec vos problèmes...*

Ferrier savoure, grisé par ces rappels. Le public applaudit debout ce tour de force. On réclame l'auteur. Les croque-monsieur redoublent de vigueur, quadruplent de volume. Lettres de quinze, vingt pages où le prof d'E.P.S. est dédaigneusement traité de « prof de gym ».

Habile, Ferrier joue les embarrassés. Christine l'a pris la main dans le sac. Il élude, parle d'autre chose, bredouille que le fond de l'air est frais, ce qui ancre Christine dans ses certitudes désespérées. Puis il avoue que lui non plus ne *peut pas faire autrement,* affirme qu'il n'en serait jamais arrivé à une liaison de telle importance si elle avait cessé comme il l'en priait depuis longtemps d'avoir des relations coupables avec Jean-Luc. Il déguste derechef la réponse de son pauvre Titi blessé par la ruade du cheval d'arçon : *Je n'ai jamais voulu dire du mal de Jean-Luc, sexuellement parlant. Si je l'ai fait, dis-toi que ce n'est pas le dixième de ce que je pense, de ce que je ressens...*

Le climat de *L'Albatros, « belle vieille maison biscornue, compliquée, bâtie sur trois niveaux »*, est devenu celui d'un bel été grouillant de vers. Le ténor Jean-Luc abandonne le répertoire de Brassens, entonne droit dans les embruns son sempiternel *Chant du départ,* où la liberté guide ses pas vers le divorce, etc. Quand elle ne peut pas sauter sur son Vélosolex pour aller poster ses lettres-fleuves à Régis, Christine les confie à Ariane, à Cathy. Les enfants font sécher leurs maillots de bain sur un fil tendu près de la boîte aux lettres. De cette aire de guet, les vigies captent le courrier destiné à leur mère. Ainsi, le prof pense qu'ils ne s'écrivent plus, ce qui diminue d'autant ses rages de primaire. Christine réussit l'exploit de le faire « cocufier » en quelque sorte et en prime par ses propres enfants. Régis en éprouve une sensation de pitié, de malaise. Chez lui, dans sa famille, ils sont quatre face à Labé, dressés en bloc contre ce qui n'est plus que l'ennemi, le rabat-toute-joie, l'empêcheur d'aimer, l'échec aux rêves.

Une fois pourtant, le système de sécurité ne fonctionne pas, dû à un retard de Ziggy, et les boutons de manchettes s'abattent sans scrupule sur une lettre de Ferrier où celui-ci parle de bougie sur un mode équivoque qui a l'heur de demeurer inintelligible pour l'époux indélicat. Celui-ci, intrigué, à Christine :

— Qu'est-ce que c'est que cette histoire de maniement de bougie ?

Christine se pince les lèvres pour ne pas lui rire au nez, puis avoue qu'elle ne comprend pas non plus cette allusion ésotérique. *Je ne pouvais quand même pas lui dire que, chez toi, tu m'amusais avec des tours de prestidigitation !...* Labé reste perplexe, sa bougie à la main, dans le noir, sans lumière sur le sujet. Il hausse les épaules, paraphrase sans le savoir un mari de Labiche : « Sont-ils bêtes, avec leur bougie ! »

Muriel a été giflée par Régis furieux qu'elle ait révélé leurs amours clandestines à Christine. Muriel apprécie d'autant moins que Christine la défie sur un cent mètres dont l'enjeu serait Ferrier. Ces enfantillages réjouissent leur père. Mais, tout à coup, Muriel lui échappe et va trop loin. Elle est femme, il ne peut la surveiller jour et nuit. Vindicative, elle informe sa lointaine et inexpiable rivale d'une décision qui va la laisser pantelante, les bras en croix sur la cendrée. Régis et elle sont convenus *de vivre ensemble six mois, pour commencer. A l'essai. Si tout va bien, on continuera, pourquoi pas ?*

Le coup est mortel, à Pléneuf. Ferrier a toujours repoussé, ne fût-ce que l'idée d'un semblant de vie commune à Christine, et voilà qu'il l'envisage, ne serait-ce qu'à mi-temps, avec celle qui n'est à ses yeux qu'une vache normande ? Il n'avait jamais, au grand jamais, été question d'éliminer Agnès du jeu, et voilà que cette « spécialiste du grand écart » réussirait en sifflotant dans l'entreprise où Christine échoue depuis tant d'années ?

Si Muriel existait, elle serait en danger de mort... Elle n'existe pas, mais a pourtant commis un impair. Après tout, Ferrier vivrait bien six mois de l'année avec elle. Il trouve en ce temps-là sa vie monotone, insipide en général. Il aimerait changer partiellement d'air. Varier le fil des jours. Les partager en deux femmes égales. Garder Agnès, bien sûr, et garder l'autre — laquelle ? — évidemment. Il se voit bien avec Muriel, à Dreux, à la belle saison. Il pêcherait la truite sur la Blaise, l'Avre, la Charentonne. Il s'amuserait avec la petite Isabelle, six ans, qui l'adorerait et le surnommerait tonton Mickey. Fillette idéale, Isabelle, et pour cause. Muriel vit dans une maison à colombages dans le style du pays. Se rend à moto au collège et au stade.

La bourde commise par Muriel est de s'immiscer *réellement* dans la vie de Ferrier alors qu'elle n'est que songe, qu'utopie. Sortie du théâtre, elle a oublié qu'elle n'est que poussière. Ou plutôt grain de sable, et la plage est vivante, sur laquelle erre une Christine en détresse qui reprend à son compte la totalité du fantasme. Pourquoi Muriel vivrait-elle avec Régis et pas elle ? A la façon des boxeurs qui combattent contre leur ombre, elle va lutter contre un mirage. Pour commencer, elle souffre. « Bien fait », tranche Régis qui ne supporte pas qu'elle puisse rire, l'été, sans lui.

Je suis un chat qui ne sait plus ronronner. As-tu déjà vu un chat triste ?... Rien que de penser à toi avec l'autre, je ne me caresse plus... Si tu fais bien l'amour avec elle, dis-

le-moi... Tu lui écris depuis deux ans les mêmes lettres qu'à moi, sans doute...

Ensuite, elle tente de chasser la chatte Muriel du fauteuil sur lequel elle s'est installée. Elle va jusqu'à défendre la cause d'Agnès contre l'imposteur qui les menace toutes les deux, contre cette nouvelle venue si bien armée pour vivre en toute liberté, ce qu'elle ne connaîtra jamais. Elle envie les six mois où « la prof de gym » batifolera avec Régis : *J'ai souvent fait le rêve de partager ta vie... Si tu savais les projets que j'avais pour nous deux... Je souhaite n'avoir qu'un homme dans ma vie et que ce soit toi... Réfléchis encore. Il est vrai que si tu ne m'aimes plus, c'est tout réfléchi... Je ne peux pas vivre sans toi, ces quatre ans me l'ont prouvé chaque jour... Je n'avais jamais vraiment envisagé tout au fond de moi l'idée de vivre le reste de ma vie sans toi...* Elle tourne en rond, se répète, rabâche : *Je crois qu'on aurait pu refaire une vie tous les deux avec notre amour et nos goûts communs...*

Fort de Muriel qui ne fait, *elle,* l'amour qu'avec lui — finalement, il le lui ferait très volontiers, à sa créature — Régis a beau jeu de reprocher une fois de plus à Christine de le tromper. Lui aussi se répète, tape sans se lasser sur son clou. Si elle « ne peut pas faire autrement », il le peut, lui, et ne s'en prive pas, lui fournit au passage quelques détails qui sont autant de sujets à pleurer, de motifs à désespoir.

Misérable, Christine s'efforce de lui prouver sa quasi innocence : *Je prends la pilule et me demande vraiment pourquoi... voilà quinze jours que je n'ai pas fait l'amour... Je ne le fais qu'avec toi...* Comme il refuse d'en croire un mot, elle lui joint une lettre que Jean-Luc lui a écrite, afin qu'il voie noir sur blanc combien il est injuste dans ses accusations d'infidélité à tous crins.

Le texte du prof passionne Régis, qui se penche avec délectation sur le document : *Quand je m'allonge près de toi pour te faire l'amour et que je vois, malgré tes yeux fermés, que lés seules expressions qui passent sur ton visage sont celles de l'agacement parce que je te coince une mèche de cheveux, qu'une caresse te chatouille, que je prends une position qui ne te convient pas, j'ai vraiment envie de partir coucher sur le divan de Ziggy. Je pense à dimanche où j'avais tant envie de toi après le déjeuner et où tu t'es esquivée sous n'importe quel prétexte...*

« Oui, songe Régis, voilà qui la disculpe quelque peu... » Il poursuit sa lecture. Cette fois, c'est de l'allergie pure à la langue, tant pis pour les stylistes :

Christine, rien de ce qui t'unit à Régis ne m'est étranger. Je connais ton bonheur avec lui, ton harmonie physique et tout entière charnelle avec lui, ton adhésion intellectuelle à nombre de ses souhaits et de ses projets. Tout mon combat jusqu'ici s'est déroulé autour du respect de votre entente et de la nécessité de sauver ma peau.

Le respect de leur entente ? Là, le détourneur de l'avion du courrier s'octroie le bénéfice de générosités imaginaires. Le respect de leur entente, alors qu'il a toujours contrecarré les velléités de voyages à Paris de Christine ? Qu'il a multiplié les bâtons dans les roues, les barrières, mis au licol tant qu'il l'a pu la chèvre de monsieur Seguin ? Pour le rôle du mari au grand cœur, Labé repassera. Que signifie, en outre, cette « nécessité de sauver ma peau » ? « Je défends ma peau » avait-il proclamé déjà lors de leur déjeuner à *L'Ambassade d'Auvergne*. « Assez de peau ! raille Ferrier, ce n'est plus un mari, mais un dermatologue ! » Boursouflure. Grandiloquence. Littérature de cabinet de dentiste.

Il pense aussi qu'à la place de Jean-Luc il insisterait moins pour que Christine lui livre sa propre peau, un tantinet glacée, à l'évidence. Faut-il aimer le poisson froid pour coucher avec ! Le contact des écailles n'a jamais, quant à lui, fort inspiré Ferrier. Le viol encore, toujours le viol sous l'œil du maire et des adjoints. Madame ouvre les cuisses au compas, applaudit les mouches qui, au plafond, marchent la tête en bas pendant que Monsieur, comme s'il sciait du bois, satisfait son petit prurit préputial...

Que Madame aime un autre homme que lui ne dérange pas du tout Monsieur qui se substitue sans vergogne à l'être aimé sans souci des comparaisons fâcheuses. Son verre n'est pas grand, mais Monsieur baise dans son verre. Qu'importe le flacon et ce qu'il en dirait s'il pouvait protester, pourvu que Monsieur ait l'ivresse. L'ivresse et le vin mauvais de ne jamais trouver ce clitoris farceur qui se dérobe à lui malgré toutes ses *recherches dans l'intérêt des familles*.

Fin de vacances. Les produits de la mer vont regagner Angers comme des astéries desséchées par le soleil. Grand-Mère-Tiens-Toi-Droit et Grand-Père-On-Ne-Met-Pas-Les-Coudes-Sur-La-Table vont cingler sur Courbevoie. Régis range ses mouches de pêche, raccroche ses vélos, fourre Muriel au fond d'une valise comme une poupée gonflable. Elle a bien travaillé, la Normande, a fait couler des flots d'encre et de larmes.

L'Albatros a fermé ses volets. Pléneuf-Val-André... il était une fois une petite fille qui courait sur la plage des Vallées et le port de Dahouët. On l'appelait Titi. Il était une fois à Angers une mère de famille qui s'appelait Mme Labé et qui raccommodait, repassait, préparait la choucroute et le gâteau au chocolat et aux noix pour les amis du soir. Hélas, elle écoutait dans sa cuisine le vent, la pluie et Mozart. Les oiseaux, l'appel du large, et Mozart. Et puis Mozart. Et encore Mozart. Le seul être qui sût sur cette terre ne parler que d'amour.

18.

Elle quitte Pléneuf le 7 septembre au matin au volant de sa 2 CV bleue bourrée d'enfants, de chats, de valises. Jean-Luc charrie le reste d'enfants, de chats, de valises dans sa voiture de prestige de délégué syndical adjoint. La famille Fenouillard hérissée de filets à crevettes fond sur Angers, débarque dans la ZAC.

Christine n'a que le temps de passer l'aspirateur avant de sauter dans le train de Paris. Elle n'a pas vu Régis depuis plus de deux mois. Régis qui a vu Muriel chaque jour et surtout chaque nuit. Jean-Luc n'a pas eu cette fois à accorder son humiliante et auguste autorisation. Ces derniers jours, ses menaces de départ et de divorce n'ont pas obtenu leur succès coutumier. Christine s'en fout, qui a d'autres soucis. Elle n'a répondu aux morales et aux objurgations que par de grands yeux étonnés de voir ce Jean-Luc dans sa vie. D'où vient-il, celui-là, et que fait-il ici ? Il dit : « Je pars », elle répond : « Si tu veux. » Comme il ne veut pas du tout, il reste, éberlué. S'il l'empêche d'aller à Paris par la porte, elle s'en ira tout simplement par la fenêtre. Elle est en danger de Muriel. Comme elle défendrait ses petits, elle s'en va défendre un amour de quatre ans malade et qui l'appelle de son lit de mort. Jean-Luc s'efface prudemment.

— Je rentrerai dimanche soir.

— Mais, Christine...

— Dimanche soir. Il y a tout ce qu'il faut dans le frigo pour les enfants et toi.

Elle l'émeut. De la touche, il a suivi depuis le début toute la partie. Parfois il est entré en pure perte sur le terrain. A truqué, fait des crocs-en-jambe, sifflé des penalties imaginaires. Mais n'a jamais gagné. Il hoche la tête. Elle est bronzée, il est fatigué.

— C'est grave, Christine ?

— Oui.

— Alors... bonne chance.

— Merci.

Aux murs de la bulle, pas de photos de Muriel. Assez de mer pour cette année, foin des sardines. Ce soir, foie gras. Régis a allumé toutes les chandelles des chandeliers. Mozart est dans ses starting-blocks, prêt à s'élancer sur la piste. Entre nous, Muriel ne faisait pas l'amour aussi bien qu'il voulut le chanter à Christine. C'est une sportive. La bougie la faisait rire :

— Pourquoi pas un témoin d'athlétisme ?

Régis a très envie de Christine. Combien de fois estelle venue ici, il ne saurait le dire, mais tout y est imprégné d'elle, et s'en sont allés jusqu'aux souvenirs de Marthe. Cet amour sera son dernier. Ferrier va avoir cinquante-deux ans. Ses aînés — mais eux seuls — estiment qu'il a encore d'autres tours du monde devant lui, il ne les croit pas. Des aventures, oui, peut-être, sans doute. Des passions, non. Elles l'ont usé, épuisé. Les années de guerre ont compté double. C'est son dernier courage, c'est son dernier voyage.

Elle entre et le prend dans ses bras. Elle a failli le perdre. On a voulu le lui voler. Le chagrin s'est encore amusé dans les pattes d'oie de Christine, plus dessinées que jamais dans son visage de pain d'épice. Les cheveux blonds décolorés par l'eau de mer tranchent sur ce teint d'Indienne. Quand il est heureux, Ferrier plaisante. C'est un des traits de son caractère, d'ironiser sur le bonheur, histoire de le désarmer, de le rendre un peu moins redoutable.

— Hello, vieille terre cuite, on est en beauté ! Les vacances t'ont réussi. Tu sors du four les pieds devant...

Elle ne parle pas, le regarde, et il sait que ce regard va se brouiller et mal finir. Qu'ils vont tomber comme des solives sur l'agneau de Toscane. Et que c'est bon de faire l'amour avec quelqu'un qu'on aime et de le faire tout bêtement comme de boire, de manger, de respirer. Que, plus tard, on y repense en souriant ou en pleurant de rage. Parce que le sujet préféré de rigolade des hommes est aussi la tragédie la plus nette qu'ils puissent vivre avant leur mort.

— Tu es dorée comme un pain de quatre livres.

— Même les seins, remarque-t-elle en souriant.

— Dormir nonchalamment à l'ombre de ses seins, déclame Ferrier qui se souvient de *La Géante* de Baudelaire.

Christine rétorque :

— Oui, mais avec moi tu attrapes un coup de soleil !

Il étend le bras vers la commode anglaise.

— Non, Régis.

— Pourquoi non ? Tu n'aimes plus ta bougie ?

— Non. Tu t'en es servi avec elle.

— Non, Chris. Elle est à toi toute seule, je l'ai gardée pour toi. Je te le jure.

Sa voix est sincère, et pour cause. Deux larmes, soudain, sur les joues hâlées. Une main d'enfant qui serre à la briser une main de Ferrier, comme pour s'accrocher au rebord d'une chaloupe de sauvetage.

— Tu vas délayer ton fond de teint, gouaille-t-il, embarrassé.

Elle ne peut que chuchoter :

— Pourquoi, Régis ? Pourquoi ?

Il recouvre un semblant de mauvaise foi :

— Tu pleurais déjà comme ça pour Suzanne et le prof.

Elle nie sans pudeur :

— Ce n'était pas pareil. Je m'en fichais, de Suzanne.

Jean-Luc, je ne l'aime pas d'amour, toi, si. Tu m'as fait mal.

— Lui aussi.

— Non. Ça ne s'est passé que dans ma tête. Pas avec toi. Quand tu la baisais, ta prof de gym, je le savais, je le sentais comme si j'avais eu mal aux dents. Quand tu jouissais en elle, c'était plus fort que moi, je sanglotais, même à table. J'aurai pu les compter sur mes battements de cœur, toutes les fois que tu l'as baisée.

« Quelle imagination ! » se dit Ferrier admiratif. La haine arrache Christine de l'oreiller :

— Je la tuerai, ta Muriel, je la tuerai !

Il se lève pour qu'elle ne le voie pas sourire.

— Ça ne presse pas. Viens plutôt faire marcher le grille-pain.

L'appétit de Christine est plus fort, et de loin, que ses poussées homicides. Nue et cuivrée, elle essuie ses larmes, prend possession de la cuisine. « Bon, d'accord, se dit Ferrier en veine de logique, elle est belle et je l'aime. Et c'est trop con de la voir aussi peu. L'amour au compte-gouttes, c'est aussi con que l'amour au robinet. » Elle lui écrivait cet été, tout à l'heure : *Je ne voulais au réveil que ta main en moi, enfin... deux doigts... de whisky comme pour toi...*

Il l'exauce, là, debout derrière elle. Elle halète :

— Tu vas me faire brûler les toasts.

— Brûle, toi ! C'est plus important que les toasts !

Elle jouit comme cela, cambrée dans la fumée noire d'un toast raté.

— C'est malin, souffle-t-elle, agrippée à l'évier.

Elle lui dit, plus tard, alors qu'ils mangent, installés autour du guéridon de marbre :

— L'amour avec toi, c'est comme du foie gras. Avec lui, c'est comme du pâté industriel dégueulasse.

Cette phrase le choque. Il a, lui aussi, été ce « pâté industriel dégueulasse », souvent. Pour des femmes qu'il n'aimait pas et qui ne l'aimaient pas. Nul n'est foie gras à volonté, à heure fixe. Il se sentirait prêt à prendre la défense du prof, à la minute. Mais comme il lui voue de la rancune pour avoir ouvert certaines de ses lettres, il le laisse patauger dans sa boîte de pâtée Ronron. Qu'il y apprenne l'élégance et la discrétion !

Leur nuit est belle, trop belle. Leur journée du lendemain est belle, trop belle. Tout va trop bien entre ces deux-là. Il a tellement oublié Muriel que Christine en arrive à l'oublier. Il a l'air tellement heureux de se promener avec elle dans ce Paris de septembre qu'il ne peut pas ne pas l'aimer. Heureuse, elle se rassure. Quand il ne l'aimait pas, jadis, il lui avouait qu'elle était la « privilégiée », celle qu'il préférait, et que son seul défaut était de vivre au diable. Depuis qu'il l'aime, il est jaloux de tout, de son corps, du temps qu'il fait à Angers, à Pléneuf. Jaloux comme l'est Jean-Luc. Et comme l'est Christine. Elle aime *plus.* L'amour a besoin des Muriel comme le vent est nécessaire au voilier qui, sans lui, ne cinglerait pas sur les flots, s'y encalminerait.

Ils passent devant un square, dans le Marais. Un square qui porte le nom d'un obscur conseiller municipal né en 1882.

— Comment s'appelle ce square ? demande Christine.

Ferrier rit, la saisit aux épaules :

— Il a un drôle de nom, un nom qui nous va bien : le square fait vivre.

C'est idiot, mais ils vont en rire tout le jour. Place des Vosges, à la terrasse d'un café, ils se lient d'amitié avec un moineau.

— J'aime les moineaux, dit-il. D'ailleurs, je suis né sous le signe du Moineau.

— Ah ! non, toi, tu es un chat. Un matou indécent qui trimbale ses trucs comme des Légions d'honneur.

— Un moineau, c'est un voyou.

— Un chat aussi.

Voilà pour le dialogue. Ils s'enlacent, s'embrassent, s'enflamment, crépitent sur les quais et dans la rue de Rivoli. La nuit n'est pas tombée, les couloirs leur sont interdits. Ils ont cinquante-deux et trente-trois ans et sont presque passibles d'outrage aux mœurs sur la voie publique.

— Ce n'est plus tenable, grogne-t-il, on rentre. Paris, on l'a assez vu pour aujourd'hui.

— Oh ! tu sais, pour moi, c'est toi, Paris. Et puis, j'ai envie de foie gras...

Dans la bulle, ils font l'amour. Bien. Trop bien. Tout a été trop beau depuis qu'elle est là. Tout. Trop.

Quelque chose, qui est dans l'air, va se poser sur les draps, éclater. L'ombre de Muriel recouvre Régis, cette Muriel qui lui a tant et tant répété que sa ligne de vie, à lui Ferrier, n'était plus qu'une ligne droite qui ne menait plus à rien. Droite. Comme une frontière égyptienne. Un trait tiré au cordeau vers le cimetière. Ainsi, plus rien ne troublera le cheminement de cette verticale, sinon l'horizontale ? Alors qu'il est des tas de courbes sur terre, ne serait-ce que celles qu'il caresse machinalement de la main, rêveusement, celles du corps de la femme qu'il aime ? Alors qu'il titube par le vaste monde des zigzags à l'infini pour vivre encore à cloche-pied, joyeux comme des conscrits ?

Pourquoi se priver davantage d'elle, qui est là, pourquoi laisser ce Stradivarius sous l'archet d'un violoneux de village ? Elle est là, contre lui, peut l'être davantage. Toujours. Ferrier a le vertige. « Si on réfléchit, on ne s'envolera jamais », a dit Anatole France. Il a réfléchi, a perdu Marthe. S'il réfléchit encore, il perdra Christine et ne s'envolera jamais. Ne changera plus de vie. A son âge, c'est son ultime chance d'en changer. « Changer la vie », proposent les socialistes. Ce soir, Ferrier est socialiste. Il ne réfléchit plus, s'envole :

— Si on vivait ensemble, Christine ?

Elle somnolait, il lui faut répéter son invitation. Il la sent tout à coup éveillée, frémissante. Il parle, parle, efface les obstacles, se rit des haies, cisaille à toute volée tous les chevaux de frise.

— Et Muriel ?

— C'est toi que j'aime.

— Et Agnès ?

— Je veux vivre avec toi. Ça arrive, non, que des couples se séparent ? Si nous vivons ensemble, toi et moi, ce sera sans le prof, il me semble que c'est mathématique, si j'ose dire !

Lovée contre son flanc, pelotonnée, elle l'écoute. Emerveillée ? Ahurie ? Sceptique ? Il galope déjà dans les détails, abandonne son appartement à Agnès, en cherche un plus vaste pour eux. Il leur faut donc, il compte sur ses doigts, quatre chambres, un bureau, un salon. Il ne rêve pas, organise. Le voilà chef de famille. Mais il entend ne pas s'occuper du travail scolaire des enfants.

— Je m'en occupais déjà, murmure Christine.

— J'ai soif...

Elle ne s'est jamais levée aussi vite pour lui apporter une bière. Elle fera une très bonne petite épouse obéissante. Ferrier respire mieux, à présent. L'avenir est clair, net, franc, ouvert, aussi propre que les cuisines dans les publicités télévisées.

Régis béat s'étale sur le matelas à alvéoles du confort sentimental, balaie les timides objections de Christine. Les enfants sont inscrits pour l'année scolaire à Angers ? Qu'à cela ne tienne, on vivra un an à Angers !

— Ne te noie pas dans un verre d'eau, ma cherie ! lance-t-il avec superbe.

Emmène-moi, s'il te plaît. Garde-moi, je t'en prie. Ces mots, Christine les lui a écrits il y a quatre ans. Trois ans. Deux ans. Hier. C'est décidé, il l'emmène. C'est choisi, il la garde. Il aurait dû lui annoncer l'heureuse nouvelle dès qu'il l'a aimée, quand elle l'a chassé sans fioritures au retour de leur voyage de Londres. Ils auraient vécu des jours un peu plus simples... Alors que tout est simple, non ? Tellement simple ! On s'aime ? Eh bien, on part ! Et les voilà partis sur une route où l'on peut marcher à son gré, à l'ombre, au soleil, une route sur mesure découpée dans la culotte de l'opérette ! Je t'aime, tu m'aimes, et tout est dit. Et c'est trop simple.

Au restaurant, Christine s'aperçoit que le visage de son « fiancé » perd peu à peu de sa clarté. Christine le comprend, qui a connu bien davantage que lui la nuée de questions qui se posent dès que l'on parle de tout chambouler dans une maison. Elle lui prend la main :

— Ne t'en fais pas. Tout ira bien.

— Oh, je ne m'en fais pas ! J'essaie de tout prévoir, c'est tout.

Il se vante comme un petit garçon. Le noir de la nuit l'attend, dans le lit, après l'amour qui clôture le jour. Le noir. Il a peur, dans le noir. Il est seul, tout seul. Il ne dort pas et ne dormira pas. Se tourne, se retourne, en proie à cent, à mille problèmes matériels. Il gagne sa vie mais pourra-t-il gagner autant de vies ? La montgolfière ne s'est élevée que de quelques mètres, retombe, plus ridicule qu'une capote anglaise. C'est cela, il se dégonfle, comme à l'école.

Après l'envol — brillant — la réflexion, pesante. Partir ? Pourquoi partir ? Ne sont-ils pas bien où ils sont, tous ? Lui chez Agnès ? Christine à Angers et le prof dans sa femme ? Sa femme ? Merde, tout à l'heure, c'était la sienne, de femme ! Il la rend à qui de droit. Il rend ses billes.

L'amour, oui... Mais comment le fera-t-il à Christine, plus tard ? Le lui fera-t-il encore, seulement ? La lassitude, c'est une chose qui prend son temps, n'est pas du tout pressée d'arriver au néant.

Pourquoi a-t-il parlé à Christine ? Pourquoi ? Parce qu'ils étaient heureux, tout bêtement. Et qu'il ne l'est plus. Dix secondes sur l'oreille gauche. Dix secondes sur l'oreille droite. Pendant des heures. Même la décision qu'il prend de laisser tout cela en l'état primitif ne l'apaise pas. Il ne vivra pas avec Christine. Il n'ira nulle part. Restera le cul sur sa chaise. Mais il ne dort pas. Impossible. Il fume dans le noir, ce qui ne lui donne pas pour autant une volute de courage.

La tendre voix de Christine, tout à coup, dans le noir :

— Je t'aime, Régis.

Et il répond tendrement :

— Je t'aime, Christine.

Parce que cela est vrai, cela aussi. Tout bêtement...

19.

La volte-face, peu reluisante, est consacrée par une lettre de « rupture » qui foudroie proprement, salement, lâchement Christine. Régis a repris sa parole et n'en est pas très fier. Malgré son revirement éclair, rien n'a changé, tout a changé. La ligne droite s'étire toujours devant lui. Mais elle a été remise en question l'espace de quelques heures.

Le premier moment de soulagement passé — et quelle félicité que de demeurer immobile — Ferrier a pitié de Christine et pitié de lui. Il est entré dans la clinique de la fuite comme d'autres se réfugient dans des hôpitaux plus classiques. C'est un établissement confortable où l'on vous enlève vos lacets, votre cravate et vos responsabilités. Plus rien ne vous est à charge, tout est au compte de la vie, cette nébuleuse qui a bon dos, la chienne.

Ferrier pourra écrire plus tard une pièce intitulée *Le Jeu de l'oie* où tous les personnages reviennent sans gloire, après maints avatars et anicroches, à la case « Départ ». *Le Jeu de l'oie* sera un gros succès auprès du public qui se reconnaîtra bien là, s'identifiera aux protagonistes, à leurs contradictions, hésitations, fluctuations et autres menues laideurs en « ion ». Ce sera, pièce amère, un triomphe comique. L'amour raté fait se tordre de rire les gagne-petit de l'amour.

En attendant cette consolation de prestige, Ferrier traîne sur le pavé comme un vieux chien qu'ont blasé tous les coups de pied passés et à venir. Il a perdu Christine, et cherche après Titi. Titi son enfant de seize ans qui n'a pas encore d'enfants, pas encore de Jean-Luc, espère encore avoir des seins. Titi sa fille. Son inceste heureux loin de tout.

Avant de recevoir à bout touchant le contrordre de Régis, Christine a eu le temps d'annoncer aux petits que Ferrier allait vivre avec eux et que papa allait partir. Au prof, elle a pu signifier qu'ils ne dormiraient plus ensemble, que c'en était fini de cette plaisanterie qui ne distrayait guère que lui. Et puis, du jour au lendemain, plus rien ne bouge dans la ZAC que tout devait transfigurer...

Ferrier promène ses remords dans l'automne. Lorsque Agnès se montre désagréable, il se promène de plus belle, reconstruit le monde entr'aperçu. Il aurait pu louer un pavillon en proche banlieue avec un jardinet pour elle, les chats, les gosses. Le prof nourrissait bien tout cela, après tout. Ferrier se penche sur le vase de nuit des pensions alimentaires. Christine pourra revoir Jean-Luc à cause des enfants. En tout bien tout honneur. Il pourra revoir Agnès. Pauvre Ferrier, mal né pour ces complications, ces bureaucraties d'un bonheur qui devait se ramasser comme un fruit enfin mûr. L'amour n'est pas sorti de lui. L'amour qui mène à tout à condition d'y rester.

Christine n'a pu se résoudre au silence. Elle lui écrit, il lui répond. Tout recommence, faiblesses, promesses, tendresses, entre ces amoureux désuets, sujets conventionnels pour vieilles cartes postales. Ils n'osent plus évoquer le rêve tombé de la fenêtre du studio. Leur amour boite bas mais sautille encore sur ses béquilles. Parcourt malgré tout son petit godiche de chemin.

Le prof, qui a failli se retrouver la valise à la main dans la boue de la ZAC, chassé comme un représentant en farces et attrapes un matin de Toussaint, le prof « défend sa peau », une peau qui a senti le vent du knout. Revisse les boulons de la cage. Dans sa nuit, Christine module cette plainte qui tire des larmes à Régis, en tirerait à un aspirateur : *Je t'aime, ça sert à quoi ? A rien. Tu me manques, ça sert à quoi de le dire ? A rien. J'ai envie de toi, ça sert à quoi d'y penser ? A rien.*

Ils lui avaient pourtant réglé son sort, au prof, l'autre soir. En deux mots, il avait fait plouf sans dire ouf, malgré ses quatorze ans de mariage et d'ancienneté. Le malheureux n'était vraiment en place que pour jouer les utilités. La légèreté de Christine à l'endroit du « pâté industriel » avait même quelque chose de monstrueux ou d'inconscient. En position de force pour la première fois de sa vie, Christine n'avait pas fait de cadeaux, comme toutes les amoureuses d'un seul tenant. Plus durs avaient été la chute et le retour aux douches écossaises.

Trente-trois ans, c'est jeune pour dire adieu à l'amour, à la vie...

Le comportement du geôlier Jean-Luc indigne Muriel venue passer une semaine au studio avec sa fillette Isabelle. Elle décide de mettre son grain de sel d'un kilo dans la soupe. Profitant de l'absence de Régis, elle fouille parmi les lettres de Christine, en extrait des passages à l'intention du Lion d'Angers pour qu'il s'y émiette les crocs. Féminine, elle, jusqu'au bout des griffes, cette petite carne de Muriel envoie les photocopies de ces gracieusetés à Jean-Luc, au siège de son syndicat. Par ce biais, Christine ne pourra pas les détourner, ce qu'elle ferait par charité chrétienne. Muriel écrit de sa main en tête du document : *Vous aussi, vous lui avez fait du mal. Alors, lisez bien ça. Muriel.*

Les citations ne sont pas mal choisies. Parfois, les femmes ne sont pas des anges...

Quand je me caresse et que je jouis, je trouve le mot bien fort quand je songe au plaisir que j'ai avec toi. Je ne jouis pas vraiment en dehors de toi. Il m'est arrivé de « faire l'amour » avec Jean-Luc en pensant à celui que nous faisons toi et moi, si bien que j'avais presque envie de rire et me disais : « Flûte, concentre-toi un peu, sinon ça va être tellement tarte que tu vas t'attirer des réflexions. »

Plus loin, en moins corsé, en plus mélancolique :

Tu vois ce que sont mes vacances, pleines de toi, de toi seul, donc pas mal tristes et amères puisque tu n'y es pas, que tous nos souvenirs, tous nos moments m'emplissent la tête... Quand serai-je envahie de toi d'une autre manière ? Dis... et je t'embrasse infiniment où j'aime que tu aimes...

Tous les maris sont enchantés de lire ce genre de commentaires.

— Tu connais une Muriel ?

— Comme ça... une amie de Régis...

Jean-Luc soupire, regrette à voix haute que Christine ne lui ait jamais écrit de pareilles choses. Pauvre de lui. Muriel n'a pas été gentille. Fait retraite vers sa Normandie.

Cet intermède n'a pas égayé la ZAC où Labé tire ses dernières cartouches dans les murs et les plafonds.

— Quatre ans de cauchemars, ça suffit ! braille-t-il.

Les enfants pleurent, les chats se tapissent sous les meubles. Tant que Régis existe, Labé vit en sursis, en transit dans son propre domicile. Il reloue encore un studio dans le centre de la ville, déménage à moitié ses objets personnels, enlève, avec quelques éléments du sofa de cuir, les trois quarts des tripes de Christine horrifiée par ce démantèlement. Elle ne pardonne pas ce crime. *Con... mesquin... minable... il peut saboter ma maison mais ne peut pas toucher à l'amour que j'ai pour toi... Je vais le détester avec la même force que je t'aime...*

A Paris, ce fou de Ferrier sombre dans le coma sentimental. Qu'est-il donc devenu pour refuser la vie ? L'amour qu'on lui tend à bout de bras ? L'amour qu'il a toujours prôné comme aventure et vacances suprêmes ?

— Elle crève là-bas et je crève ici, explique-t-il à Max. Il faut que je vive avec elle.

— Tu sais qu'Angers, c'est loin ? Très loin ?

— Je sais. Je n'ai plus que le temps matériel de faire le voyage. Mon vieux Max, je vais doubler le cap Horn toutes voiles dehors. Faire sauter la prof à la nitroglycérine. Eparpiller le peloton dans les derniers secteurs pavés de Paris-Roubaix. Tu t'en souviens, de mes remontées des sources de l'Amazone à canoë ?

— Tu n'y es jamais allé.

— Justement, cette fois, j'y vais. J'embarque. Le Transsibérien pour Angers, en voiture ! L'Orient Express pour Angers, au départ !

— Tu ne me tenais pas le même discours, quand tu avais changé d'avis. Tu te trouvais trop vieux pour faire l'andouille.

— J'ai fait mes comptes. J'ai encore dix ans devant moi pour vivre avec une femme que j'aime. Ça ne court pas les rues, les femmes qu'on aime. Si, en prime, on les laisse passer, c'est du suicide.

— Si on les arrête aussi, remarque.

Ferrier n'entend plus rien. Se libère de chaînes qui, pourtant, ne lui pesaient guère. Informe Agnès de sa décision capitale, irréversible, de divorcer. Agnès s'émeut une seconde :

— Qu'est-ce que je t'ai fait ?

— Rien. Mais je veux vivre.

— Je t'en ai empêché ?

— Je veux vivre avec Christine.

— Eh bien, vas-y !

Rassurée, elle raille :

— Tu reviendras au bout d'une semaine.

Il hausse les épaules. Cette fois, il a réfléchi. Réfléchi qu'il s'envolait. Il ne retournera pas deux fois sa veste. Menthe, tenue au courant de l'immense projet, le fixe calmement :

— Tu as pensé aux enfants ?

— Ils me plaisent, ces enfants. Ça m'amusera de vivre avec. Le vrai problème, Menthe, ce n'est pas les enfants. C'est la femme.

Elle a comme un air vague de le bénir, de casser une bouteille de champagne sur la coque du *Titanic*. Il s'agite, engoncé dans sa combinaison de cosmonaute de la NASA :

— Menthe, ne me parle pas avec la voix de la raison. Je me suis toujours bouché les oreilles au son de cette voix-là. Si je l'avais entendue, je ne serais pas ce que je suis. Je serais gendarme ou douanier, rien, quoi !

— Je ne te dis rien. Je t'approuve.

Il se méfie malgré tout un peu d'elle, cille :

— Tu m'approuves ? Tu es bien la seule, alors.

— Si tu n'étais pas fou, tu n'aurais pas de charme.

— Je suis fou, bien sûr... Même pour toi...

— Oui. Mais j'aime que tu le sois. J'aime que tu aimes.

Il ne reste plus guère qu'une personne hors de la confidence, c'est Christine confite en désespoir auprès des ruines de son salon mutilé. Non content de ces déprédations, Jean-Luc perd tout semblant de noblesse et diminue, dans le pot à tête de lion, le montant du fameux *argent du mois*. Il a de nouveaux frais dans son studio, *défend sa peau*. Cette façon d'affamer la famille pour ramener la femme a de meilleurs « sentiments » frôle les mauvaises actions de Muriel. Pour se racheter de celles-ci, Régis annonce sa venue définitive et sans appel pour les fêtes de fin d'année. De plus, envoie un chèque pour annihiler les effets des sombres calculs du matheux.

— L'argent du mois, à présent, c'est moi ! s'enchante-t-il pour Christine, au téléphone.

Il est bloqué à Paris en décembre pour régler quelques détails importants de ses affaires. Qu'importe le salon, on en rachètera un autre ! Deux autres ! Voilà un homme ! Un vrai ! Le bonheur éclate sur la

ZAC libérée du prof et des soucis de tous ordres. *Heureuse d'être à toi, rien qu'à toi et pour toujours...* Quelle joie pour un amant de n'être plus cocu ! Quelle reconversion pour la femme adultère de ne l'être enfin plus !

Ah ! comme je voudrais déjà que tu sois là, qu'on aille se balader en forêt, qu'on s'engourdisse ensemble au coin du feu. Elle voit *tout en rose,* ce sera *merveilleux,* aménage une chambre des filles en bureau pour Régis. Celui-ci expédie dans la ZAC quantité de paquets de vêtements, d'objets de toilette, d'ébauches de manuscrits, etc. Les enfants piaffent, ravis de voir leur maman pratiquer enfin l'alternance. Pour eux, Régis a tous les attraits du neuf. Pour les parents de Christine, tous les défauts du vieux, toutes les diableries, toutes les malfaisances. La mère tance sa fille, la traite de salope qui n'en finit plus de chasser son mari. Celui-ci, d'ailleurs, accourt à Courbevoie pour pleurer dans le corset de belle-maman :

— Ouin, ouin, mamie, j'ai perdu mon Eurydice...

— Eurydice ? Vous aviez une maîtresse, Jean-Luc ? Ce n'est pas bien.

— J'ai perdu ma femme, ma femme d'intérieur, ma femme de ménage désuni, ma femme à tout faire ou presque, ma nanou, ma doudou, mon roudoudou !...

Je lui ai dit au téléphone, aujourd'hui, de me foutre la paix pour toujours.

Malgré son atroce douleur, et son chef dégoulinant des cendres de son foyer détruit, Jean-Luc découvre sur sa machine à calculer qu'un Régis vivant à Angers n'est mathématiquement plus à Paris. Que Menthe est donc, soustraite de un, libre. Qu'il serait savoureux, piquant, de procéder à un échange standard et de se consoler dans les bras de l'Eurasienne de ceux de l'Angevine : *Menthe, Régis va désormais être un Angevin à part entière et j'ai commencé hardiment une vie nouvelle de quadragénaire libéré et pas trop mécontent de l'être... Je monterais bien volontiers un jour à Paris pour t'y rencontrer... Si le cœur t'en dit, à un de ces quatre...*

Un de ces quatre, reste trois. Menthe ne fera pas la quatrième à la belote. Menthe ne répond même pas au prof, plus préoccupée par le départ imminent de Régis que par la mécanique ondulatoire de Labé.

Eux aussi ont vécu, Régis et elle, quatre ans de sentiment. Non loin l'un de l'autre, eux. Quatre ans de rapports bizarres à base de fleurets mouchetés et de complicités, relations parfois ponctuées d'accès d'enthousiasme où s'embrouillent leurs deux délires très particuliers. Un monde où le prof n'a pas de strapontin. Menthe se tait, elle, mais les éternelles voix de la raison trompettent aussi bien à Paris qu'en Anjou. Régis expose, par exemple, son projet à un vieil ami :

— Je vais vivre à Angers avec une mère de famille de trois enfants.

— Ce n'est pas si con..., rétorque l'autre sobrement.

Un autre ami, Harry, crie au fou :

— Continue à la voir comme avant, mais ne divorce pas !

Harry oublie que pour administrer ce genre de morale à Ferrier, il vaudrait sans doute mieux ne pas avoir divorcé deux fois soi-même. Agnès, elle, s'enquiert froidement du nombre de paires de chaussettes qu'il entend exporter là-bas.

— L'hiver sera froid. Couvre-toi bien. Quand tu feras l'amour éponge-toi après, tu as les bronches fragiles. J'ai envie de téléphoner à Christine pour lui faire toutes les recommandations concernant mon enfant à moi.

Il encaisse avec placidité toutes ces ironies qui l'ancrent plus que jamais dans son désir de remonter jusqu'aux sources de l'Orénoque. Ou de l'Amazone. Peu importe : aux sources. Il ne veut pas penser à celles, fatales, de la Tamise. N'en parlons plus : il ne l'aimait pas, alors. S'il l'avait aimée, cela changeait le tout du tout au tout.

Ils s'appellent chaque soir, se racontent, se détaillent à qui mieux mieux le conte de fées qu'ils vont vivre bientôt. Les enfants se succèdent à l'appareil pour l'entretenir à voix fraîche de leurs jeux et ris, de leur hâte de le voir s'installer auprès d'eux.

— On se marrera, avec toi, exulte Ariane. Ça faisait trop longtemps, aussi, que papa nous les cassait et que maman pleurait. Ça devait péter un jour.

Christine, en riant :

— Figure-toi que Ziggy m'a demandé s'il devait t'appeler : papa ! Je lui ai dit qu'on t'appellerait tous Régis et que tu lui apprendrais à pêcher dans la Maine.

Elle lui envoie d'office un bulletin de paye du professeur Jean-Luc Labé, à titre de documentation pour les avocats. Sans être le Pérou, ce n'est pas le Sahel non plus, pour si peu d'heures de cours. Sur ce salaire, les Labé n'ont-ils pas « fait » le Kenya, en supplément de leurs dépenses habituelles ? Toutes pensions alimentaires mêlées, le nouveau ménage Ferrier s'en sortira.

— C'est grimaçant, oui, ces histoires de fric, expose Régis à Max, mais comment les éliminer ? Entre parenthèses, on ne me parle que des inconvénients de ma vie future, jamais des avantages. J'opte en fait pour la sécurité de l'emploi sexuelle. Dans trois ans, Ariane en aura seize. Suis mon raisonnement. Elle s'engueule avec sa mère. Elle se dit : « Qu'est-ce que je peux faire de pire pour embêter maman ? Coucher avec Régis. » Dans cinq ans, Cathy en a seize à son tour. S'engueule avec sa mère et sa sœur. Se dit : « Qu'est-ce que je peux faire de pire pour les embêter toutes les deux ? Coucher avec Régis. » Et me voilà pour mes vieux jours noble et salace patriarche à la tête d'un harem.

— Et qu'est-ce que tu fais du petit ?

— Il n'est pas mon genre.

Moue de Max :

— Si leur mère entendait ça !...

— Oui, mais elle ne l'entend pas.

Agnès donne un dîner à leurs amis pour « enterrer la vie de garçon » de son mari. L'idée est plaisante, le ton agréable. La dernière blague de Ferrier, appréciée. Il joue les aventuriers au naturel. La ZAC est à défricher, le Maine-et-Loire à réinventer. Des paris s'engagent, qui font sourire Régis, sur la durée de son séjour en Anjou. Agnès tient pour une semaine. Max mise sur quelques mois d'hibernation avant le réveil du printemps. Menthe est là, qu'Agnès invite toujours en qualité de « fiancée » officielle. Conviée à livrer son opinion, elle murmure :

— Pourquoi pas « pour la vie » ?

La main de Régis se pose doucement sur l'avant-bras de sa meilleure amie. « Pour la vie », pour toujours, c'est ce que pense Christine, mais surtout ce qu'elle veut. Pourrait-on dire : exige ? Régis a-t-il entamé sa procédure de divorce ? *Je voudrais te donner de mon courage pour faire face à ces tracasseries, paperasseries, discussions, voire disputes. Inutile d'attendre...*

Régis trouve cette hâte ridicule, cette précipitation vexatoire. N'ont-ils pas la vie, toute la vie, devant eux ? Agnès lève sa coupe de champagne :

— A tes amours !

Pourquoi, dans la ZAC, tient-on si fort à les légaliser à toute allure ? En seront-elles plus belles ?

Hier soir, petit Noël avec les enfants. Tous les quatre, nous nous sommes donné nos cadeaux. Nous avions mis ta photo au milieu de la table, avec les bougies, car nous avons dîné aux chandelles. Tu devines comment j'ai pu penser à toi ! Et combien je pense au 30...

20.

« Mais quoi ! Suivre une femme à Séville, quand Madrid et la cour offrent de toutes parts des plaisirs si faciles ? »

BEAUMARCHAIS,
Le Barbier de Séville.

Maine-Océan, 30 décembre. Sans orphéon, Ferrier prend, avec son sac de voyage, le 18 h 23, ce train de la mort de leurs amours. Max a tenu à l'accompagner à la gare. Au dernier moment, Agnès s'est jointe à eux.

— On ne peut pas te laisser prendre sans réconfort la route du bonheur, persifle cette toute provisoire madame Ferrier.

Régis, sur le même ton :

— De fait, là-bas, je m'attends à être choyé comme un coq au vin.

— Tu étais mal, chez nous ?

— Tu fus une épouse exemplaire dont j'évoquerai chaque jour le modèle sous les lambris dorés de la ZAC afin qu'on s'en inspire.

Il embrasse son passé, grimpe dans l'avenir. Finis tous les combats. Il est sincèrement décidé à tenter l'expérience. Par nature, il n'a pas le goût de l'échec. Ce train ne peut l'emporter que vers *Cyrano de Bergerac*. Ou presque. Il s'admire, à cinquante-deux ans, de remonter ainsi, fleur au fusil, en première ligne de la vie alors que tant et tant ne songent qu'à la retraite.

Il a, dans son sac, les cadeaux pour *ses* enfants : des dictionnaires pour *ses* filles, des maillots de footballeur et un ballon pour *son* garçon. *Sa* femme choisira plus tard en sa compagnie son présent de mariage.

Fidèle — enfin ! — au poste, elle l'attend à la sortie de la gare, près de la 2 CV bleue. Souriante, belle, ainsi qu'il sied à une jeune mariée. Ils s'embrassent en plein Angers. Il n'y a plus de femme de délégué syndical, maintenant. La bise qui souffle sur la place est le vent un peu froid de la liberté.

— Les enfants t'attendent comme des fous, dit-elle en s'installant au volant de la citrouille de Cendrillon.

— Tu es heureuse, au moins ?

— Bien sûr, et toi ? Ça n'a pas été trop dur, les adieux ?

— Pas du tout. Le prof n'a pas cherché, lui, à refaire surface ?

— Non. S'il appelle, je lui porterai les gosses en ville pour le Nouvel An.

— Oh ! il peut même venir boire un verre à la maison. Chez nous. Qu'on lui montre qu'on a les idées plus larges qu'il ne les avait.

— Je ne pense pas qu'il ait très envie de nous voir tous les deux. Plus tard, peut-être.

Sous son manteau, elle est en robe. La main gauche de Régis se coule sous toutes ces étoffes, les écarte. Elle est si précise, soudain, que Christine pousse un cri :

— Non ! Tu vas me faire entrer dans le décor !

— Le décor représente une ZAC du XVIIIe siècle. Le Prince Charmant réveille la Belle au Bois dormant d'une façon discutable sur le plan de la morale bourgeoise et lui fait trois enfants qu'il lui tarde de voir.

Malgré le froid, les trois enfants en question surgissent du pavillon, s'abattent sur Régis, se disputent ses joues, ses mains, son sac, c'est l'entrée de César dans

Rome. Dans la cheminée flambe, tout joyeux lui aussi, le bois de *L'Albatros*. Il manque en effet la moitié des éléments du sofa de cuir que Christine, d'un cœur brisé, a remplacé par quelques sièges de jardin.

— Tu as vu ? dit-elle au bord des larmes.

— Ce n'est pas laid, fait-il à la légère. Original.

Elle ne semble pas d'humeur à rire de cette catastrophe domestique. Il la prend par le cou :

— On arrangera ça, ne t'en fais pas.

— Ça coûte très cher, un salon.

— On verra.

Les enfants l'entraînent vers l'arbre de Noël illuminé. L'authentique sapin modèle famille nombreuse.

— On l'a arrosé tous les jours pour que tu le voies en pleine forme, rigole Ariane.

— Je n'en ai jamais vu de plus beau, apprécie-t-il en pétrissant intentionnellement l'épaule de Christine.

Ziggy louche sur le sac de voyage de Régis, n'y tient plus, et le soupèse. Ferrier le lui reprend avec autorité :

— Oui, il y a des cadeaux pour vous tous. Non, vous ne les aurez pas ce soir. Distribution demain à minuit une pour le Nouvel An.

— C'est vachement loin ! proteste Cathy.

— Donne-les tout de suite, appuie Ariane, ça revient au même.

Ferrier résiste, prêche le respect des traditions, porte lui-même le sac dans la chambre des parents, la sienne.

Il revient avec du saumon fumé d'Irlande et trois bouteilles de Dom Pérignon.

— Mets ça au frais pour le réveillon.

Christine obéit, puis le conduit dans le bureau qu'elle a arrangé pour lui. Tout est en ordre sur la table, feutres, cahiers, crayons, gommes, etc. Aux murs, des photos qu'ils aiment, prises lors d'une séance de dédicaces où elle l'assista deux ans auparavant.

— J'espère que ça ne te dépaysera pas trop pour travailler, un nouveau cadre.

— C'est toi, mon pays. Et ici, c'est la capitale.

Elle s'enfuit de ses doigts, sérieuse :

— Je ne sais pas comment ça travaille, moi, un auteur. Explique.

— Ça s'assoit à son bureau. Ça attend que ça vienne tout seul. Longtemps. Puis ça finit par venir, mais pas tout seul. C'est tout. C'est enfantin. Sauf que c'est moins facile que de faire un enfant.

— A propos d'enfants, il faut que je les couche.

— Pourquoi ? Ils sont en vacances.

— Je ne veux pas qu'ils nous envahissent. Ils ont dîné comme d'habitude, ils t'ont vu, ça suffit.

Ils les retrouvent à la cuisine où Ariane et Cathy ont dosé, très fières, le Pernod de Régis.

— C'est bien, comme ça ?

Il goûte.

— Très bien.

— Vous allez m'en faire un alcoolique, gronde Christine. Il va finir par voir des rats !

— T'inquiète pas, Régis, glousse Ariane, tu peux y aller, pour les rats, on a quatre chats ici. Sept, avec les nôtres.

Devant la mine stupéfaite de Ferrier, Christine s'esclaffe :

— Elles savent ce que c'est que les gros mots, qu'est-ce que tu crois !

— Moi, j'ai pas que des mots, triomphe Ariane, j'ai un soutien-gorge ! Regarde les bretelles !

— Assez, Ariane ! Je t'en prie !

— Tu la connais, Régis, lance la gamine, elle est un peu jalouse de ce côté-là !

Christine rit mais n'en dirige pas moins sa progéniture vers la salle de bains et les chambres. Après quoi Régis ne coupe pas à la tournée des popotes et des baisers. Cathy lui souffle à l'oreille :

— Je t'aime.

— Moi aussi, petit Catou.
— Je suis heureuse pour moi que tu sois là, et pour maman aussi.
Le naïf Ziggy ne cache pas son souci :
— Qu'est-ce qu'il y a, dans ton sac ? C'est pour le foot ?
— Tu le verras demain soir.
Le gosse émet de la tendresse à jet continu, à gros bouillons, répète :
— C'est pour le foot ?
— Oui.
Régis le plante là, émerveillé, lâché sur les pelouses du rêve. Seuls dans la cuisine, Christine et Régis mangent à peine.
— Ça me fait drôle de te voir là, dit-elle.
— Pas tant qu'à moi.
— J'espère que tu vas te plaire.
— Tu me plais.
— Que ça ?
— Un peu plus, sans doute, sans quoi je n'y serais pas.
Il a remarqué, dans la chambre d'Ariane, une photo d'identité de Jean-Luc, fixée par une punaise. C'est le seul souvenir du père, dans toute la maison. Le seul ? N'est-ce pas le prof qui, dehors, ulule dans la nuit de décembre ? Qui saute d'arbre en arbre, de toit d'ardoise en toit d'ardoise ? Ferrier veut se rassurer. Elle l'a chassé, le prof. Chassé. Elle rapproche son tabouret de celui de Régis :
— A quoi tu penses ?
— A ce que tu m'as écrit cent fois quand tu te caressais devant ta cheminée : que tu ne pensais qu'à m'y caresser.
Elle sourit :
— J'étais en train d'y penser.
— On pense trop, tous les deux.
Ils sont allongés nus, sur le ventre, côte à côte, sur le

tapis, et les flammes leur dorent le corps, leur trépignent sur la peau. Elle l'a caressé de sa bouche, et c'était très joli scéniquement, avec tout ce feu blond derrière ses cheveux blonds. Et du Mozart derrière le feu.

Il s'étire en toute volupté :

— Et dire que tu m'es arrivée au studio dans l'état d'une élève de sixième !

Elle corrige :

— De maternelle !

— Tu as bien changé.

— Non, je t'aime.

Elle le dit calmement, trop calmement au goût de Régis :

— Tu dis ça comme « passe-moi la moutarde » !

— Je le dis comme une évidence. Comme : il fait nuit. Comme : il fait jour.

Ils n'ont plus rien à dire. Ils vivent ensemble. Ils n'ont déjà plus rien à se dire. Le feu vacille. Il la caresse. Ils font l'amour sur fond de braises.

31 décembre

— Mais, mon Titi, quelle question ! Je vais m'en occuper après les fêtes !

— J'ai déjà vu mon avocat, moi, avec Jean-Luc.

— Tu ne me l'avais pas dit.

— Je l'ai vu dès que tu m'as confirmé ta décision. C'est idiot de perdre du temps.

— Ce n'est quand même pas le plus important, de divorcer ! C'est peut-être de s'aimer, non ?

— L'un n'empêche pas l'autre, et il le faut.

— Pour les enfants ?

— Pour tout, Régis. Pour tout.

— J'appellerai Mercier, mon copain avocat.

— Quand ?

— Pas avant le 10, il est aux sports d'hiver.

Le tout petit sourire de Christine se referme un peu plus. Elle se lève brusquement. Comme elle va disparaître dans la salle de bains, il l'arrête d'un cri :

— Oh !

— Oui ?

— Tu m'aimes ?

Elle a une moue, aussi petite que son sourire :

— Cela n'a rien à voir.

Ce qui le laisse perplexe une seconde, une seule. Les enfants ! Il oubliait les enfants, rien que cela ! Ce vieil ennemi des « chiards », des « têtards », des « lardons », saute dans son pantalon, enfile une chemise et court embrasser ses enfants. Oui, ses enfants. Qui s'en charge, à présent, sinon lui ? Et elle. Ils ont déjà déjeuné, lavé leur bol. Ziggy, seul, achève une tartine. Régis écope d'un baiser à la confiture. Deux chats sommeillent sur la table. Ferrier les chasse comme des maris. Ziggy s'en épate :

— Pourquoi tu les vires ?

— Ma mère disait toujours que ce n'était pas la place des chats, sur les tables.

— Ah bon ? maman s'en fout, elle.

— Elle a tort. Où sont tes sœurs ?

— Dans leur piaule.

Régis va pour ouvrir une porte, se souvient que ce sont des filles, et frappe :

— C'est moi.

— Oui, entre.

Ariane, dans sa chambre, écrivait. Elle jette son cahier sur son lit, embrasse Régis.

— Tu écrivais ?

— Des bêtises. Mon journal.

— « Journal intime d'une jeune fille de treize ans », ça doit être quelque chose de bouleversant.

Elle rit de son rire aigre de bonbon à la menthe :

— Tu parles ! Si ça t'amuse, lis-en une page ou deux,

parce que ça ne t'amusera pas longtemps. Vas-y, vas-y !

Elle sort. Régis tire la langue à la photo du prof. Ariane aurait pu éviter... Oui, c'est son père, après tout... Il ouvre le cahier, le feuillette, tombe de plein fouet sur *Je m'emmerde en classe. Les profs sont tous des sales cons. Tous !* Régis sourit, qui n'est même pas aussi catégorique. *Je me fais chier dans la vie. Quand Roby m'a embrassée sur la bouche, j'ai cru que ça serait extra. Qu'on allait se marrer. Il est aussi merdique que les autres. C'est de la crotte.* Elle avait écrit : *de la merde*, a corrigé, par une pudeur, sans doute, de petite fille. Autres révélations, une page plus loin : *On s'est regardés, Cathy et moi, nos poils du cul. Elle a deux ans de moins que moi, eh bien, elle en a presque autant. Si ça continue, on va rattraper maman, qui en a des super chouettes.*

Ferrier arrête là sa lecture. Il aura peut-être un peu plus de mal que prévu à entrer dans « le monde merveilleux de l'enfance ». Lui qui n'en soupçonnait strictement rien est déjà édifié avec brutalité quant au système pileux de ses fillettes. Celles-ci arrivent. Les enfants, cela bouge beaucoup, dans une maison. Baisers à Cathy. Ariane range son cahier :

— Tu en as lu ?

— Oui.

— C'est que des conneries, hein ?

— Non. Mais c'est peut-être un peu... moderne, non ?

— Ah ! tu veux parler des gros mots ! Ça vient comme ça vient, on va pas se mettre à trier !

Cathy a les yeux bleus et tendres de sa mère quand ils sont tendres. Ceux de Cathy le sont toujours. Même quand elle reproche :

— Tu as chassé Patchouli et Jojo de la table. Faut pas. C'est moi qui les avais mis.

— Je ne le referai plus, promis.

— Tu veux ton Pernod ?

— Sûrement pas à dix heures, tu veux ma mort.

— Tu me le diras, quand ce sera l'heure. C'est moi qui te le servirai.

A midi, elle le lui sert avec componction. La lassitude n'a pas encore gagné Régis. Christine est à sa gauche. Il lui ferait volontiers l'amour, là, avant même le repas.

— Après, souffle-t-elle.

— Tout de suite après ? fait-il sur le même ton.

— Oui...

Ariane pouffe. Il y a de la sieste dans l'air. Ferrier se sent rougir. Etait-ce ainsi que cela se passait du temps de son prédécesseur ? Tous les petits savaient que les vieux allaient jouer au papa et à la maman ? Tant de simplicité biblique offre aux yeux de Ferrier quelque désagrément. Un autre survient, dressé dans un plat fumant. Un poulet.

— Tu le découpes, Régis ?

Ce n'est pas une supposition mais un commandement. Ferrier ne sait pas conduire, ne sait pas réparer un joint de robinet, ni changer des plombs, ni, surtout, découper un poulet. En revanche, il pêche correctement à la mouche, écrit des pièces, accessoirement, connaît par cœur la liste de tous les vainqueurs du Tour de France, remonte jusqu'aux sources de l'Orénoque en canoë. Tous savoirs et sciences inutiles face à un poulet rôti.

— Je ne sais pas découper un poulet, avoue-t-il.

Léger mépris dans l'œil de Christine :

— Moi non plus. C'est Agnès qui les découpait, chez toi ?

— Ben, oui...

— Ici, c'était Jean-Luc.

Il l'apprécierait plus discrète, contre-attaque :

— Il me semble qu'il y avait des choses qu'il ne savait pas faire, lui non plus. Evidemment, elles ne servaient à rien à table !

En soupirant, Christine découpe tant bien que mal cette volaille maudite. Incident clos. Les enfants parlent entre eux de sujets pour une fois de leur âge, de jeux, de copains, de copines. Régis s'ennuie, mastique, siffle un verre de saumur-champigny.

— Il te plaît ?

— Beaucoup, ma chérie.

— Il vient de mes amis viticulteurs de Faye d'Anjou, dont je t'ai déjà parlé.

— Il est parfait.

Il lui caresse une cuisse. Puisque les mœurs sont libres, ici, autant en profiter. Nul d'ailleurs ne remarque son geste. Le prof avait-il pour habitude de tripoter sa femme au dessert ? La tarte avalée, Cathy et Ziggy disparaissent dans la rue. Ils vont jouer chez des voisins.

— On ne fera pas trop longtemps la sieste, Régis, expose Christine. Je voudrais te montrer Bouchemaine avant la nuit. C'est le confluent de la Maine et de la Loire.

— Comme tu veux.

— Je pourrai aller avec vous ? fait Ariane.

— Demande à Régis.

— Oui, bien sûr.

Il sourit :

— Tu fais partie de la famille.

Ariane s'enferme dans sa chambre, les adultes dans la leur. Ferrier n'en parle pas, mais l'aspect désormais autorisé de leur amour le désempare. Ils ne se sépareront donc pas, tout à l'heure, ne connaîtront pas leur poussée de chagrin à Montparnasse. Ils sont époux et ne sont plus amants. Chez certains êtres, il paraît même que cet état de chrysalide dure toute la vie.

Sous sa bouche, le fruit de Christine qui lui fut quatre ans défendu n'est plus qu'à lui. Certes, il n'a rien perdu de son mystère, mais il est dans son cadre, son cadre où il fut nature morte, pour l'autre. Ferrier regrette un peu la bulle, son côté clandestin. Il s'habituera. Le prof s'était très bien habitué, ici. Tenait même beaucoup à cette vie.

Au-dessus du lit, la glace monumentale aux pourtours dorés devait servir à quelques sensations contrôlées, poinçonnées. Régis installe Christine de façon à voir dans ce trumeau s'ébattre leur couple. En cette glace, Jean-Luc a vu tout cela bien avant lui, les fesses, le dos, la nuque de Christine, les mêmes que Régis voit frémir et bouger, les mêmes. Crac, Régis s'est pris pour le prof à force d'y penser, et jouit avant l'heure, à sa place, quoi ! De se sentir dans la peau de son enseignant a dû l'énerver. L'exciter, pourquoi pas ?

Il reprend dans ses bras son bel amour lésé, répare à la main les dégâts d'omission. Il s'épouvante quand elle geint trop fort, songe à Ariane peut-être derrière la porte, peut-être l'œil fixé au trou de la serrure. Il n'en abandonne pas pour autant Christine et son corps, mais subit longuement le pinçon d'un malaise. Elle a été comme toujours animale, comblée, mouillée. Même chez elle, elle est partout chez elle.

Elle ne parle plus de leur *merveilleux bonheur,* doit l'estimer tout naturel, chose rêvée chose due. Régis aimerait qu'elle s'extasie encore à chaque minute, chaque seconde. Elle est moins théâtrale que lui, voilà tout. En ce cas, Ferrier reprend toujours sa bonne vieille citation de film américain : « Nobody is perfect... »

Ils se sont rhabillés, se couvrent même chaudement. La ZAC, quand ils la traversent de long en large en 2 CV, est absolument vide. Déserte.

— Au secours, j'ai peur, gouaille Ferrier. C'est toujours animé comme ça ?

— Toujours, fait Ariane caustique. Et encore, il y a foule, aujourd'hui.

— Ne l'écoute pas, Régis. C'est l'hiver, les fêtes. D'habitude, ça bouge quand même plus.

Ferrier aperçoit, ravi, un arrêt d'autobus. Grâce à ce transport en commun, il pourra se rendre en toute autonomie dans le centre d'Angers. Ariane le douche :

— Ils ont jamais marché. Grève illimitée.

Ferrier lit nettement les caractères des journaux lumineux qui courent sur le fronton des gares parisiennes : UN AUTEUR PARISIEN ENTERRÉ VIVANT DANS UNE ZAC D'ANGERS... Le fait divers disparaît, circule, revient se couler sur les murs : ... ENTERRÉ VIVANT DANS UNE ZAC D'ANGERS. UN AUTEUR PARISIEN... Ferrier se rend compte qu'il est prisonnier, ici. Sans chaînes, ni menottes, mais en cellule, fût-elle familiale. Pas un marchand de journaux. Pas un bureau de tabac. Pas un café. Il frissonne dans sa veste de chasse. Christine, avec sollicitude :

— Tu as froid ?

— Non... Mais vous aurez des boutiques, un jour, ici ?

— C'est prévu.

— Pour quand ?

— Je ne sais pas. Comme je fais le taxi quatre fois par jour pour conduire et ramener les gosses, je fais toutes mes courses en ville.

— Oui, mais tu es en voiture et moi je suis à pied...

Christine se tait, se bute. Elle n'admet pas que l'on critique, ni sa collection de pots, ni les inconvénients, fussent-ils évidents, de son environnement. DANS UNE ZAC D'ANGERS. UN AUTEUR PARISIEN ENTERRÉ VIVANT...

Un clair soleil d'hiver brille sur la Loire, à la pointe de Bouchemaine. La Loire dans laquelle viennent de se marier les eaux de la Maine, peu en amont. D'étroites levées de pierres et de touffes d'herbe s'avancent dans le fleuve que barrent par ailleurs des rangées de piquets de bois.

— Il paraît que ça sert à drainer les courants vers les

profonds, commente Christine. Quand la Loire monte, tout ça est submergé.

— C'est joli, ces couloirs dans la rivière, admire Ferrier. On dirait des allées dans un jardin.

— Tu vois qu'il n'y a pas que des ZAC, en Anjou, se radoucit Christine.

— Elles me suffisent déjà, avec toi dedans.

— Et regarde le ciel ! Des moutons gris, des moutons blancs, tout ça dans le ciel bleu. C'est très angevin, ce type de clarté. Les photographes et les peintres aiment ce genre de lumière très douce.

Ils longent, par une sorte de chemin de ronde, les vieilles demeures qui bordent la Loire. Sur le mur de l'une d'elles, des traits indiquent le niveau des plus fortes crues, 1910 demeurant la meilleure année.

Pour se réchauffer, peut-être aussi par tendresse, les trois promeneurs se tiennent de très près par le bras. Ils marchent un peu sur une des sentes caillouteuses qui s'enfoncent droit dans la Loire. Un chevesne saute en surface.

— J'apprendrai à Ziggy à pêcher à la mouche, quand la saison sera venue.

— C'est quoi, la saison ? demande Ariane.

— Le début de l'été.

La mère et la fille ramassent des galets, s'amusent à faire des ricochets.

— Tu n'en fais pas, Régis ?

Mains dans les poches, il sourit :

— Ma Chris, je ne suis pas plus doué pour les ricochets que pour découper les poulets.

Ils quittent la pointe, regagnent la commune même de Bouchemaine où Christine désigne à Régis *L'Auberge de Chanteclair.*

— Je t'en parlais, dans le temps, pour que tu y viennes. Je serais passée te voir tous les jours.

— Oui. Comme au *Concorde.* C'est mieux aujourd'hui, non ?

— Oui. Bien sûr...

Ils boivent un thé à la terrasse couverte. La nuit descend, escamote tout le ciel angevin, peint en noir les derniers moutons. Ariane ne dit plus de gros mots. Christine mélancolique abandonne sa main à Régis qui songe sombrement qu'il aurait dû prendre un whisky plutôt qu'un thé.

Avant le dîner, les enfants sont agglutinés devant la T.V.. Régis traîne autour de Christine dans la cuisine, puis va dans son bureau. Désœuvré, il se penche sans foi sur une grille de mots croisés. Ariane passe dans le vestibule.

— Ariane !

— Oui ?

— Viens voir.

Elle entre :

— Tu écris une pièce ?

— Non. Il faut y penser longtemps avant. Dis-moi, Ariane, ta maman...

— Oui ?...

— Je ne la trouve pas aussi heureuse de me voir ici qu'elle devrait l'être.

Ariane gonfle une joue, la dégonfle, en signe d'embarras :

— Je ne sais pas, moi. Avec papa, elle était souvent comme ça.

— Mais je ne suis pas ton père, merde !

Tout petit reflet de silex dans l'œil d'Ariane. Elle tourne les talons en disant :

— Va lui dire tout ça à elle. Tu es assez grand, non ?

Il s'en va derechef traîner dans la cuisine. Christine porte une jupe à fleurs très évasée retenue à la taille par un élastique un peu lâche.

— On va dire que je suis toujours dans les jupes de ma femme, plaisante-t-il, les deux mains passées sous l'élastique et plaquées sur les fesses nues.

Il la complimente pour l'absence de slip. Il n'aurait

pas dû parler à Ariane. Il se fait des idées. Mais si, elle est heureuse ! Elle est « comme ça », a toujours été « comme ça » !

— Régis ?

— Titi ?

— Il faut que tu leur donnes leurs cadeaux avant le dîner.

— Mais c'est insensé ! Le 31 décembre, ce n'est pas le 1er janvier ! Ils ne peuvent pas attendre minuit ?

— Ils vont être déçus. Ce sont des gosses...

Quand elle se bute, tout doit céder. Tout, mais pas lui qui se bute à son tour :

— Justement. L'arbre de Noël, ils y tiennent, hein, parce que c'est une tradition. Le Jour de l'an, c'est pareil. Un anniversaire, ça ne se souhaite pas une semaine avant !

— Tu as raison, murmure-t-elle froidement.

Il sent qu'il aurait plutôt tort, s'éloigne, écarte un rideau, lorgne le quartier qui, dans la brume, évoque le Whitechapel de Jack l'Eventreur. Voit sur un toit d'ardoise luire ces mots : UN AUTEUR PARISIEN ENTERRÉ VIVANT DANS UNE ZAC D'ANGERS.

Il va au téléphone, s'assure que l'appareil n'est pas débranché. Depuis son arrivée, pas une sonnerie n'a retenti. Pas un seul de tous les fameux amis de Christine ne s'est manifesté. Tous tiennent sans doute pour pestiféré son grand bonheur au gui l'an neuf. Tous sont rangés, bannières familiales en tête, derrière le prof à auréole. Auprès du combiné orange, Régis écoute l'énorme silence de la réprobation. Christine pourra-t-elle résister à la mise en quarantaine des bien-pensants de gauche à droite ?

Il résiste bien, lui, durant le dîner, aux yeux de chiot de Ziggy, des yeux dans lesquels les aiguilles des montres ne sont pas près de toucher au havre de minuit !

Après les praires, la famille ahurie découvre que

Ferrier ne sait pas non plus découper le saumon en fines tranches. Vraiment, là, Régis aggrave son cas. Il n'y a décidément plus d' « homme » dans la maison. Les enfants ont beau rire par pure politesse des lacunes de la recrue, Christine ne rit pas, elle qui s'évertue à servir sans trop le massacrer le poisson royal. Jean-Luc faisait tout très bien, ici. Oui, *tout*. Enfin... *presque*. Mais de ce « presque » les petits ne savent rien. Régis prend sa revanche en débouchant une bouteille de champagne. Un expert des caves de Reims ne ferait pas mieux mais cela les petits ne le savent pas.

Ferrier, qui n'aime pas les pâtisseries, se croit obligé d'applaudir la spécialité de la cuisinière, le gâteau de chocolat aux noix, et d'en engloutir un morceau.

A Paris, que font Agnès, Max, Menthe, que fait son neveu, que fait Harry, que font-ils tous et toutes sans lui, loin de lui ? Pensent-ils seulement encore à lui, le proscrit ? A lui l'exilé ? Soirée T.V. dans la ZAC où un auteur parisien est de plus en plus enterré vivant. Il souhaitait regarder le programme de la Première Chaîne. On lui impose sans discussion celui de la Deuxième. Il n'est pas chez lui. Du moins, pas tout à fait. Peut-être demain ?

Il se lève pour arranger une bûche dans l'âtre. Sur le rebord de la cheminée sont encore alignés une dizaine de pots. Christine a un geste d'effroi :

— Régis ! Attention au vert et noir ! Il est précieux !

Ariane précise :

— Paraît qu'il vaut cinq mille balles.

— On ferait mieux de le revendre, grogne Régis qu'exaspèrent ces menues vexations.

La famille se pousse malgré tout un peu sur les vestiges du sofa de cuir pour qu'il puisse s'asseoir près de Christine. Sans rancune et aussi parce que le film comique ne l'intéresse pas, il glisse sa main sous l'élastique de la jupe en corolle. Christine, les bras autour des genoux, cache comme sous une tente cette main en voyage, lui facilite l'accès de ce qu'elle vient chercher là. Ferrier caresse doucement au plus profond cette mère entourée de ses trois enfants. Tableau idyllique, Greuze angélique à passer aux rayons X.

L'autre main de Régis, Cathy l'a prise, la presse entre les siennes comme pour lui signifier qu'elle l'aime, elle, et qu'elle est là. Dissimulée, tapie sous sa cloche à plongeur, la main coupable s'active dans la nuit pendant que tout près, si près d'elle, éclatent les rires innocents. Christine se détourne une seconde de l'écran pour embrasser Régis sur la bouche, le remercier de son audace et de l'énorme trouble dans lequel elle les plonge tous les deux. Il y a dans ce geste intrépide comme une réplique intime de la remontée aux sources de l'Amazone chère à Ferrier.

Même la clairvoyante Ariane aux côtés de sa mère n'y voit que du bleu alors qu'elle devrait y déceler du feu. Lorsque Christine pâlit un peu, se mord les lèvres, ferme les yeux, serre la main de gloire entre ses cuisses pour l'immobiliser, les enfants rient. Dès qu'il reprend sa main, il la lèche tendrement pour la sécher. La tête lasse de Christine vient se poser sur l'épaule de celui qui ne sait découper ni le poulet ni le saumon. Et les enfants pensent qu'ils s'aiment.

Le film s'est achevé une demi-heure avant minuit. Il faut encore attendre, selon la volonté de Ferrier. Christine trouve « que c'est idiot », Régis que « c'est comme ça ». Il a peut-être un mot à dire, lui, un seul, quand Jean-Luc les avait tous ? Il y fait allusion sans se gêner. Christine l'enveloppe d'un regard attristé. Les enfants bâillent. Ferrier ouvre une bouteille de champagne à l'ombre de l'arbre de Noël, à celle aussi, lui semble-t-il, de Jean-Luc. Personne que lui ne boira de champagne, ou si peu.

A la longue, les douze coups de minuit se décident à dégringoler de l'horloge de campagne, tombant pile pour dissiper la gêne qui se vautrait à l'aise sur le sofa.

Vœux enfin traditionnels, baisers, etc. Régis enlace Christine.

— Beaucoup d'années d'amour, mon amour, murmure-t-il d'une voix qui voudrait sonner clair mais ne vibre pas mieux que le timbre fatigué de l'horloge.

— Toi aussi, mon chéri, répond-elle, calmée depuis longtemps, trop calme.

Enfin, les parents exhibent les cadeaux. Il ne manque que ceux du père, perdu en Maine. Les filles déballent leurs dictionnaires. Ziggy enfile le maillot de Saint-Etienne, Christine déplie pour Régis un pyjama trop grand, un chandail jacquard trop grand.

— C'est un peu grand, constate-t-elle, dépitée.

— Comme ton amour, la console-t-il galamment.

Il sort un objet de sa poche, le glisse au doigt de Christine. Ce n'est pas une alliance, mais une bague ornée d'une tête de chat en guise, justement, de chaton. Christine est ravie, l'embrasse, et le téléphone sonne. Tous se considèrent, surpris.

— Va voir, dit sa mère à Ariane.

L'ombre du père fait de l'ombre à celle de l'arbre de Noël.

Elles n'en finissent plus, ces deux-là.

Ariane revient :

— C'est pour Régis.

Troisième ombre, sur le visage de Christine.

— Bonne année, glapissent, à Paris, Agnès et le neveu de Ferrier. Ça se passe bien ?

— Oui... Oui...

— Tu as déjà l'air d'avoir perdu de ta flamme, vaillant pionnier ?

— Non...

— Tu n'es pas bavard.

— Laisse-le, tata, on le dérange en pleines sources de l'Orénoque. Embrasse bien ta femme, tonton.

— C'est ça, à bientôt.

Il raccroche lentement. Personne d'autre qu'eux

n'appellera. Ni les parents de Christine, ni son frère, ni Jean-Luc. Elle est seule au monde avec ses enfants.

— C'était Agnès.

Menthe non plus n'appelle pas. Il termine un peu tristement sa bouteille de champagne. Les mômes se couchent sur une dernière rafale de bécots. Les parents gagnent la chambre conjugale.

Mais Régis a trop entendu tout le jour dire « maman » à la femme qu'il aime. Maman, pour lui, c'est un trop vieux souvenir enfoui en terre. Accrochée à Christine, cette étiquette est un peu baveuse de confitures, ne l'inspire guère en cette première heure de l'année. « Maman » non plus, apparemment, n'est pas en course.

— Bonne nuit, mon amour, chuchote-t-elle.

— Bonne nuit, mon amour, chuchote-t-il.

Et la lumière s'éteint.

1er janvier

Là, elle vit. Vraiment. Pour de bon. Hors du rêve mille fois développé par écrit. Il la regarde vivre. Très organisée. A l'œil à tout, sur tout, enfants, chats, meubles.

Lorsqu'elle s'affaire dans la petite pièce où se tient le téléphone, il a du mal à recréer par la pensée leurs coups de fil incandescents où le numéro de la ZAC virait au numéro sexuel impur et compliqué style « Ote ton slip... écarte les cuisses... mets un pied sur le bureau... caresse-toi... profond... plus profond encore !... ».

C'était même plus sauvage, plus cru, comme langage, et leurs trois cents kilomètres fondaient au sens propre.

Là, lucide et froide, elle passe l'aspirateur avec des mouvements concrets d'ouvrière à la chaîne.

Va-t-elle dans le cellier qu'il la suit. C'est une réserve

de produits d'entretien. On ne peut pas être entièrement malheureuse, elle lui a menti, quand on possède tant de boîtes de lessive, de cire, de bombes de détergent sous la main. Elle s'est vantée de ses ciels noirs, dans ses lettres. Les bouteilles sont bien étiquetées, bien alignées. Tout est bien rangé. Sauf Régis qui ne sait pas encore très bien à quelle place on va le déposer définitivement comme le précieux pot à 5000 francs. Il gêne, il est dans les jambes de la ménagère au lieu d'être entre.

— Tu ne sais pas quoi faire ? lui demande-t-elle.

Il n'ose pas répondre : « Si. L'amour. » Car ce n'est sûrement pas le moment. Il y a des moments pour ÇA, ici. Après l'aspirateur, après la machine à laver, après la cuisine, après la vaisselle. Après tout.

— Après tout, c'est aussi bien comme ça, soliloque Ferrier en balade, en mini-voyage de noces dans le garage. Je repars à zéro à cinquante-deux ans, je laisse tout dans mon dos, j'hérite de trois enfants et tout cela pour quoi ? Pour changer de marque d'aspirateur. Après le Philips d'Agnès, le Tornado de Christine...

Deux vélos de course sont pendus à des crochets. Celui de Jean-Luc est resté là. Régis se penche sur la roue libre. Les dentures sont catégoriques : le prof le lâcherait dans toutes les côtes. On dit d'un coureur cycliste qui craque qu'il « passe par la fenêtre ». Comment a-t-il pu faire passer le prof « par la fenêtre » de la ZAC ?

Il ne verra plus d'hommes, ici, n'aura plus d'amis. N'aura que des enfants et une femme.

A midi, après le rite du Pernod de Cathy, les tabourets se retrouvent en cercle autour d'un pot-au-feu. Habitué à vivre à deux, Régis est perdu dans cette foule de cinq. Des noms de rues, de camarades d'école lui glissent sur la tête. Un propos qui fait s'esclaffer l'assemblée le laisse de glace. Ziggy a changé de maillot de club tout le matin, pour essayer tous ses cadeaux. Régis n'a pas su gonfler le ballon qu'il lui a apporté. De son temps, on les gonflait tout autrement... Porteur du numéro 10 de Nantes, Ziggy, qui jauge Ferrier depuis un instant, décrète :

— Tu fais jeune, Régis.

— Ah oui ? Combien ?

— Quarante-quatre, quarante-cinq ans...

A-t-il voulu être gentil ? Cathy se serre contre Régis, décide qu'elle l'épousera quand ils en auront marre d'être ensemble, Christine et lui.

— Et je te servirai des Pernod toute la journée ! Vingt ! Trente !

1er janvier ou pas, on mange très vite dans la ZAC, au rythme rapide de Christine. Pas d'os à moelle, dans ce pot-au-feu. Régis, qui en avait envie, se tait prudemment. « L'os à moelle, songe-t-il avec amertume, *il n'y a pas que ça.* » La preuve : il y a l'amour, qu'ils vont faire comme hier et, sans doute, comme demain. C'est « la vie du couple ». Est-ce que déjà, même avec lui, « *elle ne peut pas faire autrement* » ?

Non, ce n'est pas possible. Pas aussi vite. Tornado n'est pas mort, Tornado vrombit encore. Ferrier est toujours le Petit Prince du Tornado. Il s'émeut de constater combien, peau contre peau, il est étrangement proche de Christine. Il la comprend, la devine, la devance. Il connaît tout d'elle au contact, et pressent son plaisir à des détails infimes tels que le moindre changement de température intime ou une variation d'odeur qui demeureraient imperceptibles à tout autre que lui. Elle sait qu'il sait tout cela et qu'ils s'étreindront encore s'ils le veulent dans cette ZAC comme dans leur bulle, aux mêmes étages supérieurs. A moins que cela ne soit plus qu'à heures fixes...

Le soir, à la T.V., il veut regarder le programme de la Deuxième Chaîne. On lui impose avec sérénité celui de la Première. Il boude. Nul n'en a cure. Il désirait voir un *Tarzan*. Il a eu huit, dix, douze ans, lui aussi. On s'en fiche. On l'aime, on est folle ou fou de lui, mais il ne fait pas *partie de leur groupe.* Jean-Luc était exclu de même, si cela peut le consoler.

Face à cette bande des quatre, il capitule et va se coucher sans un mot. Lorsque Christine vient se coucher, beaucoup plus tard, il ne dort pas mais fait semblant. Et n'en pense pas moins.

2 janvier

Demain, c'est la fin des vacances de Noël, et la rentrée. La plus opposée à la scolarité, Ariane, ne décolère pas en préparant son cartable. Cathy, plus philosophe, admet cela comme les calamités naturelles, les ravages des vols de sauterelles. Quant à Ziggy, il rebondit. Si le rêve de sa mère fut Ferrier — tant qu'elle ne l'eut pas en main bien entendu — celui de Ziggy est de rebondir, et de rebondir encore. A ce train-là, il ira loin.

Ferrier s'éloigne de la mère, se rapproche des petits qui ne seront plus là demain. Que va-t-il devenir sans eux ? On fera la sieste, et puis ? Qu'a-t-il vu, approché de toutes les félicités promises dans les piles de lettres ? Il y a parfois comme des reflets glacés du lac Serpentine dans les yeux de Christine.

« Nous n'en sommes pas encore là, mais si cela ne s'arrange pas, nous irons bientôt jeter du pain aux canards, si toutefois il y a des canards dans le coin », songe Ferrier à la fenêtre, fasciné par l'état cataleptique de la ZAC, de cette rue mortelle et morte. Au printemps, c'est sans doute plus folâtre, mais le printemps est loin. De plus en plus loin.

Il se doute que Christine aimerait parler de leurs divorces afin de « régulariser » leurs baisers et leurs siestes. Il ne bouscule rien, lui. Ils ont le temps. « Toute la vie », n'est-ce pas ? Le moment venu, il transformera l'essai entre les deux poteaux. Il y croit toujours, reste fidèle à la parole donnée. Il oscille même vers le « beau fixe » : « Elle est un brin ténébreuse mais cela passera. Elle est encore sous le choc de son changement de vie, sans avoir hélas l'élémentaire compréhension de constater que la mienne aussi a sacrément viré de bord... »

Il s'en va faire le singe chez les filles, ce qui n'a pas le même sens que lorsqu'il avait vingt ans. Il s'en amuse.

— Je vais voir les filles, annonce-t-il à Christine qui prépare, avec les reste du pot-au-feu, un hachis parmentier.

Allons, elle l'aime toujours, puisqu'elle sait qu'il aime le hachis parmentier !

Ariane, catastrophée, abattue sur son lit au milieu de ses livres et de ses cahiers de classe, égrène ses gros mots en litanies des saints. Puis elle prend Régis à témoin :

— A quoi ça sert, ces conneries ? Regarde maman, elle l'a eu, son bac, et même un truc au-dessus. Tu crois qu'elle en a eu besoin pour faire des gosses, du ménage et de la cuisine ? Ben moi, c'est pareil, vu que je veux être putain ou femme mariée. Pas besoin de diplômes pour ça, et maman ne veut pas le comprendre !

— Elle a raison. Elle veut que tu sois libre, indépendante, ce qu'elle n'a jamais pu être faute de métier.

Ariane toise ce soi-disant adulte avec commisération :

— Merde, t'en est resté là, toi aussi, un mec qui se dit évolué ? Figure-toi qu'on cause, entre nous, au collège. Les nanas qui vont à l'usine ou au bureau, elles sont vachement libres, hein ? Oui, libres en rentrant de s'occuper des gosses, du ménage et de la cuisine. Elles ont fait coup double, les connes ! Moi, je te dis, je fais le trottoir ou j'épouse un prof comme maman. Mais qu'on m'emmerde pas à passer des examens vu que ça sert à rien dans ma future profession !

— Dans n'importe laquelle de tes deux futures professions, c'est pas de la tarte, Ariane.

— T'en connais, toi, où que c'est rien que de la tarte ? Comment tu disais, hier, en anglais ?

— Nobody is perfect.

— C'est ça ! On cause, hein, Régis ?

— On cause, Ariane.

— Puisqu'on cause, entre nous, Christine, pas si malheureuse que ça, avec mon père. Une fois son petit boulot fini en vitesse, musique, balades aux Puces, ciné, c'était pas l'enfer. Dommage que tu aies existé, ça a foutu le cirque, le bordel, la merde.

— L'amour, quoi !

Ariane grimace le plus épouvantablement qu'elle peut :

— Oh ! ça, je peux pas dire que je sais ce que c'est que l'amour ! Mais rien qu'à vous voir, tous, on peut toujours pas dire que c'est le pied. Papa est dans le caca-boudin et vous ressemblez, maman et toi, à deux noix dans le cul d'un sac !

Elle décroche tout net du sujet, se remet à jurer, le nez dans son cartable. Pensif, Régis passe à Cathy, sa douce Cathy, sa mignonne, son amour, sa chérie. Elle accepte tout, elle, en vrac, de sa « condition féminine ». Elle explique, de sa voix de soie :

— Les vacances, ça peut pas durer toujours. On sait pas pourquoi, remarque, mais c'est comme ça...

Elle s'émeut, l'embrasse :

— Tu as l'air triste. Tu retournes pourtant pas à l'école, toi...

— Je me le demande...

Elle le câline comme s'il était sa poupée. Longtemps, longtemps après tout cela, il ne pensera plus qu'à elle, qu'à elle seule. Il aurait dû l'emporter, la voler comme sa mère vole dans les magasins. Elle était à lui. Pour la vie. Il n'a aimé qu'elle. Elle ne le saura jamais. Il a une grosse envie de pleurer tout contre cette miniature de femme, mais elle ne comprendrait pas. Elle est trop petite, si petite, si jolie qu'elle s'effraierait de son chagrin, pleurerait.

Christine les surprend alors qu'ils rient en se caressant les cheveux à coups de patte comme des chats.

— Régis, ne les empêche pas de préparer leurs affaires, ils ne seront jamais prêts, ces trois monstres ! Tu peux me suivre ?

— Laisse-le-moi ! crie Cathy accrochée au chandail de Ferrier. Tu l'as toute la nuit, tu le verras demain tout le temps qu'on sera en boîte, c'est pas juste ! Y a pas que toi qui l'aimes !

Sévère, Christine ordonne :

— Lâche-le.

Elle le lâche avec un sourire futé :

— A tout à l'heure pour le Pernod. Tu en auras plus qu'hier.

Christine entraîne Régis dans le bureau qu'elle lui a arrangé avec tant d'amour il n'y a jamais que quelques jours de cela.

Elle lui montre quelques cartes de vœux :

— On va en envoyer à Yves, à Nane et à Roro, à Ian, à Paule et Norbert, à Harry.

Les amis de Régis devenus les siens en quatre ans. Il commence à écrire les adresses.

— Les enfants t'aiment bien, observe-t-elle, neutre.

— Moi aussi. Ce n'est pas ce que tu voulais ?

— Ne sois pas agressif.

— Je suis comme tu es depuis que je suis là, Christine. Ils m'aiment, je les aime. Tu ne m'aimes pas, je ne t'aime pas. Tu me fais presque la gueule comme à Londres, alors je préfère embrasser Cathy, elle ne mord pas, elle.

Elle baisse la tête, et se tait. La patience n'est pas le fort de Ferrier. Il hausse le ton :

— Si tu le veux, si c'est ce que tu cherches, je peux m'en aller, tu sais !

Elle s'écrie :

— Mais tu es fou ! Tu es fou !

— Tout ça parce que je n'ai pas téléphoné à Mercier ! Mais je le ferai dès qu'il sera là, et on divorcera, et on se mariera, et on aura le double d'enfants s'il le faut ! A condition d'avoir encore envie de toi !

Quand il parle ainsi, quand il parle désir, elle s'alanguit, le prend au cou :

— Pardonne-moi. Je t'aime.

— Moi aussi.

— Je t'aime plus. Je t'aime depuis plus longtemps.

Il rit, fait allusion à la publicité d'une marque de lessive :

— Oui, mais moi je t'aime plus blanc.

Il est incapable, lui, de se renfermer, de se replier pendant des heures. Christine le peut des jours entiers. Libéré, Jean-Luc passera peut-être des fêtes en or massif grâce à Ferrier ? Ferrier qui écrit : « Vieille Nane, vieux Roro, ne dites jamais fontaine, on finit par s'y tremper, dans la jouvence ! Ma nouvelle femme et moi vous souhaitons, etc. »

Elle signe toutes les cartes : Christine Ferrier, propose :

— Une à Menthe ? Une à Muriel ?

Il glisse une main sous son pull et lui tord une pointe de sein méchamment, comme elle aime.

Pas de sieste, après le hachis parmentier. Ils vont en ville. Christine doit aller à la banque. Le froid est vif, la rue en pente. Une crise d'angine de poitrine bloque Ferrier sur place. Christine attendait naguère, le cœur battant elle aussi, qu'il ait pris sa pilule de trinitrine. Là, elle craint d'être en retard, et se hâte, et le plante là.

Adossé à Angers, il ricane :

— C'est ça, l'amour, aujourd'hui ! Un bon conseil, Angevins, Angevines, et c'est valable pour tout le monde : ne dites jamais trop fort à quelqu'un que vous l'aimez. Dès qu'il en sera sûr, il se croira tout permis.

Comme il les a sur lui, il déchire une à une toutes les cartes de vœux. Tant pis pour Mme Christine Ferrier.

3 janvier

Les enfants couchés, morose, il a plongé tout habillé dans le whisky, au coin du feu. Il a beaucoup parlé, au lit. Elle n'a pas dit un mot, a beaucoup écouté. Il se sentait bien auprès d'elle. Si bien qu'il s'est endormi. Ils n'ont pas fait l'amour, ce 2 janvier.

Quand il s'éveille, elle n'est plus à ses côtés. Il les entend, là-bas, dans la cuisine. Il a le temps d'embrasser les enfants avant qu'ils ne partent à l'école.

Il enfile un long tee-shirt style chemise de nuit, frappé sur la poitrine d'une tête hilare de Mickey. Il l'avait offert autrefois à Christine. Son entrée de clown dans la cuisine est une grosse réussite, et qui masque un instant aux gosses les têtes des enseignants qui les attendent d'ennui ferme. Les trois enfants, ensommeillés, ressemblent, cartable sur le dos, bol de cacao à la main, à des minisoldats de 14 prêts à sortir de la tranchée par une sale nuit d'hiver.

Dehors, la ZAC a enfin remué son squelette. Quelques moteurs de voitures tournent, ronflent, prêts à cingler vers les lycées, collèges, maternelles.

— Dépêchons-nous, les enfants, gronde Christine pour activer sa troupe.

Ferrier rêve d'une véritable autorité — la sienne — qui permettrait de clamer une grande nouvelle :

— On se recouche, tous ! Dans le même lit ! Et on se raconte des histoires jusqu'à midi en mangeant des chocolats !

Il embrasse Ziggy, bouffi, et qui n'émergera vraiment qu'au premier ballon de la récréation. Il embrasse Ariane, déjà absorbée par le monde tout proche des copines contestataires dont elle va enfler les rangs de sa voix de tête de cochon. La moue désordonnée, enfin, de Cathy, avec ses yeux bleus mouillés, sa bouche collée à l'oreille de Ferrier :

— C'est toi mon vrai papa, Régis. Je t'aime.

— Moi aussi mon Catou.

— A ce soir, vite.

— Oui, vite, vite, vite !...

Une amoureuse, celle-là, comme sa mère, mieux que sa mère. La 2 CV lui arrache le tout en tressautant de froid. Il est seul, traînasse dans la maison. L'arbre de Noël, éteint, ne pousse plus qu'en Sibérie. Tout n'est que cendres dans la cheminée. Cette masse subite de silence écrase Ferrier. Dans ce silence, Christine vit les trois quarts de ses journées. Dans le fond, elle avait tout loisir pour lui écrire.

En sa tenue, soudain dérisoire, de vieux loustic sans spectateurs, il erre dans cette maison qui n'est pas à lui, dont il n'a réglé aucune traite, choisi aucun élément de construction ou de décoration. Que fait-il donc ici, l'auteur parisien enterré vivant dans une ZAC ? Son destin l'étonne. On reçoit une lettre, un matin. Quelques années plus tard, on se colle soi-même sur le dos une étiquette « retour à l'expéditeur ». Cette démarche n'est pas courante. Qui eût dit que les sources de l'Orénoque étaient situées en Maine-et-Loire, qui ?

Il jette un coup d'œil machinal dans la penderie. Le prof n'a pas encore déménagé tous ses costumes gris ou bleus. « Il faudrait, songe Ferrier, que je lui fasse décerner les palmes académiques pour services rendus au monde du théâtre. » Ces fantômes d'étoffe l'indisposent, prêts à s'ébranler en joyeux monôme dans les pièces. Il leur tire au nez le rideau et va se recoucher.

Le jour va être long, sans les petits. Le peu qu'il a vu de Christine, tout à l'heure, est déjà décourageant. Ailleurs, folichonne comme les cendres de l'âtre. Pourtant, il ne s'est pas vanté d'avoir déchiré les cartes de vœux. Il prétendra les avoir perdues. Il tente de feuilleter *Le Nouvel Obs*, ne parvient pas à y fixer son attention. Ils sont trop intelligents pour lui, là-dedans. L'esprit, toujours l'esprit, merde ! Place au cœur ! Ce n'est qu'un souhait d'analphabète. La 2 CV, enfin. Le moteur qui s'arrête, la portière qui claque, la porte du pavillon qui s'ouvre. Et personne ne vient dans la chambre. Elle doit bricoler dans la cuisine.

En fait, elle a les coudes sur la table, ne rêve plus, mais pense. On écrit un matin une lettre à un inconnu. Quelques années plus tard, vous chassez votre mari après quatorze ans vécus côte à côte, et l'inconnu s'installe chez vous, dans votre ville, dans votre vie, dans votre lit...

Ferrier s'impatiente, appelle :

— Christine !

Puis braille :

— Christine !

Gueule enfin :

— Christine !

Elle entre lentement dans la pièce. Avec son visage des très très mauvais jours de Londres. En pis. Ferrier ne veut pas s'apercevoir trop vite de la transsubstantiation, un mot qui laisserait pourtant rêveurs tous les fauteuils d'orchestre.

Il murmure, gentil, naturel :

— Viens te recoucher, ma chérie, viens.

Elle s'assoit au bout, tout au bout du lit, fait « non » de la tête. Il se veut allègre, pourtant gelé par ces yeux morts fixés sur ou à travers lui :

— Viens faire l'amour, mon amour. Nous ne l'avons pas fait hier. Ça me manque. Pas toi ?

Elle refait « non » de la tête. Celle qui, à la seconde, était nue près de lui, sous lui, sur lui, celle-là même ne bouge pas, là-bas, très loin, au pied du lit. Incrédule, il rit si faux qu'il se siffle en lui-même, insiste d'une voix fêlée :

— Tu refuses de faire l'amour ?

« Oui » exaspérant de cette tête à claques. Le chagrin de Ferrier, plus vif que sa colère :

— C'est la première fois, Chris, que tu ne veux pas. Te rends-tu bien compte ?

Elle parle enfin :

— Oui.

Les fleuves quittent leur lit, moi j'y retournerais bien avec toi... Je te mange, je te bois, c'est la messe... Tu es le seul sur cette terre avec qui je me laisse aller totalement... Physiquement, je te suis tout ouverte... Dans un bougeoir, une bougie, comme elle est triste sans toi... Ta main droite, sur cette photo, elle est pour qui, pour qui ?

Il faudrait sous-titrer Christine d'extraits de ses lettres lorsqu'elle se claquemure ainsi. Les effets comiques en seraient irrésistibles.

Ferrier ulcéré saute à terre. S'aperçoit que le tee-shirt Mickey n'est pas du tout la tenue appropriée pour jouer la scène suivante. Il se change à la hâte, retrouve Christine dans le salon, assise, un livre inutile à la main.

— Qu'est-ce que cela veut dire, Titi ?

— Ne m'appelle pas Titi. Laisse-la où elle est.

— Alors, on ne fait plus l'amour ensemble ?

— Pas envie.

— Envie ou pas, avec le prof, ç'a toujours été « je ne peux pas faire autrement ». Tu peux « faire autrement » avec moi ?

— Oui.

— Parce qu'on n'est pas mariés ?

— Si tu veux.

— Et comment faisions-nous, avant ?

Je me suis caressée en pensant à toi et c'est un pléonasme. Pas de réponse. Elle attend que Régis ait fini de l'embêter pour rouvrir son livre. Il enrage face à cette porte close :

— En somme, madame ne veut plus écarter les

cuisses qu'avec une bague au doigt, comme d'habitude !

Il a un bref regard sur celle à tête de chat qu'il lui a offerte. Il aurait mieux fait de la donner à Menthe. Mesquinerie pour mesquinerie, il devrait la lui reprendre. Il poursuit :

— En somme, madame me coupe les vivres de sa chatte !

Il reçoit en pleine face l'éternel produit surgelé :

— Il n'y a pas que ça.

Il rompt le combat avec ce meuble à démolir à coups de pied, quitte le pavillon bruyamment. Fausse sortie. Le froid lui a sauté dessus comme un cosaque. Il rentre, endosse sa veste de chasse, ressort.

Il n'a jamais marché dans la ZAC. Il marche. Même les rideaux ne frémissent pas, dans une ZAC. Les gens ne s'occupent que d'eux, là-dedans. Que M. Labé soit cocu ou non n'intéresse personne. Que chacun ne tonde que sa propre pelouse ! Que chacun ne voie midi qu'à sa propre moquette !

Ferrier désemparé passe entre deux haies de toits d'ardoise, d'antennes de T.V., de barrières blanches, d'arbustes rachitiques tous frères et tous achetés au plus proche « Garden Center ». On a tous la même boîte aux lettres. Ferrier se demande comment ont pu parvenir jusqu'ici ses lettres d'amour, qui n'étaient même pas désinfectées. Comment, aussi, pouvaient s'envoler de ces igloos les flammes de Christine : *Le pain... le vin... j'ai même le calice... Dans mon sommeil, eu la sensation de jouir et cela m'a réveillée deux fois, faut-il que j'aie envie de toi !...*

Ferrier ricane. A tue-tête. On peut parler tout seul dans les rues de la ZAC sans passer pour un fou. C'est alors que quelqu'un le hèle :

— Allô !

Il sursaute, s'arrête, regarde autour de lui. Rien. Pas une porte ne s'est ouverte, pas une fenêtre.

— Allô, papa ! Allô !

D'où tombe cette voix de crécelle, de jouet mécanique ? La voix le presse, s'impatiente :

— Allô ! Fait pas chaud !

Un sifflement strident puis, horriblement fausses, les premières notes de « J'ai du bon tabac dans ma tabatière ».

Malgré son désarroi, Ferrier éclate de rire. Il vient d'apercevoir enfin le seul organisme vivant de la ZAC, et c'est un perroquet du Gabon gris et rouge enfermé dans sa cage suspendue sous l'auvent du pavillon 37 *bis* de la rue du Déjeuner-sur-l'Herbe. Il s'approche de lui. L'oiseau danse sur son perchoir, enchanté de rencontrer un quelconque animal. Ravi de pouvoir converser avec un quelconque être humain, Régis s'arrête à un pas de lui.

— Allô, papa ! Pas chaud !

Il s'ébroue, gonfle ses plumes.

— Salut, Jacquot !

— Jacquot coco coco !

— On s'emmerde ici, hein, mec ?

Cette constatation met en joie le nommé Jacquot qui se pâme, d'une gorge plutôt rouillée :

— Jacquot pas chaud !

Ferrier lui tend un doigt, le retire à temps. Le bec heurte violemment un barreau. Fureur de l'exotique qui se met à s'exprimer plus clairement :

— Con con con ! Sale con !

Il en apprend de belles, chez lui, celui-là. Il doit y avoir des enfants dans sa maison. Régis sourit :

— Tu as raison, Jacquot. Des cons pareils, tu n'es pas près d'en retrouver d'aussi belle envergure. Je suis le dernier des cons.

— Con. Pas chaud. Coco.

En trilles, une rafale de « allô ! » gutturaux.

— Elle m'aime, Jacquot. Tu m'entends : elle m'aime. Tu es bien, dans ta cage ? T'en as pas marre ? Moi, je voudrais bien sortir.

Jacquot penche la tête à la façon des sourds, pour mieux comprendre. Se met sur l'œil comme une taie d'oreiller.

— Mais je l'aime comme un con...

Le perroquet exulte :

— Con, con, connaud !

— C'est ce que je me dis. Mais je ne crèverai pas comme toi dans leur putain de ZAC !

— ZAC, ZAC, ZAC, riposte l'autre avec un bruit de noix roulant sur un plancher.

L'un après l'autre, d'invisibles aspirateurs se mettent à ronfler dans la ZAC. Les petits sont à l'école, c'est l'heure sainte du ménage. Toutes les madames proprettes progressent sur les tapis, courbées comme des démineuses.

Idiot, Jacquot imite Tornado, singe Cadillac, contrefait Moulinex. Il n'y a plus rien à tirer du penseur de la ZAC.

— Ciao, Jacquot, grogne Ferrier en s'éloignant, adios, amigo !

Jacquot, outré, trépigne et s'égosille :

— Rigolo ! Rigolo !

Il n'a pas tort, ce Jacquot qui écume à l'infini dans son dos ses « rigolo ! » en éparpillant de colère toutes ses graines de tournesol. Où sont passées les tiennes, Ferrier de graines de soleil, en quelles poches percées les as-tu fourrées, vieux rigolo ? Il s'égare dans la rue des Nymphéas, choit dans celle du Moulin-de-la-Galette, retrouve enfin la bonne, celle du Roi-René. « La sienne. » Il rentre « chez lui ».

Le Boeing Christine a décollé. Le commandant Christine vous souhaite la bienvenue à bord de son Super Tornado 747 à réacteurs. Dans une heure, nous atteindrons les zones lumineuses du grand dépoussiérage.

Ferrier est debout face à la ménagère en transes. Celle-ci débranche enfin sa tronçonneuse.

— Je viens de parler avec un perroquet, dans le coin. Tu le connais ?

— Oui.

Droite, digne, elle a enfin le courage de le regarder dans les yeux pour articuler :

— Régis, nous ne pouvons pas vivre ensemble. Il faut que tu partes.

Il s'attend au pire, et même à celui-là. Il ne crie pas, interroge sur le même ton :

— Tu ne m'aimes plus ?

Elle a un geste d'accablement. Ils ne la comprendront donc jamais ? Elle rétorque, agacée :

— Mais si !

— Pour la vie, je parie ?

— Pour la vie, parfaitement !

Il ose malgré tout railler :

— Alors, disons que dans ton cœur l'espérance de vie n'est pas très élevée !

Je meurs d'envie de partager ta vie...

Elle ne répondra pas, ne discutera pas.

Je ne peux pas vivre sans toi, ces quatre années me l'ont prouvé...

Il est sans forces face à cette inertie. Elle s'est assise sur son sofa, le chat Jojo entre ses bras.

Je ne me vois pas, pas du tout sans toi. Toi, c'est pour toujours...

Il chuchote, vaincu :

— Pourquoi, Chris, pourquoi ? Dis quelque chose. On me questionnera, il faudra bien que j'aie quelque chose à raconter d'autre que tu es folle. Depuis que je suis là, je ne suis pas chez moi et tu n'as rien fait, rien de rien, pour que j'y sois. Je te dérange depuis que je suis là, pourquoi ?

Même si des choses me peinent, je ne te les montrerai pas... toi que je verrai enfin marcher, râler, rire, toi que je verrai enfin vivre...

Il a envie de secouer cette morte, de tirer la queue du siamois, de la sortir par n'importe quel moyen de ce néant. Elle murmure :

— Je ne veux pas vivre contrariée, et c'est vrai que je le suis depuis que tu es là.

— Tu aurais pu y penser avant ! Et Jean-Luc, il ne te contrariait pas, lui ?

Une énorme bulle de mauvaise foi éclate tout benoîtement dans le salon :

— Il n'aurait jamais dû me laisser te voir. Il n'aurait pas dû tolérer cette histoire.

Malgré la gravité du moment, cette affirmation arrache un sourire à Ferrier :

— Le pauvre vieux ! Facile à dire ! Tu l'as emmerdé quatre ans tous les jours pour qu'on se voie, et tu vas lui reprocher à présent d'avoir cédé de temps en temps !

Obstinée :

— Il n'aurait pas dû, voilà tout.

Lui, têtu :

— Explique-toi mieux, je ne comprends rien.

— Il n'y a rien à comprendre. Il faut que tu rentres chez toi.

Il ne comprendra rien, en effet. Comme à Londres. S'interrogera longtemps sur les motifs de cette mise à la porte sans en trouver un seul de plausible, voire de satisfaisant. Homme, il n'entendra rien à ce que seules certaines femmes peuvent peut-être, et encore, soupçonner, deviner. Il restera, ce jour où on l'a chassé de l'endroit où on avait tant rêvé le voir, le plus éclatant des mystères féminins de sa vie. Elle prétendra plus tard qu'il s'est « chassé tout seul », sans autre précision. Elle précise, là, ce chat potiche sur les genoux :

— Tu veux commander. On ne me commande pas.

— Qu'est-ce qu'il fait, l'autre con, depuis que tu es mariée et que tu files doux devant lui comme une carpette ?

Vivement qu'on vive ensemble et que j'oublie tout cela... Ce « vivre ensemble » est arrivé, s'est désagrégé en trois jours. Elle ne dit plus rien. Patiente, elle n'attend plus qu'une chose : qu'il s'en aille sans bruit, sans casser un seul pot. Qu'il disparaisse comme elle l'a amené là, tout doucement. Merci d'être venu. Bonsoir. Adieu.

Il hausse désespérément les épaules devant cette démente assise. Repense à ce que lui a confié Jean-Luc autrefois : *Que son cas soit du ressort de la Faculté, je n'en ai jamais douté. Il doit manquer un branchement au départ, un transistor oublié çà et là...*

Il ne va pas s'amuser à s'accrocher à ce leurre qui ne l'a que trop nourri de toute la puissance de l'illusion, l'a gavé à plus soif de ses propres rêves, intoxiqué, contaminé de son amour d'escarpolette. Ce n'est pas perdre grand-chose que de perdre la ZAC, après tout, et même le Tornado !

Pourtant, un coup d'épingle au cœur, et un violent !... Il balbutie :

— Que diras-tu aux enfants ?

— Que tout est de ma faute.

— Et que je les embrasse, s'il te plaît.

— Et que tu les embrasses, promis.

— Surtout Cathy.

— Si tu veux.

Les enfants ou elle ? Elle ou les enfants ? Sans bouger, debout, il étouffe un sanglot. Un crétin de sanglot qui l'a pris en traître, qu'il n'attendait surtout pas là. Pas même surprise, elle ne lève pas même la tête. Il avale avec une sombre rage ces saletés de larmes incongrues, les bouffe toutes crues. Quand tout est redevenu « normal » en lui, il soupire :

— Tu as peut-être raison, va. Je ne serais pas resté ici. Vivre dans ta ZAC, c'était vivre au-dessus de mes moyens. Je t'aurais sans doute épousée puisque tu y tenais. Ç'aurait été une erreur. Parce que nous n'étions que des amants, Christine, et rien d'autre. Que des amants, ça se déchire. Que des époux, ça s'ennuie en silence. Demain, je tremblerai en me disant que chez celle qui m'aimait pour la vie, j'aurais pu casser une assiette à cent francs !

Elle a un petit geste d'impatience. Il s'est repris, devient sec, cruel :

— Eh bien, ma chérie, cette fois je te le laisse à tout jamais, ton pâté industriel et dégueulasse. Rigolez bien. Tu as beaucoup de choses à lui apprendre, maintenant. De quoi occuper vos vieux jours. Tu lui expliqueras, pour la bougie, que ce n'est pas uniquement une question de va-et-vient. Que tout se tient principalement dans le mouvement tournant mais qu'il faut quelques années d'apprentissage. *Nous ne nous verrons plus sur terre,* c'est d'Apollinaire.

Amour a cela de Neptune
Que toujours à quelque infortune
Il faut se sentir préparé

c'est de Malherbe. Sur ces bonnes paroles, à quelle heure est mon train ?

— 14 h 35.

— Oh ! mais nous avons encore toute une éternité à nous voir !

Il passe dans son bureau, elle le suit, pour être encore un peu avec lui, qui sait ? Il désigne ses affaires :

— Tu me renverras tout ça par la S.N.C.F.

— Oui. Et ton chèque.

— J'y compte. Le prof reprend toutes ses prérogatives, toutes, y compris celles de l'argent du mois. Tu sais, Christine, que je t'ai sauvé la vie, ce 3 janvier ?

— Pourquoi ?

— Parce que j'aurais dû te tuer et que je ne l'ai pas fait. Dis merci.

Elle ne le dit même pas. Il va partir. C'est exactement ce qu'elle souhaite et redoute à la fois. Il apprête son sac de voyage avec brusquerie. Elle souffle :

— Je t'avais lavé deux chemises. Je te les renverrai avec le reste.

— Merci.

Il va au réfrigérateur, en retire la dernière des bouteilles de Dom Pérignon qu'il avait apportées de Paris, la fourre dans son sac :

— Je veux bien être con mais pas au point que vous arrosiez ma perte cruelle au millésimé avant de l'arroser au lit. La générosité a ses limites. C'était pour la vie, ton amour ? Tu n'as pas confondu avec le Train à Grande Vitesse Paris-Lyon ?

— Tais-toi, Régis...

— Ah ! non ! On me vire comme une épluchure, je veux bien m'en aller sans tout casser dans la baraque, mais je parle ! Quoiqu'il n'y ait pas que ÇA, si tu en as trop envie, tu pourras repasser au studio, sur rendez-vous. Je ne t'en ferme pas la porte.

— Je sais. Elle est ouverte à tout le monde...

Il appelle Paris :

— Max ? Agnès n'est pas là ? Tant mieux. Prends-moi à Montparnasse vers 17 h 30, je rentre. Déjà ? C'était un « pour la vie » de trois jours, qu'est-ce que tu veux ! C'est ça, le bonheur, mon pote. Agnès, Nicole, Menthe, Muriel, ça va nager en plein dedans, avec le retour de Zorro et la disparition de l'Angevine. On peut pas tout avoir, nous autres. On a le whisky, pense à tous ceux qui ne peuvent même pas boire à cause de leur foie ! A ce soir !

La bonne petite ménagère n'oublie pas ses devoirs, a ouvert et réchauffé un bocal de cassoulet artisanal. Avant d'en mâchonner quelques bouchées gluantes de détresse, il s'est servi un scotch à la Winston Churchill. Il n'ose plus la regarder. C'est toujours ainsi. Ils ont trop bien fait l'amour, aussi, elle et lui. Ça laisse des traces autrement que sur les épaules. Cela s'oublie mal, très très mal. L'amour, ils pourraient, et ce serait le pire, le refaire encore, là, tout de suite, sur la table. C'est sur le reste, tout le reste, qu'ils ont flanché. Kazakov — un écrivain russe — l'a dit, et ce ne pouvait être qu'à leur sujet : *Il y avait quelque chose qui ne marchait pas entre le bonheur et eux.* Exact. Un tout petit quelque chose. Une poussière échappée à Tornado.

Pendant que, muette, elle débarrasse SA table puis lave SA vaisselle, il écrit sur quatre morceaux de papier « je t'aime », en dépose un sur l'oreiller des trois chambres des enfants, remet le dernier à Christine :

— Voilà. Pour solde de tout compte. Je n'ai rien oublié, rien de rien ni personne ? Adjugé ! Vendu !

Elle est livide quand elle referme la porte du pavillon sur eux. Il balance comme un soldat son sac sur la banquette arrière de la 2 CV, s'assied aux côtés de Christine. Ironique, il réédite le geste qu'elle aimait, de lui fourrer la main entre les cuisses. Elle le repousse.

Dans ses « Carnets », elle racontera une sornette à propos de leurs adieux en gare d'Angers : *Quand ils se quittèrent, Christine l'embrassa une dernière fois dans le cou.* C'est faux. Régis y était, qui peut en témoigner. Elle n'a pas bronché, n'a embrassé personne.

Il ne s'est pas retourné, non plus.

Elle est soulagée. Elle a aimé quatre ans, ce qui n'est pas négligeable, même aux yeux du pire des misogynes. La 2 CV file dans les rues d'Angers. Elle sait sur quelle voie de garage récupérer, réparée et gonflée *pour la vie* sa roue de secours.

Après

21.

Le lendemain, il déambule sur les Champs-Elysées au bras de Menthe.

Il a passé une sale nuit à ruminer cette aventure, à en dresser un beau constat d'échec.

A l'arrivée à Montparnasse, il a présenté à Max la face des saints qui ont vu Dieu comme je vous vois, même que le bougre était du genre impressionnant. Le visage de ceux qui ont plongé en mer à l'extrême limite de la décompression. La trogne de vieux gant de cuir des marins qui ont doublé le cap Horn à la voile lorsque l'échelle de Beaufort tremble d'effroi de 8 à 12.

— Et alors ? questionne Max.

— Chassé, mon gars. Comme le fut le prof. Comme un domestique pris la main dans le sac à argenterie.

— Tu t'es bien tenu ?

— Comme un boyard. Pas pété au lit. Pas tripoté les gamines. Pas cassé le pot à cinq mille francs. Avalé sans sourciller un pot-au-feu sans os à moelle, un gâteau de chocolat aux noix et une bonne douzaine de couleuvres, qui dit mieux ? A part ça, rien à te dire, vu que je n'ai rien compris. Je suis l'explorateur qui n'a rien vu. Le mec qui revient de la Lune et n'a rien à raconter, sinon que c'est pas beau à voir et que ça ressemble à une ZAC.

Profitant d'un feu vert qu'il prend pour lui, il pleure un petit coup. Max en rougit, lui :

— Pleure pas, Régis.

— Si. C'est mon boulot. Si je ne souffre pas aujourd'hui, avec quoi écrirais-je *Le Jeu de l'oie* ? Avec des spaghetti ? J'en ai pour un an à saigner sur les toits, montre en main.

— Te plains pas. Toi, quand tu te prends le doigt dans une porte et que tu gueules, ça te rapporte une Symphonie.

Il a beau souffrir, sur les Champs-Elysées, il ne peut s'empêcher de songer qu'il l'a échappé belle. Hier, il était dans une ZAC, aujourd'hui sur une des plus belles avenues du monde d'après les syndicats d'initiative. Au bras de Menthe-la-Jolie, comme il l'appelle dans ses bons jours. De Menthe qui veille sur lui comme sur un grand malade. Le fait parler...

— Et Angers, ça ressemble à quoi ?

— Je ne peux rien en dire. Je n'en ai vu en trois séjours que la gare, la résidence Guynemer, la gare, l'*Hôtel Concorde*, la gare, la ZAC et la gare.

— Et les enfants ?

— C'était le meilleur. Je l'avais bien dit au départ que ce n'était pas eux que je redoutais, mais elle. J'avais ma favorite. La petite Cathy. Terrible. Sa mère moins les désillusions, moins les calculs, moins la bêtise des adultes. Moins l'avenir à préserver. Moins le pot à tête de lion. Je me demande si j'ai aimé une femme comme j'ai aimé Cathy, en trois jours. On devrait épouser les enfants et les conserver tels quels dans un bloc de plastique. Cathy va me manquer. Le soir, elle a dû pleurer en ne me servant pas mon Pernod. Les autres aussi, peut-être, mais moins. C'était une petite femme qui avait encore le droit d'aimer.

— Une petite fille.

— Et alors ? Une petite fille, c'est une petite femme. Un chaton, c'est un petit chat.

— Christine, tu lui en veux beaucoup ?

— Non. Elle l'avait un jour écrit à Roro : « Je n'ai pas les moyens d'aimer Régis. » C'est le genre de phrases à vous tordre le cœur, Menthe. Sans métier et avec trois enfants, une femme n'a pas le droit de vivre une histoire d'amour, c'est tout ce qu'il y a à retenir de cela. C'est un fait social. A dix-neuf ans, une femme sans armes ne sait pas que les allocations familiales lui boufferont le cœur. Qu'on la tiendra en laisse toute sa vie. Qu'elle sera à l'abri du besoin et à l'abri du feu.

— Je te défendrai, quand on viendra me dire que tu n'aimes pas les femmes. Je t'aime.

Pas davantage que le chant du rossignol, il n'a entendu la fin de la réplique de Menthe. C'est un peu l'homme à n'entendre sur terre que les seuls pots d'échappement.

— Qu'est-ce que tu as dit, Menthe ? Je n'ai pas compris...

Elle lève des yeux excédés vers l'Arc de Triomphe :

— Tu es chiant, Régis. On met des années à te dire quelque chose. Et quand on te le dit, tu comprends de travers.

— Tu as parlé de problème...

— Non ! Je t'ai dit : je t'aime !

Elle a haussé le ton. Un agent de police s'est retourné, étonné par cette déclaration. Ferrier se serre plus fort contre la fourrure de Menthe. Est-ce la fourrure, est-ce Menthe qui lui tient chaud ? Est-ce Menthe, est-ce Brel qui chantonne *Non, Jef, t'es pas tout seul* ? Il en est qui se réfugient à la Trappe, Ferrier se réfugie chez les femmes.

— On va au cinéma, Régis.

— Non.

— Si. On va au cinéma.

Il se laisse entraîner. Ils feront l'amour, au studio, et il aura des larmes plein les yeux, des larmes que Menthe aura le goût de ne pas voir.

C'est le silence, là-bas. Le prof est revenu avec l'autre moitié du sofa de cuir. Le prof est revenu sans cornes, ceint de lauriers et de feuilles de paie. Cette fois,

Christine doit passer sous les fourches caudines, sans rémission. Ferrier rayé des cadres à jamais. Ne plus lui écrire. Ne plus lui téléphoner. Le prof a enfin sauvé sa peau. La tache des « quatre ans de cauchemars » disparaîtra sous l'encaustique. Ferrier n'a pour consolation que celle de lui avoir gâché ses petites fêtes de fin d'année. C'est peu car des forêts d'arbres de Noël attendent désormais le prof. Christine a tout promis, tout vendu, tout signé. Ferrier, c'est fini. Pour la vie. Christine la jolie fleur n'est plus qu'un légume dans un pot de la ZAC. Un légume sec.

Ce qui manque le plus à Ferrier, c'est la lettre de Christine. Pendant plus de quatre ans, elle a écrit chaque jour. L'amour qu'il a d'elle doit beaucoup à cette pensée qu'elle lui adressait quotidiennement. Pendant plus de quatre ans, elle a pensé à lui chaque jour « le cachet de la poste faisant foi ». Il n'a pas pu y rester insensible. Si elle n'écrit plus, elle est morte. Mathématiquement, comme dirait le prof, la cachet de la poste ne fait plus foi.

Jean-Luc, le Tarzan de la ZAC, frappe à deux poings son torse velu. Elle ne *peut pas faire autrement* que de lui rouvrir en grand son triangle des Bermudes si mesquinement refermé à Ferrier le dernier jour de Pompéi. Ce triangle des Bermudes où disparaissent avions et bateaux, c'est à Angers qu'un auteur dramatique y aura sombré sans laisser de traces. La plante verte de la ZAC est arrosée tous les samedis soir. Parfois en semaine, après le déjeuner, d'après ce qu'en disait jadis Christine.

Ferrier s'étiole. Quand l'âge vient sans amour, la vie fait vite le double de son âge. Le menton dans les mains, il pense, dans son bureau. Pense à tout ce qu'il a cru, qui était faux, comme les additions de sa jeunesse. Il avait cru, par exemple, que les femmes appartiennent à ceux qui les font jouir, les font rêver, les font rire. Elles n'appartiennent qu'à ceux qui vivent auprès d'elles, et les nourrissent. Elles sont un peu comme ces chiens qui s'en vont jouer et rire comme des bossus chez le voisin mais rentrent le soir chez eux — peut-être à contrecœur ? — rentrent toujours où se tient la pâtée. Ce n'est ni la faute des femmes ni celle des chiens. En général les uns et les autres sont heureux d'avoir des maîtres, bons ou mauvais. Ils enterrent des os, ou des illusions d'os, pour leurs vieux jours, dans un recoin du jardin. Quitte à oublier l'endroit où tout cela est enterré.

Cette réflexion — pas la comparaison ! — semble cruelle à Ferrier. Il aimerait qu'elles puissent *choisir*, toutes ces femmes qu'il aime. Lorsqu'une Christine prétend qu'elle a choisi, c'est faux, encore. Choisir entre deux dépendances — deux gamelles, pour être méchant — n'est pas choisir. Le choix n'existe qu'entre deux libertés. Tout le reste n'est pas littérature mais comptabilité.

— Quoique viré par la peau du cul par elle, commente Ferrier pour Max, je la plains. Pas facile à détester, Christine. Marthe n'a fait que ce qu'elle a voulu, matériellement. Elle est partie de son plein gré. Qui peut parler de plein gré à propos de Christine ? Si elle remplissait elle-même le pot à tête de lion, alors seulement ses décisions viendraient d'elle. Ce n'est pas le cas. Si tu la condamnes, Max, n'oublie pas les circonstances atténuantes, ni le bénéfice du doute.

Ce féminisme repeint à neuf d'un blanc angélique paraît plutôt suspect à Max, l'amuse :

— Je me souviens surtout qu'à vos débuts elle voulait divorcer sans te consulter, travailler, élever elle-même ses gosses, vivre à Paris auprès de toi. Elle ne disait pas : avec toi, mais : à côté de toi. C'était de très crânes velléités. Si tu n'entends ni les rossignols ni les « je t'aime » de Menthe, entends au moins ce mot de « velléités ». C'est le mot le moins cher sur le marché, le meilleur dans le rapport qualité-prix comme disent les associations de consommateurs. Christine est un des plus importants pays producteurs de velléités. Elle en exporte. Ici même.

Ferrier admet, sans enthousiasme. Même si Max a raison, il a pitié d'elle. La situation a changé. Totalement. Le prof, rappelé au pouvoir, ne l'a fait qu'avec les pleins pouvoirs, sous la foi de tous les serments, abdications, renonciations, résignations. Plus jamais Paris ne sera ville ouverte. A quoi sert à cette pauvre Christine d'être belle, à présent, auprès d'un mari usé jusqu'à la trame, démonétisé sur des plans trop précis, à quoi lui sert d'être Christine et belle dans une de ces villes où il importe surtout d'être constante ? Christine, c'est les fruits de l'été répandus sur les chaussées et aspergés de mazout. Elle n'est plus, dirait le misogyne de service, que de la « marchandise gaspillée ». Max prend le relais du misogyne en question :

— Tu sais quel est le vrai point commun, le seul qui existe entre les femmes et les chats ? Tout ce joli monde retombe toujours sur ses pattes.

Dans la bulle, Régis ouvre en soupirant le tiroir de droite de la commode anglaise, regarde la bougie désaffectée. Il la hume. La bougie ne sent que la bougie, rien d'autre. En ce studio, Ferrier souffre confortablement. Mozart et le « Bal » de la *Symphonie fantastique* sont là pour lui rappeler les moments de joie, là pour l'abattre de chagrin sur la table de marbre où ne reviendront plus les steaks tartares de la ménagère aux gestes brusques qui devenaient si tendres. C'est là qu'il faut voir Ferrier. Quand il est seul. Par définition, nul ne le verra jamais. Jamais. Tant pis pour les amateurs de whisky-théâtre. Ou ceux de trompes de chasse quand elles sonnent le Bat-L'eau qui indique que l'animal est à l'eau. De vie, en l'occurrence.

Christine ne reviendra plus ici.

Sois heureux, prof. Trais ta chèvre, monsieur Seguin. Ses escapades sont achevées. Les loups ne la mangeront pas davantage que les petits cochons. Si elle était heureuse, tu ne le serais pas. Alors, sois heureux, prof. Elle écrira, un an plus tard, des choses comme : *Je ne fais déjà pas ce que je veux dans cette vie... je n'ai le droit à rien... oui, c'est un peu humiliant de dépendre toujours de quelqu'un... Du feu, Mozart, c'est mélancolique et c'est ma vie...* mais tu ne le sauras pas, prof, c'est l'essentiel, pour toi. Sois heureux, prof. Elle est à toi. A toi seul. Tu peux t'égoutter dans ta propriété, en toute propriété, en nue propriété.

— Ah ! si Labé mourait ! soupire Ferrier.

Si Labé mourait, elle ne pourrait plus aller le ramasser dans les rues d'Angers. La roue de secours ce serait lui, Ferrier. Ce qu'on appelle jouer les utilités.

Après trois semaines de silence, la chèvre, là-bas, ose de nouveau regarder vers la montagne, tirer sur sa corde. Dans sa boîte, Régis trouve les quarante-deux feuillets dactylographiés des « Carnets » de Christine. Indulgente, elle y justifie surtout ses propres comportements, ses étrennes inattendues. A tout hasard, l'aime encore pour la vie. Cette marotte inoffensive ne la quittera plus, même si un jour plus rien de probant ne viendra l'étayer. Ses regrets ne font qu'accentuer ceux de Régis, les mettre à vif au soleil et aux mouches : *Elle ne poserait plus sa tête sur son ventre, qu'elle embrassait avant de l'embrasser plus bas, à l'infini. Jamais plus elle ne s'endormirait, sa main à lui enfoncée en elle, ses doigts seuls maîtres des lieux.*

Il ne répond pas, elle écrit, et tout recommence. Il apprend enfin ce qui s'est passé après qu'elle l'eut chassé. Du moins ce qui l'intéresse au premier chef : *Les enfants ont eu un énorme chagrin en rentrant de l'école. Cathy surtout à beaucoup pleuré. Ziggy m'a dit qu'il garderait son ballon toute sa vie..*

Il ne les reverra jamais. Que de jamais s'accumulent, déjà. On lui reproche d'avoir eu beaucoup de « femmes de sa vie ». On ne pourra pas, en tout cas, recenser beaucoup de « gosses de sa vie ». Il n'aura aimé que ceux-là. C'est horrible de lire, du plus bas de ces cinquante-deux ans *Cathy surtout a beaucoup pleuré.* Pourquoi la lui a-t-on arrachée, sa préférence ? Parce qu'elle n'était pas « à lui », ou « de lui » ? « Je t'aime », chuchotait-elle sans ajouter, elle, « pour la vie ».

Elle disait « je t'aime » et c'était comme si elle suçait un bonbon. En toute innocence. Sans rien réclamer en échange. Elle aimait gratuitement. Celle-là, Régis se la jette au fond du cœur, un mouchoir et des larmes par-dessus. Ce n'est qu'à lui tout seul, ce souvenir d'une petite fille. Défense d'entrer.

Le courrier a repris. Il n'y aura plus de projets d'avenir là-dedans. Enfin ! Plus jamais. On n'œuvrera plus que dans le proche ou l'immédiat.

Christine a superbement oublié en ces quelques semaines s'être refusée à Régis, reprend sa danse des sens où elle l'avait abandonnée :

Ma chatte n'est plus à personne...

— Alors le prof, s'indigne le supplanté, on est muet ?

... elle va redevenir sauvage si cela continue...

... je meurs d'envie de faire l'amour...

— Alors le prof, crie encore le délaissé, on est sourd ?

Cela va se terminer par le rite païen que je te dédie. Mais en même temps que je jouis, je pleure...

Elle l'aime de loin, quoi ! « C'est plus sûr... de pomme de terre ! » gouaille atrocement Ferrier.

Elle le remplace par Bof, chien griffon. Achète — le prof, plutôt — à ses amis viticulteurs de Faye d'Anjou une vieille maison de vendangeur, en plein vignoble, près d'un étang, d'un vallon, d'un ruisseau. Elle aura un âne et des salades. Cela s'appelle *La Jacquerie.* Quelques manants ont dû y être passés à la hache aux alentours de 1350. Après travaux, cela deviendra leur « résidence secondaire ». « Leur » ne signifie plus elle et lui mais elle et Jean-Luc qui y couleront plus tard les jours rassis de la retraite.

J'ai toutes les libertés, sauf celle de te voir... La principale, quoi ! *Quand j'écoute Mozart, tu me manques...* Il fallait le garder !

En mars, un des amis de Ferrier, directeur de théâtre, pour lui être agréable, décide d'organiser à la maison de la culture d'Angers précisément une soirée où une troupe locale jouera *Dieu est dans l'escalier.* Enfin, Régis entrera dans la ville de ses amours autrement qu'avec ses valises ou qu'en rasant les murs. Dans le hall, il signera des exemplaires de ses recueils de pièces. Les T.V., radio, presse régionale, annonceront l'événement. Ferrier se multiplie pour que des affiches de ses œuvres et des photos de lui décorent les librairies. Il atteint son but.

Jean-Luc est au courant de ta venue samedi après-midi. « Ouest-France *en parle* », *m'a-t-il dit. J'ai répondu :* « *Ah bon ?* »

Les lettres de Ferrier, interdites de ZAC, reprennent le chemin de la poste restante ou des cabinets de vétérinaires où Christine tond ses toutous.

Rendez-vous est pris dans sa chambre du *Concorde* le samedi matin. Elle y passera entre ses courses et sa balade au marché aux Puces. Le soupçonneux Labé, échaudé, a déjà prévu pour l'après-midi une promenade à *La Jacquerie.* Dans son esprit méfiant, les amants séparés ne pourront se rencontrer. Il veille au grain et aux rechutes, prêt à défendre derechef sa peau. Il était trompé en le sachant, il le sera désormais en toute ignorance, ce qui est moins douloureux. Mais, comme en sport, seul le résultat compte, pour les protagonistes. Deux volontés valent mieux qu'une en ce domaine, et deux imaginations. *Maintenant je sais que jusqu'à ma mort je te reverrai toujours, que je trouverai toujours le moyen de te revoir...*

C'est ainsi qu'ils écouleront toujours leur H au nez et

à la barbe du gabelou, que leur plaisir y prendra une maligne revanche. Il leur faudra seulement s'étreindre moins fort afin qu'aucune marque louche ne resplendisse sur le corps de l'infatigable infidèle. Les Labé seront privés de bleus. Christine, au retour des bras de Régis, se lavera en outre les cheveux pour en ôter tout relent de fumée de tabac. Ramènera ainsi dans la ZAC un entrecuisse innocent « vêtu de probité candide et de lin blanc » comme les aimait Racine et dont l'inspection ne révélera strictement rien de suspect. Ces précautions ne manquent ni de charme ni de perversité.

Ils ne se sont pas revus depuis le funeste 3 janvier. Elle arrive au *Concorde* vers 8 heures, après avoir bâclé son marché. Radieuse comme si rien ne s'était produit, comme si elle ne l'avait pas mis à la porte, comme si elle ne lui avait jamais fermé celles de son corps. Ils ne se sont rien pardonné. Ils ne peuvent pas ne pas s'écrire, ne pas se voir, ne pas se toucher, ne pas s'aimer, et voilà tout.

Ils ont cru ne plus jamais s'embrasser, ont cru s'être dit adieu.

— Coucou nous revoilà, fait-il, ému, en lui caressant la nuque.

Elle lui saisit la tête entre les mains, soupire :

— Laisse-moi te regarder.

— Tu m'avais oublié ?

— Idiot...

— Tu t'es trompée de chambre, et ce n'est pas moi.

Elle est déjà nue, vite, et contre lui. Elle n'a pas l'air cette fois disposée à se dérober, à lui refuser quoi que ce soit. Ils n'ont ni le goût ni le temps de parler. Affamés, privés, depuis trop longtemps réduits aux rêves et aux regrets, ils se prennent comme deux orages. Comme ils ne se prendraient déjà plus s'ils avaient continué leur insignifiante vie commune. Là, les minutes leur sont comptées. Là, ce n'est plus le rite et le rythme des siestes conjugales. Là est l'interdit flamboyant. L'âcre arôme du plaisir pris au vol entre deux des barrières de leur vie.

Comme je t'ai reconnu quand tu es entré en moi !...

Il résiste à l'envie de la mordre, à celle de se perdre trop vite en elle. Les loisirs forcés de la ZAC ne sont plus de saison. Régis se garde, elle se répand. Prudent, il se remplace par sa main et Christine se déverse encore entre ses doigts. Epuisé d'attention, il se replonge enfin dans cette chaleur et ils jouissent ensemble sans retenue, tordus, convulsés sur ces draps de triomphe.

Hors d'haleine, noyé dans les cheveux blonds dénoués, Ferrier pense qu'elle a eu raison de le chasser, tout comme elle avait eu tort de tenter la gageure impossible de changer un amant en mari. Que ce pari insensé a déjà coûté très cher à des millions et des millions d'êtres. Qu'ils avaient, elle et lui, besoin de Jean-Luc, leur preuve par l'absurde. Que sans lui ils n'en seraient pas là, dans ce lit détrempé.

Il n'en dit rien car elle oserait encore soutenir le contraire contre toute évidence. Il va encore se livrer sur elle, avant de la lâcher inerte, à ses caresses définitives, celles qui l'amènent à son point final de non-retour.

Le prof a beaucoup perdu en perdant Ferrier. Ce soir, le corps de sa femme ne sera plus celui qui revenait de Paris et l'attirait comme un malade. Ce soir en apparence, le corps de Christine sera le corps muet des autres soirs, de tous les autres soirs. La propriété privée ne comporte pas que des avantages.

— Il faut que je m'en aille, souffle-t-elle.

— Déjà ?

— Il va me falloir une heure pour me recomposer un visage d'innocente. S'il voyait la tête que j'ai en ce moment, il n'aurait pas besoin d'un dessin pour comprendre.

Elle se rhabille, sourit en apercevant, sur son épaule, un stigmate embarrassant :

— Flûte, je me suis quand même cognée dans la commode du salon !

Il la raccompagne sur le palier. Elle entre dans l'ascenseur. Ils se regardent, ahuris d'émotion. La porte automatique se referme, les coupe en deux jusqu'à la rémission de la prochaine fois. Revenu dans la chambre, face aux draps froissés et auréolés, il maîtrise la mélancolie qui l'assaille. Leur nom de Dieu d'histoire d'amour a survécu au massacre de la ZAC. Il en subsiste au moins toute l'essence et toute la clarté. Le temps d'épreuve est commencé.

L'après-midi, pendant que les Labé de nouveau réunis vaquent dans leur *Jacquerie*, que Christine, la tête ailleurs, écoute Jean-Luc lui exposer quelque aménagement futur concernant leur nid d'amour, que la douce Cathy cueille des fleurs, Régis rencontre à la maison de la culture un ancien camarade de son âge perdu de vue. C'est un comédien qui a quitté le métier depuis des années.

— Chavroches ! Qu'est-ce que tu fous là !

— Je suis revenu au pays, tout bonnement. Je suis angevin. Evidemment, sur scène, ça ne sautait pas aux yeux. Quand j'ai vu que tu étais chez nous, j'ai eu envie de te revoir.

C'est un colosse de charme que Paul Chavroches. Régis l'appréciait autrefois, est content de le retrouver en cette ville où il connaît si peu de monde.

— Avec mon frère Antoine, j'ai repris le boulot de mes vieux. Je suis viticulteur à Beaulieu-sur-Layon.

— Vous êtes tous viticulteurs, dans le coin, s'exclame Ferrier qui pense aux amis des Labé.

— Ça arrive, tu sais, dans les pays de Loire.

— Et ça marche ?

— Très bien. Au théâtre, je n'avais pas de talent. Dans la vigne, j'en ai.

Il doit en avoir à table, à en juger par son gabarit de hotte, son teint de fête patronale, ses yeux qu'a champagnisés le soleil.

— Qu'est-ce que tu fais ce soir, Régis, après tes obligations de représentant en culture parisienne ?

— En principe, je reprends le train.

— Viens plutôt manger à la maison.

Ferrier n'hésite pas. Outre l'amitié qu'il est prêt à porter à ce jovial Silène, il tient là son point de chute en Maine-et-Loire. Il reviendra souvent ici puisque Christine est interdite de séjour à Paris. Les Chavroches meubleront plus qu'agréablement ses temps morts.

— Alors, Régis, c'est oui ?

— C'est oui. Tu me rafraîchiras le cœur, et il en a besoin.

Paul cligne un œil de bébé éléphant :

— Toi, tu es encore amoureux.

— D'une Angevine.

— Formidable. On ne va plus voir que toi par ici.

— Tant que ça durera, ce n'est pas impossible.

— Ce soir, on boit à tes amours ! Ecoute donc un peu ce proverbe de chez nous :

Fillettes de verre
Fillettes de peau
Vous mettent en terre
Qui les aime trop...

Vaut mieux y aller comme ça, en terre, qu'à dos d'infarctus, pas vrai ?

Dans la voiture de Paul qui les amène en plein vignoble, Régis raconte vaguement son aventure. Mariée à un prof délégué syndical d'il ne sait trop quoi. Trois enfants. Il achève par son débarquement tragicomique dans la ZAC. Le gros Paul éclate de rire, un rire qui roule des barriques dans un escalier de cave :

— Putain ! Toi dans une ZAC ! Quel sale temps ! Quel phylloxéra ! T'étais fou perdu !

— Je le suis encore.

— C'est vrai que c'est ton métier, à toi, de te suspendre aux lustres. Moi, j'aime mieux travailler de mes mains.

— Qui te dit que je n'aurais pas préféré ça ?

La belle vieille maison angevine des Chavroches, sa paix, son lierre, son vaste jardin jouxtant les vignes, le pince au cœur. Ils auraient été heureux, là, elle, lui, Ariane, Cathy son ange, Ziggy... Ç'aurait été la maison du bonheur, la moindre des choses. Il n'aurait pu en être autrement. Il déclame un vers de Verlaine qui l'a toujours hanté :

— *Ah ! que notre amour n'est-il là niché !...*

— Emmène-le ici.

— Tu rigoles. C'est quasiment une femme de notable. On dirait que tu ne connais pas ta province. Tout se sait et il ne faut pas que ça se sache. Le prof, c'est une personnalité. Du moins, il se l'imagine.

Antoine, le frère, est du même tonneau que Paul. Les femmes, Pierrette et Marie, sentent la confiture maison, les piles de draps dans l'armoire de campagne, ont cette grâce française que l'on prête à la France du XVIIIe siècle, ce temps de qualité. De l'élégance dans le port, de la bonne humeur sur la lèvre.

— Ne me le bousculez pas, recommande Paul, il est amoureux.

— Quel malheur, se désolent Pierrette et son accent de Loire, nous avions un sandre pêché tout frais de l'après-midi.

— Et alors ?

— S'il pense à autre chose, il ne le savourera pas.

Et Ferrier se dit que jusqu'alors il n'avait pas vu grand-chose de la douceur angevine, qu'elle existe, que ce ciel n'appartient qu'à ses nuages, qu'à ses rivières, qu'aux buées de ses bouteilles remontées des caves aux murs de forteresse. Il y ajouterait les yeux de ses filles, mais il est trop partial. Les filles qu'on aime n'ont pas de patrie.

Lors de ce dîner d'affection, il songe qu'en fin de compte elle a bien fait de lui écrire un jour, qu'il n'y a rien à regretter, que sa folie et que son cul lui auraient manqué, qu'elle a parachevé toutes ses détresses mais aussi tous ses plaisirs, qu'elle flottera longtemps encore dans les courants de Bouchemaine, le paysage privilégié qui peint le jour et fait de la musique la nuit.

J'aurais dû te parler, je n'ai pas pu... Il ne comprendra jamais son incapacité — maintes fois avouée — à s'exprimer de vive voix. Elle aurait dû naître, comme lui, pour écrire. Elle n'avait pas hélas la rigueur nécessaire pour cela, ni le manque de pudeur morale. Elle n'a pas parlé, il n'a rien entendu, ils n'ont plus d'autre horizon que celui des vacances de leurs rencontres.

Trois semaines après le bref intermède du *Concorde*, le prof est envoyé par son syndicat en mission en Haute-Volta, histoire de prêcher la bonne parole syndicale aux habitants de Ouagadougou altérés de syndicalisme de base. Ces Noirs passionnés par l'amulette du droit de grève offrent sans le savoir une semaine de loisir à deux peaux blanches ointes de sorcelleries occidentales.

Pendant que le prof en pagne et cravate pérore sur les bords de la Volta, Ferrier s'installe à l'*Auberge de Chanteclair*, à Bouchemaine, réalisant enfin un très vieux rêve de Christine. Elle n'y passera aucune nuit, personne ne pouvant lui garder les enfants, mais viendra chaque jour.

La chambre de Ferrier donne sur la Maine, la pluie ou le soleil sur la Maine. Leurs amours ont la tranquillité de la rivière, la placidité de l'administration des Eaux et Forêts. Sauf le mercredi, jour des enfants, ils déjeunent sur la terrasse ouverte dont on ouvre les baies quand le temps le permet. Les enfants, Ferrier voudrait les revoir. Elle s'y oppose :

— Non, Régis, cela les bouleverserait trop, Cathy surtout, qui est la plus sensible. Ils pleureraient, voudraient que tu reviennes à la maison. On ne peut pas jouer comme ça sans arrêt avec leurs sentiments.

— Avec les miens, on peut.

— Avec les miens aussi. Mais eux ils ont besoin de paix pour vivre. Ils n'ont pas notre âge. Lorsque tu es reparti...

— Chassé...

— Lorsque tu es reparti, ils ont été quinze jours à se tromper dans leurs devoirs, dans leurs leçons.

— Ils parlent encore de moi, au moins ?

— C'est évident. Parfois, quand je les embrasse, je les embrasse secrètement pour toi.

— Catou sait que je pense toujours à elle ?

— Je le lui dis. Elle est contente.

Christine porte à présent une nouvelle montre, que Régis appelle « la prime de fidélité ». Offerte par Jean-Luc pour la récompenser d'avoir enfin renoncé au sacrilège de le tromper. Elle avait autrefois une montre d'homme en acier. Celle-ci est plate, féminine, à bracelet de cuir. Régis considère avec amertume ce salaire de la résignation. Les maris ne sont jamais aussi généreux que lorsque leurs femmes leur échappent ou leur reviennent. L'amant devient monnaie d'échange. Donnant donnant.

— Je n'étais pas côté très cher, ironise Régis. Je valais un vison.

Le soir souvent, dès qu'elle est repartie, Paul Chavroches vient le chercher, l'emmène dîner à Beaulieu-sur-Layon où les femmes le couvent, le nourrissent, où les hommes l'abreuvent de leurs meilleurs vins.

— Avale-moi ça, fils, c'est un dampierre. C'est dret de goût, non ?

— Ça sent un peu la framboise.

— C'est de l'étoffé et du charnu comme tous les cabernets. Antoine, ouvre un château-du-breuil de chez nous. Un grand cru doux du Layon.

— C'est sucré.

— Parisien, va ! C'est pas sucré, c'est doux.

— C'est pareil.

— T'as le gosier rongé par le whisky.

Un autre soir, il les invite à Angers, au *Toussaint* où les Chavroches sont populaires et soignés pour la publicité que leur santé et leur truculence font à l'établissement. Et Ferrier s'endort seul à Bouchemaine après avoir regardé une dernière fois la rivière qui, tout à l'heure, va se mêler à la Loire en un accouplement furtif, silencieux, éternel.

Au matin, Christine vient se recoucher contre lui et ils se mélangent de même en douceur ou en crue. Parfois, elle le ramène à Angers, le lâche dans la ville qu'il apprend à mieux connaître. Boulevard Foch, il s'arrête devant les cinq salles du Colisée-Gaumont. Elle lui a écrit souvent, dans ces cinémas. Lui a raconté souvent les films qu'elle y voyait. Il joue les pèlerins, participe à sa vie. Se promène place Louis-Imbach où, chaque samedi matin, elle traîne dans les Puces à la recherche d'un nouveau pot ou de vieilles cartes postales représentant des chats.

Il retrouve Paul ou Antoine Chavroches, ou les deux, au *Café de la Mairie* ou au *Pub Saint-Aubin*, se confond avec eux aux Angevins de souche. Cette souche n'étant, selon lui, qu'un cep.

— Ta ZAC, lui explique Paul, elle est à une heure à pied d'ici. Ou tu l'as échappé belle, ou tu gagnais un jour Paris-Strasbourg à la marche, avec l'entraînement que t'aurais eu. Allons bouffer à *L'Entracte*, je leur ai apporté moi-même un gigot de pré salé.

Car il choisit toutes les viandes, sait que les meilleurs rillons ne se trouvent qu'à cet endroit, etc.

Durant ces quelques jours loin de Ouagadougou,

Ferrier ne vit que d'amour et d'amitié sans autre eau fraîche que celle qui coule sous ses fenêtres. Un après-midi, Christine lui présente *La Jacquerie*, sa maison de vendangeur à vingt-cinq kilomètres d'Angers. Elle a emmené avec elle Bof le griffon, clown à barbe en habit blanc et chapeau marron. Régis aurait préféré sa Cathy, mais Bof ne pleure pas, ne parle pas, ne dit même pas « je t'aime ». Christine fait donc à Ferrier les honneurs d'un avenir qu'il n'avait jamais tant vu sans lui. Là, c'est le four à pain, le lilas, le gros pommier, le figuier...

— Le four à pain, j'en ferai la cuisine. Les murs sont si épais, tu vois, qu'on pourrait se passer de chauffage. D'abord, chacune des trois pièces a sa cheminée. On pourra vivre à l'ancienne sans problème, là-dedans...

Le chien court dans les vignes. L'enthousiasme de Christine face à une vie où il n'a pas de place glace Régis. Ce « on » qui pourra se passer de chauffage, ce « on » qui pourra vivre à l'ancienne, il ne le connaît que trop bien. « Ah ! si Labé mourait ! », soupire-t-il encore *in petto*. Si Labé mourait ce serait lui, l'homme de *La Jacquerie*. L'homme intermittent pour vacances et week-ends. Sans qu'elle ait plus jamais à attendre de Ouagadougou la chute des feuilles de paie.

— Ça te plaît ?

— Beaucoup. Je n'irai jamais, alors... Content malgré tout d'avoir entrevu la maison du bonheur. Tu en as les clés ?

— Oui.

— Pas moi.

A quoi sourit-elle ? Au fantôme du Blanc de Ouagadougou ? Ils vieilliront là « à l'ancienne », elle filera la laine, il tricotera des paniers, s'éclaireront à la bougie, ce qui rappellera ses erreurs de jeunesse à l'aïeule. Et Ferrier sera mort. Bof a levé des cailles et jappe de ne pouvoir s'élever dans le ciel.

Jusqu'aux vacances, Ferrier descend à Angers deux

ou trois jours par mois. Y voit Christine dès qu'elle le peut, les Chavroches dès qu'elle n'est plus auprès de lui. Pour échapper à la soupçonneuse C.I.A., au vigilant K.G.B. du prof, il change d'hôtel à chaque séjour. Le quartier de la gare étant commode à Christine pour y garer sa 2 CV, il va de *L'Hôtel de France* à celui de *L'Univers,* de celui du *Progrès* à celui de *Champagne* en passant par le *Grand Hôtel de la Gare* comme un représentant en amours d'occasion. En tous ces lieux, il regrette la bulle et son envoûtement. Il était roi, alors, et « Petit Prince ». Elle y venait comme une marchandise, affirmait-elle amère. Qu'est-il d'autre aujourd'hui qu'un pauvre vieux livreur de testicules assermentés à l'usage exclusif d'une femme de fonctionnaire de province ?

Dès qu'il revient à Paris, ils s'écrivent, s'écrivent, s'écrivent, enfermés dans cette geôle sans porte de sortie, tournant sans fin sur un pick-up détraqué. Le *Concerto pour piano n° 21* de Mozart, c'est lui. Le numéro 27, c'est elle. Comme un bousier sa boulette de fiente, ils poussent devant eux avec constance cet amour défraîchi et mité qui n'en finit plus de ne jamais passer...

Personne ne voit rien, ne sait rien, je garde tout cela pour moi. Personne ne le sait, personne ne le voit, mais je t'aime...

A Paris, autour de Régis, l'Angevine est devenue peu à peu l'Arlésienne. Quand Ferrier n'est pas là, c'est qu'il est à Angers. Quand il est présent, mais suspend un geste, n'entend pas une question, c'est qu'il est toujours à Angers. On lui demande par courtoisie des « nouvelles d'Angers ».

Par l'entremise de Christine, il expédie de menus cadeaux à « ses » enfants qui le remercient à coups de fautes d'orthographe. Il garde les petits billets de Cathy dans son portefeuille, comme un grand dadais. Il ne flirte plus. Ne se lève plus quand sonnent les grelots de sa fameuse « pêche à la calée ». S'il vit avec Christine, c'est la catastrophe assurée. Il ne vit pas avec, et c'est l'ennui, le très bel ennui mortel aux yeux bleus.

S'il n'y pense plus deux heures, il reçoit une lettre : *Un temps à faire l'amour. C'est quoi, faire l'amour ? Je ne sais plus, et c'est le désespoir.* Et, pour lui, la tristesse... Elle lâche un jour une phrase atroce par les promesses qu'elle contient : *C'est terrible à dire, mais je m'habitue tout doucement à ton absence,* redresse le lendemain le tir de ce peloton d'exécution : *Cette incroyable passion de toi est en moi pour toujours. Tu es la personne que j'ai le plus aimée sur cette terre...*

Un soir, Ferrier passe à une très importante émission de T.V., « Rideau Rouge », l'annonce à Christine, la prie de la regarder avec les enfants. Le prof qui ne dort que d'un œil lance, péremptoire : « Il n'y a rien ce soir à la télé », embarque toute la famille au cinéma. Il vivra toujours, celui-là, dans l'angoisse de revoir passer dans sa cour le maraudeur. C'est toujours cela de pris sur son sommeil. Tout en gâchant la sienne sur des années, Christine a saboté la vie des deux autres. C'est toujours un résultat.

Ferrier tente une sortie. S'en va avec Menthe dans la plus belle ville du monde. Celle où l'on est bien obligé de faire l'amour, puisqu'elle n'a été bâtie que pour cela. De Venise, il envoie à Christine une carte postale signée par l'Eurasienne et lui. Une façon comme une autre de lui signaler que, même sans elle, la vie continue et que les gondoles ne flottent pas que pour les chiens crevés. De la terrasse du *Florian,* où tous les touristes japonais se prennent pour Musset, Sand, Byron et Hemingway, il se prend, lui, pour Bof le griffon. Elle le caresse, le cabot, lui cherche ses puces, l'embrasse. Ne le caresse pas, lui, laisse ses puces en paix, ne l'embrasse pas davantage. Menthe se lasse de ce voyage à trois sous le pont des Soupirs.

Il n'est plus de Venise que sur la Maine, pour Ferrier. Il y revient en juin, une dernière fois avant les vacances d'été. Christine lui a retenu une chambre à l'*Hôtel des Négociants,* rue de la Roë. Va pour les Négociants ! L'hôtel est plus proche de la rivière que ceux du quartier de la gare. Comme accoutumé, Ferrier se partage entre ses amis et Christine, Christine qui pensait que Venise lui était promise, réservée de naissance.

— Comment y serais-tu allée ? Tu oublies que tu es en tôle à perpétuité et sans même avoir fait quelque chose de vraiment mal, hormis l'amour avec lui. Que veux-tu, on n'a pas été mariés assez longtemps pour s'offrir le déplacement.

— Il m'a demandé si je t'avais revu depuis que tout est fini entre nous.

— Et alors ?

— Je n'allais pas répondre : « oui ! » Les maris sont vraiment doués pour les questions idiotes.

Il est là pour trois jours. Elle arrive le matin, repart à onze heures préparer le déjeuner du maître, revient vers quatorze heures dès qu'il s'est éclipsé le ventre plein. Heureusement que son syndicat providentiel occupe beaucoup le prof sinon il serait capable de renvoyer sa femme à Ferrier après une sieste améliorée qui en dégoûterait plutôt le client de l'*Hôtel des Négociants.*

Ce jeu de cache-cache fatigue Ferrier, à la longue. Les secteurs où travaille Labé lui sont interdits. Il a parfois l'envie de s'y promener, d'y rencontrer Jean-Luc, de lui expliquer pourquoi son épouse, le soir, est parfois de charmante humeur quoique peu empressée au déduit.

— Mets-toi à sa place, lui dirait-il avec délicatesse, elle sort d'en prendre.

Sort-elle d'en prendre quand, le troisième jour, elle n'est à l'hôtel qu'à 15 heures ? Avec une heure de retard ? Il a tourné comme une mayonnaise de guêpes dans la chambre, soûl de rage et de jalousie.

— Mais non, il n'y a rien eu ! Il a traîné dans la maison, je désespérais de le voir foutre le camp, je t'assure !

Il n'y croit pas, il n'y est plus, ne peut que la caresser, navré de ne pas lui faire l'amour avant de la quitter.

— C'est de sa faute à ce con, de sa faute, se lamente-t-il, il l'a fait exprès !

— Il faudrait encore qu'il le sache...

— Il a un sixième sens !

— Ne restons pas là, tu vas te tracasser pour rien. L'amour, on l'a fait avant-hier, hier, ce matin. Mais on ne s'est pas promenés. Calme-toi et viens.

Ils grimpent dans la 2 CV, traversent la Maine sur le pont de la Basse-Chaîne.

— Sur la rive gauche, c'est la Doutre, le vieux quartier d'Angers, explique-t-elle.

— Ça veut dire quoi, la Doutre ?

— D'outre-Maine.

Elle tourne à droite, range la voiture près d'un port, face au château.

Il a pris Christine nue en photo ce matin, dans la chambre. Couchée, écartée, béante, sous tous les prismes. Il la photographie ici près d'une pancarte symbolique : « Amarrage interdit. » Ils marchent, descendent la Maine sur quelques centaines de mètres. Il se laisse distancer. Christine se retourne, étonnée.

— Je regardais tes jambes, dit-il en la rejoignant.

Elle porte une robe de printemps rose. Des barques de pêche se balancent dans le clapot, font crisser leurs chaînes. Il monte dans l'une d'elles, l'aide à s'asseoir auprès de lui.

— On a les Venise qu'on peut, sourit-elle.

Il ne lui répond pas que c'est elle, Venise, mais le pense, la presse contre lui, attentif à tout leur voyage immobile. Ils ne partiront plus ensemble, le savent.

Leur barque est attachée à la terre ferme et peut bien tirer sur son cadenas, elle ne le brisera jamais. Les sources de l'Orénoque, ça n'existe pas. A moins que ce ne soit que la mort et rien de plus.

— On se détache ? propose-t-elle, on s'en va au fil du courant ?

— Et on s'écrase contre une pile de pont ? Et qui est-ce qui ira chercher tes gosses dans une heure ?

L'heure. Elle est rare, dans leurs vies, toujours comptée, mesurée. Alors que demain ils en auront à ne savoir qu'en faire et par-dessus la tête. Celle-ci s'achève. Ils quittent comme des rats leur tout petit navire.

Tous les jours en voiture en rentrant à la maison, je regarde nos barques. Elles n'ont pas bougé...

Ils regagnent lentement le port, main dans la main, sans parler. Sur les pavés de la berge, les sandales de Christine claquent comme des applaudissements. Elle le conduit non loin de l'endroit où il a rendez-vous avec Chavroches. Il descend de la 2 CV au coin de la rue Chopin et du quai Félix-Faure. Il ne claque pas la portière, se penche sur elle :

— Montre-la-moi. Je veux encore la revoir.

Elle remonte sa robe, distend son slip. Un rayon de soleil et un doigt la caressent.

Puis la voiture disparaît au tournant du boulevard Robert, escamotant la main qui, par la vitre ouverte, agitait l'au revoir. Ferrier a froid, tout à coup, et s'ébroue. A-t-elle un peu froid, elle aussi ? Même aux feux rouges ? Sur son trottoir désert, Ferrier se dit que, décidément, l'amour ne fait pas le bonheur.

22.

Pour la cinquième fois déjà, les grandes vacances sont revenues, qui les séparent, les coupent en deux. Elle en Bretagne, lui dans la Nièvre. Elle avait vingt-neuf ans, en a bientôt trente-quatre. Il va en avoir cinquante-trois. Est-ce bien sérieux que de prétendre encore aimer à cet âge ? N'est-ce pas ridicule ? Il y a de moins en moins de vieux autour de lui, de plus en plus de jeunes. Le mot quinquagénaire, lu ou entendu, le blesse, qui sonne comme un nom de maladie honteuse.

« A vendre beau studio avec poutres apparentes » proclament fièrement les annonces immobilières. Il ricane en se levant pour attraper son sac de voyage car le train entre en gare de Saint-Brieuc. Toutes ces années, toutes ces rides sur son dos et son visage, ce sont ses poutres apparentes à lui. Il invente un dialogue de dérision :

— J'ai des poutres apparentes...

— Ne vous en faites pas, ça se soigne très bien !

Jean-Luc a quitté Pléneuf, rappelé à Angers pour quatre jours par ses devoirs syndicaux. Même en août, on n'arrête pas le progrès social.

Je voulais te dire combien tu me manques, combien c'est incroyable de penser ainsi à toi. Cinq ans bientôt que tous les jours j'y pense, et il en sera ainsi tant que je vivrai... Ces quatre futurs jours de liberté ont grisé Christine qui a téléphoné à Régis :

— Si tu pouvais venir, ça serait merveilleux. Bien

sûr, il y a mes parents, mais on pourrait se voir le jour. Ariane et Cathy sont en Angleterre, je n'ai que Ziggy qui passe tout son temps sur la plage. Et, surtout, j'ai une cousine à la maison qui me servirait d'alibi. Pendant que je serais avec toi, je serais censée me promener avec elle...

Elle a tout prévu. Il ne peut s'installer à Pléneuf même, où on la connaît depuis qu'elle est née, mais peut descendre à Erquy, un autre port qui n'est qu'à six kilomètres de là. Malgré les changements de train et la distance qui sépare Nevers de Saint-Brieuc, Ferrier accepte. S'il lui manque tant, elle lui manque tout autant.

Il faisait beau aujourd'hui et je regardais mon corps tout bronzé que je surveillais pour toi. J'aurais été fière d'être belle pour toi. Ce corps, il était à toi, ne vivait que pour toi, que va-t-il devenir sans toi ?...

Ferrier va à ce corps tendu, offert sur fond de sable. Ce corps qui ne se souvient plus s'être refusé une fois. Ce corps pardonné d'être parfois à l'autre. Ce corps qui l'attend sur le quai de la gare, se serre contre lui, brûlant, doré, promis, juré.

— Ce que je suis heureuse de te voir ici, Régis, depuis le temps que tu devais venir !

— Cette année, j'ai enfin une bonne raison, je t'aime.

— L'an dernier aussi, tu m'aimais.

— Oui, mais j'étais très occupé.

Même cette allusion à Muriel ne saurait assombrir Christine qui sent la vague et le soleil, qui sent la plage et le rocher. Dans la 2 CV, avant de démarrer, elle l'embrasse sur la bouche, à petits coups, à petites gorgées. Elle soupire :

— C'est bête, on ne fera pas l'amour à *L'Albatros*, où j'ai tant rêvé qu'on le faisait. Ma parole, tu ne la connaîtras jamais, ma chambre bleue.

— Tu m'en as trouvé une, au moins, verte ou rouge ?

— Oui. Avec un peu de mal quand même. Forcément, en août ! Tu es à l'*Hôtel de la Plage*, boulevard de la Mer.

— Avec vue sur la mer en question ?

— Parfaitement. Tes fenêtres donnent sur la plage d'Erquay. Pas Erquy : Erquay.

— Nos fenêtres. Notre lit. Notre chambre...

Il la caresse à poitrine nue, sous son tee-shirt orné cette fois d'une tête de panthère. Lui tord les pointes des seins, comme d'habitude. Elle crie :

— Non ! On va se tuer avant de se coucher, si tu continues !

Il y a une trentaine de kilomètres de Saint-Brieuc à Erquy.

Elle le dit à Régis puis poursuit, songeuse :

— C'est drôle, mais j'ai l'impression que Jean-Luc surveille le compteur de ma bagnole.

— Si tu en avais un autre part, il aurait des surprises quand il reviendra.

Ce qu'il ne lui confie pas, c'est qu'il lui a inventé de toutes pièces un autre amant. Uniquement pour s'amuser et plonger le prof dans de nouvelles alarmes puisqu'il n'en avait plus et que ce n'était pas juste du tout qu'il ait déjà cessé de trembler. Il a fait poster récemment à Saumur une lettre destinée à Christine, à Angers. Comme elle n'y est pas, Jean-Luc fidèle à son image de gentleman, a intercepté le courrier, l'a dévoré, ne lui en a naturellement pas parlé. Ce qui motive ce regain d'espionnage frénétique. La lettre est signée d'un nommé Bertrand, évoque des galipettes propres à troubler l'âme — depuis si peu de temps sereine ! — de Labé. Quoi, Régis est déjà remplacé par un autre ? Plus proche géographiquement, donc plus dangereux encore ? Mais qu'a donc cette femme — la sienne ! — et quel feu la dévore ?

— Qu'est-ce qui te fait sourire ?

— Toi. Tu es belle. Il va t'arriver des malheurs, à l'*Hôtel de la Plage*.

Pour rire, elle accélère.

Dès qu'ils sont dans la chambre, elle lui montre la mer :

— Tu vois ?

— Je m'en fous, de la mer. J'ai horreur de la mer. Je ne suis pas venu pour la mer, mais pour le sel. Il doit bien t'en rester quelque part !

Elle est nue, enfin, et les lèvres de Régis vont tout droit à la mer, la vraie, la seule, celle d'entre ses cuisses. Au large, y trouvent la tempête et les cris, enfin, de la mouette. Y ramassent des coquillages. Et du corail.

Après quoi ils s'étreignent, « comme sur le radeau de la Méduse » prétendra Ferrier. En Bretagne comme en Belgique, comme dans la bulle, comme dans la ZAC et les hôtels d'Angers et comme à Londres même. Comme à Venise un jour si Labé mourait.

Ils ont les larmes aux yeux, étendus côte à côte et reprenant leur souffle.

— C'est le sel, ça pique, plaisante Régis. Je suis content de toi, petite tête de sabot breton.

— Merci, capitaine. La traversée a été bonne, quoique mouvementée. Ce que c'est bon, de naviguer ensemble. J'aurais enfin fait l'amour au bord de la mer.

— Ça ne coûte rien de mentir.

— Si tu savais...

— Je veux bien savoir.

— Tu ne sauras rien. A quoi bon !...

Elle s'étire, voluptueuse, servie toute chaude sur une nappe de soleil. Dommage qu'elle parte un jour. Car elle partira comme sont parties les autres. Pour la vie, pas pour la vie, tout cela revient au même par un petit matin bien gris.

Il a une grimace de douleur.

— Tu as mal ? Tu veux une trinitrine ? s'inquiète-t-elle.

— Non. Ce n'est pas le cœur, mais les artères. Dans le train je pensais que j'étais vieux. Définitivement vieux.

— Tu viens de le prouver.

— Ça, c'est le sursis. Je pensais aussi que c'était grotesque de faire l'amour à cinquante-trois ans.

— Continue d'être grotesque, mon amour. S'il te plaît. Fais ça pour moi.

— Je me rappelle souvent un slogan de mai 68 : « Les jeunes font l'amour, les vieux font des gestes obscènes. »

— Tous les gestes de l'amour sont obscènes, quand on ne s'aime pas. Quand je te prends dans ma bouche, c'est un geste obscène, mais je t'aime. Quand tu me manges aussi, mais tu m'aimes, et tout le reste avec et même pire.

— Ce sont des mots, Christine. Ce sont les jeunes qui ont raison pour la seule raison qu'ils sont jeunes et que c'est une excellente raison.

— Laisse-moi te faire un geste obscène. Longtemps.

— Si tu veux...

Et la tête de Christine bouge, là-bas, imperceptiblement, comme de toutes petites vagues viennent, l'une après l'autre, lécher la plage.

La plage, ils s'y promènent ensuite, se baignent.

— Elle est froide, ronchonne Régis.

— Tu n'as pas l'habitude. C'est une mer, ici, pas une piscine. Ce n'est pas une fille facile.

— Alors, je préfère les filles faciles.

— Comme moi ?

— Comme toi.

Ils s'allongent sur le sable.

— C'est moche, un corps de vieux, gémit encore Régis avec répulsion. Regarde-moi ce bide, cette peau de tréponème, ces muscles d'encornet...

— Arrête, crie-t-elle, arrête. Je t'aime comme tu es.

— Tu n'es pas dégoûtée.

— Sérieusement, Régis, arrête.

Il se tait mais n'en pense pas moins que s'il a le cœur assez bien né il lui faudra le supprimer, ce corps, avant qu'il ne soit par trop lamentable.

La Christine animale parle, elle, en sens inverse :

— Je regrette parfois de l'avoir connu, ton corps de vieux, comme tu dis. J'aurais vécu tellement plus tranquille si j'étais passée à côté.

— Comment ça ?

— Comment, « comment ça » ? Mais je ne me caressais pas, avant. J'y suis forcée, maintenant. Quand je nous revois en train de faire l'amour, ça me rend malade. Tu m'as détraquée.

— Merci. Flatté.

— Tu n'y es peut-être pour rien. Si ce n'était, comme tu me l'as dit une fois, qu'une histoire de peaux qui vont bien ensemble ? Bref, je me contentais de Jean-Luc, bien obligée. Mais ça ne me gênait pas, puisque je ne savais rien d'autre. Aujourd'hui, je sais, mais tu n'es jamais là, sur moi, sous moi, dans moi, ou si peu. Ça me gâche pas mal de choses que tu n'y sois jamais.

— Moi aussi. Beaucoup. Tout.

— Ça me gâche même le tout petit peu que j'avais avec lui. Tu comprends ?

— Oui. Ce n'est pas tout à fait le secret du bonheur, notre truc.

— C'est même exactement tout le contraire.

Ils restent ainsi longuement sur le sable dans tous les sens, le propre et le figuré, jusqu'à ce que la marée haute n'efface bien proprement toutes leurs mélancolies.

Le lendemain matin, après avoir renforcé au lit leurs regrets de la veille, ils se rendent au cap d'Erquy, se promènent sur une autre plage, celle de l'Ourtouet.

— On n'ira pas du tout à Pléneuf ?

— Non. Si on nous voit, quelqu'un le répétera à Jean-Luc ou à mes parents qui s'empresseront de le lui dire. J'ai trop eu la guerre, Régis. Une guerre de tous les instants, crois-moi. Je veux avoir la paix. Ce n'est peut-être pas très noble, mais c'est comme ça. Dans ma vie, tu es en visite. Moi, j'y suis à demeure.

— Tu parles comme une femme mariée que j'ai connue et qui me disait : « Un amant, on le voit deux fois par mois, un mari tous les jours. »

Elle hausse tristement les épaules :

— Elle n'avait pas tort. Il n'y a pas de surhommes, pourquoi voudrais-tu qu'il y ait des surfemmes ? Je préfère passer tout l'été à *L'Albatros* avec mes gosses que de travailler toute l'année pour un mois de vacances dans un camping. Et ça, je le dois à Jean-Luc. Tout comme je lui dois la paix, à lui aussi, à présent. Je l'ai trop fait souffrir pour rien.

— Pour rien ?

— Tu as divorcé ? Tu m'as épousée ?

— Tu ne m'en as pas laissé le temps.

— Ne recommence pas, Régis.

Bon. On se promène. On se sourit. On s'embrasse. On se frôle. S'il n'y a personne, on se caresse. On se promène. On pousse jusqu'aux îles de la Petite et de la Grande-Germaine. On est bien. Très bien. Faut bien. On s'aime. C'est beau, la mer. C'est beau, l'amour. On est deux. Au lieu d'être cinq. Deux à mi-temps pour trois jours pleins. On se promène. On revient par l'intérieur pour gagner le port. Car on a faim, elle surtout.

Ils entrent à *L'Abri des flots*, restaurant d'où l'on voit les bateaux, les mouettes, la mer, le phare. Et, de plus près, une salade de coquilles Saint-Jacques. Un homard grillé. Un muscadet sur lie. Ferrier s'amuse depuis son arrivée à observer les vacanciers, détaille les shorts et les pantalons blancs, lui qui ne fréquente que les vaches, dans sa campagne. A table, entre deux bouchées, Christine s'intéresse à lui :

— Tu ne me parles plus de Muriel ?

— Elle est comme toi, elle m'en veut que je ne vive pas avec elle. On est en froid et Isabelle, la gosse, me réclame. Il va falloir qu'on lui trouve un papa qui ne sera pas moi.

— Et Menthe ?

— Oh ! Menthe, c'est aussi vieux que toi, maintenant ! Si je n'avais pas bientôt soixante ans, il me faudrait renouveler le cheptel.

— Voilà un mot délicieusement féministe.

— Menthe, c'est ma sœur incestueuse.

— Elle t'aime ?

— Je ne sais pas. Elle non plus. Elle est sournoise, cruelle et fourbe comme tous les Jaunes.

— Ce n'est pas vrai.

— Non.

Sortis du restaurant, ils se promènent sur le port.

— Tu fais de la planche à voile, toi ?

— Oh ! non ! J'ai *Tahiti*, c'est un bateau de caoutchouc avec une pagaie. Ça me suffit comme sport dangereux. Ça et le volley-ball avec les copains sur la plage.

Deux mondes. Lui, c'est la pétanque sur la place de l'église en compagnie d'autres soiffards blêmes et sans pantalons blancs.

Ils regagnent l'*Hôtel de la Plage* où leur chambre et leur lit ne vont pas tarder à devenir célèbres auprès des femmes de ménage.

— Comment se fait-il, questionne Ferrier en rangeant la bougie — en vacances elle aussi — dans la table de nuit, qu'on ne s'engueule plus comme à Londres ?

— On avait des illusions, à Londres. On n'en a plus. Depuis le Jour de l'an, on ne s'engueule plus non plus, dans la ZAC.

— L'ordre règne à Varsovie. Nous y voilà tous dans nos ghettos, enterrés vivants...

Ils vivent ainsi trois jours de charme plat. Le soir,

Ferrier est seul à sa table dans la salle du restaurant de l'hôtel, et s'ennuie, et bâille comme une coquille Saint-Jacques du « premier port coquillier de France ». Sans même l'envie de nouer conversation avec une vieille blonde de quarante ans qui grignote, seule comme lui, à une table voisine.

Christine dîne avec ses parents, son fils et sa cousine dans *L'Albatros* déplumé des deux filles. *Ma mère ne s'arrange pas en vieillissant, invivable, insupportable...* Christine et sa cousine racontent leurs promenades et excursions de la journée, font étalage d'imagination.

Dans sa salle de bains, avant de se coucher en solitaire, Ferrier compte ses rides. Il en est à trois cent quatorze. Lui non plus ne s'arrange pas en vieillissant...

23.

Début septembre les Labé laissent les enfants à la garde des grands-parents et cinglent vers... Venise dans la voiture du prof.

Illogique, Ferrier trouve la plaisanterie détestable. Qu'il s'y rende avec Menthe lui semble amusant, charmant. Mais eux ! Mais elle ! Le voyage des Labé lui apparaît comme une inconvenance, une insulte à Vivaldi. Ne pas oublier qu'on fait l'amour, à Venise ! Qu'ils le feront par égard pour la couleur locale !

Ferrier signale au préalable à Christine qu'il est inutile de lui envoyer une carte postale ironique du pont du Rialto, qu'il est l'instigateur de cette finesse. C'est encore, Venise, une récompense, une autre prime à la fidélité de Christine. Ferrier a un ami qui a ainsi replâtré son ménage en péril. Le cocufiage est le plus court chemin qui mène à la place Saint-Marc. George Sand et Musset sont les rebouteux des amours torses. A la terrasse du *Florian* les barmen servent des sentiments réchauffés qui s'imaginent repartir à zéro à tous les arrêts du vaporetto.

Christine photographie pour l'album de famille.

— Ça, c'est maman devant le Lion de Venise. Ne pas confondre avec le Lion d'Angers.

— Ça c'est papa à la Santa Maria della Salute.

— Et ça c'est nous deux en gondole.

Car ils n'ont pas coupé à la gondole aux sièges usés par les fesses repenties. La gondole des Allocations familiales, la gondole sur le Grand Canal est remboursée par la Sécurité sociale.

Dès qu'elle accoste à Angers, Régis croit se venger de ladite barcasse en n'écrivant plus à la Signora. Second camouflet : Christine garde à son tour le silence. Quinze jours de bouderie. Nouveauté : Régis cède le premier et reprend la plume, vaincu. Ce n'est plus tant Christine qui aime que lui...

Une mort fait payer cher à Christine son voyage de noces à retardement. Bof, le brave griffon, est écrasé par une voiture. La Némésis n'y va pas avec le dos de la cuillère. Bof vivait libre dans la ZAC. Ecrit de son vivant : *Son indépendance m'enchante. S'il meurt, tant pis, il aura eu la vie qu'il désirait, lui. J'aurais dû l'appeler Régis étant donné sa liberté d'aller et de venir...* Ecrit après sa disparition : *C'est de ma faute si Bof est mort. J'ai voulu pour lui ce que je ne pourrai jamais m'offrir : la liberté. Car c'est moi qu'on promène en laisse...*

Les enfants offrent à leur mère un remplaçant à Bof. Ce sera Rigolo, fox-terrier. Quand lui offriront-ils un beau remplaçant à Ferrier ?

A distance, Régis sent d'ailleurs que tout s'étiole et se dilue peu à peu entre elle et lui, que l'absence a joué son rôle d'abrasif au fil des années. La gondole et la montre plate ont été d'un grand secours à Jean-Luc. Dépenses amorties. *Tu es l'homme de ma vie, c'est vrai. Mais je ne vis pas avec toi. Il y a la vie d'un côté, l'amour de l'autre...*

Certes, *avec toi je me sentais femme, Jean-Luc me traite comme une gosse...*, mais n'est-ce pas son désir le plus cher, fût-il informulé, que d'être prise en main, prise en charge ?

Ferrier reste trois mois sans aller à Angers. Et, bien qu'elle *ne supporte pas que cette partie de moi qui est toi soit ailleurs et loin...*, bien qu'elle *vive au goulag*, il n'en demeure pas moins que quelques couacs émaillent désormais la *Symphonie fantastique*, qu'une casserole tombe sur le carrelage pendant le « Bal » : *Que veux-tu, on change, en quatre ans... J'ai fait marche arrière, j'ai fait un autre choix...*

Elle se résigne, baisse pavillon. Régis alors se résigne de même, qui ne vit pas seulement de rêves et recommence, autour de son étang mythique, à tendre des « calées ». La petite sirène d'Andersen mordra peut-être un jour, qui éclipsera toutes les autres et rayera tout Angers de la carte du Tendre ? On l'aime là-bas d'un amour inutile. On l'aime de loin, oui, de très loin, de plus en plus loin, d'un amour gai comme un chrysanthème : *Ma lumière intérieure, c'est la veilleuse d'une chambre d'hôpital... Je t'aime mais en bientôt cinq ans j'ai pris l'habitude d'avoir mal...* Donc, conclut Ferrier, d'avoir de moins en moins mal...

Tout perd sa force. Ils s'affaiblissent, malgré ces lettres que leurs chairs trop longtemps séparées n'arrivent plus à nourrir de feu. C'est très gentil de se décrire des violences qui ne se produisent que sur le papier. Très gentil encore mais dérisoire que de lire *je te jouis dans la bouche* ou *Cuisses serrées ou écartées, cambrée, cabrée, je me donne à un absent* quand tout cela ne se passe que dans la tête au lieu des endroits barrés d'une croix. Le cul de Christine, mis au réfrigérateur, ne risque plus que d'enflammer un quart de beurre. *J'ai choisi une certaine frustration...* Qu'il le dégèle ou non, ce cul n'est plus qu'à Jean-Luc qui vit là son heure triomphale sans même le savoir. Sans savoir qu'à ses côtés on se rassit, que là-bas on s'éteint comme la bougie qui s'empoussière dans le tiroir de la commode anglaise. Son casse-croûte à la main, Labé règne sur les ruines.

Ferrier connaît son Molière et son *Ecole des femmes :*

L'une est soumise en tout à l'autre qui gouverne.

Le « gouverneur » n'éprouve aucune honte à empêcher Christine d'aller voir à Paris son frère qui y a été opéré. Le « gouverneur » préfère jouer au naturel les Amin Dada ou les ayatollahs que d'être derechef cocu. Le « Si tu vas à Paris, je quitte la maison » n'a jamais été plus efficace, après avoir été si vain. Il a coupé les cordes du violon, bâillonné la bouche blonde d'entre les cuisses de sa femme, et la bouche enfin inutile ne chante plus, n'appelle plus Paris.

Paris qui pourtant vient encore une fois à elle, en décembre. Les Chavroches ont invité Régis à pêcher le brochet en compagnie d'autres amis. Régis prévoit de conjuguer au mieux halieutisme et érotisme. A Angers dès le vendredi soir, il verra Christine le lendemain matin à l'hôtel pendant que le restant de la troupe sera au bord de l'eau.

Mais les Chavroches ne sont pas hommes, et encore moins femmes, à envoyer des amis au lit après une collation pour asthmatiques en cure à la Bourboule. La soirée à Beaulieu-sur-Layon laisse les convives un peu flous dans un décor hyperréaliste de bouteilles de saumur-champigny vides. L'occasion est perdue pour Régis d'apprendre les subtilités de la belote coinchée, richesses ludiques qui se dérobent sous ses pas. Les pêcheurs, frais comme des hotus oubliés au soleil, ne regagnent le *Grand Hôtel de la Gare* qu'à 3 heures du matin.

Cinq heures plus tard, Christine entre dans la chambre de Régis. Celui-ci entend encore des cornes de brume pendant que dans les rideaux volettent des nuées de moineaux gris. L'auteur est fatigué, l'âge lui est venu pendant la nuit. L'amour lui paraît ce jour-là moins essentiel que la sécurité, la tranquillité, « la vie simple aux travaux ennuyeux et faciles » chère à Verlaine et à la ménagère de la ZAC qui lui a sacrifié sa visite hebdomadaire au marché aux Puces.

Mais il ne l'a pas revue depuis l'été d'Erquy, et le désir qu'il a d'elle est malgré tout plus fort que les fumées des vins d'Anjou. Il la prend sous les cuisses et, les jambes de Christine sur ses épaules, lui fait l'amour avec la rage même de leurs lettres enfin faites chair. Ils crient ensemble à en faire dresser les poils dans le slip d'une femme de ménage qui passe dans le couloir.

Après quoi, il regarde avec attention la bouche de Christine. Est-ce bien la même qui lui fait entendre depuis tous ces mois l'horrible voix de la raison ? Il ne peut y croire surtout lorsque sur lui elle perd toute sagesse, toute tiédeur, tout sens du devoir syndical. Il revient en elle en force, lui serre les bras. Les mains de Christine lui détachent doucement les doigts. Ah ! oui, les bleus ! Pas de bleus ! Elle y pense pour lui au prof et à sa loupe, à son crible, à son nez qui renifle à dix pas les effluves du mâle.

Ferrier tente avec désespoir de chasser l'intrus qui pèse sur ses reins, s'y vautre comme dans le sofa de cuir du salon. Ferrier en sueur s'évertue à toucher au but mais se désunit, se rate et la rate en un fiasco plus modeste que la violette.

— Je suis crevé, avoue-t-il. Et puis, tu m'as fait penser au prof... pour les bleus...

— Je te demande pardon, mais je ne peux pas rentrer chez moi comme ça, tu le sais.

— Tu aurais pu dire que c'était avec un autre...

Il la fait se mettre à genoux, la tête entre les bras, et la caresse avec fureur. Là, au moins, il n'y aura pas de marques. S'il pouvait seulement la pénétrer jusqu'au poignet, que ce serait donc beau ! Les femmes sont mal faites, nobody is perfect. Elle jouit pourtant, le trempe enfin, râle à en faire comme précédemment se dresser les poils dans le slip d'une seconde cameriste qui passe le cyclone de son aspirateur dans le couloir.

C'est heureuse — encore heureux — que Christine repart à 11 heures. Elle reviendra lundi. Ils garderont la chambre jusqu'à la fin de l'après-midi. Elle apportera de quoi manger pour ne pas gaspiller un seul instant de cette journée privilégiée.

Là-dessus, Régis rejoint les pêcheurs sur les rives de leur étang de Saint-Georges-sur-Loire. Ils ont capturé cinq brochets. Paul Chavroches s'enquiert avec la tendresse d'un ami qui sait qu'on ne rit pas de ce qui déchire :

— Et toi ?

— J'en ai pris deux...

Le dimanche, ils sont sur la Maine, pêchent le sandre par un froid à leur couper la barbe au rasoir. Paul et Régis sont sur un monticule. Paul désigne, au loin, très loin, tout un pâté de maisons aux toits d'ardoise aux pans coupés :

— Ta ZAC, Régis...

Malgré chandails et canadienne, Régis avale un glaçon qui lui demeure sur l'estomac. C'est là-dedans qu'il a vécu, aimé, souffert. C'est de là-dedans qu'on l'a chassé, il y aura bientôt un an déjà. Aujourd'hui, dans un de ces pavillons, le bois de Pléneuf brûle dans la cheminée au son des concertos pour piano de Mozart numéros 21 et 27. Impassible sur le sofa de cuir, Christine pense à la veille et pense au lendemain. Bof est mort mais Labé vit encore. Le prof se prépare pour aller à la chasse. Il emmène Ziggy avec lui. Cathy lit. Ariane révise un cours d'anglais. Un chat blanc s'est additionné cet hiver aux quatre autres. Le fox-terrier grogne en dormant. Plus rien de rien ne troublera le calme de cette famille unie. Plus aucun allumeur de réverbère. Plus aucun braconnier ne pénétrera dans cette propriété privée. Plus aucun musicien, pas même Hermann X, ne jouera d'airs équivoques à vous pourrir le cœur, n'interprétera la *Valse du mystérieux baiser dans l'œil* d'Erik Satie, ce diable à chapeau melon. *La belle excentrique*, du même auteur, pense, sur le sofa. Pense au dîner de ce soir. Qu'elle a du linge à repasser. Que Régis viendra peut-être cette nuit comme le marchand de sable pour saupoudrer de poivre le « pâté industriel »...

— I love you kiss me quick, ânonne Ariane. Maman, c'est kiss me quick ou kiss me quickly ?

A la jumelle, Ferrier pourrait voir la fumée du crématorium où ses restes se consument.

L'amoureux transi suivi des autres pêcheurs gelés, bredouilles, abandonne la rivière pour se réfugier à Beaulieu-sur-Layon autour de l'âtre. Pierrette, la femme de Paul, a adopté Régis. Pas en paroles, en faits. De quelques années plus âgée que lui, elle l'a reconnu pour enfant. Si elle pouvait lui donner le sein au lieu d'un ballon de cabernet, elle le ferait. Cette tendresse est douce à Ferrier, qui lui en rend tous les fruits. A elle seule il raconte tout de ses splendeurs et misères angevines, et elle participe, se récrie, applaudit, se désole comme une mère se passionnerait pour les démêlés scolaires de son garçon.

Dans un pot sur les braises mijotent, chantonnent et font des bulles les « grenots », haricots secs du pays dont Paul surveille la cuisson avec les angoisses mêmes du docteur Frankenstein. Et ce n'est encore qu'à 3 heures du matin que la bande retrouve le *Grand Hôtel de la Gare.*

Les compagnons de Ferrier le laisseront là après le petit déjeuner. Il ne reprendra le train que le soir.

Régis lutte contre une migraine lorsque Christine arrive. Elle transporte un cabas et son fox-terrier Rigolo qu'elle ne peut garder en liberté dans son appartement. Ne lui a-t-il pas cassé, la veille, une lampe de prix, crime impardonnable pour qui la connaît ? La présence du cabot dans la salle de bains agace un peu Ferrier.

Comme celui-ci n'est pas encore des plus sémillants, elle sacrifie à leur tradition « mozartienne », toujours d'une grande élévation de pensée. Encore qu'il lui dira plus tard qu'elle a perdu de son savoir-faire, ce qui la froissera fort, même si les cuisiniers les plus réputés gâtent parfois leur sauce. En ce domaine très particulier, Christine tient à son label, à ses certificats. De toute façon, au bal des Ardents, Ferrier n'est pas Nijinsky, aujourd'hui.

Vers midi, ils déjeunent, sur la table de nuit, d'une boîte de maquereaux au vin blanc, réminiscence des nourritures terrestres du studio. Ils n'ont pas faim, pas même elle. On bourre Rigolo des provisions, afin qu'il dorme et ne geigne pas sur la moquette.

Ils sont allongés, la tête de Christine dans l'épaule de Ferrier. Il joue avec ses seins, ils parlent. Il ne sait plus à quel propos elle mentionne son « ennemi » le prof. Il murmure, sans même une aigreur :

— Ce n'est pas mon ennemi. J'en ai été jaloux, je me demande de quoi aujourd'hui. Nous sommes de deux planètes si différentes ! Non, je n'ai rien contre lui. C'est seulement un grain de sable dans la machine, quoi, pas davantage. Mais ça suffit pour l'empêcher de tourner...

Elle reprend ses leitmotive : « Ne pas se retrouver seule... le couple... je ne veux pas qu'il parte... je veux qu'il me garde... » Au seuil de tout, le prof a pris de l'importance. Ferrier en perd, qui ne parvient qu'avec difficultés à faire l'amour à Christine, sans flamme ni génie, se rapprochant par là de « l'ennemi ». Si cette suprématie est mise en brèche, en doute, que va-t-il lui rester en dehors de la passion pour la vie qu'il inspire et qui, cet après-midi, ne saute pas aux yeux ?

Il ignore même si elle a joui, tant il est en dehors du seul propos qui le stimulait vraiment jusque-là. Est-ce la vieillesse, déjà ? Les non-retours déjà atteints ? Les vins de Chavroches ? L'hiver ? Le climat débilitant de cette chambre anonyme, mal chauffée, au papier peint de Série noire ?

Il ne lui demeure guère en cet instant que le talent de sa main, insuffisante pour un homme même si elle apporte, à bout de bras, le plaisir à Christine. Comme elle l'a exhalé ainsi qu'aux plus beaux jours, ils se pelotonnent l'un contre l'autre, soudés, emmêlés comme des chats dans une corbeille.

— Ne pas se voir, c'est triste, murmure-t-il avec accablement, mais se voir ainsi en coup de vent, en courant d'air glacé dans ces couloirs, c'est déchirant, désespérant. A se demander, ma Chris, si la première solution n'est pas préférable à l'autre...

Elle proteste. Quoiqu'il ne soit venu que pour la pêche et ses amis, et pas pour elle du tout, c'était « parfait » comme toutes les autres fois. Elle emploie beaucoup le mot « parfait » depuis toujours à ce sujet.

Il lui expose un projet qu'il mûrit depuis quelque temps :

— En mars, comme il n'y a pas de vacances scolaires, que vous n'êtes pas à Pléneuf, je peux louer un studio à Angers... On pourra se voir à volonté. Enfin... comme d'habitude...

Elle l'embrasse, semble heureuse de ce mois consacré à elle. Les efforts qu'il fait depuis un an pour la voir lui rappellent les siens, son autrefois, leur passé. Dans les chambres d'hôtel, on n'entend pas Mozart et elles n'en paraissent que plus vides et sombres. En un studio de la Doutre, Mozart peut se mettre au piano pour les accompagner au lit...

Sur ce dernier ballon d'espoir, elle se lève, se rhabille. Il a beaucoup fumé, il faut qu'elle rentre se laver les cheveux avant le retour du tueur de lapins. Rigolo frétille, Ferrier beaucoup moins. Il sera seul dans le train, tout à l'heure, très seul. Par sa faute, ils ne se sont pas assez aimés. Devant eux, encore des deux, trois mois sans se voir. Désolé mais clownesque pourtant, il monte sur le lit quand elle veut l'embrasser :

— Comme ça, je suis à ta hauteur...

— Ne fais pas l'idiot.

Il redescend de son perchoir, l'étreint à mourir. Puis elle part, son cabas à la main, son chien sous son bras. Elle avait les larmes aux yeux, quand même.

Tout ce que je voulais te dire m'est resté coincé dans la gorge... Que voulait-elle encore lui dire ?

Dans la chambre, elle lui a montré un album de photos de *La Jacquerie* en réfection. Il y avait des pages vides, où elle devait figurer au bras ou à côté du prof. Sur un cliché, Jean-Luc est face à un Ziggy minuscule... *Figure-toi que Ziggy m'a demandé s'il devait t'appeler papa...* Comme c'est vieux, tout cela, très vieux, si vieux... C'était *avant*...

Il entend sur la place démarrer la 2 CV bleue.

Ils vont rester six mois sans se revoir et l'ignorent. Tout comme ils ignorent qu'ils viennent de faire l'amour pour la dernière fois. LA DERNIÈRE.

Il en faut toujours une. Mais il vaut quand même mieux ne pas le savoir. Ou le plus tard possible...

24.

Une nouvelle année commence, qui sera celle de tous les changements. Il y a douze mois, Ferrier transitait sans gloire par la ZAC. Cette année-là verra Giscard et le S.C.O. d'Angers descendre en deuxième division.

Chez des amis avocats, Régis fait la connaissance d'une avocate. Elle a des seins lourds comme des lingots, droits comme des I. Maguy, mariée sans enfants, habite Le Mans. Ferrier est voué au bleu de la province. Il n'ira pourtant plus à Montparnasse. Maguy ne monte à Paris qu'en voiture. Maguy n'est pas blonde et n'a pas les yeux clairs. Maguy va aider Régis à traverser le désert où sont disséminés les restes de Christine. Oui, les restes. C'est le mot qu'emploie désormais le plus volontiers Mme Labé.

Des chambres d'hôtel, il ne nous est plus resté que cela. Un amour massacré ne mérite pas mieux.

Plus rien n'a de sens. Avant, oui, plus maintenant. Tu ne voudrais tout de même pas que je me passionne pour ce qu'il reste de cet amour...

Il ne passionne pas davantage Ferrier. Ils sont l'un et l'autre usés jusqu'à la corde pour les pendre, et ressemblent à deux espadrilles à la fin des vacances.

Christine, de semaine en semaine, a mis en doute le séjour de Régis en mars, lui porte le coup de grâce : *Si tu vis un mois dans un studio d'Angers, tu ne passeras pas inaperçu dans la ville et j'aurai des tonnes d'ennuis à la maison...*

La maison. Elle n'est plus « maîtresse » que de cela. Ne s'intéresse plus qu'aux jeux de construction. *Pendant trois ans, on va en baver pour vivre, à cause des crédits, mais* La Jacquerie *sera belle...*

Régis la connaît assez pour savoir que ses problèmes de robinets, de four à pain, de lavabos vont à présent la préoccuper autrement que ses amours pour la vie. Celles-là ne se « retapent » pas comme une vieille maison de vendangeur. Christine et Régis sont envahis par les ronces, eux, et se délabrent. Entraînés pourtant par une force qui n'est plus électro-magnétique, qui n'est plus que celle de l'habitude, ils s'écrivent et s'appellent toujours. Aucun des deux ne veut briser l'ultime lien qui les rattache encore l'un à l'autre. Ils se parlent de cimetière à cimetière...

Un jour, au téléphone, il tombe sur Ziggy.

— Maman n'est pas là.

— Ne dis pas à ton père que j'ai appelé.

— Bien sûr que non !

Le prof est toujours seul contre quatre. « Bien fait ! » se dit Régis. Comme elle l'a toujours fait, Christine détourne les relevés de communications quand ils sont trop élevés. « Bien fait pour lui ! se dit encore Régis. Puisqu'il est celui qui paie pour avoir une femme à lui, rien qu'à lui seul, qu'il paie le juste prix ! »

En avril, les Labé « font » la Hollande comme ils ont « fait » Venise, comme Christine a « fait » Ferrier. De fond en comble.

Elle ne tient plus à ce qu'il vienne à Angers, ne peut toujours pas aller à Paris. Elle a pourtant le toupet ou l'inconscience de prétendre qu'elle l'aime, l'aimera pour la vie. Cette affirmation gratuite décourage Ferrier, le désarçonne, surtout. Que veut-elle donc, encore et toujours, prouver par là ? Qu'elle est capable d'esprit de suite ? Qu'un amour peut survivre sans la moindre nourriture, planer dans l'air du temps ? Régis ne la comprend plus, ne l'entend plus. Max s'étonne de les voir poursuivre ainsi leurs relations, leur correspondance, alors qu'ils n'ont à l'évidence plus grand-chose à se dire.

— Mais je l'aime ! proteste Ferrier. Elle m'aime aussi, peut-être. Pourquoi voudrais-tu qu'on laisse tout cela se recouvrir de poussière ? On entretient l'appartement. On ne sait jamais. Si Labé mourait...

— Ce ne serait pas de l'amour, mais du veuvage. Tu pourrais y croire encore, toi, à une femme qui ne serait dans tes bras que parce que l'autre les aurait en croix ?

— Je l'aime.

— Là n'est pas la question.

— C'est la seule.

De surcroît, il la plaint. La vie n'est pas drôle, dans la ZAC, il le sait d'expérience. Christine a besoin de parler. A qui parlerait-elle si Ferrier était entièrement rayé des cadres ? Elle a des accents qui l'émeuvent, parfois si résignés qu'ils n'en sont que plus désolants : *Que veux-tu, tu es loin, les enfants, les chats et les fleurs, c'est tout ce qu'il me reste. Et l'amour, dans tout ça ? C'était délicieux et odieux. Comme les enfants et les chats, remarque !*

Je n'oublie pas ta voix, ta main, ton corps et toi dans moi, je n'ai pas tout perdu puisque ma mémoire me donne encore un peu de bonheur...

Il ne me reste plus que des souvenirs, ce n'est pas très gai...

Par moments, tu me manques d'une manière insupportable et je deviens exécrable, ici...

Ne me reproche pas de t'avoir remplacé par ma cheminée, Mozart et La Jacquerie. *Il me reste si peu de chose, on m'enlève tout... tout...*

On ne se désintéresse pas d'une femme qui vous écrit cela, même si on ne la voit plus. Ils ne partagent plus rien, que la tristesse, ce qui n'est pas rien. Il leur demeure au moins ce point commun, et la tendresse du désespoir.

Mais Maguy est vivante, elle. Maguy existe. Maguy fait l'amour. Il aime beaucoup Maguy, lui raconte qu'il aime un fantôme. Elle est troublée par cet amour qui marche et titube dans la nuit noire. L'Angevine, l'ombre de la bulle, est à la longue devenue pour elle un mythe familier. Elle écrit à Ferrier : *Angevine, un mot si doux. Il me fait penser à une rivière qui se déroule dans le petit matin, sans bruit, sans oiseaux...*

Comme Menthe le dit un jour, une fois, Maguy dit un jour, une fois à Régis :

— Je t'aime.

Il rit :

— Profites-en ! Ça ne va pas durer. Moi, on m'aime deux ou trois semaines, et puis ça passe.

La disparition physique de Christine le ronge. Tant d'absence pèse tant sur sa vie qu'il a recours en mai à son vieux remède. Il rejoint le tumulte de la course cycliste et tous les amis qu'il y compte. C'est son unique dépaysement, son seul voyage.

Dans sa voiture suiveuse, aux côtés du directeur de l'épreuve, il parcourt derrière le peloton l'Hérault, le Gard, la Lozère, l'Aveyron, le Tarn, l'Aude, les Pyrénées-Orientales par des routes secondaires qui sont ses routes enchantées, ses chemins des écoliers à lui.

C'est là qu'il rêve ses plus beaux rêves d'amour. Vingt fois durant chaque étape il découvre vingt lieux où il aurait aimé vivre avec Christine, où elle aurait tant aimé vivre elle aussi. Là, dans ce ruisseau, il aurait pêché des truites pour elle. Là, elle aurait cueilli des fleurs, des champignons pour eux. Là, de peur des serpents, il aurait pris Cathy sur son dos. Là, il se serait enfoncé dans ce bois, se serait planté en Christine comme un Opinel.

Son conducteur est saturé des *Ah ! que notre amour n'est-il là niché !* qu'il pousse à tous propos et se venge en le clamant à la vue d'une H.L.M.

Régis ressent dans la course une angoisse bizarre.

Rien n'y fait penser à la mort, et il y pense. Un jour, cette santé, cette puissance, cette jeunesse insultantes incarnées par ces cent coureurs lancés à cinquante à l'heure, un jour tout cela s'arrêtera net, s'en ira au pas sous les cyprès et sous les croix. Les vieux l'annoncent, cette cassure, assis en pierres grises sur le pas de leur porte. Un jour, les klaxons se tairont.

Il songe aussi aux dernières lettres de Christine, plus tièdes qu'une canette de bière abandonnée en plein soleil, de plus en plus éloignées des délires sentimentaux qu'éprouve Ferrier à la vue d'une bastide sous les arbres ou d'un moulin en ruine. Ils sont arrivés, elle et lui, sur une plage où ne crie, ne vole plus une seule mouette. Quelqu'un les a descendues au fusil de chasse et elles pourrissent sur le sable pendant que sautillent sur elles des nuées de poux de mer. Les mouettes de Hyde Park et les mouettes d'Erquy, toutes !

Ferrier remonte à Paris. « V' là le temps qui va se débaucher », dit-on en Anjou quand le ciel se met à la pluie. Le temps se débauche sur la ZAC. Femme de prof attendant la retraite, Christine se prétendait sans humour « marginale », *Le Nouvel Obs* en faisant foi. En ce mois de juin la « marginale » rentre de plus en plus vite dans le rang. S'il veut la revoir vivante, Ferrier doit se hâter. Il décrète l'état d'urgence, informe Christine qu'il va passer quelques jours à Angers.

— Je ne peux pas te dire si je pourrai te rencontrer. En ce moment, je suis très occupée par les travaux de *La Jacquerie.* Et puis...

— Et puis quoi ?

— Rien...

— Je viens quand même.

— Je ne peux pas t'en empêcher. Mais je ne sais pas si je te verrai.

Il gouaille auprès de Max :

— Je prends le départ d'une autre course : la course en sac. Je vais à Angers.

— Tu vas à l'abattoir, plutôt.

— Tant pis. Tout s'achève en eau de boudin et dans cette eau s'agite une queue de poisson. Je veux revoir Christine avant qu'elle ne crève et qu'il ne soit trop tard. Elle m'aime pour la vie mais n'a plus beaucoup d'heures à vivre. Moi, je l'aime.

— Pas pour longtemps. Tu as aimé son amour.

C'est juste, ce que dit Max. Cet amour a été celui de Christine. Elle l'a bâti de ses mains, porté en elle. Elle a été grande dans son rôle, admirable de ténacité, de foi. Ce qu'elle a vécu mérite le respect. Son amour, elle y a entraîné Ferrier pouce par pouce. Si elle s'en va, Ferrier ne restera pas dans un endroit qui n'était qu'à elle.

Dans le train, Régis a la gorge sèche. Les hôtels d'Angers, *leurs* hôtels affichent tous « complet » pour eux. C'est Pierrette qui l'attend à la gare.

— Paul t'a fait des grenots, tu sais, les haricots que tu avais aimés.

— Il est gentil.

— Et elle ?

— De moins en moins. De plus en plus refroidie.

— Tu l'as peut-être trop douchée ?

— Peut-être...

Elle le regarde avec sollicitude :

— Mon pauvre Régis ! Tu n'es vraiment pas fait pour les femmes.

— Et si elles n'étaient pas faites pour moi, plutôt ?

Il appelle Christine aux heures dont ils sont convenus depuis toujours et qu'il nomme les heures creuses, celles où le prof n'y est pas.

— Voilà, je suis à Angers. On se voit, ou pas ?

— Je ne sais pas. Je ne veux pas jouer avec le feu.

Il n'a aucune envie de rire, pouffe malgré tout :

— Où vas-tu pêcher ce vocabulaire ! Jouer avec le feu ! Tu l'aimais assez, le feu ! Tu soufflais dessus, même.

— C'est trop dangereux, à présent. Je ne veux pas te rencontrer dans une chambre.

— Même dans une chambre, je ne te violerais pas, ma pucelle.

Il rit encore, très faux. Cette glace, au bout du fil, lui gèle le cœur. Un long silence, puis :

— Christine, c'est trop con. Je suis là. Près de toi.

— Oui...

— Décide-toi, s'il te plaît.

Après un autre silence, elle murmure enfin :

— Aujourd'hui, je suis forcée d'aller à *La Jacquerie*. Mais demain, à 3 heures, je peux être à la pointe de Bouchemaine, si cela te convient.

— Entendu.

— Tu te rappelles l'endroit où le niveau des crues est inscrit sur le mur ?

— Evidemment. Je n'ai rien oublié, moi.

— Moi non plus. A demain.

Il se promène dans les vignes, Chavroches à ses côtés.

— Mon vieux Paul, je crois qu'on va arrêter de jouer la pièce.

— Elle a bien marché, non ?

— Pas mal. Demain, c'est la dernière. On va peut-être se faire des blagues, elle et moi, comme au théâtre ?

— Faites plutôt l'amour.

— Impossible. On joue en matinée et en plein air. Avec des spectateurs dans les barques.

Embarrassé, le gros grommelle :

— Dis... tu reviendras quand même... après ?

— Bien sûr. Vous serez tout ce qui me restera d'elle, et ce n'est pas si mal.

— Ça durera plus longtemps, en tout cas.

— Pour la vie, ricane Ferrier. C'est ce qu'elle disait, Paul : pour la vie.

— Il faut bien dire quelque chose...

La réflexion fait sourire Régis.

Revoilà Bouchemaine, mais ce n'est plus l'hiver,

cette fois. Le ciel est bleu tout comme avant. Temps chaud, ensoleillé, annonce la météo. Radieuse lumière angevine sur la Loire. Tout comme avant le ciel de Du Bellay est parsemé de moutons gris, de moutons blancs. Tout est comme avant, quoi, sauf eux deux.

Il se dirige avec courage vers le lieu du rendez-vous, mais frémit sur ses jambes tel un vieux canasson après une trop longue course.

Christine est déjà là. Exacte.

Du plus loin qu'il l'aperçoit, il savoure l'émotion qui l'étreint. Le retrouvera-t-il encore une fois, ce trouble, au coin de sa vie ? C'est, l'amour, le spectacle le plus complet, le mieux monté du monde. Le grand « Son et Lumière » dans le Versailles que chacun porte en soi. A cette seconde, Régis pense à ce qu'en disait Maupassant : « Si on ne parfumait pas la vie avec de l'amour, personne ne voudrait la prendre telle qu'elle est. » Phrase que Ferrier rectifie ainsi : « Avec de l'amour... ou de la littérature. »

Christine a aimé les deux, autrefois, et c'est pourquoi elle est assise aujourd'hui sur ce talus de la pointe de Bouchemaine, les pieds posés sur le sable de Loire. Elle est toute vêtue de mauve, chemisier, pantalon, chaussettes, souliers. Comme un deuil. Aussi belle qu'à leur première rencontre au *Mistral*, il y a presque six ans de cela...

Il s'assied près d'elle, contre elle. Ils se sourient avec un rien de gêne ou de timidité.

— Bonjour, Chris.

— Bonjour, Régis.

— Il fait beau.

— Oui...

— C'est original, hein, comme début. J'aurais pu garder ça pour la fin.

Il lui prend la main, caresse du doigt la bague à tête de chat qu'il lui offrit un 1er janvier déjà lointain dans la ZAC.

— Alors, comme ça, on ne fera pas l'amour ?
— Non.
— Pourquoi ?
— Je te l'ai dit.
— Ah ! oui, trop dangereux ! C'est nouveau, ça, dans ta bouche.
Elle est calme, tout est calmé en elle. Il répète :
— Dans ta bouche... Ça me fait drôle de dire : « dans ta bouche » et de ne pas y être.
Il déclame :
— Que c'est triste, Bouchemaine, quand on ne s'aime plus !...
Elle tique :
— Mais je t'aime !
— Tu te fous de moi, Titi. Ce n'est pas très gentil.
— Je ne plaisante pas, je t'aime.
— Eh bien, tu as encore d'étonnantes façons de le prouver, que tu m'aimes ! Quand on aime quelqu'un, on fait l'amour avec, c'est la moindre des choses, il me semble.
— Je ne veux pas recommencer, Régis. J'ai eu trop de mal à retrouver un équilibre. J'y suis arrivée, je ne veux pas le perdre, tu comprends ?
— Très bien. Trop bien.
— Mais je t'aime.
— Encore ! Et pour la vie, sans doute ?
— Oui.
Accablé, il secoue la tête :
— Tu es dingue, ma pauvre Chris.
— Non. C'est avant que j'étais dingue, comme tu dis. Pendant quatre ans. Je ne le suis plus, c'est tout. Mais ça ne m'empêche pas de t'aimer.
Il se tait, démonté. La regarde. Il ne la reverra plus jamais, et le sait. Plus jamais. Il la regarde encore pendant qu'il en est temps encore. Fait, à voix basse :
— On ne se reverra plus jamais, Christine.

— Pourquoi ?
— Parce que je le sens.
— Pas moi. Je pense qu'on se reverra, qu'on refera l'amour ensemble.
Il la dévisage, effaré, parvient à peine à demander :
— Quand ?
— Je ne sais pas... plus tard...
— Quand cela ne sera plus... dangereux, peut-être ?
— C'est ça...
Elle n'est plus que renoncement tranquille, résignation et, par-dessus le tout, contradictions :
— Je ne veux plus souffrir, Régis. Je garde un souvenir affreux des scènes que j'ai vécues à la maison. Pendant quatre ans, je les ai payées au centuple, nos quelques heures de plaisir. Toi, tu ne peux pas savoir, tu étais au calme, chez toi. Maintenant, je veux l'être, au calme, et je le suis.
— En somme, on est en train de vivre les adieux de Bouchemaine, de les vivre ou de les jouer, au choix.
— Ce ne sont pas des adieux.
— Appelle ça comme tu voudras, mais si ce n'en est pas, c'est bien imité.
Elle répète, placide :
— Ce ne sont pas des adieux, j'en suis certaine. Parce que je t'aime.
— Moi aussi. Mais je ne cherche plus à comprendre.
— Il n'y a rien à comprendre, que moi.
— C'est justement ça le plus difficile...
Elle ne s'explique pas davantage. C'est un homme, et il y a entre eux deux comme une barrière du langage. Bien sûr qu'il ne peut pas le deviner, ce qu'elle a connu, enduré, tourmentée, tiraillée de toutes parts comme elle le fut. Ce n'est qu'un homme. Le prof aussi. De pauvres hommes.
Railleur, Régis parodie *Les Feuilles mortes* :
— Et la Loire efface sur le sable les pas des amants désunis...

— Au fait, je n'étais jamais revenue ici depuis que j'y étais allée avec toi.

— Trois jours après, tu me flanquais dehors. Et tu me flanques encore dehors aujourd'hui. C'est un symbole de malheur, ce Bouchemaine.

— Je ne te flanque pas dehors, puisque je t'aime.

Il fait la moue et boude comme Ziggy boude quand on le prive de ballon.

Elle a envie de lui, ne peut pas le lui dire, puisqu'il ne comprendrait toujours pas...

Leurs pieds se touchent, sur le sable. Le temps passe comme passe la Loire. Dans une heure, à 5 heures, elle partira, ramassera ses enfants à la sortie du collège.

Il ose lui caresser les cheveux. Elle pose tout naturellement sa tête sur son épaule. Est-ce de l'amour ? Est-ce de la tendresse ? De la pitié ? Il ne sait plus, il ne sait rien, sinon qu'elle sent aussi bon qu'il y a six mois. Et, tout naturellement à son tour, il glisse sa main dans son chemisier entrouvert, lui tord une pointe de sein, comme d'habitude, comme toujours.

Elle gémit :

— Arrête...

— Je te fais mal ?

— Oui... C'est ça...

Il continue. Elle enlève doucement sa main de sa poitrine.

Il soupire :

— Ah ! si Labé mourait !...

Curieusement, elle ne proteste pas, pour une fois, murmure dans le vide :

— Oui... je serais libre...

Quelque chose a dû, d'abord se fêler, puis se casser, chez les Labé, mais quoi ? Elle ne le lui dira jamais et Régis se perdra en extravagantes suppositions.

Quand leur père est là, je deviens irascible...

Elle demeure ainsi, songeuse, comme assise sur un caveau de famille. « Version simplifiée de la libération de la femme », ironise Régis pour lui-même.

Quand elle sort de son anodine rêverie, il lui prend la bouche. C'est là qu'il lui faudrait sortir d'un chapeau, ainsi que la colombe d'un prestidigitateur de génie, un baiser inoubliable. Elle le garderait sur une de ses étagères comme un objet insolite, exotique, rarissime. Mais il en a tant connu, de ces baisers-là, et surtout avec elle, qu'il n'en est plus dupe, de ces lèvres, de ces langues, de ces dents, de ces salives. Le baiser inoubliable n'existe pas davantage que les gens irremplaçables.

C'est peut-être d'ailleurs, celui-là, leur dernier baiser. Il ne fera pas plus date qu'un autre. Même sur fond de Loire et de ciel angevin, tous ingrédients et agréments propres pourtant à l'immortaliser.

« Il faut qu'elle cède, se dit Ferrier en " s'appliquant ", pour qu'elle me souffle, après : reviens demain et on fera l'amour. » S'il pouvait seulement la caresser d'une main, la partie serait gagnée. A quelques mètres d'eux, hélas, deux retraités sur une barque pêchent le gardon à la graine, et même l'impudeur de Christine a des limites.

Il pense à leur tout premier baiser dans l'escalier du studio. Tenté tout pour ressusciter ce Lazare inhumé dans la nuit de leur passé. Puis elle lui embrasse les joues, le cou, chuchote :

— Sais-tu à quoi j'ai pensé ?

— Oui. A notre premier baiser dans l'escalier du studio. On fait l'amour demain ?

— Je ne suis pas libre demain.

— Après-demain, alors ?

— Non plus...

Il n'insiste pas. Il ne la reverra plus. Elle fond dans sa main comme ce sable de Loire file entre ses doigts. Elle est bouleversée, cependant, cela se voit comme le trouble dans sa figure, mais elle ne se brisera pas. Elles sont de tungstène, quand elles ont décidé de sauver la vaisselle et les enfants d'abord. Paradoxalement, la femme au foyer se détourne du feu. Sans conviction, Ferrier murmure :

— Viens. On fera un grand feu dans ta cheminée.

— Non.

Il ne la reverra plus. Que pourrait-il lui demander, en souvenir ? Des mèches de cheveux et des touffes de poils, elle lui en a envoyé dans vingt lettres. Elle ne remettra plus jamais les pieds dans une bulle si pleine d'elle qu'elle en déborde. Tout cela pour si peu : un mari. Tout cela pour rien, pour encore moins que rien. C'est rageant. Il ne la reverra plus. C'est bête. D'un bête...

— C'est trop bête, Christine, fait-il, du sable dans la bouche.

— Je le sais, Régis. Autant et mieux que toi. Moi aussi, j'ai peut-être envie de toi, mais je ne veux pas, je ne peux pas. J'en ai assez de nos mensonges. Assez des tiens. Assez des miens, surtout. Je ne peux plus vivre cachée sous un meuble.

— C'est peut-être mieux que de vivre comme un croûton derrière une malle ?

— Je ne vis pas du tout comme ça, quand même !

— On ne se reverra plus.

— Ne dis pas ça.

Elle a regardé sa montre de fidélité, se lève :

— Il faut que je parte.

— En marche arrière, c'est ce que je dis. Chris ?...

— Oui ?

— J'aurais voulu *la* revoir. *Elle* doit être émue, elle aussi.

— On ne peut pas, ici, il y a trop de monde.

— J'aurais voulu qu'elle me dise adieu.

— Elle ne te dirait pas cela. Surtout pas elle. Mais sois content : elle est de plus en plus inhabitée.

— Quel jeu de mots !

Elle rit :

— Oui, si on veut.

— Il n'y a pas de quoi rire.

— Non, mais j'ai trop pleuré. A cause de lui, de toi. Je vis seule, maintenant, avec les gosses.

— Et lui.

— Il ne compte pas. Il ne m'embête pas et il fait partie du décor.

— S'il pouvait seulement y rentrer, dans le décor !

Elle a un geste las qui n'espère pas grand-chose de la fatalité. Labé mourra trop tard. Ferrier avant.

Régis se lève à son tour. Ils font un pas vers la sortie de tout cela. Il l'arrête, lui désigne, à l'endroit où ils se sont tenus côte à côte, l'empreinte de leurs pieds mélangés sur le sable :

— C'est tout ce qui reste de nous, et ce n'est pas gravé dans le marbre.

Elle ne répond pas. La poésie, elle la quitte par l'issue de secours. Avant de s'éloigner de la Loire, de s'engager dans la venelle qui mène à sa voiture, ils s'embrassent encore. Ce n'est pas facile, quand ils sont debout. Elle est de plus en plus grande et lui de plus en plus petit.

— On s'écrit toujours, Christine ?

— Bien sûr.

— On s'appelle, aussi ?

— Oui.

— Aux mêmes heures ?

— Oui.

— Rien n'est changé, quoi !

— Rien. Je t'aime, et toi tu cours les filles. Là aussi tu m'as fait mal, Régis, très mal, et ça laisse des marques plus profondes que sur les bras.

— Je t'aime, Chris. Je voulais que tu le saches, Muriel n'a jamais existé.

— Ne me raconte pas d'histoires.

— Je te le jure, je l'ai inventée.

— Alors, invente autre chose, s'il te plaît. Ne deviens pas puéril, et ne me prends pas pour une idiote.

Ils sont arrivés à la 2 CV bleue. Il fixe Christine gravement, bravement. Il ne la reverra plus. Qu'y avait-il donc derrière ce front, derrière ces yeux ? Tout ou rien ? Il lui attrape les deux mains. Elles ne savent pas mentir. Elles sont froides. Moites.

— Adieu, Chris.

Elle secoue la tête, sa tête de mule :

— Non, Régis.

Elle ouvre brusquement sa portière, s'installe au volant et, nerveuse, tourne déjà la clé de contact.

— Au revoir, Régis. Va-t'en comme je m'en vais. Au revoir.

Il ne peut plus parler. Leurs lèvres esquissent un tout dernier baiser. La 2 CV se met à rouler. Tout doucement. Puis un peu plus vite, à peine.

La main froide et moite sort par la vitre relevée et bat de l'aile pour lui jusqu'à ce que disparaissent à tout jamais la voiture, Christine, le passé, l'avenir et tout l'amour perdu.

Ferrier demeure là, debout comme ces fusillés qui, l'espace d'une seconde ou deux, hésitent avant de tomber. S'il avait vingt ans il s'offrirait le luxe d'éclater en sanglots. Il en a cinquante-trois, garde l'œil sec au nom de quel orgueil qui l'a quitté, de quel respect humain dont il se fiche ? Il plaque sa paume sur son cœur qui bat comme après une épreuve d'effort dans un service de cardiologie. Ce serait presque trop beau s'il flanchait, là, en coup de théâtre, claquait comme une boule de cristal.

Il n'a pas revu Else. Il n'a pas revu Marthe. Il ne la reverra pas non plus, celle-là. Les vrais morts n'habitent pas tous les cimetières, ce serait trop simple. Certains partent sans laisser d'adresse.

Elle était encore là il y a trois minutes. Cinq minutes, bientôt. Et déjà huit. Après, cela fera des heures. Et puis des mois. Etc.

Sous la canicule ou l'orage, un homme est toujours

seul dans la rue principale des bourgs. Il gesticule et parle à qui ne veut surtout pas l'entendre. Cet homme est l'idiot du village. Ferrier ne veut pas lui ressembler. Pas encore ! Il entre dans le café où Paul Chavroches doit venir le chercher. Il n'y est pas. Ferrier boit un whisky. Deux whiskies. Trois whiskies. Comme des purges. Le cœur se calme. *L'Angevine de poitrine* aussi, celle que chantait Bobby Lapointe.

Comme chaque jour, Christine va retrouver Ariane, Cathy, Ziggy, et puis Labé comme chaque jour. Et la ZAC et les pots de la ZAC. Elle ne reverra plus Régis.

Paul arrive, inquiet :

— Ça c'est passé comment ?

— Pas trop mal. Elle m'aime pour la vie. On a été très bien, dans les adieux de Bouchemaine. Sobres. Efficaces. Toutes les répliques portaient. Il est vrai qu'on avait souvent répété.

— Tu ferais mieux de boire un bon pinard plutôt que tes trucs.

— Je sais, mais le whisky, c'est triste, au moins. Tellement plus triste ! Ecoute !

Il chantonne à mi-voix l'allègre scie de Lapointe, qui lui trotte dans la mémoire :

On peut, dans le Maine-et-Loire
S'offrir de beaux seins en poire...

Et puis ça, Paul, qui était de la prémonition à l'état pur :

On peut presque tout changer
Excepté ce qu'on ne peut pas !...

Tu as entendu, Paul :

Excepté ce qu'on ne peut pas !...

On *ne peut pas,* voilà tout. C'est une belle chute, à se casser la jambe.

Il avale d'un trait la ciguë du quatrième whisky, soupire :

— Quant aux seins en poire, ça !... Elle n'en avait pas, de seins. Ni en poire ni en pomme. Comme quoi ça n'empêche pas les sentiments. Et je ne les reverrai plus quand même. Tu m'entends, Paul : je ne la reverrai plus. Plus jamais. Enlève-moi de là, Paul, tout de suite ! Vite ! Vite !

25.

J'étais bien avec toi au bord de l'eau, et pour cela il ne faut penser à rien et vivre le moment présent... Oui, j'étais bien, tellement bien que j'aurais certainement succombé ailleurs...

Succombé ! Le mot égaie Ferrier, venu d'elle qui aimait tant « succomber », « succomba » avec plaisir tant et tant de fois dans ses bras, arrivait d'Angers le matin, y repartait le soir uniquement pour « succomber » le plus possible !... Voilà qui cadre mal avec leur vocabulaire amoureux qui était violent, sauvage, excessif mais ne tombait jamais dans le grotesque des « succomber ».

Ils s'écrivent donc encore, se téléphonent donc encore. Sans « succomber » pour autant ni pour si peu. Avec son « pour la vie », elle a inventé le mouvement perpétuel, trouvé la pierre philosophale, décrypté les grimoires de Nostradamus. Ils s'écriront toujours, peut-être ? Se téléphoneront toujours, peut-être ?

Il laisse ses photos aux murs, sur son bureau, dans la bulle. Car le vent seul peut arracher l'image d'une femme de prof de maths, et il n'y a pas de vent aujourd'hui.

Ça me serre un peu le cœur quand je pense à ma vie... A rapprocher, selon Ferrier, du poignant *La vie est trop courte pour vivre* d'un écrivain devenu cette année-là Président de la République, François Mitterrand.

Il a raconté à Maguy les adieux de Bouchemaine,

d'après lui plus grandioses que ceux de Fontainebleau :

— Les retraités qui pêchaient à la ligne, Maguy, c'était quand même plus impressionnant qu'une haie de maréchaux prêts à trahir ! Ils ont pris sous mon nez un gardon émouvant. J'aurais dû gâcher leur partie de pêche. En tirant une balle dans la tête de Christine, en m'en tirant une autre. Non seulement on rate sa vie mais, plus grave, on rate sa sortie en se prenant les pieds dans le tapis. On se voudrait Mozart, Rimbaud, Van Gogh, on est Gugusse...

Il s'approche d'elle, lui lève du doigt le menton :

— Au fait, ma chérie, dis-moi : est-ce que j'ai des yeux de félin ?

Elle éclate de rire comme s'il venait de lui proposer de « succomber » :

— Ah ! non, pas du tout !

— Comme quoi, rêvasse-t-il, tout sur terre n'est que subjectivité, tout n'est que porte-à-faux.

Le voilà débarrassé de ses yeux de félin. S'il n'est plus de la famille des félidés il n'a plus, matériellement, à tourner comme « un lion en cage ».

Christine ne reviendra plus. Il ne la reverra plus. Elle vivra, reposera en paix. Elle figurera sur une autre face du *Portrait de dame avec groupe* d'Heinrich Böll : la dame dans son jardinet avec trois enfants, cinq chats, un chien. Et, derrière, le mari, heureux comme une montre qui fait tic-tac.

Et tout cela fait non seulement d'excellents Français, mais ne vous sauve pas pour autant de la solitude.

Lorsqu'il ne travaille pas, qu'il n'a ni femmes ni amis auprès de lui, Ferrier compte les jours. Pas n'importe lesquels : ceux qui lui restent à vivre. Il a toujours été ainsi. L'amour l'empêche de penser à la mort. Quand l'amour n'est plus là, la mort se rapproche à pas de mort. L'amour n'a jamais été pour lui qu'une pathétique expérience de survie. Il lui faudra bientôt succomber. Pas dans le sens polisson que Christine prête au verbe.

Il hésite à faire son choix devant toutes les panoplies du Parfait Petit Macchabée que lui soumet le Catalogue de la Manufacture d'Armes, de Cycles et de Parques. Toutes payables à la livraison. La maison ne fait aucun crédit, pas même sur les très mauvaises mines. Comme il a connu des vieillards sournois, des fripons qui fumaient et buvaient, il boit et fume, mais soupçonne que le pari n'est pas gagné d'avance, qu'un pile ou face n'est pas une règle de vie.

— Eh bien, monsieur Ferrier, lui démontre le représentant du secteur « Thanatos » de la Manu, voici le cancer du poumon. Un article sûr. Ça se traite à la chimiothérapie. Vous perdez poils, cheveux, barbe et moustache, cela fait nettement plus soigné. Et vous mourez dans d'abominables souffrances garanties aux petits oignons.

— Vous n'avez rien d'autre ?

— Monsieur Ferrier ! Nous avons tout ! Si l'objet n'est pas en stock, votre commande est honorée dans les vingt-quatre heures.

— J'aimerais mourir d'amour.

— Nous avons tout, monsieur Ferrier, mais aucune camelote. La peine de cœur, c'est du bricolage, de l'amateurisme. Tous ceux qui se meurent d'amour ressuscitent le lendemain, même quand ils prétendent aimer pour la vie.

— Ah bon ? Vous croyez ?

— Voyons, monsieur Ferrier, soyons sérieux ! Du sérieux, en voilà : un bon petit cancer de la gorge. Les rayons de Villejuif ! Bronzage intégral par l'intérieur ! Et quel beau soleil d'Austerlitz ! Quelle lumière sur la mer Rouge ! Remarquez que, honnêtement, nous connaissons quelques échecs.

— Des guérisons ?

— Hélas ! Rarissimes mais comme toujours inopportunes. Il me semble par ailleurs que vous seriez candidat à la cirrhose du foie, au delirium tremens ?

— Ma femme le prétend pour m'ennuyer.

— Ça n'est pas vilain non plus. Spectaculaire. De leur balcon, les voisins apprécient. Nous louons des rats pour une somme raisonnable. Des bêtes superbes élevées dans les meilleurs égouts. Mais que penseriez-vous plutôt de la bronchite chronique ? C'est sale ? L'hémiplégie, alors ?

— Vous ne lésinez pas sur les gâteries, vous !

— L'hémiplégie, j'aurais un faible pour elle. Le forfait est avantageux. L'humiliation vous est fournie en prime, ainsi que 25 % de réduction sur le fauteuil roulant transformable à volonté en chaise percée par simple abaissement d'une manette.

— Par goût personnel, si nous parlons de mobilier, je serais davantage porté sur la chambre à coucher style Félix Faure.

— C'est un modèle très demandé, en quelque sorte la version crédible, clinique et cardio-vasculaire de votre pacotille de décès sentimental. Beaucoup de clients nous réclament de trépasser par voie féminine et buccale mais peu voient leur désir satisfait. Ce genre d'agonie est par trop tributaire d'une réussite inespérée.

— Que penseriez-vous d'une balle dans le cœur au bord de ma rivière ?

— Monsieur Ferrier, je trouve cela très beau et digne de l'antique si toutefois le revolver avait été inventé à l'époque. Mais...

— Mais quoi ?

— Je vous ai un tout petit peu menti, tout à l'heure en vous affirmant que la maison ne manquait de rien. Nous manquons de courage.

A quoi bon discutailler ? Ferrier mourra du cœur, sans même avoir besoin pour cela d'un moment de « détente ». C'est écrit dans tous les cols des Alpes et des Pyrénées de ses électrocardiogrammes. Ecrit de même qu'il l'aura emmerdé jusqu'au bout, celui-là !

C'est de la sorte que Ferrier, entre ses quatre murs, attend ses quatre planches, cultive des toundras de mélancolie, bouchonne tout un haras de désespoir. Les jambes de Christine l'aidaient à traverser à gué les marécages d'où montent, la moindre des choses, les effluves de la putréfaction. Les jambes de Christine marchent pour un autre, à présent. Et ne feront plus demi-tour. Il ne les reverra plus. A la vérité, elles se sont tant éloignées, et depuis si longtemps que, comme elle, il n'en souffre pas plus que d'une rage de dents.

Lorsqu'elle lui écrit, à propos de *La Jacquerie : J'aurai un âne. Tu resteras le seul, l'unique,* qu'il ne manque vraiment plus qu'un coq à ce baudet, le rapprochement d'idées l'amuse. S'il n'était pas si vieux et quelque peu malade, il aurait l'espoir d'en aimer une autre, encore une fois, une *dernière* fois. L'espoir, il ne l'a plus. Christine est accrochée en feu rouge à l'arrière du *dernier* train. La *dernière* fois, c'est elle. Et c'est pourquoi il l'aime. Parce qu'il n'y a derrière que le trou noir, que des kilomètres de nuit.

S'il l'aime encore, ou le croit, ou l'imagine, ce qui revient au même, c'est qu'il a peur de tout ce vide. Le néant sentimental est, pour lui, inséparable de l'autre. Recevoir ses lettres, lui écrire, le rassurent. Non, il ne la reverra plus. Mais elle existe. Elle pourrait. Il pourrait. Il est le seul, l'unique ! Même avec l'âne !

Puisqu'elle est la dernière, elle demeure la seule, elle aussi, et le demeurera puisqu'il n'aimera plus faute de combattants. Il n'a aimé ni Menthe ni Maguy. Hélas ! Il aurait pourtant aimé les aimer. Tout comme Christine : *J'aimerais ne plus t'aimer, mais, de ce côté-là, je sais que c'est perdu d'avance...* A-t-il passé le temps d'aimer, comme s'en inquiétait bien avant lui La Fontaine ?

« Ses » enfants, eux, passent à toutes voiles le cap de

l'enfance, sans lui. Bientôt quinze, treize, onze ans. Ariane n'est peut-être déjà plus vierge, d'après les statistiques. Plus que rétrograde, Ferrier voudrait que personne, ô personne, ne touche à sa toute petite Cathy, ne la lui abîme, ne la lui salisse. Seul Ziggy va encore jouer un bon moment à la baballe. Il ne les reverra plus. Ils ont de plus en plus grandi pendant que l'amour rapetissait...

— Bref, raille Régis, nous nous aimons envers et contre nous...

Il imagine le tableau, qui n'est plus un nu mais un paysage angevin. Ils ne sont plus sur la même rive de la Maine, enlacés dans leur barque immobile. Elle se promène en face, solidement encadrée par ses petits comme une laie et suivie par son « garde du corps ». Le conservateur et propriétaire de sa peau et de sa chair veille sur son bien.

Régis se traîne sur la berge opposée, à contresens. Seul, il remonte le courant vers le soleil couchant. Il n'a plus de boyau de rechange sous sa selle. Il n'y a plus de camion-balai. Le public a disparu. Il va falloir rentrer à pied. Régis regarde, là-bas, diminuer le tir groupé de la famille Labé. Il plaint ces mères qui avaient osé rester femmes. Comme les enfants les ont eues à la nouveauté, les maris les ont eues à l'ancienneté... Régis regarde encore plus haut, dans le ciel d'Anjou, et se dit que ce soir le temps est mi-fille mi-garçon...

Sur cette aquarelle, la Maine pâlit, puis s'efface. Les enfants coulent, le père sombre. Seule la main de Christine balbutie encore son « au revoir » comme sur les marchepieds des trains ou par la vitre ouverte des voitures.

Ferrier se rappelle ce qu'elle disait, écrivait : *Je suis au goulag*... Il s'approche des barbelés et lui crie :

— Ma Venise sans moi, je vais mourir. Ma Bouchemaine, mon Hyde Park, je vais mourir. As-tu déjà ouvert un cercueil comme une boîte de conserve ? C'est une pâtée pestilentielle de sanie, d'excréments, de lambeaux, de laves gluantes, d'yeux pourris, de viscères éclatés, étalés, putrides, et c'est nous deux, toi et moi. Notre amour à l'ammoniaque. Oui, mon amour, notre amour et nos « je t'aime » qui font des bulles rouges et des ronds noirs sur la boue de nos deux corps.

Mais le vent vivifiant de la Sibérie régénératrice emporte les paroles de Ferrier, dissémine une marguerite glacée dont les pétales de fer papillonnent dans les airs, du « je t'aime » au « pas du tout ».

Christine nue sur la couverture en agneau de Toscane, telle qu'elle s'est endormie, écartelée pour lui, encore creuse de lui. Christine au *Mistral* de leur tout premier jour, en chemise indienne bleue, rieuse, déjà offerte. Christine à Bouchemaine, le tout dernier jour, sereine, morte et mauve. Trois souvenirs qu'il bat comme l'on bat les cartes. Trois images qu'un filou brouille et embrouille dans le parapluie du bonneteau. Laquelle est là ? La bonne ? Ou la mauvaise ? Et la réussite est ratée. Monsieur, votre amour est biseauté, truqué, pipé. Il ne le touchera pas davantage que le tiercé ou le loto. Il ne l'a palpé qu'une fois, dans le désordre. Il ne la caressera plus. Il ne la reverra plus.

Il se souvient du rossignol qu'entendait Agnès à la campagne, qu'il n'entendit jamais, lui. Il ne saura pas, avant de mourir, ce que disait ce rossignol. Etait-ce important ? Définitif ? Ou dérisoire ? Etait-ce « La Mort sans peine » interprétée par la Méthode Assimil ?

Il écoute les concertos pour piano n°s 21 et 27 de Mozart. Leurs concertos. Elle les écoute aussi, là-bas. Ils sont comme une passerelle entre eux, une connivence. C'est le seul endroit de Christine où Labé soit interdit de séjour, n'ait aucun droit de regard. Avec les flammes de la cheminée, où Christine ne voit que ce qu'elle veut bien voir. Ils n'iront plus danser au « Bal » de la *Symphonie fantastique*, les amants décousus.

L'entrée du bal s'est refermée devant eux en grinçant de toute la rouille de son portail.

— Chris..., murmure-t-il en fin de soirée, lorsque les brumes de son whisky, de son chagrin, s'épluchent mollement sur Paris. L'appelle-t-elle aussi lorsque s'éparpillent les brouillards, qu'il hante encore, sur la ZAC ? Pour s'en convaincre, il se répète qu'il va mourir. Alors qu'elle ne veut que vivre, elle. Il a les pieds sur la moquette. Elle, sur la terre. Il lui tend une main qu'elle ne peut saisir. Elle lui ouvre des bras d'une forme incertaine, entrevus d'aussi loin. Il s'approche de la fenêtre, fier de ses larmes aux yeux. S'il pleure, il n'aura pas tout perdu.

Dans la ZAC, on vient de faire l'amour ou de faire semblant. Il bâille, feuillette *Le Nouvel Obs* avant d'éteindre. Elle rêve. Elle est pressée. Elle n'a plus beaucoup de temps pour rêver. Dans la bulle, tout est déjà tout noir. Les bougies sont soufflées. Une larme brille sur la joue de Christine, une seule. Le prof, qui a horreur de ces manifestations-là, grogne :

— Qu'est-ce que tu as encore ?

— Rien. Rien... Lis...

26.

> « Toute vie est bien entendu un processus de démolition. »
>
> F. SCOTT FITZGERALD

C'est le premier jour des grandes vacances, une date qui ne signifie rien pour Ferrier et beaucoup pour les enseignants et les mères de famille. Les deux voitures des Labé sont parties le matin pour Pléneuf comme tous les ans. On se baignera, on bronzera comme tous les ans. Simple détail, on pensera moins à Régis que les années passées. « Il n'y a pas que ça », que des Régis, dans la vie. Il faut bien, aussi, faire la cuisine, le ménage et l'amour, quand on est femme au foyer. Même en vacances. Il ne faut rien oublier à Angers. « On oublie rien de rien » chante Brel, mais, malgré ce que prétend le grand Jacques, on peut toujours oublier des affaires d'été.

Cette nuit-là, elle dort, nue dans la chambre bleue de *L'Albatros* retrouvé. A côté d'elle, les pattes poilues du mari retrouvé lui aussi. Ronfle-t-il comme Régis, Régis l'ignore. Les enfants, les chats, le chien, sont couchés, épars aux quatre coins de la villa. La paix est revenue sur la maison sous la lune. La mer proche se lamente, qui sera demain livrée aux seins tombants, aux ballons et aux pédalos.

Cette même nuit d'été, Harry, Sophie, Maguy et Régis sont au *Ruby*, discothèque de Saint-Germain-des-Prés. Il est déjà 3 heures. Depuis minuit, Christine dort. Nue. Régis le sait, qui sut tout d'elle et n'en sait plus grand-chose à part quelques menus détails comme celui-là.

On n'y voit goutte, au *Ruby*, et, grâce à la musique de jugement dernier qui gicle à gros bouillons des baffles, on ne peut pas parler, ce qui facilite davantage la solitude que la conversation. On boit, la main sur le genou ou la cuisse des femmes. Il ne la reverra plus. Lui aussi, comme elle, ne pense à « rien ». Qu'à elle. Des lueurs vertes, rouges, crépitent des spots, découpent sporadiquement la salle, éclairent une seconde les biftecks crus des visages beaux ou laids, frais ou fripés. Quelques couples dansent, séparés comme s'ils s'étaient aimés un jour, au son de cette apocalypse de rock où éclatent, sifflent, hurlent à la mort des shrapnells de motos et de tronçonneuses.

Régis est fatigué. Dans les hôpitaux, les infirmières pudiques disent des moribonds qu'ils sont « très fatigués ». Il est las. Vieux. Ridicule en cet endroit très « jeune » et plus à la mode que lui. Il boit du whisky qui a le goût de fer battu des quarts de soldat de la Grande Guerre, ou bien de celui des derniers baisers de Bouchemaine. Son bras repose sur l'épaule nue d'une Maguy très décolletée. Car il fait chaud comme dans un terrier.

Demain, les autres se baigneront sur la plage du Val-André ou celle des Vallées. Elle pagaiera sur son *Tahiti* jusqu'aux sources de l'Orénoque. Elle est plus heureuse que lui. Enfin... disons... moins misérable.

Il est vieux, lui. Malade. Fatigué. Ridicule. Quand on n'est plus qu'un retraité de l'amour, on devrait entrer en clinique, n'en plus sortir que le cœur devant. Quelques autres vieux dansent, bêtes à vomir, et qui sautillent sur le fumier de leurs vingt ans. Ferrier n'ose pas les regarder. Il leur ressemble. Il en a honte.

Elle sera nue dans l'eau froide, longue et blonde, blonde et longue de tout son long corps inutile.

Je t'embrasse comme tu sais, et tu sais tout...

Si la musique s'arrêtait, ici, ce serait tout à coup la morgue. Plein de noyés, de fusillés, de déterrés, d'accidentés de la route. Mais elle ne s'arrêtera jamais.

Harry commande par signes une autre bouteille.

Je t'embrasse comme tu sais, et tu en sais, des choses !...

Il ne reste donc plus qu'à boire. S'il boit trop, il ne pourra même pas faire l'amour à Maguy. Mais elle n'en fera pas un drame. Elle n'a qu'à coucher avec des jeunes. Ça n'est pas cela qui manque.

Au courrier d'aujourd'hui, il avait une lettre de Mme Sylvie Chapuis, d'Auxerre. Sylvie Chapuis a joint une photo d'elle. Blonde. La trentaine. Jolie. Il a déchiré le tout, l'a balancé dans la corbeille à papiers. Il n'ira pas à Auxerre. Merci. A la place, il ira consulter son cardiologue.

Il devrait vivre avec Muriel. Elle était parfaite, Muriel. C'était la femme de sa vie. Un idéal enfin à sa portée. *La seule, l'unique,* comme dirait Christine.

Maguy lui sourit dans le bruit. Son amie. Tout comme Menthe est son amie. Elles suivront son enterrement, elles.

Il boit encore pour oublier qu'elle va l'oublier tout à l'heure dans les bras de la mer. Des flashes glauques le transforment en cadavre l'espace d'une fusée. D'autres, jaune citron, en hépathique de haute bile.

Ça me serre un peu le cœur quand je pense à ma vie...

Moi aussi, Christine. Plus que toi. Toi que je ne reverrai plus. Et mes oreilles ne sont plus cette nuit qu'une bouillie d'oreilles.

Et c'est au sein de ce fracas funèbre qu'il l'entend tout à coup ! Pur et limpide, de source. Qu'il entend enfin, venu du plus loin d'un arbre du boulevard, le chant du rossignol. Le vrai rossignol. Celui qui ne chante que la nuit. Qui ne chante que les yeux crevés.

R.F.
Jaligny-sur-Besbre.
Eté 1981.

FIN

P.S. *Ils se sont revus. Se reverront encore. Se reverront toujours.*

COLLECTION FOLIO

Dernières parutions

1635.	Ed McBain	*Les sentinelles.*
1636.	Reiser	*Les copines.*
1637.	Jacqueline Dana	*Tota Rosa.*
1638.	Monique Lange	*Les poissons-chats. Les platanes.*
1639.	Leonardo Sciascia	*Les oncles de Sicile.*
1640.	Gobineau	*Mademoiselle Irnois, Adélaïde* et autres nouvelles.
1641.	Philippe Diolé	*L'okapi.*
1642.	Iris Murdoch	*Sous le filet.*
1643.	Serge Gainsbourg	*Evguénie Sokolov.*
1644.	Paul Scarron	*Le Roman comique.*
1645.	Philippe Labro	*Des bateaux dans la nuit.*
1646.	Marie-Gisèle Landes-Fuss	*Une baraque rouge et moche comme tout, à Venice, Amérique...*
1647.	Charles Dickens	*Temps difficiles.*
1648.	Nicolas Bréhal	*Les étangs de Woodfield.*
1649.	Mario Vargas Llosa	*La tante Julia et le scribouillard.*
1650.	Iris Murdoch	*Les cloches.*
1651.	Hérodote	*L'Enquête,* Livres I à IV.
1652.	Anne Philipe	*Les résonances de l'amour.*
1653.	Boileau-Narcejac	*Les visages de l'ombre.*
1654.	Émile Zola	*La Joie de vivre.*
1655.	Catherine Hermary-Vieille	*La Marquise des Ombres.*
1656.	G. K. Chesterton	*La sagesse du Père Brown.*
1657.	Françoise Sagan	*Avec mon meilleur souvenir.*
1658.	Michel Audiard	*Le petit cheval de retour.*
1659.	Pierre Magnan	*La maison assassinée.*
1660.	Joseph Conrad	*La rescousse.*
1661.	William Faulkner	*Le hameau.*
1662.	Boileau-Narcejac	*Maléfices.*

1663. Jaroslav Hašek — *Nouvelles aventures du Brave Soldat Chvéïk.*
1664. Henri Vincenot — *Les voyages du professeur Lorgnon.*
1665. Yann Queffélec — *Le charme noir.*
1666. Zoé Oldenbourg — *La Joie-Souffrance,* tome I.
1667. Zoé Oldenbourg — *La Joie-Souffrance,* tome II.
1668. Vassilis Vassilikos — *Les photographies.*
1669. Honoré de Balzac — *Les Employés.*
1670. J. M. G. Le Clézio — *Désert.*
1671. Jules Romains — *Lucienne. Le dieu des corps. Quand le navire...*
1672. Viviane Forrester — *Ainsi des exilés.*
1673. Claude Mauriac — *Le dîner en ville.*
1674. Maurice Rheims — *Le Saint Office.*
1675. Catherine Rihoit — *La Favorite.*
1676. William Shakespeare — *Roméo et Juliette. Macbeth.*
1677. Jean Vautrin — *Billy-ze-Kick.*
1678. Romain Gary — *Le grand vestiaire.*
1679. Philip Roth — *Quand elle était gentille.*
1680. Jean Anouilh — *La culotte.*
1681. J.-K. Huysmans — *Là-bas.*
1682. Jean Orieux — *L'aigle de fer.*
1683. Jean Dutourd — *L'âme sensible.*
1684. Nathalie Sarraute — *Enfance.*
1685. Erskine Caldwell — *Un patelin nommé Estherville.*
1686. Rachid Boudjedra — *L'escargot entêté.*
1687. John Updike — *Épouse-moi.*
1688. Molière — *L'École des maris. L'École des femmes. La Critique de l'École des femmes. L'Impromptu de Versailles.*
1689. Reiser — *Gros dégueulasse.*
1690. Jack Kerouac — *Les Souterrains.*
1691. Pierre Mac Orlan — *Chronique des jours désespérés,* suivi de *Les voisins.*
1692. Louis-Ferdinand Céline — *Mort à crédit.*
1693. John Dos Passos — *La grosse galette.*
1694. John Dos Passos — *42e parallèle.*
1695. Anna Seghers — *La septième croix.*
1696. René Barjavel — *La tempête.*

1697. Daniel Boulanger — *Table d'hôte.*
1698. Jocelyne François — *Les Amantes.*
1699. Marguerite Duras — *Dix heures et demie du soir en été.*
1700. Claude Roy — *Permis de séjour 1977-1982.*
1701. James M. Cain — *Au-delà du déshonneur.*
1702. Milan Kundera — *Risibles amours.*
1703. Voltaire — *Lettres philosophiques.*
1704. Pierre Bourgeade — *Les Serpents.*
1705. Bertrand Poirot-Delpech — *L'été 36.*
1706. André Stil — *Romansonge.*
1707. Michel Tournier — *Gilles & Jeanne.*
1708. Anthony West — *Héritage.*
1709. Claude Brami — *La danse d'amour du vieux corbeau.*
1710. Reiser — *Vive les vacances.*
1711. Guy de Maupassant — *Le Horla.*
1712. Jacques de Bourbon Busset — *Le Lion bat la campagne.*
1713. René Depestre — *Alléluia pour une femme-jardin.*
1714. Henry Miller — *Le cauchemar climatisé.*
1715. Albert Memmi — *Le Scorpion ou La confession imaginaire.*
1716. Peter Handke — *La courte lettre pour un long adieu.*
1717. René Fallet — *Le braconnier de Dieu.*
1718. Théophile Gautier — *Le Roman de la momie.*
1719. Henri Vincenot — *L'œuvre de chair.*
1720. Michel Déon — *« Je vous écris d'Italie... »*
1721. Artur London — *L'aveu.*
1722. Annie Ernaux — *La place.*
1723. Boileau-Narcejac — *L'ingénieur aimait trop les chiffres.*
1724. Marcel Aymé — *Les tiroirs de l'inconnu.*
1725. Hervé Guibert — *Des aveugles.*
1726. Tom Sharpe — *La route sanglante du jardinier Blott.*
1727. Charles Baudelaire — *Fusées. Mon cœur mis à nu. La Belgique déshabillée.*

1728.	Driss Chraïbi	*Le passé simple.*
1729.	R. Boleslavski et H. Woodward	*Les lanciers.*
1730.	Pascal Lainé	*Jeanne du bon plaisir.*
1731.	Marilène Clément	*La fleur de lotus.*
1733.	Alfred de Vigny	*Stello. Daphné.*
1734.	Dominique Bona	*Argentina.*
1735.	Jean d'Ormesson	*Dieu, sa vie, son œuvre.*
1736.	Elsa Morante	*Aracoeli.*
1737.	Marie Susini	*Je m'appelle Anna Livia.*
1738.	William Kuhns	*Le clan.*
1739.	Rétif de la Bretonne	*Les Nuits de Paris ou le Spectateur-nocturne.*
1740.	Albert Cohen	*Les Valeureux.*
1741.	Paul Morand	*Fin de siècle.*
1742.	Alejo Carpentier	*La harpe et l'ombre.*
1743.	Boileau-Narcejac	*Manigances.*
1744.	Marc Cholodenko	*Histoire de Vivant Lanon.*
1745.	Roald Dahl	*Mon oncle Oswald.*
1746.	Émile Zola	*Le Rêve.*
1747.	Jean Hamburger	*Le Journal d'Harvey.*
1748.	Chester Himes	*La troisième génération.*
1749.	Remo Forlani	*Violette, je t'aime.*
1750.	Louis Aragon	*Aurélien.*
1751.	Saul Bellow	*Herzog.*
1752.	Jean Giono	*Le bonheur fou.*
1753.	Daniel Boulanger	*Connaissez-vous Maronne ?*
1754.	Leonardo Sciascia	*Les paroisses de Regalpetra,* suivi de *Mort de l'Inquisiteur.*
1755.	Sainte-Beuve	*Volupté.*
1756.	Jean Dutourd	*Le déjeuner du lundi.*
1757.	John Updike	*Trop loin (Les Maple).*
1758.	Paul Thorez	*Une voix, presque mienne.*
1759.	Françoise Sagan	*De guerre lasse.*
1760.	Casanova	*Histoire de ma vie.*
1761.	Didier Martin	*Le prince dénaturé.*
1762.	Félicien Marceau	*Appelez-moi Mademoiselle.*
1763.	James M. Cain	*Dette de cœur.*
1764.	Edmond Rostand	*L'Aiglon.*
1765.	Pierre Drieu la Rochelle	*Journal d'un homme trompé.*

1766. Rachid Boudjedra — *Topographie idéale pour une agression caractérisée.*
1767. Jerzy Andrzejewski — *Cendres et diamant.*
1768. Michel Tournier — *Petites proses.*
1769. Chateaubriand — *Vie de Rancé.*
1770. Pierre Mac Orlan — *Les dés pipés ou Les aventures de Miss Fanny Hill.*
1771. Angelo Rinaldi — *Les jardins du Consulat.*
1772. François Weyergans — *Le Radeau de la Méduse.*
1773. Erskine Caldwell — *Terre tragique.*
1774. Jean Anouilh — *L'Arrestation.*
1775. Thornton Wilder — *En voiture pour le ciel.*
1776. XXX — *Le Roman de Renart.*
1777. Sébastien Japrisot — *Adieu l'ami.*
1778. Georges Brassens — *La mauvaise réputation.*
1779. Robert Merle — *Un animal doué de raison.*
1780. Maurice Pons — *Mademoiselle B.*
1781. Sébastien Japrisot — *La course du lièvre à travers les champs.*
1782. Simone de Beauvoir — *La force de l'âge.*
1783. Paule Constant — *Balta.*
1784. Jean-Denis Bredin — *Un coupable.*
1785. Francis Iles — *... quant à la femme.*
1786. Philippe Sollers — *Portrait du Joueur.*
1787. Pascal Bruckner — *Monsieur Tac.*
1788. Yukio Mishima — *Une soif d'amour.*
1789. Aristophane — *Théâtre complet,* tome I.
1790. Aristophane — *Théâtre complet,* tome II.
1791. Thérèse de Saint Phalle — *La chandelle.*
1792. Françoise Mallet-Joris — *Le rire de Laura.*
1793. Roger Peyrefitte — *La soutane rouge.*
1794. Jorge Luis Borges — *Livre de préfaces,* suivi de *Essai d'autobiographie.*
1795. Claude Roy — *Léone, et les siens.*
1796. Yachar Kemal — *La légende des Mille Taureaux.*
1797. Romain Gary — *L'angoisse du roi Salomon.*
1798. Georges Darien — *Le Voleur.*
1799. Raymond Chandler — *Fais pas ta rosière !*
1800. James Eastwood — *La femme à abattre.*
1801. David Goodis — *La pêche aux avaros.*

1837.	William Irish	*L'heure blafarde.*
1838.	Horace McCoy	*Pertes et fracas.*
1839.	Donald Westlake	*L'assassin de papa.*
1840.	Franz Kafka	*Le Procès*
1841.	René Barjavel	*L'Enchanteur.*
1842.	Catherine-Hermary-Vieille	*L'infidèle.*
1843.	Laird Koening	*La maison au bout de la mer.*
1844.	Tom Wolfe	*L'Étoffe des héros.*
1845.	Stendhal	*Rome, Naples et Florence.*
1846.	Jean Lartéguy	*L'Or de Baal.*
1847.	Hector Bianciotti	*Sans la miséricorde du Christ.*
1848.	Leonardo Sciascia	*Todo modo.*
1849.	Raymond Chandler	*Sur un air de navaja.*
1850.	David Goodis	*Sans espoir de retour.*
1851.	Dashiell Hammett	*Papier tue-mouches.*
1852.	R. W. Burnett	*Le petit César.*
1853.	Chester Himes	*La reine des pommes.*
1854.	J.-P. Manchette	*L'affaire N'Gustro.*

Impression Bussière à Saint-Amand (Cher),
le 24 août 1987.
Dépôt légal : août 1987.
Numéro d'imprimeur : 632.

ISBN 2-07-037863-2./Imprimé en France.
Précédemment publié aux Éditions Denoël :
ISBN 2-207-22770-7.

41633